UN PARADIS POUR CARLY

HAWAÏ : SOLDATS D'ÉLITE, TOME 5

SUSAN STOKER

DU MÊME AUTEUR

Un soutien pour Lara

Un soutien pour Maisy

Un soutien pour Ryleigh

Delta Force Deux

Un refuge pour Gillian

Un refuge pour Kinley

Un refuge pour Aspen

Un refuge pour Jayme

Un refuge pour Riley

Un refuge pour Devyn (15 Dec)

Un refuge pour Ember

Un refuge pour Sierra

Forces Très Spéciales : L'Héritage

Un Sanctuaire pour Caite

Un Sanctuaire pour Brenae

Un Sanctuaire pour Sidney

Un Sanctuaire pour Piper

Un Sanctuaire pour Zoey

Un Sanctuaire pour Avery

Un Sanctuaire pour Kalee

Un Sanctuaire pour Jane

Mercenaires Rebelles

Un Défenseur pour Allye

Un Défenseur pour Chloé

Un Défenseur pour Morgan

Un Défenseur pour Harlow

Un Défenseur pour Everly

Un Défenseur pour Zara

Un Défenseur pour Raven

Ace Sécurité

Au Secours de Grace

Au Secours d'Alexis

Au Secours de Bailey

Au Secours de Felicity

Au Secours de Sarah

Forces Très Spéciales Series

Un Protecteur Pour Caroline

Un Protecteur Pour Alabama

Un Protecteur Pour Fiona

Un Mari Pour Caroline

Un Protecteur Pour Summer

Un Protecteur Pour Cheyenne

Un Protecteur Pour Jessyka

Un Protecteur Pour Julie

Un Protecteur Pour Melody

Un Protecteur pour l'avenir

Un Protecteur Pour Les Enfants de Alabama

Un Protecteur Pour Kiera

Un Protecteur Pour Dakota

Delta Force Heroes Series

Un héros pour Rayne

Un héros pour Emily

Un héros pour Harley

Un mari pour Emily

Un héros pour Kassie

Un héros pour Bryn

Un héros pour Casey

Un héros pour Wendy

Un héros pour Mary

Un héros pour Macie

Un héros pour Sadie

Un héros pour Annie

<u>Autre</u>

Un moment suspendu : Recueil de nouvelles

<u>AUDIO</u>

Un paradis pour Élodie

SANS TITRE

Lors d'un après-midi inoubliable, un hasard extraordinaire a tenu Carly Stewart à l'écart de son ex complètement fou... et c'est sa meilleure amie qui est tombée entre ses mains à la place. Plusieurs mois se sont écoulés depuis le jour du sauvetage de son amie et la mort de son ex, Shawn. Pourtant, la police n'a toujours pas découvert qui était son complice. Et Carly n'a pas repris le contrôle de sa vie, se cachant dans son appartement, angoissée, sursautant à cause des ombres et des bruits. Jag est sa seule compensation. Le SEAL de la Navy l'a empêchée de s'enfoncer complètement dans la terreur.

Jagger Bennett ne laissera jamais tomber Carly. Il comprend mieux que quiconque ce qu'elle traverse. Il sait également qu'elle ne laissera pas son ex la contrôler depuis la tombe pendant beaucoup plus longtemps, particulièrement quand il voit la première lueur de colère apparaître dans son regard. Il va l'aider à vaincre ses démons, à reprendre confiance, à redevenir la personne qu'elle était avant Shawn Keyes... et en retour, elle est peut-être l'unique femme capable d'aider Jag à surmonter son passé. S'il parvient à mettre fin à ses propres tourments, Carly sera pour lui.

Shawn Keyes était mon ami. Mon mentor. Maintenant, il est parti. Et je n'ai personne. C'est entièrement sa faute. Carly Stewart. Elle paiera pour tout ce qu'elle a fait à Shawn... à moi... et elle paiera bientôt. Avant qu'elle gâche la vie d'un autre homme.

** *Un paradis pour Carly* est le cinquième tome de la série *Hawaï : Soldats d'élite*. Chaque livre peut se lire indépendamment des autres et ne se termine pas sur un suspense.

CHAPITRE UN

Carly Stewart était assise contre le mur dans un coin de sa chambre. Elle avait entendu un bruit dans le couloir un peu plus tôt et cela avait déclenché une nouvelle crise d'angoisse. Elle s'était cachée sous le lit comme une gamine de cinq ans pendant un moment, puis elle avait fini par sortir de là en rampant et elle serrait en ce moment les genoux contre sa poitrine en essayant de respirer.

Il lui arrivait cependant quelque chose de bizarre. De nouveau. Qui ne lui était plus arrivé depuis le soir où Kenna avait été enlevée par l'ex-petit ami de Carly et qu'elle avait presque été tuée à cause de la bombe que Shawn avait attachée autour de son torse.

En plus de la peur paralysante qu'elle ressentait presque chaque jour depuis ce moment, Carly sentait de la colère bouillonner en elle.

Aucune de ces deux émotions n'était habituelle pour elle. Elle n'était pas le genre de femme à stresser pour chaque petit détail. En général, elle était une personne heureuse... du moins, autrefois.

Sortir avec Shawn avait été bien au début. Il était plus âgé qu'elle de deux décennies, mais ça ne les avait pas gênés. Cependant, il ne mit pas longtemps à passer de l'homme romantique et gentil qu'elle pensait connaître à l'agresseur autoritaire.

Carly avait mis bien trop longtemps à s'en rendre compte. Elle était simplement heureuse de ne jamais avoir emménagé avec lui comme il l'avait suppliée de le faire.

Il avait refusé d'accepter leur rupture, ce qui était insensé. Il avait commencé à la suivre partout, à faire de sa vie un enfer. Elle avait obtenu une mesure d'éloignement contre lui et même si elle savait qu'il n'allait pas apprécier, elle ne croyait pas qu'il allait vouloir la tuer.

Elle était partie plus tôt du travail le soir où il était arrivé au restaurant, la bombe attachée à son torse, prêt à la kidnapper et à lui faire Dieu sait quoi. Il avait fini par enlever son amie, Kenna, puis il s'était fait exploser.

Cela aurait dû être la fin de l'histoire. Mais à la place, ce n'était que le début de son cauchemar.

C'était une chose de savoir de qui il fallait se méfier, de savoir qui la détestait. Mais c'en était une autre de comprendre que quelqu'un avait travaillé *avec* Shawn ce soir-là. Quelqu'un avait accepté de l'aider pour la torturer... et elle n'était pas certaine de savoir qui était cette personne.

Carly et les policiers se doutaient qu'il s'agissait du fils de Shawn, Luke. Il la détestait depuis la seconde où il l'avait rencontrée et il n'avait pas eu peur de le montrer. Pendant l'enlèvement, Shawn avait laissé entendre que quelqu'un attendait dans un bateau sur l'océan, prêt à le récupérer sur la plage devant le restaurant de Duke's. Mais la police n'avait pas réussi à trouver la preuve d'une implication de Luke... ni de quelqu'un d'autre ayant travaillé avec Shawn.

Depuis ce soir-là, Carly était parano. Morte de peur. Terrifiée à l'idée que la personne qui travaillait avec Shawn allait finir ce qu'elle avait commencé. Elle avait quitté son travail, arrêté de voir ses amis et elle était devenue l'ombre de la femme qu'elle était autrefois.

Elle serait devenue une véritable recluse sans Jag.

Jagger Bennet était un SEAL de la Navy. Elle le connaissait par l'intermédiaire de Kenna son amie et collègue serveuse chez Duke's qui sortait avec un coéquipier de Jag.

Jag ne la laissait pas tranquille. Il envoyait des textos et l'appelait et passait même chez elle pour prendre des nouvelles. Il était irritant, obstiné, autoritaire... et Carly ne savait pas comment elle aurait pu traverser les derniers mois sans lui.

Elle avait envie de le détester. Voulait éprouver du ressentiment parce qu'il s'immisçait dans sa vie. Souhaitait qu'il la laisse se cacher en paix. Mais elle ne pouvait pas lui en vouloir. Grâce à lui, elle n'était pas devenue folle, elle n'avait pas complètement craqué.

Et puis Carly avait développé un énorme coup de cœur pour cet homme, même avant la tentative d'enlèvement de Shawn.

Toutefois, elle avait appris sa leçon en ce qui concernait les hommes plus âgés. D'accord, Jag n'avait que dix ans de plus et il n'était pas du tout comme Shawn, mais quand même.

Pendant que Carly était assise sur le sol, les fesses engourdies, en pensant aux deux derniers mois, la colère dans son ventre continuait à grandir. Shawn était un enfoiré. Il n'avait jamais endossé la responsabilité de ses actes, rejetant la faute sur tout le monde autour de lui. Et quand ils avaient commencé à se fréquenter, Carly était vite devenue la cible de la majorité de sa colère. Elle ne faisait rien comme il fallait. Elle était immature, stupide et irresponsable.

Elle avait honte d'admettre qu'elle avait commencé à le croire.

Personne ne savait exactement ce qu'elle avait vécu avec Shawn. Elle n'en avait pas parlé. Elle souriait et plaisantait au travail, pourtant elle se sentait abattue et brisée à l'intérieur. Puis il avait presque tué son amie. C'était beaucoup trop.

Carly voulait désespérément récupérer sa vie. Elle était fauchée, solitaire et terrifiée à l'idée de sortir de son appartement, au cas où Luke attendrait de se venger pour la mort de son père.

Une semaine et demie auparavant, elle avait laissé Jag la convaincre de se rendre au mariage de Kenna. C'était la première fois qu'elle était volontairement sortie en public depuis des mois... et un des jours les plus douloureux de sa vie. Kenna était magnifique. Elle avait semblé si heureuse. Carly était heureuse pour Kenna, mais triste pour elle-même. Elle ne savait plus ce qu'il se passait dans la vie de son amie. Ni dans les vies d'aucune des nouvelles amies qu'elle avait rencontrées par l'intermédiaire de l'équipe de Jag. Et elle ne connaissait pas du tout Monica, qui avait récemment rejoint le petit cercle de femmes que Carly avait tout juste commencé à connaître.

Assister au mariage lui avait fait comprendre que sa vie lui échappait. Ses amies lui manquaient. Elle voulait la même chose qu'elles. Et elle ne l'obtiendrait jamais en restant assise à trembler comme une feuille dans un coin de son appartement.

Ayant l'impression d'avoir une centaine d'années, Carly se pencha et attrapa son téléphone posé sur la petite table de chevet à côté de son lit. Elle le serra avec force et déverrouilla l'écran en fixant sa liste de contacts.

Elodie. Lexie. Kenna. Jag. Le reste de l'équipe de SEALs de Jag était enregistré également, mais Carly ne les avait jamais appelés. Elle cliqua sur le nom de Jag et fit défiler les messages. Il y en avait des centaines depuis quelques mois. En général, ils étaient de lui, demandant comment elle allait, si elle avait mangé, si elle avait besoin de quoi que ce soit, ou si elle voulait qu'il passe. Même si elle se permettait rarement le luxe de l'inviter chez elle, quand il venait elle ressentait un soulagement de courte durée.

La dernière fois qu'elle l'avait vu, c'était au mariage. Il avait été contrarié qu'elle veuille partir tôt. Elle avait été frustrée parce qu'il ne comprenait pas comme c'était dur pour elle de se rendre à cette cérémonie. Depuis, elle n'avait reçu qu'un seul texto de sa part, le lendemain. Il était bref et allait droit au but. Carly contempla les mots qu'il avait écrits.

Jag : Je pars en mission. À mon retour, nous allons parler.

Pour la première fois depuis longtemps, Carly s'inquiéta pour quelqu'un d'autre qu'elle-même. Allait-il bien ? Elle ne savait pas du tout où il était, ce qu'elle ne saurait jamais parce que c'était un SEAL, mais s'il avait été blessé ? Ou pire, tué ?

Cette pensée lui envoya une décharge d'angoisse en plein cœur. Et pas comme la peur sourde et constante avec laquelle elle vivait depuis quelques mois. C'était une peur étouffante, globale.

Sans réfléchir, Carly fit voler ses pouces sur le clavier en composant le message. Il était long, bien plus long que les quelques mots qu'elle lui transmettait d'habitude : elle voulait – non, elle avait *besoin* – qu'il sache qu'elle lui était reconnaissante pour sa présence dans sa vie. Sans lui, elle ne savait pas si elle aurait été capable de gérer ce qui lui était arrivé. Non pas qu'elle le vivait très bien, mais sans Jag, elle aurait été dans un état encore pire que maintenant.

Carly : Je suis désolée d'avoir été chiante avec toi. Certains jours, tes textos m'empêchent de recourir à des mesures drastiques pour mettre fin à la peur continue dans laquelle je vis. Merci de m'avoir forcée à me rendre au mariage de Kenna. Je me serais détestée si je l'avais raté. Je suppose que tu es toujours en déplacement, du moins j'espère que c'est pour cela que je n'ai pas eu de tes nouvelles pendant une semaine et demie. Je suis tellement fatiguée, Jag. Fatiguée d'être lâche.

Fatiguée d'être effrayée tout le temps. Et je suis en colère. Furieuse. Tu as raison. Ce n'est pas en me cachant que je ferai partir Luke. Je veux recommencer à vivre. Je veux être *moi*. Quand tu reviendras, pourras-tu m'accompagner au commissariat ? Je veux parler à l'inspecteur. Je veux apprendre ce qu'il a découvert au sujet de Luke. Savoir s'ils sont loin de l'arrêter. Je sais que c'est lâche de ma part de t'utiliser comme une béquille, mais je te jure que ce n'est que jusqu'à ce que je sois remise sur pied. Je me rends compte que j'ai été égoïste et je vais essayer de changer, de ne pas penser seulement à moi-même. Je vais aller mieux, je le jure. S'il te plaît, ne me laisse pas tomber.

Carly appuya sur envoyer avant de pouvoir se dégonfler. Puis elle écrivit encore :

Carly : J'espère que tu vas bien. Je ne sais pas où tu es, si tu es revenu à Hawaï, mais maintenant que j'ai constaté depuis combien de temps je n'ai pas eu de tes nouvelles, je ne peux m'empêcher de penser au pire. J'espère que tes amis vont bien aussi. Je ne peux pas imaginer qu'il arrive quelque chose au nouveau mari de Kenna ou aux autres. Tu me manques, Jag. Je n'avais pas compris combien tes messages étaient importants pour moi jusqu'à ce qu'il n'y en ait plus.

Elle envoya ce message puis ferma son téléphone. Elle le garda dans la main et posa le menton sur ses genoux relevés. Elle ne savait pas du tout ce que lui réservait l'avenir, mais elle allait faire de son mieux pour arrêter de se cacher comme une lâche.

* * *

Jag était épuisé. La mission au Tadjikistan avait été frustrante et avait duré plus longtemps que ce qu'avait souhaité l'équipe.

Finalement, elle avait réussi, mais ils avaient dû gérer des délais et de la paperasse qui avaient fait traîner la situation en longueur.

Maintenant, ils étaient enfin rentrés. Aleck était impatient de voir sa nouvelle épouse et Midas, Mustang et Pid étaient tout aussi pressés de rentrer auprès de leurs femmes.

Même Slate semblait impatient. Évidemment, c'était presque son état permanent, mais Jag savait que cette fois c'était parce qu'il voulait prendre des nouvelles d'Ashlyn. Aucun des deux n'avait avoué que leurs chamailleries et leurs taquineries étaient une forme de préliminaires, mais pour le reste de l'équipe, il était évident que ce n'était qu'une histoire de temps avant que l'un des deux craque et avoue être intéressé par l'autre.

L'épuisement de Jag passait après son inquiétude pour Carly. Quand il était parti une semaine et demie auparavant, il avait décidé qu'il n'allait plus être aussi indulgent avec elle. Oui, elle avait vécu un événement traumatisant, eh oui, le complice de son ex était toujours dehors, potentiellement en train de l'observer et d'attendre pour mettre la main sur elle, mais elle ne pouvait pas vivre cachée.

Dès que leur avion atterrit, Jag sortit son téléphone. Les autres firent comme lui, pressés de faire savoir à leurs copines qu'ils étaient rentrés. Jag tapa du pied en attendant que son portable s'allume. Il savait que la batterie était faible, mais il espérait avoir assez de jus pour envoyer un texto rapide.

Dès que son téléphone s'alluma, Jag ne pensa plus à écrire son texto. Il lut les messages que Carly avait envoyés moins de trois heures auparavant... et toute sa fatigue disparut. Il sentit l'adrénaline monter en lui.

— Tout va bien ? demanda Mustang.

Jag hocha la tête et regarda le chef d'équipe dans les yeux.

— Oui. Carly m'a demandé si j'accepterais de l'accompagner au commissariat.

— C'est une excellente nouvelle.

Pendant leurs temps de pause au cours de la dernière semaine, Jag s'était ouvert à ses coéquipiers. Au sujet de son inquiétude pour Carly. De ce qu'elle avait traversé et comment il pouvait l'aider. Tout le monde était d'accord sur la première étape : il fallait trouver Luke et décider s'il représentait vraiment une menace, afin qu'elle puisse dépasser ce qui était arrivé avec son ex.

— C'est la première fois qu'elle est aussi...

Il s'arrêta de parler. Il ne savait pas très bien quel mot il cherchait. Les émotions de Carly dans les textos semblaient partir dans tous les sens, mais c'était mieux que la peur abjecte qu'il avait vue dans ses yeux depuis que Kenna avait été enlevée par son ex.

Mustang hocha la tête comme s'il savait exactement ce que Jag essayait de dire... et c'était sans doute le cas.

— Il va y avoir des hauts et des bas pendant qu'elle gère ça. Tu es prêt ? demanda-t-il.

— Carrément, répondit Jag sans hésiter.

Il avait été attiré par Carly dès qu'ils s'étaient rencontrés. Elle avait été leur serveuse quand Aleck était allé rejoindre Kenna pour la première fois chez Duke's. Le reste de l'équipe l'avait accompagné. Sa silhouette menue, ses cheveux blonds et ses yeux bleus, sa gentillesse, son affection sincère pour Kenna et ses amies chez Duke's... tout cela lui plaisait. Il avait détesté voir l'étincelle en elle s'estomper au cours des derniers mois.

Il était bien décidé à la raviver coûte que coûte.

— Tu vas enfin la revendiquer pour toi ? demanda Aleck, qui avait manifestement entendu une partie de sa conversation avec Mustang.

— Oui, dit Jag.

Il savait que c'était un peu macho de « revendiquer » une autre personne, mais peu importe. Il voulait Carly pour lui tout seul. Le fait que rien n'allait être facile dans une relation avec elle ne le rebutait pas.

— Bien, dit Aleck. Elle manque à Kenna. Elle veut la revoir. Je te serais éternellement redevable si tu pouvais faciliter la chose.

Jag se sentit encore plus déterminé. Il voulait aider Carly afin qu'elle se sente assez à l'aise pour entamer une relation, mais aussi parce qu'elle avait besoin de ses amies. Elle s'épanouissait au contact des autres. Il voyait combien elle était devenue déprimée après avoir arrêté de travailler chez Duke's.

— Je vais là-bas maintenant et je la conduirai au commissariat demain, dit Jag.

— Euh, tu sais qu'il est trois heures du matin, n'est-ce pas ? demanda Midas quand ils commencèrent à descendre de l'avion.

— Merde, marmonna Jag.

Ses amis éclatèrent de rire.

Il avait été si content que Carly demande son aide et accepte enfin de se remettre à vivre qu'il n'avait même pas réfléchi à l'heure qu'il était. À vrai dire, son horloge interne était complètement perturbée après avoir passé plusieurs jours à l'autre bout du monde et à cause du voyage, mais tout de même.

— Je vais parler au commandant et t'obtenir quelques jours de congés, lui dit Mustang.

— Je veux savoir ce que les inspecteurs ont trouvé, ajouta Aleck. L'enjeu pour moi est aussi important que pour toi.

Jag n'était pas vraiment sûr de ça, mais il comprenait Aleck. C'était sa femme qui avait presque explosé sur la plage quand Shawn l'avait enlevée. Si elle n'avait pas été aussi réactive, les conséquences auraient pu être dévastatrices.

Il hocha la tête vers son ami.

— Appelle Baker, dit Slate en intervenant pour la première fois. Tu sais qu'il s'est renseigné sur la situation et il est frustré de ne pas avoir retrouvé Luke. Il voudra lui aussi connaître les nouveautés que les inspecteurs vous révéleront.

Slate avait raison. Jag savait que Baker étudiait déjà l'affaire de Luke. Le SEAL à la retraite était vraiment un atout important.

— Je le ferai, promit-il.

Après avoir récupéré son sac en toile, il dit au revoir à ses coéquipiers et partit vers le parking où l'attendait sa Volkswagen Jetta noire. C'était une voiture fiable, mais qui ne sortait pas du lot dans les rues ou devant son immeuble. Jag aimait rester discret, ne voulait pas se faire remarquer dans la mesure du possible. C'était une compétence utile en tant que SEAL... mais il avait déjà appris très jeune à éviter l'attention.

Jag resta assis dans sa voiture pendant un moment, cherchant à décider quoi faire. Il savait qu'il était bien trop tard pour se rendre chez Carly maintenant, mais il en avait envie. Il avait besoin de la voir.

Il attrapa son téléphone et composa un texto avant d'avoir le temps de se raviser.

Jag : Je viens juste de rentrer. Tu es réveillée ?

Évidemment que Carly n'était pas réveillée. Il était trois heures trente du matin, putain. Elle dormait, tout comme les autres habitants de l'île. Il était stupide de penser...

Jag écarquilla les yeux lorsque trois points clignotèrent en bas de l'écran des messages. Elle était debout et elle composait une réponse. Son cœur se mit à battre un peu plus vite. Il était épuisé, comme toujours après une mission, mais à ce moment-là, il eut l'impression de pouvoir facilement rester éveillé encore trois jours sans aucun problème.

Carly : Je suis debout. Je suis contente que tu sois rentré sain et sauf.

Jag eut envie de demander *pourquoi* elle n'était pas couchée, mais il avait l'impression de connaître la réponse. Il savait que Carly ne dormait pas bien. Elle lui avait dit une fois que depuis que Kenna avait été prise en otage par Shawn Keyes, elle dormait seulement quelques heures par nuit, trop inquiète que Luke pénètre dans son appartement et termine ce que son père avait commencé.

Jag : Puis-je passer ?
   Carly : Oui.

Un seul mot. Jag eut l'impression que c'était un signe annonçant que sa vie allait changer... et pour le mieux, avec un peu de chance.

Il s'était déjà rendu à l'appartement de Carly de nombreuses fois au cours des derniers mois, mais d'une façon ou d'une autre, ceci semblait différent. Peut-être parce qu'il avait déjà décidé de faire son possible pour que Carly se sente à nouveau en sécurité, pour l'aider à reprendre le contrôle sur sa vie. Peut-être était-ce parce qu'il venait de rentrer d'une mission difficile. Peut-être parce qu'il en était presque à soixante-douze heures sans sommeil. Quelle que soit la raison, il se sentait gonflé à bloc comme au milieu d'un échange de coups de feu. Il démarra sa voiture à toute vitesse.

Il n'avait encore jamais ressenti cela pour une femme. Après...

Non. Il n'avait pas l'intention de penser à ça.

Les femmes ne faisaient pas vraiment partie de sa vie. Ça n'avait jamais été le cas, et c'était un choix volontaire. Il n'était jamais passé par la même phase que beaucoup de jeunes SEALs, quand ils étaient heureux de baiser quiconque leur témoignait un tant soit peu d'intérêt. Il n'avait même jamais eu de petite amie. N'en avait jamais voulu.

Jag détestait penser à son passé, mais pour une fois dans sa vie, il regretta de ne pas avoir plus d'expérience en ce qui concernait les femmes. Il voulait dire et faire tout ce qu'il fallait avec Carly, mais il ne savait pas ce que c'était. Il allait devoir improviser... et prier pour qu'il ne rende pas sa vie encore plus misérable qu'elle ne l'était déjà.

En inspirant profondément, Jag fit de son mieux pour se calmer. Il allait simplement suivre l'exemple de Carly. Elle avait fait le premier pas en lui demandant de l'accompagner au commissariat et il verrait bien où cela les menait.

Vingt minutes plus tard, Jag se gara dans le parking de l'immeuble de Carly. Ce n'était pas un mauvais quartier d'Honolulu, mais ce n'était pas vraiment luxueux non plus. C'était un immeuble de trois étages et Carly se trouvait tout en haut, ce pour quoi Jag était ravi. Il n'y avait pas de sécurité et les portes des résidents donnaient toutes sur l'extérieur, ce qui signifiait que n'importe qui pouvait aller jusqu'à sa porte sans aucun problème.

Ce n'était pas idéal dans la situation de Carly. Luke pouvait rester assis dans le parking et la regarder sortir avant de l'enlever. Pas étonnant qu'elle ne quitte pas la sécurité de son appartement. Et déménager n'était pas vraiment une solution viable, parce qu'en ce moment elle ne travaillait pas et Jag savait qu'elle n'avait plus beaucoup d'argent.

Tout dans la situation de Carly le dérangeait et il était extrêmement reconnaissant qu'elle soit prête à effectuer un changement. Avant son dernier déploiement, il avait pris la décision de secouer Carly. D'essayer de l'encourager à recommencer à vivre. Il avait été extrêmement soulagé en recevant son texto.

En coupant le moteur et en attrapant son téléphone, Jag envoya un message rapide comme il le faisait toujours quand il venait la voir.

Jag : Je suis là. Je serai à ta porte dans moins d'une minute.

Il n'attendit pas qu'elle réponde. Il monta les escaliers au centre de l'immeuble. Il monta les marches deux à deux avant de longer la passerelle en béton jusqu'à sa porte. Inspirant profondément, il leva la main pour frapper. Mais la porte s'ouvrit avant qu'il puisse toucher le bois.

Jag eut le cœur serré en voyant Carly. Elle avait très mauvaise mine. Ses cheveux tombaient en mèches grasses autour de son visage, comme si elle ne s'était pas douchée depuis plusieurs jours. Elle avait des cernes sombres et elle portait un tee-shirt très grand et un jogging extra large dans lequel nageait sa petite silhouette.

Mais ce fut la combinaison du soulagement et du désespoir dans ses yeux qui l'affectèrent le plus.

Jag fit un pas en avant et elle recula. Il ferma et verrouilla la porte derrière lui, enclenchant les trois verrous qu'il avait installés pour elle peu de temps auparavant, afin de l'aider à se sentir plus en sécurité. Ensuite, il prit Carly dans ses bras sans dire un mot.

CHAPITRE DEUX

Carly n'avait jamais été aussi contente de voir quelqu'un de toute sa vie. Prendre la décision d'essayer de passer à autre chose n'était pas facile. Elle était pétrifiée. Mais dès que Jag l'avait prise dans ses bras, elle avait eu l'impression de pouvoir respirer pour la première fois depuis... eh bien, depuis la dernière fois qu'elle l'avait vu au mariage de Kenna.

Dans le dos de Jag, elle serra son tee-shirt entre ses doigts. Elle posa la joue contre son torse. Il avait les cheveux plus longs que la dernière fois, ils tombaient presque devant ses yeux. Il avait une barbe de trois jours rugueuse et ses yeux étaient rougis, mais Carly n'avait jamais vu quelqu'un d'aussi beau de sa vie.

Jag n'était pas bavard. Elle l'avait remarqué la première fois qu'elle l'avait rencontré chez Duke's. Il se contentait de laisser la conversation flotter autour de lui. Mais elle n'avait pas besoin de mots. Elle avait seulement besoin de sa force. Sa compétence. Il l'aidait à se sentir protégée simplement en étant près d'elle. C'était une erreur de tomber amoureuse de cet homme, Carly le savait, mais elle avait l'impression que c'était trop tard.

Kenna lui avait dit une fois que Jag était extrêmement

mystérieux. Qu'Aleck avait mentionné que personne ne savait grand-chose sur son enfance ou sa vie avant de rejoindre les SEALs. Mais, peu importe s'il avait été élevé par une meute de loups en Sibérie... l'homme qu'il était devenu était honorable et digne de confiance. Peut-être un peu effrayant, mais seulement parce que Carly savait qu'il n'hésiterait pas à faire du mal à quiconque oserait s'en prendre à un de ses proches. Et c'était ce dont elle avait besoin en ce moment. Se sentir en sécurité. Jag se chargeait de cela pour elle.

Elle le sentit reculer lentement avec elle, mais elle ne le lâcha pas, ne leva pas la tête de son torse, ne savait pas si elle en était capable. Soudain, les nuits sans sommeil la rattrapèrent. Elle ne savait pas de tout quelle heure il était, mais elle savait qu'il était tard... ou tôt. Le temps avait cessé d'avoir du sens pour elle. Elle traversait les journées et les nuits en essayant de ne pas penser à ce que Luke allait faire s'il lui mettait enfin la main dessus.

Quand elle s'endormait, ses rêves étaient emplis de terreur. De Shawn qui lui criait dessus, lui disant qu'elle était pathétique et inutile. De sang, pendant que le père et le fils la torturaient avec des couteaux et riaient alors qu'elle les suppliait de la laisser vivre. Il allait sans dire qu'elle n'avait pas passé une bonne nuit de sommeil depuis des lustres.

Jag les déplaça jusqu'à sa chambre et saisit ses épaules en la forçant à s'écarter de son corps. Carly frissonna en perdant le contact avec lui.

— As-tu besoin d'aller à la salle de bain ? demanda-t-il.

Carly voulut sourire parce qu'il était si direct. Mais elle n'en avait pas la force. Elle secoua la tête.

— Moi, oui. La journée et la nuit ont été longues. Couche-toi. Je reviens dans un instant.

Carly ravala une objection et hocha la tête en se rappelant qu'elle avait pris la décision d'arrêter d'être aussi lâche.

Jag sembla lire dans ses pensées. Il se pencha et posa le

front contre le sien. Il garda les mains sur ses épaules et Carly ne put s'empêcher d'attraper son tee-shirt. Ils restèrent ainsi pendant au moins une minute ou deux avant qu'elle inspire profondément.

— Je vais bien, chuchota-t-elle.

Jag leva la tête et l'examina. Carly le dévisagea longuement, elle aussi. Elle savait qu'elle n'avait pas bonne mine, mais lui semblait totalement lessivé. Il avait les yeux tirés. Ses vêtements étaient froissés et il chancelait légèrement.

— Depuis combien de temps n'as-tu pas dormi ? lâcha-t-elle.

Il esquissa un sourire.

— Quel jour est-il ?

Cela répondait à sa question. Pour la première fois depuis longtemps, quelque chose se modifia loin au fond d'elle. Elle avait envie de prendre soin de lui, ce qui était assez ridicule, car Jag était manifestement un homme qui savait prendre soin de lui et de tous ceux qui l'entouraient. Mais ça ne l'empêcha pas d'en avoir envie.

Se forçant à lâcher son tee-shirt, elle fit un pas en arrière.

— Vas-y, ordonna-t-elle en indiquant la petite salle de bain de la tête. Si tu veux te doucher, n'hésite pas.

Jag secoua la tête.

— Ça prendrait trop de temps, marmonna-t-il. Je reviens dans une minute ou deux.

Il attendit qu'elle fasse un pas vers son lit avant de partir à la salle de bain.

Le cœur de Carly battait vite et fort quand elle rabattit le drap et grimpa sur son lit. Elle s'allongea et fixa la porte presque fermée de l'autre côté de la pièce. Elle entendit la chasse d'eau et le robinet du lavabo. Le bruit facilement reconnaissable de Jag qui se brossait les dents lui parvint alors. Il avait manifestement trouvé la brosse à dents neuve qu'elle avait récupérée la dernière fois qu'elle était allée chez le dentiste et qu'elle n'avait pas encore utilisée… du moins, elle l'espérait. Elle avait beau apprécier Jag, l'idée qu'il utilise sa brosse à dents était un peu dégoûtante.

Elle n'eut pas le temps d'y penser davantage quand la porte s'ouvrit et que la lampe de la salle de bain s'éteignit. Jag réapparut et s'avança à grands pas vers le mur de l'entrée où il éteignit le plafonnier.

Carly cligna des yeux dans l'obscurité soudaine. Elle dormait en général avec les lampes allumées, parce que l'obscurité semblait la submerger. Juste au moment où elle fut sur le point de dire à Jag de rallumer, il quitta la pièce, puis elle vit une lueur dans le couloir. Jag avait allumé dans le salon. Quand il revint, il garda la porte de la chambre entrouverte en laissant filtrer juste assez de lumière pour qu'elle se sente plus à l'aise.

Elle fut surprise de le voir retirer son tee-shirt par-dessus sa tête et se pencher pour défaire ses lacets.

— Euh, Jag ?

— Oui ?

— Que fais-tu ?

Il s'arrêta, toujours penché, et leva les yeux vers elle. Il se redressa lentement.

— Je me prépare à dormir.

— Ici ? ne put-elle s'empêcher de demander.

— Oui.

C'était court et précis. Il ne tournait pas autour du pot.

— Oh. D'accord.

Que pouvait-elle dire d'autre ? Jag avait besoin de sommeil et s'il voulait dormir dans son lit, elle n'allait pas le lui refuser.

Il finit de retirer ses rangers et ses chaussettes et s'avança vers son lit en portant toujours son pantalon de treillis. Il tendit la main pour soulever le drap et elle lâcha :

— Tu ne vas pas retirer ton pantalon ?

Un petit sourire apparut sur ses lèvres, mais il secoua la tête.

— Non. Je me sens plus à l'aise avec.

Surprise, Carly cligna des yeux. Il n'avait pas dit qu'*elle* se sentirait plus à l'aise s'il le gardait, mais *lui*. Elle n'eut pas le temps de dire autre chose, car il était soudain allongé à côté d'elle. Puis, sans le lui demander, il tendit les bras et l'attira contre son flanc.

Elle finit avec la joue sur son torse et ce contact de peau contre peau était très agréable. Se blottissant contre lui, Carly hésita un peu avant de poser le bras sur son ventre. Elle sentit l'estomac de Jag se serrer un instant, puis il posa la main sur l'avant-bras de Carly et poussa un long soupir.

— Tu n'as pas idée comme c'est agréable, dit Jag doucement.

— La mission était longue ? demanda-t-elle.

— Oui.

Encore une fois. Un seul mot suffit.

— Je suis fier de toi, dit-il au bout d'un moment.

Carly rit un peu.

— C'est vrai, insista-t-il. Ton texto était extraordinaire. Je suis trop fatigué pour parler maintenant, mais nous allons le trouver, Carly. Tu vas retrouver ta vie d'avant. Je le jure.

Carly ferma les yeux et fit de son mieux pour ne pas fondre en larmes. Elle s'était sentie brisée pendant si longtemps. Elle n'était plus la Carly d'autrefois. Et elle détestait ça. Elle voulait reprendre sa vie en main. C'était terriblement effrayant, mais elle ne pouvait pas vivre beaucoup plus longtemps comme elle l'avait fait. À se cacher, à paniquer au moindre bruit, terrifiée par son ombre.

Si quelqu'un pouvait l'aider, c'était bien Jag. Elle le savait au plus profond d'elle-même.

— D'accord.

— Dors, Carly, ordonna Jag.

Et il n'y eut aucun doute que c'était vraiment un ordre. Carly sourit. Quand avait-elle souri pour la dernière fois ? Elle ne s'en souvenait pas.

— Oui, chef, plaisanta-t-elle.

— Je suis là. Tu es en sécurité. Rien ni personne ne me passera dessus pour t'atteindre, ajouta-t-il.

Ses paroles se gravèrent dans son âme. Carly était à peu près certaine qu'elle n'allait pas pouvoir s'endormir, même si les bras de Jag formaient l'un des endroits les plus confortables qu'elle ait connus de sa vie, mais elle hocha néanmoins la tête.

Le pouce de Jag caressa son avant-bras de façon rythmique. Elle fut surprise de sentir ses muscles se détendre et ses paupières se fermer.

— C'est ça, mon ange. Je veille sur toi.

— Jag ? marmonna Carly.

— Je suis là.

— Merci d'être venu.

— Rien n'aurait pu m'en empêcher.

Carly aurait pu jurer sentir se poser un baiser sur son front, mais elle décida qu'elle hallucinait. Jag ne franchissait jamais la limite entre eux. Il l'avait toujours traitée comme une amie, une pote.

D'un autre côté, il n'était encore jamais monté dans le lit pour la serrer dans ses bras.

Avant qu'elle puisse y réfléchir plus longtemps, Carly tomba dans un sommeil profond et réparateur.

Carly bougea et quand elle ouvrit les yeux, elle vit qu'il ne faisait plus nuit. Le soleil brillait tant que ses rideaux de mauvaise qualité ne parvenaient pas à retenir la lumière. Elle ne se souvenait pas de la dernière fois qu'elle avait dormi si tard.

— Bonjour, dit une voix grave à côté d'elle.

Juste à côté d'elle.

— Ou dois-je dire bon après-midi ? demanda Jag en gloussant.

Carly aurait pu être inquiète, mais elle avait su dans les bras de qui elle dormait. En se redressant sur le coude, elle regarda l'homme à côté d'elle.

Il avait les cheveux ébouriffés, mais ses yeux n'étaient plus injectés de sang et il avait bien meilleure mine que la veille. Carly grimaça. Elle avait l'impression d'être dans un état cent fois pire. Elle ne se souvenait pas de la dernière fois qu'elle s'était douchée et sa bouche lui donnait l'impression d'avoir mangé du coton toute la nuit.

— Quelle heure est-il ?

— Un peu après une heure, dit Jag.

— De l'après-midi ? s'étonna Carly d'une petite voix.

— Oui.

Elle n'arrivait pas à croire qu'elle avait dormi si longtemps. Ou même dormi tout court.

— J'ai dormi ! s'exclama-t-elle, surprise.

— Oui, comme une souche, acquiesça Jag.

— Non, tu ne comprends pas. Je n'ai pas dormi depuis... tu sais quand, dit-elle.

Si elle n'avait pas été aussi étonnée par l'heure tardive, elle ne l'aurait sans doute pas avoué.

— Je n'ai pas du tout rêvé.

— Bien, dit Jag sincèrement. Nous devons parler, mais tu peux d'abord te doucher, mettre des vêtements propres pendant que je nous prépare quelque chose à manger.

— Euh... je ne sais pas ce que j'ai dans ma cuisine, admit Carly.

Jag fronça les sourcils.

— Quand as-tu fait les courses pour la dernière fois ? demanda-t-il.

Carly fronça le nez et haussa les épaules.

— Carly, insista-t-il, exaspéré.

— Je n'avais pas faim. Et je ne me sentais pas assez en sécurité pour aller au supermarché. J'ai utilisé un service de livraison. Mais, euh, comme je n'ai pas travaillé, il m'a fallu vraiment surveiller mon budget. Je n'ai pas beaucoup d'appétit de toute façon, alors ce n'était pas très grave.

Jag fronça davantage les sourcils.

— Changement de plan. Rassemble tes affaires, ne te douche pas, je te conduis chez moi. Tu pourras te doucher là-bas. Je nous préparerai le petit-déjeuner, et nous pourrons parler.

Carly écarquilla les yeux.

— Chez toi ?

— Oui. J'ai plein de choses à manger et ma douche est plus grande.

— Je ne peux pas aller chez toi, lui dit-elle.

— Pourquoi pas ?

Carly ouvrit la bouche pour répondre, mais elle ne trouva pas de raison convaincante pour rester dans son appartement.

— Exactement, reprit Jag d'un air assez satisfait. Tu es enfermée ici depuis trop longtemps. Cet endroit représente la peur pour toi. Un changement de lieu te fera du bien, fais-moi confiance.

Carly fixa l'homme à côté d'elle. L'homme à côté duquel elle avait dormi. Elle n'avait pas rêvé et elle savait que c'était parce qu'elle se sentait en sécurité quand il était présent. Il n'avait pas été obligé de venir chez elle. Il était épuisé... et pourtant il était venu.

Et il n'avait pas tort. L'appartement de Carly avait commencé par être son refuge. Elle s'était enfermée là-dedans et, lentement mais sûrement, le monde extérieur était devenu de plus en plus menaçant. Jusqu'à ce que son appartement ressemble davantage à une prison.

Carly sentit un autre pincement de colère au fond d'elle. De la colère contre elle-même. De la colère contre Luke. De la colère d'avoir accepté de devenir aussi pathétique.

— D'accord, lâcha-t-elle.

Le sourire qui s'étala sur les lèvres de Jag était une récompense suffisante pour accepter de s'éloigner de sa zone de confort.

Jag leva une main et la posa sur la joue de Carly. Elle retint sa respiration quand la chaleur de sa peau imprégna la sienne. Elle pencha la tête contre sa main.

— Tout ira bien, mon ange, l'apaisa-t-il.

Carly le crut. Elle hocha la tête.

Il se pencha et l'embrassa tendrement sur le front avant de se tourner et de descendre du lit. Carly le regarda attraper le même tee-shirt qu'il portait la veille et l'enfiler par-dessus sa tête. Elle vit onduler les muscles de son ventre et elle serra les poings. Sa réaction viscérale en le voyant était surprenante. Tout comme la façon dont ses cuisses se serraient sous le drap.

Jagger Bennett était un homme extrêmement séduisant et la veille, elle avait été collée contre lui. Si elle avait été du genre à se pâmer, elle l'aurait fait tout de suite.

— Lève-toi, paresseuse, la taquina-t-il en se penchant pour enfiler ses chaussettes et ses chaussures. Je suis mort de faim. Et toi, mon amie, tu as besoin d'une douche comme pas possible.

Carly ne put s'empêcher de rire. Jag était surprenant. Elle ne l'avait encore jamais entendu plaisanter. Pas avec ses amis et certainement pas avec elle. Elle se décala sur le lit et se leva.

— Tiens, utilise ça, dit Jag en passant dans le placard et en sortant la grande valise que Carly avait emportée pour déménager à Hawaï.

Elle était restée inutilisée depuis ce temps-là au fond de son placard. Il avait dû la voir à un moment ou à un autre, car il n'avait pas hésité à l'attraper.

— C'est bien trop grand, Jag. J'ai un sac plus petit que je peux utiliser pour rassembler une tenue et quelques affaires de toilette.

Il la regarda dans les yeux et secoua la tête.

— Non. Rassemble autant d'affaires que possible dans cette valise. Tu vas rester chez moi jusqu'à ce que nous trouvions une solution à ta situation.

Carly le regarda, stupéfaite.

— Jag, nous ne savons pas du tout combien de temps ça prendra. Cela fait déjà des mois que ça dure.

Il ne fit aucun commentaire, se contentant de lever un sourcil, puis il s'avança vers le lit avec la valise dans les mains. Il la posa et l'ouvrit.

— Remplis-la, ordonna-t-il.

Sans tenir compte de la bouche bée de Carly, il se tourna alors et sortit de la pièce.

Carly avait des papillons dans le ventre en fixant la grande valise. Elle était tiraillée. Elle voulait protester, mais en même temps, elle avait envie de sauter sur place comme une gamine excitée le jour de Noël. Son appartement évoquait tant de mauvais souvenirs.

Chaque moment où elle s'était cachée dans sa chambre avec un couteau à la main, parce qu'elle avait cru entendre quelqu'un essayer d'entrer. Chaque nuit sans sommeil. Chaque journée qu'elle avait passée en plein désespoir à cause du gâchis de sa vie.

Mais emménager avec Jag ? Pouvait-elle le faire ?

Carly sursauta en entendant son téléphone vibrer sur la table à côté du lit. Elle avança et vit que c'était un message de Kenna.

Kenna : Les hommes sont de retour ! Et Marshall a dit que Jag était allé chez toi. Tu peux faire confiance à Jag, c'est un type bien. Tu le sais. Je sais que nous ne parlons plus autant qu'avant, mais tu me manques, Carly. Le travail n'est plus pareil sans toi. Si tu as besoin de quoi que ce soit, il te suffit de téléphoner. Mais d'un autre côté, tu as Jag. Fais ce qu'il dit. Même si ça te semble fou et que tu ne sais pas du tout ce qu'il pense. Nos SEALs savent ce qu'ils font. Promis.

C'était l'encouragement dont Carly avait besoin. Ne venait-elle pas de décider de faire le nécessaire pour reprendre le contrôle de sa vie ? Et rester avec Jag pendant un moment allait vraiment la tirer de sa zone de confort et la remettre sur la voie de la normalité.

Elle posa le téléphone et se dirigea vers son placard. Jag avait faim et elle avait besoin de se doucher. Elle voulait vite faire ses bagages pour qu'ils puissent sortir de là. La discussion à venir pour laquelle il insistait allait être désagréable, sans parler de la visite chez l'inspecteur qui s'occupait de son affaire, mais elle avait voulu l'aide de Jag et c'était apparemment ce qu'elle avait obtenu.

Carly savait qu'elle devait être ouverte et franche avec lui. Cela risquait d'anéantir la possibilité de devenir plus qu'une amie de cet homme... mais tant pis.

Carly allait arrêter d'être lâche. Même si c'était plus facile à dire qu'à faire, elle passait à autre chose. Shawn Keyes lui avait suffisamment volé sa vie. Il était temps de reléguer les événements au passé et de reprendre le contrôle.

Elle n'était pas idiote, elle savait qu'elle pouvait encore être en danger. Luke était toujours dehors quelque part, attendant sans doute le moment parfait pour se venger de la mort de son père, mais elle sentit monter en elle une nouvelle détermination. D'une façon ou d'une autre, avec Jag à ses côtés, elle avait l'impression de pouvoir affronter le monde entier.

Mais à tout petits pas. Premier pas : reléguer l'environnement toxique de son appartement au passé pendant un moment. Deuxième étape : se doucher et manger autre chose que des nouilles chinoises. Troisième étape… eh bien, le temps allait lui montrer en quoi elle consistait. Mais en tout cas, ce n'était pas de se cacher dans son appartement.

Ainsi décidée, Carly continua à remplir sa valise.

* * *

Le complice de Shawn regardait par la fenêtre de son appartement, jetant un regard noir à la belle journée. Ce n'était pas contre le soleil qu'il était énervé, c'était contre *elle*. Carly Stewart.

Shawn était mort à cause de cette connasse. Et elle devait payer pour sa mort.

Il l'avait surveillée, attendant une occasion pendant des mois. Mais elle n'avait jamais quitté son putain d'appartement.

Au début, il avait supposé que venger Shawn allait être facile. Il avait prévu de proposer à Carly de la ramener après la commémoration de son ami et finir rapidement ce qu'il avait commencé. Mais elle n'était même pas venue ! Ce manque de respect total le rendait furieux.

Shawn l'avait prise sous son aile alors qu'elle avait la naïveté de ses vingt ans et quelques, et il avait essayé d'en faire une femme mature. Une femme qui aurait été là pour son homme, qui serait restée à ses côtés, qui aurait été aux petits soins pour lui. Et en retour, elle lui avait métaphoriquement craché au visage. Elle l'avait rejeté de la façon la plus humiliante qui soit. Elle avait demandé une *mesure d'éloignement* contre lui. C'était n'importe quoi.

Shawn avait été un homme bien. Le meilleur. Cette pétasse ne savait pas la chance qu'elle avait eue. S'il parvenait à être à moitié aussi bien que l'avait été Shawn, il se considérait comme chanceux, mais cette idiote n'avait pas compris. Elle n'avait pas respecté Shawn et tout ce qu'il avait fait pour elle.

Peu importe le nombre de fois que Shawn avait essayé de

lui parler après qu'elle eut *osé* partir, de lui expliquer que si elle voulait bien l'écouter, elle irait plus loin dans la vie, serait plus qu'une simple serveuse... elle l'avait systématiquement ignoré.

Pas étonnant que Shawn ait dû la punir. Elle était un animal sauvage qui devait apprendre à connaître les limites.

Les femmes ne devaient pas avoir le droit de partir sans le faire savoir, sans dire où elles allaient et avec qui. Le monde était dangereux. Afin que les hommes comme Shawn et lui puissent protéger leurs femmes, ils devaient connaître tous leurs mouvements, tout le temps.

C'était parfaitement logique.

Il avait appris tant de choses auprès de Shawn. Y compris comment être un homme véritable dans une relation, comment apprendre aux femmes à suivre la bonne voie pour devenir une bonne petite amie ou épouse. Les femmes étaient fondamentalement faibles. Elles avaient besoin d'hommes pour les guider. Pour les garder en sécurité.

Et cette connasse n'était pas seulement trop stupide pour voir la chance qu'elle avait eue avec Shawn, elle était aussi irrespectueuse au énième degré.

Le fait qu'elle ait refusé d'emménager avec lui avait été la dernière goutte. Comment Shawn pouvait-il continuer à la former correctement si elle ne dormait pas chaque nuit à ses côtés ? Un homme avait des besoins et Shawn lui avait dit comment Carly avait refusé de dormir dans son lit à la fin. Elle avait refusé de l'embrasser. C'était inacceptable. Elle était une honte. Et elle avait tout foutu en l'air... pour lui *et* pour Shawn.

Quand son ami était venu le voir, contrarié et en colère après avoir reçu la mesure d'éloignement, ils avaient discuté des étapes suivantes. C'était si agréable que son ami s'ouvre à lui au sujet de ses problèmes, lui fasse confiance pour l'aider. Il avait été très honoré. Ils avaient décidé que Carly devait apprendre une leçon, bien sûr. Personne ne disait non à Shawn Keyes. Cette pétasse n'aurait jamais un homme meilleur, elle devait comprendre l'erreur qu'elle avait commise en le rejetant.

Le plan était parfait... sauf que le soir où ils avaient eu l'intention de l'accomplir, tout était allé de travers. La pétasse avait quitté son travail en avance parce qu'elle était malade et la plus grande tempête depuis des années était arrivée.

À la fin, Shawn était mort.

Ce n'était pas juste ! Carly n'avait pas appris sa leçon... et c'était maintenant à *lui* de terminer le travail. Il allait honorer son ami en faisant payer Carly.

Malheureusement, la stratégie d'origine devait changer. Il n'avait pas le temps de passer des journées à la torturer. L'enlever au travail n'était plus une option. Et baiser cette pétasse ne l'intéressait pas, contrairement à ce que Shawn avait prévu de faire. Il n'avait pas la moindre intention d'approcher sa queue de sa moiteur empoisonnée.

Non, il fallait simplement qu'elle meure. Qu'elle disparaisse sans laisser de traces.

Il y avait beaucoup d'endroits où il pouvait se débarrasser de son corps afin qu'il ne soit jamais retrouvé. L'option la plus efficace était la mer. Les millions de litres d'eau allaient l'avaler et ne jamais la recracher.

Furieux à cause du délai, il se promit de venger son ami. Carly Stewart allait regretter le jour où elle avait rejeté un homme aussi parfait. Alors, et seulement alors, il allait pouvoir passer à autre chose avec bonne conscience.

Regrettablement, il savait qu'il devait attendre encore plus longtemps. Attendre le bon moment. Quand elle ne serait plus sur ses gardes. La connasse n'avait pas quitté son appartement depuis des lustres... et il le savait. Au moins, il était ravi qu'elle semble si terrifiée : elle avait raison. Le danger l'attendait au tournant.

Mais la vengeance allait être bien plus agréable si elle lui tombait dessus quand elle s'y attendait le moins.

Elle ne pouvait pas se cacher éternellement. Et quand elle allait finir par sortir de sous le rocher où elle se cachait, il serait là. En train de l'attendre et prêt à frapper.

L'homme se détourna brutalement de la fenêtre. Il savait exactement comment il allait mettre fin à la vie de Carly. Il lui tardait.

CHAPITRE TROIS

Maintenant que Jag avait réussi à faire venir Carly chez lui, il eut envie de fermer la porte avec des clous et de ne jamais la laisser repartir. Il avait rêvé qu'elle soit là pendant plus de nuits qu'il ne pouvait en compter. Si ça ne tenait qu'à lui, il ne la laisserait jamais retourner chez elle.

Il s'intéressait à Carly depuis des mois et la voir souffrir avait été très douloureux et frustrant, car il n'avait pas pu faire grand-chose pour l'aider. Mais maintenant qu'elle avait demandé son aide, il n'allait pas la décevoir. Vouloir qu'elle reste avec lui de façon permanente était une idée folle, mais Jag avait vu exactement la même chose avec ses amis. Quand ils avaient ramené leurs copines dans leurs tanières, pour ainsi dire, elles n'étaient jamais reparties.

Et c'était ce qu'il voulait. Carly était à lui. Il avait l'impression de la connaître depuis toujours et il ne semblait pas pouvoir la chasser de son esprit. Il ne le voulait pas.

Jag savait qu'elle pouvait trouver bien mieux que lui. Il était brisé à l'intérieur. Il n'était pas certain d'être toujours capable d'avoir une relation normale, pas après l'enfance qu'il avait eue. Mais pour Carly, il avait envie d'essayer. Il voulait s'élever au-dessus de la merde qui tournait en rond dans sa tête et être le genre d'homme sur lequel elle pouvait s'appuyer.

Simplement, il n'était pas certain d'en être capable.

Repoussant les pensées concernant son passé, Jag fit de son mieux pour se concentrer sur le moment présent et le repas qu'il préparait. Les gaufres étaient presque prêtes, ensuite il allait brouiller quelques œufs : Carly avait besoin de manger. Elle avait perdu une partie des belles courbes qu'il admirait et l'idée qu'elle se passe de nourriture parce qu'elle n'avait pas assez d'argent le rendait presque physiquement malade.

Il lui avait donné beaucoup trop d'espace. Il voulait l'aider, mais il aurait dû en faire plus, car la situation avait dégénéré. C'était fini maintenant. Elle était là et ils allaient avancer ensemble.

Il avait dormi comme une souche la nuit précédente. Oui, il avait été épuisé à cause de la mission et du voyage, mais c'était plutôt parce qu'elle était dans ses bras, parce qu'il savait où elle était et qu'elle allait bien, qu'il avait enfin pu se relâcher et tomber dans un sommeil profond. Il s'était senti cent fois mieux ce matin, assez pour suggérer qu'elle fasse ses bagages et qu'elle vienne chez lui. À vrai dire, Jag était surpris qu'elle ait accepté si facilement, mais il avait vu la détermination dans ses yeux. Moins de deux semaines auparavant, au mariage de Kenna et Aleck, il avait aperçu une étincelle de colère et il avait espéré travailler avec ça. Mais finalement, Carly n'avait pas eu besoin de lui pour bouger. Elle avait pris la décision elle-même.

Elle était vraiment forte. Il devait juste l'aider à le voir.

— Ta douche est incroyable.

Il se tourna pour voir Carly marcher vers lui. Ses cheveux blonds étaient toujours humides autour de ses épaules. Elle portait un short et un tee-shirt à manches longues. Elle était pieds nus et la vue de ses orteils le fit sourire.

— Quoi ? demanda-t-elle.

Il haussa les épaules.

— Je ne pense pas avoir déjà vu quelqu'un avec dix couleurs différentes sur les ongles des pieds.

Carly lui fit un sourire gêné.

— Il fallait que je m'occupe toute la journée pendant que j'étais tapie dans mon appartement.

Jag posa la cuillère qu'il utilisait pour brouiller les œufs avant de les verser dans la poêle, puis il s'avança vers elle. Il posa les mains sur ses épaules et attendit qu'elle le regarde dans les yeux.

— Ne fais pas ça, dit-il d'une voix grave et sincère. Tu as fait le nécessaire pour survivre.

— Jag, je me suis cachée dans mon appartement comme une gamine qui a peur du croque-mitaine. C'était... pitoyable.

Il secoua fermement la tête.

— Non, ça ne l'était pas. Il te fallait simplement du temps. Et il se trouve que je pense que c'était malin. Je déteste que tu aies eu si peur, que tu aies toujours si peur, mais je vais faire mon possible pour faire en sorte que cet enfoiré ne s'approche pas de toi.

— S'il le veut vraiment, il n'y a pas grand-chose que l'on puisse faire. Il trouvera un moyen. Nous le savons tous les deux.

— Dans ce cas, je ferai ce que je peux pour apprendre à me défendre, dit-il tranquillement.

Il détestait l'admettre, mais elle avait raison. S'il avait appris quelque chose des situations des femmes de ses coéquipiers, c'était qu'il ne pouvait pas être en permanence aux côtés de Carly et qu'il y avait de grandes chances pour que Luke parvienne finalement à l'atteindre.

— Cela fait assez longtemps que tu es prisonnière de ton appartement. Tu dois recommencer à vivre. On l'emmerde, dit-il sèchement. Tu peux lui montrer que tu es plus forte que ce que pensaient son père et lui. Rien ne te fera tomber. Et s'il décide d'être un idiot et de reprendre là où son père s'était arrêté, il le regrettera, parce que tu lui casseras la figure et il souhaitera oublier ton nom.

Jag n'avait pas voulu être aussi direct, mais il ne pouvait pas s'en empêcher. L'idée que Luke, ou quelqu'un d'autre, pose les mains sur Carly lui glaçait le sang. Il savait qu'avec un peu d'entraînement, Carly pouvait être plus maligne que lui et prouver qu'il avait choisi la mauvaise proie.

Elle lui fit un petit sourire en coin.

— Au cas où tu ne l'aurais pas remarqué, je ne suis pas exactement bâtie comme un SEAL, dit-elle en haussant les épaules.

— Ce n'est pas nécessaire. Tu peux utiliser sa taille contre lui. Il ne s'attendra pas à ce que tu te battes et... ne le prends pas mal, mais à cause du temps que tu as passé à te cacher, il pensera que tu es trop terrifiée pour faire quoi que ce soit qui puisse t'aider.

Jag vit que Carly n'était pas entièrement convaincue, mais il aimait la façon dont elle semblait se tenir un peu plus droite.

— Ça sent bon, ici, dit-elle au bout d'un moment.

Elle en avait manifestement terminé avec cette conversation en particulier, aussi la laissa-t-il changer de sujet.

— Que veux-tu manger avec tes œufs ?

— Euh... qu'est-ce que tu as ?

— Tout.

Jag laissa tomber les mains de ses épaules et fit un pas en arrière. Ce qu'il voulait vraiment, c'était l'attirer dans ses bras et lui dire que tout irait bien, mais il ne voulait pas la mettre encore plus mal à l'aise.

Carly gloussa.

— Tout ?

— Oui. Bacon, poivrons verts ou rouges, fromage, sel et poivre, sauce salsa, chorizo, champignons, oignons, tomates, épinards, jambon, crème aigre, sauce piquante. Je pense que la crème et le fromage sont encore bons, et il faudra se contenter des légumes surgelés jusqu'à ce que je puisse aller au supermarché.

— Mince, les gens mettent tout ça sur leurs œufs ?

— Eh bien, sans doute pas tout ça en même temps, sourit Jag. Et en général, on les met dans une omelette. Mais je n'arrive jamais à bien faire les omelettes, alors je me contente de tout mélanger avec mes œufs brouillés. Je me dis que c'est la même chose, même si ce n'est pas aussi joli. Alors... quelle est ta préférence ?

— Puis-je avoir du poivron vert, du fromage, des tomates, des champignons et de la crème aigre ?

— Tu peux avoir tout ce que tu veux, mon ange, lui dit-il.

— Puis-je t'aider ?

— Oui. Tu peux râper du fromage.

Ils travaillèrent ensemble à préparer leur petit-déjeuner et Jag ressentit un désir si intense que cela fit presque lâcher ses genoux. Il voulait ça. Il voulait qu'elle soit à côté de lui, souriante et détendue pendant qu'ils préparaient le petit-déjeuner à l'avenir.

Le repas fut prêt en un clin d'œil et ils s'installèrent à la petite table à côté de la cuisine. En général, Jag ne s'asseyait pas là pour manger, il prenait la plupart de ses repas debout dans la cuisine ou dans le salon en regardant la télé.

Il y avait quelque chose de si... chaleureux... à s'asseoir à une table avec Carly.

Elle fixa l'assiette devant elle, incrédule.

— Tu ne penses pas sérieusement que je peux manger tout ça, hein ? demanda-t-elle.

Jag grimaça en voyant la quantité de nourriture qu'il avait préparée pour elle et il haussa les épaules, un peu gêné.

— Je déteste l'idée que tu aies pu avoir faim, avoua-t-il. Mange ce que tu peux. Je terminerai le reste ou je le mettrai au frigo.

Ils mangèrent en silence un moment avant que Jag aborde

le sujet auquel il pensait depuis qu'il avait reçu le texto de Carly après son retour de mission.

— Je suis content de me rendre au poste de police avec toi. Ravi, à vrai dire. Je veux découvrir ce qu'ils ont fait pour trouver Luke et mettre fin à l'incertitude dans laquelle tu te trouves. Mais pourquoi maintenant ? Qu'est-ce qui a changé ?

Carly mâcha et avala la bouchée de ce qu'elle venait de prendre, puis elle posa sa fourchette et appuya les avant-bras sur la table.

— J'en ai eu assez d'être pathétique, chuchota-t-elle.

— Tu n'es *pas* pathétique, lui dit Jag.

— Je le suis. Je l'étais, dit-elle fermement. J'ai compris que me cacher dans mon appartement en ayant peur ne résolvait rien. J'ai été triste, mon travail et mes amis me manquent. Les gens me manquent, Jag. Me rendre au mariage de Kenna a été si effrayant. Je n'arrêtais pas de penser que Luke allait sauter de derrière un arbre avec une bombe et essayer de m'enlever. Ou faire exploser tous ceux que j'aime. Quand j'ai enfin réussi à me concentrer sur la cérémonie, elle était finie. Je l'avais complètement ratée parce que j'étais coincée dans ma tête.

— J'ai vu Monica avec les autres – avec Kenna, Lexie et Elodie – et j'ai constaté que je ne la connais même pas. Ashlyn et Lexie ont parlé de Food For All et de toutes les grandes choses qu'elles font, et qu'elles veulent faire, et ça m'a contrarié de ne pas savoir de quoi elles parlaient. Et le fait que Theo gardait ses distances... c'était douloureux. Je ne suis pas passée depuis si longtemps qu'il m'a presque oubliée. Toutes ces choses se sont plus ou moins accumulées et j'ai commencé à m'énerver.

Carly inspira et Jag ne put s'empêcher de prendre sa main dans la sienne. Il devait la toucher, lui faire savoir qu'il était là pour elle.

Elle serra sa main et ne la lâcha pas quand elle continua :

— Mais j'étais toujours terrifiée. Le seul endroit où je me

sentais en sécurité, c'était enfermée à double tour dans mon appartement, et je savais que ce n'était pas assez. Est-ce insensé que je souhaite que Luke fasse sa tentative une bonne fois pour toutes ? Qu'il fasse selon son intention afin que je passe enfin à autre chose ?

— Ce n'est pas insensé, la rassura Jag. Et crois-le ou pas, ce que tu ressens est normal.

Elle leva les yeux au ciel.

— Vraiment, insista-t-il. Tu as subi un traumatisme et tu dois en guérir avant de pouvoir passer à autre chose.

— Tout d'abord, ce n'est pas moi qui ai subi un traumatisme, dit Carly d'un ton un peu belligérant.

Elle retira sa main et croisa les bras en soufflant.

— C'est Kenna. Elle a souffert à ma place et ça me ronge. Et deuxièmement, je ne sais même pas pourquoi j'essaie de te l'expliquer. Tu ne pourrais jamais comprendre.

C'était la deuxième fois qu'elle disait quelque chose du genre. La première avait été au mariage de Kenna et Aleck. Elle avait dit qu'il ne pouvait pas comprendre ce que c'était de se sentir aussi vulnérable.

Jag n'avait raconté à personne ce qui lui était arrivé quand il était enfant. Pas une seule personne. Il eut soudain envie de se confier à Carly. De lui expliquer comme elle avait tort.

Mais à la place, il ravala ses mots et garda le regard rivé sur elle.

— Tu serais surprise par ce que je comprends, lui dit-il. Mais l'important, c'est que tu as été traumatisée par ton ex. Et je ne parle pas seulement du soir où il a pris Kenna en otage.

Carly le regarda avec méfiance.

— Je ne sais pas de quoi tu parles.

— Si, tu le sais. Je ne connais pas les détails, mais un homme comme Shawn ne passe pas en un clin d'œil du petit ami modèle au port d'une bombe sur son torse pour t'enlever et te torturer. Et tu es trop intelligente pour fréquenter quelqu'un qui te traite comme de la merde. Je suppose qu'il a commencé par être un bon petit ami. Qu'il t'a traitée comme une princesse ! Que tu te sentais très bien avec lui ! Puis il a sans doute commencé à changer lentement. À faire des commentaires ici et là pour te rabaisser. Rien que des excuses rapides ne puissent réparer. Ensuite, il a sûrement raconté des conneries sur toi à ses amis et à son fils dans ton dos... te mettant mal à l'aise quand tu étais avec eux et qu'ils te regardaient bizarrement. Puis ses commentaires ont peut-être continué quand tu étais avec eux. Il pouvait te dire quelque chose d'affreux, puis s'excuser platement plus tard. Le cycle a continué, peut-être même dégénéré jusqu'à devenir physique. Je suppose que c'est à ce moment-là que tu en as enfin eu assez. Mais c'était déjà trop tard. Shawn avait déjà décidé que tu lui appartenais. Que tu étais à lui ! D'où la nécessité de la mesure d'éloignement et sa descente dans la folie furieuse.

Carly avait la bouche ouverte et ses bras décroisés étaient tombés sur ses genoux. Elle le fixait, incrédule.

— J'ai raison, n'est-ce pas ? demanda Jag.

— Je... oui, à peu près, chuchota-t-elle.

Jag tendit la main et prit encore une des siennes. Il la serra en posant leurs mains sur la table.

— C'est lui l'enfoiré ici, mon ange. Pas toi. Il avait quelque chose de précieux et il l'a traité comme de la merde. Il méritait ce qui lui est arrivé et je ne suis absolument pas désolé que cette nuit se soit terminée par son explosion. Je déteste penser ce que tu as traversé avec lui, et le fait que tu aies eu la force de partir, de lui dire d'aller se faire foutre, ça me rend terriblement fier.

Il la regarda déglutir.

— Il a tellement changé, dit-elle doucement. Je ne serais jamais sortie avec lui s'il m'avait montré sa véritable nature dès le début.

— Je sais, dit Jag pour l'apaiser.

— Je me sens si bête.

— Tu ne le devrais pas. Pas du tout. Encore une fois, c'est lui l'enfoiré, Carly. Le type qui t'a mise dans cette position. Ne l'oublie pas, d'accord ?

Elle inclina la tête et dit la dernière chose qu'il s'attendait à entendre.

— Attends, c'est une citation du film *Speed* ?

Ce fut au tour de Jag de paraître perplexe.

— Euh... je ne crois pas ?

— Si, c'est juste après que la vieille femme explose sur les marches et se fasse écraser par le bus. Annie, l'héroïne... tu sais, Sandra Bullock ? Bref, elle est bouleversée et elle conduit le bus et Jack, le beau Keanu Reeves, s'agenouille à côté d'elle et dit presque exactement ce que tu viens de me dire.

Jag sourit.

— Ah oui ?

— Oui.

— Et ça l'a aidée ?

Un petit sourire illumina le visage de Carly.

— Oui. Elle a dit quelque chose du genre : « Oui, c'est le gros enfoiré », ou quelque chose du genre.

— Je n'ai pas vu le film, avoua Jag.

Les yeux de Carly lui sortirent presque de la tête.

— Vraiment ?

— Non.

— Eh bien, il faut rectifier ça immédiatement. Tu me fais beaucoup penser à Jack. Même ton nom est un peu pareil. Jag, Jack. Il est courageux, altruiste, et parfois drôle.

— Je ne suis pas drôle, dit Jag d'un air sérieux.

Carly gloussa.

Ce bruit l'atteignit en plein cœur. Il aimait bien mieux que Carly rie au lieu qu'elle soit stressée et morte de peur comme la veille quand elle avait ouvert la porte.

Jag lui serra la main.

— Tu n'es pas seule, Carly. Je suis là. Et mon équipe. Et Baker. Nous allons trouver une solution. Ensemble. D'accord ?

Elle hocha la tête.

— Mais d'abord... tu dois finir ton petit-déjeuner.

Elle ricana.

— Tu es obsédé par l'idée de me faire manger, marmonna-t-elle en ramassant sa fourchette.

Jag lâcha sa main à contrecœur et s'appuya contre le dossier de sa chaise.

— L'idée que tu ne manges pas à ta faim ne me convient pas du tout. Alors, oui, je vais sans doute être un peu trop obsédé par la notion de te faire manger suffisamment, donc tu ferais mieux de t'y habituer, lui dit-il.

Carly s'arrêta avec une fourchette d'œuf à mi-chemin de sa bouche et demanda :

— Pourquoi t'en préoccupes-tu autant ?

— Je t'ai dans la peau, mon ange. J'aime assez que tu y sois, dit-il sans détour avant de manger une grosse bouchée.

Elle le fixa un instant avant de continuer à soulever sa fourchette. Elle mâcha et avala puis avoua doucement :

— Je pense que j'aime y être aussi.

Ils terminèrent leurs œufs et leurs gaufres sans autres aveux et Jag ne s'était jamais senti aussi satisfait. Si c'était ce que ressentaient Mustang, Midas, Aleck, et Pid quand ils étaient avec leurs femmes, pas étonnant qu'ils soient si joyeux tout le temps.

Jag détestait avoir attendu si longtemps avant d'essayer d'aider Carly. Il avait seulement deviné que Shawn l'avait maltraitée émotionnellement et physiquement, et quand elle avait avoué qu'il avait raison, il avait eu du mal à ne pas sauter de sa chaise pour aller chercher Luke lui-même. Cet homme savait sans doute ce que son père faisait à Carly et il n'avait rien fait pour l'arrêter. Cela suffisait à en faire un connard de la pire espèce aux yeux de Jag.

Maltraiter les femmes arrivait en deuxième position des pires crimes que quelqu'un pouvait faire à quelqu'un d'autre. Le premier était la maltraitance des enfants. Dans l'opinion de Jag, rien ne pouvait être pire que cela.

Aujourd'hui, ils allaient rassembler des informations. Il était heureux d'accompagner Carly au commissariat. Il avait besoin de savoir ce que les policiers faisaient concernant Luke et quelles étaient les étapes suivantes. S'il estimait qu'ils ne travaillaient pas correctement, son équipe et lui, y compris Baker Rawlins, allaient prendre les choses en main. Il ne savait pas du tout ce que cela impliquait, mais il allait faire le nécessaire pour libérer Carly de la menace qui pendait toujours au-dessus de sa tête.

CHAPITRE QUATRE

Carly était assise à côté de Jag dans la Jetta et elle essayait de ne pas paniquer. Elle n'aimait pas être à l'extérieur. Pas dans une voiture. Pas au travail. Nulle part. Elle détestait que Shawn et Luke lui aient fait ça. Qu'elle soit terrifiée à l'idée de faire les choses quotidiennes.

Comme si Jag savait ce qu'elle pensait, il lui prit la main et il posa leurs poings serrés sur la console entre eux.

C'était insensé comme ce simple geste lui donnait l'impression d'être protégée. Elle n'était pas en sécurité, elle le savait. Luke pouvait tout aussi facilement abattre Jag qu'elle. Mais d'une façon ou d'une autre, la confiance de Jag et la façon dont ses yeux scrutaient constamment les environs lui donnaient l'impression d'avoir au moins une chance de s'en sortir.

— Alors... Baker ? demanda-t-elle au bout d'un moment.

Jag la regarda, avant de se retourner vers la route devant lui.

— Que veux-tu savoir ?

— J'ai entendu Kenna parler de lui au mariage, elle était dégoûtée qu'il ne soit pas là. Qui est-il ?

— Baker Rawlins est un ancien SEAL qui vit au North Shore. Il passe son temps libre à surfer.

Quand Jag ne dit rien de plus, Carly demanda :

— Et ? Il doit y avoir plus que ça.

Il esquissa un sourire.

— Eh bien, si tu poses la question aux filles, elles te diront toutes comme il est canon.

Carly fronça les sourcils de surprise :

— Vraiment ? Mais elles ne sont pas... célibataires, finit-elle maladroitement.

— Eh bien, elles prétendent qu'elles ont le droit de regarder, et qu'il n'y a rien de mal à dire que quelqu'un est beau.

— C'est vrai, admit-elle. Et c'est tout ? C'est un beau SEAL à la retraite qui aime surfer ? C'est la raison pour laquelle toi et tes amis vouliez l'impliquer dans les recherches de Luke ?

— Non, dit Jag dont toute trace d'humour avait quitté la voix. Il est mortellement dangereux. Pas un homme que j'aimerais énerver, mais que je veux absolument avoir dans mon équipe quand j'essaie de repérer quelqu'un qui ne veut pas être retrouvé. Il est intense, un peu effrayant, mais un homme d'honneur. Il a été énervé quand Kenna a été prise en otage. Il a juré de trouver Luke. Je suppose que le fait de ne pas l'avoir trouvé le rend *très* mécontent. Que sais-tu sur ce qui est arrivé à Monica ?

Carly écarquilla les yeux à cause de ce changement de sujet apparent. Elle voulait dire que si Jag pensait que Baker était effrayant, elle ne souhaitait certainement pas le rencontrer... parce qu'en réalité il était sans doute terrifiant. À la place, elle haussa les épaules et dit :

— Rien.

— Elle a été enlevée par un homme qui s'est servi d'elle comme d'un appât pour attirer Baker jusqu'à Big Island. Le type était autrefois dans l'équipe de SEALs de Baker et il a été viré parce qu'il était mentalement instable. Son plan était que Monica et Baker se fassent brûler vifs par la coulée de lave de Kailua, mais il a sous-estimé son ancien chef d'équipe.

— Merde alors, souffla Carly en serrant la main de Jag. Tout le monde va bien ?

— Si tu parles de Monica et Baker, oui. L'autre type, pas tellement. Il a récolté ce qu'il a semé. Ce que je veux dire, c'est que Baker n'a pas hésité à faire le nécessaire pour que Monica soit en sécurité. Il a aussi pris un avion pour New York afin de rencontrer des mafieux et de faire en sorte qu'Elodie soit en sécurité contre toute vengeance d'une certaine famille. Il devrait se détendre pendant sa retraite et ne s'inquiéter de rien d'autre que la météo du surf, mais ce n'est pas le cas. Il fait autant partie de notre équipe que nous autres, même s'il n'est plus en service.

— Alors, il veut faire en sorte que Kenna soit en sécurité, dit doucement Carly.

— Oui, répondit Jag sans hésiter.

Pour une raison ou pour une autre, elle sentit son cœur se serrer à cette réponse.

— Mais il veut aussi réduire le danger pour *toi*, mon ange, continua Jag.

Carly le regarda, sceptique.

— Mais ce Baker ne me connaît même pas.

— Peu importe. Il sait que tu es importante pour *moi*, et que tant que Luke n'est pas neutralisé, personne n'est en sécurité.

Elle se lécha les lèvres.

— Importante pour toi ?

Elle avait lâché la question sans réfléchir. Carly regretta immédiatement de ne pas pouvoir revenir en arrière.

— Oui, dit Jag, apparemment imperturbable. J'ai passé chaque minute de mon temps libre à veiller sur toi et à le harceler pour savoir ce qu'il avait pu découvrir.

Carly n'était franchement pas sûre de ce qu'elle pouvait répondre à cela. Elle savait seulement ce que ces paroles lui faisaient ressentir. Qu'elle avait de l'importance ! Qu'elle n'était pas invisible ! Que quelqu'un se souciait de savoir si elle vivait ou mourait. Tout cela lui donna envie de pleurer.

Il continua à parler, comme s'il comprenait qu'elle avait besoin d'un petit moment de répit.

— Quand nous aurons rencontré l'inspecteur, ça te dirait d'aller voir Kenna ? Je sais qu'elle aimerait beaucoup te voir.

Carly avait envie de dire non. Être avec Kenna était... bizarre maintenant. C'était de la faute de Carly si son amie avait été prise en otage et presque massacrée.

— D'accord, chuchota-t-elle à la place, au bout d'un long moment.

— Si tu as besoin de plus de temps, ce n'est pas grave, mais je sais que tu lui manques terriblement, dit Jag avec douceur. Aleck dit qu'elle parle tout le temps de toi et qu'elle se plaint que le travail n'est pas aussi amusant en ton absence. Si tu n'es pas prête à la voir, nous pourrions nous rendre à Barbers Point et voir si Lexie, Elodie et Ashlyn ont besoin d'aide à Food For All.

Carly eut un pincement au cœur. Elle en avait envie. Vraiment envie. Mais l'idée d'être dehors si longtemps faisait monter son pouls en flèche. Et si elle attirait l'attention sur ses amies, si elle conduisait Luke jusqu'à l'une d'elles, elle ne se le pardonnerait jamais.

— Regarde-moi, mon ange, dit Jag d'une voix basse que Carly ne put pas ignorer.

Elle détestait être ainsi. Ça lui manquait d'être la personne extravertie qu'elle était autrefois. Elle regarda Jag et le vit partager son attention entre elle et la route.

— Je te pousse beaucoup. Je le sais. Mais tu n'es pas seule. Il y a des gens qui t'aiment et qui se soucient de toi. Tu as dit que tu voulais reprendre le contrôle de ta vie et je vais t'aider à le faire. Même si j'aimerais bien être à tes côtés chaque minute de chaque jour, je ne le peux pas. Je ne veux surtout pas que tu te caches chez moi comme tu le faisais chez toi.

— Penses-tu que c'est ce que je veux ? demanda Carly, presque avec colère. Je déteste avoir peur de poser un pied dehors. Je déteste m'ennuyer à mourir à la maison. Mes amis me manquent !

— Alors, laisse-moi t'aider à trouver l'ancienne Carly, dit Jag, pas du tout perturbé par son emportement.

— Et si tu ne le peux pas ? Si elle était partie pour de bon ? chuchota Carly.

— Ce n'est pas le cas, dit-il fermement. Elle a peut-être changé, elle n'est pas partie. Tu vas surmonter ça. Tu veux savoir comment je le sais ?

Carly hocha la tête.

— Parce que tu le veux. Ça peut sembler simpliste, mais quand je regarde dans tes yeux, je vois la détermination. Et la colère. Et un désir de reprendre le cours de ta vie. Et crois-moi quand je dis que beaucoup de gens ayant traversé des traumatismes n'ont pas ça. Parfois, ils se perdent eux-mêmes. Mais pas toi. Tu peux le faire, Carly. Ça ne sera pas facile. Bon sang, j'aimerais pouvoir te dire qu'il suffit d'être positive, mais c'est bien plus que ça. C'est une lutte de chaque jour pour surmonter les démons dans ta tête qui essaient de te dire qu'il vaut mieux te cacher. Il faut te forcer à faire des choses qui t'effraient. Il faut t'appuyer sur tes amis quand tu penses que tu ne peux pas continuer par toi-même. Tu peux le faire, mon ange. Je crois en toi.

Carly déglutit et laissa les mots pénétrer sa psyché. Elle avait besoin d'entendre cela. Enfin, pas le fait que ça allait être difficile, mais le reste.

Et à ce moment-là, elle comprit autre chose...

Jag parlait comme s'il connaissait cette expérience. Comme s'il avait traversé quelque chose de similaire.

Mais ça ne pouvait pas être exact. Il était la personne la plus forte qu'elle connaissait. Qu'aurait-il pu vivre d'approchant ? Elle ne pensait pas que c'était d'avoir été ciblé par quelqu'un souhaitant le tuer : être un SEAL faisait de lui une cible chaque fois qu'il partait en mission, non ? Avait-il été prisonnier de guerre ? Torturé ?

Carly constata à ce moment-là qu'elle ne connaissait pas *vraiment* Jag. Elle savait qu'il était digne de confiance, qu'il avait été là quand elle avait eu besoin de lui. Mais elle ne connaissait même pas les informations les plus basiques sur lui. Où il avait grandi. S'il avait des frères et sœurs. La raison pour laquelle il s'était engagé dans la marine.

Et ne pas savoir ces choses-là lui fit froncer les sourcils. Elle voulut soudain *tout* savoir sur cet homme. Elle s'était appuyée sur lui au cours des derniers mois. Elle comprit seulement à ce moment-là comme elle avait été égoïste.

— Jag ?

— Oui, mon ange ?

— Je... d'accord.

Il la regarda, inquiet.

— D'accord ?

Elle hocha la tête.

— Je peux faire ça. Je ne vais pas laisser Shawn gagner.

— Bravo, dit-il avec fierté.

— Mais pouvons-nous attendre de voir comment se passe la visite chez l'inspecteur avant de faire d'autres plans ? Pouvons-nous faire de tout petits pas dans l'Opération Ramener Carly ?

Jag gloussa.

— Oui, mon ange. C'est possible. Et je suis désolé, j'ai tendance à devenir trop focalisé quand je veux quelque chose.

Il la regarda encore... et Carly s'était arrêtée de respirer en voyant l'intérêt et l'intensité dans son regard. Quand il se détourna vers la route, elle eut l'impression de pouvoir respirer à nouveau. Mon Dieu, Jag lui était fatal.

Cependant, elle ne put empêcher l'étincelle de satisfaction au fond d'elle parce qu'il l'avait regardée de cette façon.

Elle sentit une nouvelle fois la détermination monter en elle. Elle avait l'impression d'être dans un grand huit émotionnel. D'abord, elle était terrifiée, puis en colère, puis elle avait envie de pleurer... et maintenant elle se demandait comment elle pouvait éventuellement attirer Jag afin qu'il l'apprécie comme plus qu'une amie.

C'était perturbant et fatigant, mais pour la première fois depuis des mois, Carly se sentait en vie. Comme si elle avait un avenir. Même mort, Shawn lui avait volé cela pendant un moment. Elle allait faire de son mieux pour passer à autre chose. Pour reléguer Shawn au passé. Et la première étape était de demander à l'inspecteur de lui parler de son affaire. De lui dire ce qu'il avait découvert sur Luke. Avec un peu de chance, ce qu'il avait appris allait l'aider à avancer.

Sans Jag à ses côtés, Carly avait l'impression qu'elle n'aurait jamais eu le courage d'entreprendre le trajet jusqu'au commissariat. Mais il était là et elle se sentait plus forte. En serrant sa main avec gratitude, Carly fit de son mieux pour se détendre sur son siège.

Aujourd'hui, elle avait l'impression que c'était le premier jour du reste de sa vie. Elle ne savait pas du tout ce qu'elle allait faire ensuite, mais ce devait être mieux que se cacher dans un coin de sa chambre. En jetant un coup d'œil discret vers Jag, elle s'émerveilla encore de sa présence. Il lui tenait la main. Il l'appelait son ange.

Elle voulait cet homme pour elle. Il ne ressemblait pas du tout à Shawn, elle en avait la certitude. Mais elle voulait être une femme meilleure pour lui. Il méritait quelqu'un qui n'avait pas peur tout le temps. Quelqu'un dont il pouvait être fier.

Cette pensée suffit à lui donner la volonté de se battre. Jag le méritait et elle voulait croire qu'elle aussi.

* * *

Ses pensées positives durèrent jusqu'à ce qu'elle s'assoie dans une salle d'interrogatoire au poste de police d'Honolulu et qu'elle soit forcée à attendre l'inspecteur Lee. Plus il les faisait attendre, plus Carly devenait nerveuse. Ce qui n'aidait pas, c'était que Jag faisait les cent pas avec impatience. Il n'était manifestement pas content de devoir patienter non plus.

Au bout d'une heure complète, l'inspecteur entra enfin dans la pièce.

— Je suis désolé de vous avoir fait attendre.

Carly ouvrit la bouche pour dire que ce n'était rien, mais Jag parla le premier.

— Vous avez raison de l'être. Nous sommes ici depuis une heure. Est-ce ainsi que vous traitez toutes vos victimes ?

Elle ne pensait pas que c'était le meilleur moyen de commencer une conversation, mais c'était trop tard, maintenant.

À sa grande surprise, l'inspecteur dit :

— Vous avez raison. Et non, ce n'est pas le cas. J'étais sur une scène de crime où un homme de quatre-vingt-sept ans a été agressé, sans doute dans le but de lui voler de l'argent pour acheter de la drogue. Ils ont obtenu dix dollars et le vieil homme est maintenant à l'hôpital pour essayer de se faire recoudre la tête.

Carly grimaça.

Jag passa une main dans ses cheveux.

— Pardon, mon vieux.

L'homme soupira.

— Non, je suis désolé. Ce n'était pas juste de ma part. Et quelqu'un aurait dû vous dire que je n'étais pas là. Je vais découvrir à quel niveau la communication a été mauvaise et je ferai en sorte que ça ne se reproduise pas, dit l'inspecteur Lee. Et si nous reprenions à zéro ?

Jag hocha la tête.

— Je suis l'inspecteur Makanui Lee. La plupart des gens m'appellent Mack. Ou inspecteur.

Il tendit la main vers Jag.

— Jagger Bennet. Je suis un ami de Carly. Un ami proche. Et je suis un SEAL en poste à la base navale. Mes amis et moi avons essayé de retrouver Luke, mais en vain, alors je m'intéresse beaucoup à ce que vous avez pu découvrir.

Carly vit le respect s'immiscer dans le regard de l'inspecteur. Elle ne s'était pas attendue à ce que Jag avoue tout de suite qu'il était un SEAL, mais elle supposa que cela avait atteint l'effet désiré : Mack avait une meilleure opinion de lui.

Mack se tourna vers elle.

— Vous allez bien, Carly ?

Elle haussa les épaules.

— Oui.

Manifestement, elle ne mentait pas bien, car Mack fronça immédiatement les sourcils. Il ne fit cependant aucun commentaire sur sa tentative évidente de cacher comment elle se sentait vraiment.

— Merci d'être venue ici aujourd'hui. Je sais que vous avez déjà raconté vos souvenirs de ce soir-là et des jours précédents, mais pensez-vous pouvoir reprendre le récit ? Vous pourriez vous souvenir de quelque chose de nouveau, cette fois.

Carly soupira. Elle ne se souvenait de rien d'autre qui puisse aider l'inspecteur à trouver Luke. Elle n'avait rien vu qui sorte de l'ordinaire avant ce jour-là et si elle avait eu la plus petite idée de ce que Shawn était sur le point de faire, elle aurait dit quelque chose. Mais elle posa les mains sur ses genoux et reprit consciencieusement le récit de l'attaque. Non, elle n'avait pas vu Shawn de toute la journée ni les jours avant qu'il vienne au restaurant. La dernière fois était plusieurs mois auparavant, le soir où elle avait rencontré Jag pour la première fois, chez Duke's. Oui, elle avait vu Luke sur la plage le jour de la mort de Shawn, mais il n'avait pas du tout essayé de lui parler.

Quand elle eut terminé, elle attendit que l'inspecteur lui pose plus de questions, mais il se contenta de soupirer et s'appuya contre le dossier de sa chaise.

— Bon, alors voilà... nous avons parlé à Luke Keyes, et il n'y a absolument aucune preuve qu'il a été impliqué dans la tentative d'enlèvement de mademoiselle Madigan.

— Attendez... quoi ? s'exclama Jag, incrédule. Vous lui avez parlé ? En personne ?

— Oui. Il savait que nous le cherchions et il est venu de son propre gré.

— Merde, jura Jag en se levant et en recommençant à faire les cent pas. Comment se fait-il que Carly ne soit pas au courant ? Carly, savais-tu qu'ils l'avaient retrouvé ?

Elle secoua la tête. Elle était tout aussi surprise que Jag.

— Nous avons vérifié son alibi et tout est en ordre. Il a prétendu être avec sa petite amie et elle a corroboré.

— Elle pourrait mentir, suggéra Jag.

L'inspecteur pinça les lèvres pendant un moment avant de répondre :

— C'est possible, mais nous avons interrogé beaucoup de suspects potentiels, et ils ont tous les deux paru crédibles.

Carly vit que Jag était sur le point de craquer. Quand il repassa devant elle, elle posa la main sur sa cuisse et il s'arrêta immédiatement.

Il inspira profondément comme pour essayer de se calmer, puis annonça :

— Un de mes amis cherche Luke depuis que c'est arrivé. Et mon ami est doué dans ce qu'il fait. Où se trouve Luke maintenant ?

— Vous savez que je ne peux pas révéler cette information, dit l'inspecteur. Mais il a apparemment beaucoup d'amis qui font de leur mieux pour le cacher.

— N'est-ce pas illégal ? parvint à dire Carly.

— Pas alors qu'il n'a pas été inculpé, dit Mack. Il a aussi pris un avocat. Il est venu une fois pour nous donner sa déposition, mais a dit que toutes les autres questions allaient devoir passer par son avocat.

— Alors, si vous ne pensez pas que c'est Luke, qu'avez-vous découvert sur la personne qui travaillait avec son ex ? demanda Jag dont l'irritation était facile à entendre.

Carly détestait la confrontation. Cela la mettait extrêmement mal à l'aise. Elle préférait que les gens entendent au lieu qu'ils se disputent. Malgré tout, elle était ravie que Jag soit avec elle aujourd'hui. Il posait toutes les questions pour lesquelles elle souhaitait des réponses, mais elle savait qu'elle n'aurait sans doute pas eu le courage de les poser.

L'inspecteur Lee parut gêné. Il attrapa le carnet dans lequel il avait pris des notes et tourna une page.

— Nous avons interrogé toutes les personnes qui auraient pu être impliquées d'après mademoiselle Stewart. Jamie Redmon, le patron de Shawn à l'usine Coca-Cola ; Eddie Evans, le voisin de Shawn ; Kelly Gregory, la femme que Shawn fréquentait avant Carly ; Wes Schell, le propriétaire de l'appartement de Shawn ; Luke et sa petite amie, Rebecca Nelson ; et les trois meilleurs amis de Shawn, Beau Langford, Gideon Sparks et Jeremiah Barrowman. Nous n'avons aucune preuve que l'un d'entre eux travaillait avec Shawn.

Carly frissonna en entendant la liste de noms. Chacune de ces personnes était proche de Shawn, sauf Kelly, et elle n'aurait pas été surprise si un ou plusieurs des autres avaient comploté avec son ex pour lui faire du mal.

— Combien possèdent leur propre bateau ? demanda Jag.

— Trois. Jamie, Eddie et Beau.

— Et avez-vous vérifié auprès des marinas où sont gardés leurs bateaux ?

— Oui.

Jag posait des questions à l'inspecteur en continu et il fallait admettre que celui-ci n'hésitait pas à répondre.

Cette réunion ne s'était pas du tout passée comme Carly l'avait prédit. Elle avait espéré obtenir des preuves concrètes que Luke travaillait avec son père et être rassurée qu'il allait bientôt être inculpé et derrière les barreaux. Mais ça n'allait manifestement pas se produire. En fait, l'homme qu'elle pensait être le plus grand danger pour elle n'était peut-être pas la personne dont elle devait être effrayée, finalement.

L'enquête semblait bloquée. L'inspecteur n'avait trouvé aucune information qui le menait à croire que quelqu'un travaillait avec Shawn.

— Vous savez aussi bien que nous que Shawn avait un complice, dit Jag.

Il n'avait pas bougé de sa place à côté d'elle pendant qu'il posait ses questions. Carly avait toujours la main sur sa jambe, elle serrait même son pantalon maintenant, se sentant engourdie après tout ce qu'elle avait entendu.

— D'après les affirmations de Kenna Madigan, Shawn n'avait pas toute sa tête ce soir-là, expliqua l'inspecteur Lee. Il est entièrement possible qu'il ait cru que quelqu'un venait le chercher, alors qu'il n'y avait personne. La tempête de ce soir-là a été la pire depuis plusieurs années. Il aurait été presque impossible que quelqu'un parvienne à se diriger dans le vent, la pluie et la visibilité quasi inexistante.

— Alors, quoi, c'est tout ? aboya Jag. L'enquête est terminée ? L'affaire est close ?

— Je n'ai pas dit ça, nuança l'inspecteur.

Il se tourna pour regarder Carly.

— Avez-vous quelqu'un d'autre en tête qui aurait pu travailler avec votre ex ?

— Non, dit Jag, parlant une fois de plus avant que Carly ait le temps de répondre.

Elle leva la tête, perplexe. Il ne la regardait pas, car il était occupé à lancer des poignards avec les yeux vers l'inspecteur Lee.

— Ce n'est pas de la responsabilité de Carly de vous donner des suspects. C'est votre responsabilité en tant qu'inspecteur de faire votre travail et de le découvrir par vous-même.

— Ce n'est pas grave, dit-elle doucement, tapotant inconsciemment la jambe de Jag.

— Si, rétorqua-t-il en secouant la tête.

— Nous nous sommes renseignés sur les gens avec lesquels Shawn a travaillé, nous avons discuté avec la plupart au téléphone, expliqua l'inspecteur Lee. Leurs alibis ont été vérifiés. Ils étaient presque tous chez eux avec leur famille et leurs proches. Nous avons passé des centaines d'heures à interroger des suspects, et presque chaque personne a été surprise par ce qui est arrivé. Certaines ne connaissaient même pas Carly, ne l'avaient jamais rencontrée, et n'avaient aucun mobile pour aider Shawn. Nous n'avons pas classé l'affaire, mais nous n'avons aucune preuve qu'il y a eu quelqu'un sur l'eau ce soir-là, attendant de conduire Shawn et son otage loin de la zone. Nous avons parcouru les vidéos de surveillance des marinas près de Waikiki et n'avons trouvé rien qui sorte de l'ordinaire. Sauf si Carly pense à quelqu'un d'autre ayant aidé Shawn, ou jusqu'à ce que d'autres preuves apparaissent, il n'y a pas grand-chose que nous puissions faire maintenant.

Carly déglutit. Elle ne savait pas trop comment se sentir. Devait-elle être soulagée que toutes les personnes qu'elle avait nommées eussent été blanchies ? Ou devait-elle se sentir encore *plus* paranoïaque ?

Sans un mot, Jag prit la main de Carly dans la sienne. Il l'aida à se relever et passa immédiatement un bras autour de sa taille, la serrant contre lui. C'était une bonne chose... parce que Carly avait l'impression que si elle ne s'appuyait pas sur lui, elle allait tomber à plat ventre.

— Vous nous contactez si vous découvrez d'autres informations, d'accord ? demanda Jag.

— Bien sûr, dit l'inspecteur Lee. Je suis vraiment désolé de ne pas avoir de meilleures nouvelles pour vous aujourd'hui. Si ça peut vous aider, étant donné que l'incident a eu lieu il y a longtemps, je pense que vous êtes en sécurité. Monsieur Keyes était manifestement le cerveau de ce complot et si quelqu'un a travaillé avec lui, sa mort l'a fait passer à autre chose.

Jag ne répondit pas, mais Carly ne souhaitait pas être impolie et elle le remercia.

Elle traversa le commissariat main dans la main avec Jag, et quand les gens le voyaient arriver, ils se poussaient vite hors de son chemin. Il n'était pas très grand – sauf comparé à elle –, mais il exsudait largement assez de colère pour que personne n'ose le chercher.

Ils sortirent dans l'air chaud de l'après-midi et il ne ralentit pas en se dirigeant vers le parking. Comme d'habitude, dès que Carly posa un pied dehors, elle sentit les cheveux se dresser sur sa nuque. Elle ne put s'empêcher d'avoir l'impression d'être surveillée. C'était en partie la raison pour laquelle elle s'était cachée si longtemps.

Même si l'inspecteur Lee lui avait dit qu'elle était sans doute en sécurité, ce n'était pas ce qu'elle ressentait. En jetant un coup d'œil à Jag, elle se sentit légèrement mieux. Il tournait constamment la tête, cherchant qui ou quoi que ce soit de louche.

Jag ouvrit la portière côté passager sans un mot et Carly monta. Elle le suivit du regard quand il fit le tour de la voiture. Après avoir fermé sa portière, Jag serra fortement le volant en regardant droit devant lui.

— Jag ? demanda doucement Carly.

— Accorde-moi une minute, répondit-il en serrant les dents.

Elle fut déstabilisée de le voir si contrarié. Depuis qu'elle le connaissait, il était toujours posé. Là, il donnait l'impression d'être sur le point de craquer.

Carly déglutit et attendit sans faire de bruit. Elle respira à peine, ne voulant rien faire qui risque de le contrarier plus qu'il ne l'était déjà. Mais elle n'avait pas peur de lui. Pas comme elle avait eu peur de Shawn quand il était submergé par la colère. Non, Jag ne lui ferait jamais de mal. Il n'était pas fâché contre elle, mais manifestement frustré par la situation et par toutes les questions sans réponse soulevées par la discussion avec l'inspecteur.

Quand elle tendit la main et la posa sur son bras, il se tourna immédiatement vers elle. Il prit sa main dans la sienne et la porta à ses lèvres. Il embrassa doucement ses doigts en soupirant.

— Je suis désolé. J'agis comme un con.

— Ce n'est pas grave, le rassura Carly tout de suite.

— Si. En général, je contrôle mieux mes émotions. Mais je ne suis pas content que les policiers n'aient aucun suspect. Et qu'ils pensent que personne ne travaillait avec Shawn.

— C'était peut-être le cas, dit Carly en haussant les épaules.

Il la regarda.

— Si, il avait un complice, dit-il fermement.

— Comment le sais-tu ? Je suis peut-être simplement paranoïaque.

— Non, tu ne l'es pas. J'en suis certaine. Il y a eu de nombreuses missions où j'ai eu une espèce de sixième sens indiquant que quelque chose n'allait pas. On peut appeler ça de l'intuition ou ce que tu veux, mais j'ai été entraîné à ne jamais ignorer ces sentiments. Et tu ne t'es pas cachée pour rien. Si tu as eu l'impression que quelqu'un t'observait, c'est que quelqu'un t'observait.

Il marqua un temps d'arrêt.

— T'ai-je fait peur ?

Carly écarquilla les yeux.

— Fait peur ?

— Je ne veux rien faire qui risque de te rappeler l'enfoiré avec lequel tu es sortie. Je ne te blesserai jamais physiquement, et je ferai de mon mieux pour ne pas te faire de mal émotionnellement. Si j'ai besoin de temps pour traiter une information, tu ne dois pas avoir peur que je me passe les nerfs sur toi. D'accord ?

— D'accord, répondit tout de suite Carly.

Il embrassa encore ses doigts, puis il descendit la main de Carly pour la poser sur sa cuisse, sans la lâcher.

— L'inspecteur pense peut-être que c'est fini, mais je ne serai satisfait que lorsque Baker aura lui-même parlé à chacune des connaissances de Shawn. Et tant que ce n'est pas arrivé, et que Baker ne m'a pas dit qu'il les a disculpés, je veux que tu loges chez moi.

L'émotion qui tournait dans ses yeux marron chocolat hypnotisa presque Carly, la figeant sur place.

— D'accord.

Que pouvait-elle dire d'autre ? Elle ne voulait certainement pas retourner à son appartement, surtout pas après avoir appris que la police ne cherchait personne activement.

Elle comprit enfin qu'ils pensaient réellement que Luke n'était pas impliqué. Elle avait donné tous ces noms à l'inspecteur Lee parce qu'il avait insisté pour savoir quels étaient les amis de Shawn, mais elle n'avait jamais vraiment cru que l'un d'entre eux ait un rapport avec le plan insensé de l'enlever et de le torturer.

Mais si Luke n'était pas la personne qui attendait dans l'océan, prêt à passer prendre son père... qui était-ce ? La police avait-elle raison ? Shawn délirait-il et avait-il seulement *cru* que quelqu'un venait le chercher ? Cela semblait improbable.

— Stop, dit Jag en démêlant leurs doigts et en posant doucement la main autour de sa nuque.

Il ne serrait pas, ni lui faisait mal, mais son contact la tira de la crise d'angoisse dans laquelle elle avait commencé à s'engager.

— Respire, mon ange.

Elle suivit son conseil.

— Bien. Encore.

Carly inspira profondément, détestant le sentiment de vulnérabilité qui la submergeait.

— Je vais parler à Baker, lui faire savoir ce qu'a dit l'inspecteur. Il ne va pas simplement lui faire aveuglément confiance : cet homme a confiance en personne. Il trouvera Luke et lui parlera. Il va aussi trouver tous les autres que l'inspecteur a mentionnés. Si l'un d'entre eux travaillait avec Shawn, il le découvrira.

— Va-t-il... les torturer ?

Jag parut surpris un instant, puis étonnamment, il sourit. Une partie de l'émotion de son visage s'estompa.

— Non. C'est un dur, mais il n'ira pas jusque-là. Il n'en aura pas besoin. Il est fort pour pousser les gens à être honnêtes avec lui.

Carly essayait de détendre ses épaules voûtées et le reste de ses muscles.

— D'accord.

— Tu avais raison de me demander d'attendre la fin du rendez-vous pour décider nos plans du reste de la journée. Je n'ai aucune envie d'être sociable maintenant. Et toi ?

Elle secoua la tête.

— Bien. Que dirais-tu d'une balade sur la plage ?

L'effort qu'elle avait fait pour détendre ses muscles fut gâché quand elle se raidit immédiatement.

— Une petite, dit Jag. À Barbers Point.

— Je ne peux pas, répondit Carly d'une voix tremblante.

— Tu penses que je vais laisser quelque chose t'arriver ? demanda Jag en inclinant la tête.

La respiration de Carly s'était accélérée à l'idée de marcher sur une plage publique, à découvert.

— Je ne suis pas prête, lui dit-elle en évitant de répondre à sa question.

— Tu l'es, insista-t-il. Tu ne luttes plus toute seule, mon ange. Je suis là.

Carly ferma les yeux et sentit le pouce de Jag frôler la peau sensible de sa nuque. Elle voulut insister pour qu'il la ramène à son appartement, où elle pouvait s'enfermer une fois de plus et essayer de digérer tout ce que l'inspecteur avait révélé. Mais c'était lâche. Un pas en arrière. Elle voulait croire que personne ne lui cherchait des crosses. Que personne n'attendait le bon moment... mais ce n'était pas si facile.

Détestant son déferlement d'émotions, Carly essaya d'invoquer la colère qu'elle avait ressentie plus tôt.

— D'accord, chuchota-t-elle.

— Et la voilà, dit Jag.

Carly ouvrit les yeux et le regarda.

— Mon ange courageux. Nous ferons une petite balade. Puis nous récupérerons de la nourriture à emporter en rentrant et j'appellerai Baker.

Sa main commença à glisser de son cou, et Carly lui saisit le poignet. Il s'immobilisa.

— Merci, Jag. Pour tout. Je fais des efforts, mais je n'arrive pas à me débarrasser de l'impression que je suis surveillée.

Il tourna immédiatement la tête pour regarder par la vitre du côté de Carly, puis de son côté. Il la regarda à nouveau seulement quand il fut certain que personne ne se cachait autour de leur voiture.

— Qu'il te surveille, dit-il fermement. Il saura que tu n'es plus seule. S'il tente quoi que ce soit, il va le regretter.

Carly n'était pas sûre d'aimer entendre ça, mais Jag s'était déjà tourné pour démarrer. Il sortit du parking et ils quittèrent la ville.

CHAPITRE CINQ

Le reste de la fin d'après-midi s'était passé assez tranquillement. Carly était tendue et manifestement sur les nerfs pendant qu'ils marchaient sur la plage, mais Jag avait fait de son mieux pour la mettre à l'aise. Après une courte balade de quinze minutes, ils étaient de retour dans sa voiture et se dirigeaient vers son immeuble.

Il récupéra de la nourriture italienne en chemin, et il ne manqua pas de remarquer la façon dont les épaules de Carly se relâchèrent de soulagement dès que la porte fut fermée et verrouillée derrière eux. Il détestait qu'elle se sente si vulnérable et effrayée en public, mais il ne pouvait pas vraiment lui en vouloir.

Il était furieux d'entendre l'inspecteur dire que l'enquête était au point mort, qu'il n'avait trouvé aucune preuve d'un complice de l'ex de Carly. Quelqu'un avait comploté avec Shawn. Quelqu'un avait volontairement suivi son plan pour enlever et torturer Carly. Ce n'était pas parce que l'inspecteur n'avait pas découvert qui c'était ni parce que quelqu'un était un très bon menteur que la menace planant au-dessus de Carly était écartée.

Il avait commis une erreur en laissant passer autant de temps avant d'agir. Carly avait souffert inutilement, seule dans cet appartement, et Jag allait mettre longtemps à se le pardonner.

Il était content d'avoir au moins pu convaincre Carly d'appeler Kenna sur le chemin du retour. Elle avait semblé plus enthousiaste après leur courte conversation.

Elle allait très vite raviver l'amitié qu'elle avait avec l'autre femme, être réintégrée à la tribu des filles. Il était certain que Monica et elle allaient bien s'entendre en apprenant à se connaître. Monica était un peu réservée et Carly allait sans doute l'aimer encore davantage pour ça. Oui, Carly avait été extravertie et sociable, mais après les derniers mois écoulés, elle avait compris pourquoi on pouvait vouloir rester discret. Elle allait respecter cet aspect de la personnalité de Monica.

Il avait envoyé un texto à Mustang pour lui faire savoir qu'il avait besoin de parler, mais plus tard, quand il n'aurait pas à surveiller ce qu'il disait en présence de Carly. Ce n'était pas qu'il souhaitait lui cacher des choses, mais il voulait la protéger de sa propre colère concernant la situation. Il avait été idiot plus tôt, en lui faisant voir sa frustration après la discussion avec l'inspecteur. Il ne voulait pas lui donner de raisons de le comparer avec Shawn.

Cependant, Jag était furieux. Contre la police. Contre lui-même parce qu'il ne l'avait pas conduite ici plus tôt. Contre celui qui était tapi dans l'ombre, la surveillant en attendant.

Carly avait dit avoir l'impression d'être observée et Jag était certain que le complice mystérieux était bien là, quelque part. Il y avait une raison pour laquelle elle s'était cachée dans son appartement, et l'impression que quelqu'un l'observait en permanence était une très bonne raison.

— Pourquoi n'irais-tu pas au lit ? suggéra Jag quand la nuit fut tombée à l'extérieur.

Depuis le dîner, Carly lisait un livre sur son téléphone, du moins elle essayait. Ses paupières n'arrêtaient pas de se fermer involontairement. Elle faisait penser à une fillette à l'école qui s'endormait en cours. Sa tête tombait, la réveillant avant qu'elle fasse de son mieux pour se concentrer sur son livre. Mais inévitablement, ses yeux se refermaient et sa tête tombait une fois de plus. Elle devait rattraper davantage de sommeil.

Elle le fixa et il lut la question dans ses yeux. Jag avait fait de son mieux pour lui donner un peu d'air. Il avait eu envie de s'asseoir à côté d'elle sur son canapé et de l'attirer contre lui, mais il avait résisté. Il était déjà allé assez vite comme ça. Il ne voulait surtout pas la mettre mal à l'aise avec leur situation.

Jag aimait l'avoir ici. Il avait passé trop de nuits à s'inquiéter pour elle. À se demander si elle mangeait, si elle dormait bien, si elle avait peur. La voir ici apaisait beaucoup la part de lui qui voulait prendre soin d'elle. S'assurer qu'elle allait bien.

— Euh, d'accord. Mais...

Elle devint inaudible.

— Quoi, Carly ? Tu peux me demander ce que tu veux. Me dire tout ce que tu veux.

— Tu n'as qu'une seule chambre, lâcha-t-elle. Je pensais dormir ici.

— Non.

Sa réponse fut ferme et non négociable.

— Si quelqu'un dort sur le canapé, ce sera moi.

— Je ne peux pas prendre ton lit, protesta-t-elle.

— Pourquoi pas ?

— Parce que.

— Ce n'est pas une réponse, la taquina-t-il. Écoute, c'est un lit king size. Il y a largement assez de place pour nous : je jure sur mon honneur de SEAL que je ne te toucherai pas et que je ne ferai rien qui te mette mal à l'aise. Tu es en sécurité, mon ange. Tu ne crains rien de tous ceux qui pourraient vouloir te mettre la main dessus, et de ma part. Mais si tu n'es pas à l'aise à l'idée que je dorme là-bas, alors je dormirai ici. Ce n'est pas un problème. Ce canapé est confortable, je m'y suis endormi très souvent en regardant la télé. De plus, j'ai dormi dans des endroits bien pires au cours de ma vie. La seule chose qui m'importe, c'est que tu sois en sécurité.

Carly le fixa longuement. Il ne pouvait pas lire les émotions qui tourbillonnaient dans ses yeux, ce qui l'ennuya. Beaucoup.

— D'accord.

Il se détendit légèrement à cette réponse, mais il sourit néanmoins en répétant :

— D'accord, quoi ? Veux-tu que je reste ici ou que je vienne dans la chambre avec toi ?

Il retint sa respiration en attendant la réponse. Surtout parce qu'il avait envie de dormir à côté d'elle plus qu'il n'avait envie de respirer.

La veille avait été un rêve devenu réalité. Sa présence calmait les démons qui tournaient dans sa tête, et c'était un miracle, car il avait vécu si longtemps avec eux. Mais il allait faire tout ce dont elle avait besoin et être reconnaissant qu'elle partage le même espace que lui.

— J'ai une question, dit-elle.

— Vas-y.

— Quel côté du lit aimes-tu ? Parce que j'aime le côté droit, et je ne suis pas certaine de pouvoir dormir sur le côté gauche.

Elle esquissa un sourire en attendant sa réponse.

Jag gloussa.

Tu peux avoir le côté droit.

— Jag ?

— Oui, mon ange ?

— Je ne te remercierai jamais assez pour...

— Non.

Il l'interrompait, mais ça lui était égal.

— Tu ne sais même pas ce que j'allais dire, protesta-t-elle.

— Si, et je ne veux surtout pas de ta gratitude, dit-il franchement. Je m'en veux déjà de ne pas avoir agi plus tôt. L'idée que tu es restée recroquevillée dans ton appartement, morte de peur, ça...

Il frissonna. Cela le touchait personnellement, voilà quoi. Mais il ne le dit pas.

— Tu es ici parce que tu comptes pour moi. Parce que je déteste l'idée que tu ne vives pas ta vie. Alors, on ne parle plus de gratitude, d'accord ?

— Je vais essayer, dit-elle.

— Bien. Je viendrai me coucher un peu plus tard.

Carly le fixa un instant avant de hocher la tête et de se lever. Elle longea le couloir et il entendit la porte de la chambre se refermer.

Inspirant profondément, Jag se leva et attrapa son téléphone. Il avait eu envie d'appeler Baker tout l'après-midi. Cet homme n'allait pas bien prendre ce qu'il avait l'intention de lui dire, mais il ne voulait pas attendre une seconde de plus.

À l'affût du moindre bruit indiquant que Carly sortait de la chambre, il fit les cent pas avec impatience pendant que le téléphone sonnait à son oreille.

— Baker.

— C'est Jag. J'ai des infos.

— Je t'écoute.

Jag parla alors à Baker de l'inspecteur qui s'était entretenu en personne avec Luke et du fait que la police croyait son alibi. Il énuméra alors les autres personnes mentionnées par Carly, expliquant que la police écartait l'implication de l'un d'entre eux.

Quand il eut terminé, il y eut un silence à l'autre bout de la ligne.

— Baker ? Toujours là ?

— Je suis là, dit-il. Il est évident que je n'ai pas fait assez d'efforts dans cette affaire. Ça va changer tout de suite.

Un peu inquiet par l'absence d'émotion dans le ton de

Baker, et sachant que ça ne présageait rien de bon pour Luke Keyes ou les autres, Jag ajouta :

— Carly est en sécurité. Elle est ici avec moi.

— Il était temps, aboya-t-il.

Jag eut envie de rire. Ça ne faisait pas très longtemps qu'il avait rencontré Carly pour la première fois. Uniquement quelqu'un de leur petit cercle aurait pensé que trop de temps s'était écoulé avant qu'il la fasse emménager chez lui. La seule personne qui allait plus lentement, c'était Slate.

— Tiens-moi au courant, ordonna Jag. Je veux savoir ce que tu as appris dès que tu prendras contact avec un suspect.

— Je travaille seul, lui rappela Baker.

— Pas dans ce cas précis, non, insista Jag. Je ne connais pas ton passé, mais les SEALs travaillent ensemble. Et tu n'es peut-être plus actif, mais tu es toujours un putain de SEAL. De plus, on parle de ma copine. C'est la vie de Carly qui est en jeu et si je dois veiller sur elle, il faut que je sache ce qu'il se passe. Pigé ?

Baker hésita un instant, puis Jag entendit un gloussement rauque au bout du fil.

— Merde, mon vieux, je ne pense pas t'avoir déjà entendu parler autant d'une seule traite.

— Je t'emmerde, grogna Jag.

— Tu crois ce que dit l'inspecteur ? demanda Baker en changeant brutalement de sujet.

— Oui et non. Il est évident que tous les suspects ne sont pas coupables, mais je pense vraiment que c'est le cas de l'un d'entre eux. Il y avait *quelqu'un* dans l'océan pour attendre une espèce de signal de la part de Shawn et venir le chercher.

— Penses-tu qu'il ou elle voudra essayer de terminer ce que Shawn a commencé ? demanda Baker.

Jag commençait à être irrité. L'autre homme connaissait déjà la réponse à cette question.

— Oui. Si cette personne a été assez folle pour être d'accord

avec le plan, elle est impliquée. Peut-être suffisamment impliquée pour aller jusqu'au bout.

— Exactement. Je vais faire quelques recherches. Puis je te
recontacte.

Baker raccrocha sans un mot de plus.

Jag était tendu. Fébrile. Il voulait *faire* quelque chose.
Trouver les suspects et les interroger lui-même. Mais comme il
était un SEAL en service, il devait faire attention. Il valait
mieux que Baker fasse le travail sur le terrain, même si ça ne
plaisait pas à Jag.

Sans hésiter, Jag tourna sur lui-même et longea le couloir
jusqu'à sa chambre. Il était plus tôt que l'heure à laquelle il se
couchait d'habitude, mais d'un autre côté, Carly n'était pas là à
l'attendre, en général.

Il poussa lentement la porte de la chambre et contempla la
femme dans son lit. Elle avait laissé la lumière de la salle de
bain, ce qui lui permettait de la distinguer facilement. Elle était
à droite, allongée sur le côté, roulée en boule. Il détestait sa
position défensive.

Il attrapa un jogging et partit dans la salle de bain. Il eut fini
au bout d'une minute environ et se dirigea vers le côté gauche
de son lit king size. Il laissa la lampe , ne voulant pas que Carly
se réveille et oublie où elle était.

Il n'avait pas menti plus tôt. Ça lui était égal que Carly
prenne le côté droit du lit... parce qu'en général il dormait au
milieu. C'était plus difficile pour quelqu'un de le surprendre
en pleine nuit s'il se trouvait au centre du grand matelas. Il se
décala vers sa place habituelle et ne put s'empêcher de
sourire quand Carly se tourna immédiatement et se blottit
contre lui.

Et tant pis pour la résolution de ne pas se toucher en
dormant.

Jag avait su que ça allait se produire. Il était impossible qu'il
parvienne à garder ses distances. Pas après l'avoir serrée dans

ses bras la nuit précédente. Il voulait avoir le droit de la toucher, et pas seulement au lit.

C'était très nouveau. Il n'avait jamais été obsédé par le sexe. Jamais. Et c'était troublant d'y penser si souvent maintenant. Le sexe avec Carly allait changer sa vie, il en était certain.

Il n'était pas encore prêt pour cette étape. Il voulait être sûr de lui. Voulait qu'*elle* en soit sûre. Il voulait qu'elle soit avec lui à cause de ce qu'il était, pas parce qu'il veillait sur elle. La différence était subtile et il ne savait pas du tout si elle allait être capable de séparer les deux.

Il était un SEAL et son métier était de garder les gens en sécurité. Enfin, ce n'était pas tout ce qu'il faisait, mais c'était une grande partie de lui. Il s'était très vite donné comme mission dans la vie de protéger ceux qui ne pouvaient pas le faire eux-mêmes. Les vulnérables et les faibles. Non pas que Carly était faible, bien au contraire. Il devait peut-être davantage se préoccuper de lui-même, voir s'il était capable de séparer Carly de son propre passé.

Les souvenirs menaçaient de l'entraîner vers des pensées sombres et Jag fit de son mieux pour les repousser. Il inspira, humant ainsi l'odeur légèrement sucrée de sa crème. Il avait vu le flacon sur le lavabo de sa salle de bain. Fleurs de cerisier. Il n'allait plus jamais sentir cette odeur sans penser à elle.

— Quelle heure est-il ? marmonna-t-elle.

— Chhh, chuchota Jag. Il est tard.

Il n'était pas vraiment très tard, mais il ne voulait pas qu'elle se réveille complètement, qu'elle se sente bizarre d'être blottie contre lui et qu'elle se retourne en remettant de l'espace entre eux.

— D'accord.

Il retint sa respiration jusqu'à sentir le souffle de ses longues expirations frôler sa peau. Jag devait penser à un million de choses. Les choses qu'il voulait faire pour aider

Carly. Mais à ce moment-là, il put seulement se concentrer sur ce qu'il ressentait en l'ayant à ses côtés.

Lentement, il leva une main et retira les cheveux de son visage. Elle fronça un peu le nez à son contact, mais elle se blottit encore davantage contre lui. Ses cheveux blonds étaient étalés sur l'oreiller de Jag et il résista à l'envie de porter quelques mèches à son nez pour inspirer son odeur. Elle avait le visage détendu dans le sommeil et des lèvres rebondies et tentantes qu'il ne pouvait s'empêcher de fixer. Elle était seulement un peu plus petite que lui, et il adorait la façon dont elle s'adaptait parfaitement contre lui.

Il aurait dû être surpris d'être aussi attiré par elle, de remarquer chaque détail chez elle. Jag ne s'était jamais vraiment intéressé à l'apparence d'une femme, il était plus inquiet des arrière-pensées qu'elle pouvait avoir.

Et elles semblaient toujours en avoir. Vouloir coucher avec un SEAL juste pour s'en vanter. Vouloir quelque chose de lui. L'utiliser d'une façon ou d'une autre. Ce n'était que lorsque Mustang était sorti avec Elodie que Jag avait rencontré une femme complètement altruiste. Elodie aimait son chef d'équipe de façon inconditionnelle et ce sentiment était réciproque. Puis Lexie était arrivé dans la vie de Midas et Jag avait vu la même chose entre eux.

Quand Aleck avait rencontré Kenna, Jag avait commencé à s'ouvrir à la possibilité que peut-être, juste peut-être, il existait quelqu'un pour lui aussi. La relation de Monica et Pid avait renforcé cette idée.

Et le voilà maintenant avec Carly. Oh, ils n'avaient pas une relation. Pas romantique, du moins. Mais il se sentait bien plus à l'aise parce qu'ils avaient commencé en étant amis. Il avait appris à la connaître au cours des derniers mois et la confiance avait grandi.

Pour la première fois de sa vie, Jag voulait une petite amie. Il voulait partager son espace avec quelqu'un. Il découvrit même qu'il voulait s'ouvrir à elle, la laisser entrer et partager tous ses secrets cachés. Mais il était vraiment trop tôt pour cela.

En attendant, il allait faire son possible pour aider Carly à reprendre le contrôle de sa vie... et si quelqu'un essayait de le lui reprendre, ils allaient devoir l'affronter.

Jag s'endormit avec un sentiment d'anticipation. Il était prêt. Prêt à affronter les dragons de Carly... et également à ce qu'elle tue les siens en même temps.

CHAPITRE SIX

Carly lutta contre l'envie de vomir. Elle n'arrivait pas à croire qu'elle avait laissé Jag la convaincre de faire ça.

La semaine précédente avait été incroyable. Elle se sentait presque comme autrefois. Elle avait parlé presque quotidiennement avec Kenna au téléphone et elle était sortie de l'appartement de Jag au moins une fois par jour. D'accord, il avait toujours été à ses côtés, mais quand même.

Ils étaient allés à l'épicerie, il l'avait conduite au centre commercial pour récupérer d'autres affaires dont elle avait besoin, et il l'avait même emmenée à la plage pour un piquenique, un soir. C'était drôle, parce que les gens semblaient toujours les éviter, comme s'ils avaient peur de Jag. Mais Carly n'avait jamais, pas une seule fois, eu peur du grand homme. Elle se sentait moins vulnérable avec lui... et elle aimait secrètement l'air dangereux que les autres percevaient chez lui.

Pour elle, il représentait la sécurité. Mais ce n'était pas tout.

Plus ils passaient de temps ensemble, plus c'était difficile de ne pas se jeter sur lui.

Il la touchait constamment. La frôlant doucement au creux des reins, posant leurs mains entrelacées sur sa cuisse pendant qu'ils regardaient la télé, embrassant même sa tempe de temps en temps. Mais c'était la nuit qu'elle avait le plus de mal à retenir ses mains.

Chaque soir, il l'envoyait se coucher la première. Elle était généralement endormie quand il arrivait, mais elle se réveillait immédiatement quand il grimpait dans le lit. Elle se tournait et se collait contre lui, sachant qu'il allait passer son bras autour d'elle et la rapprocher. Pendant les derniers mois, les nuits avaient été les pires pour elle, et de loin. Elle imaginait tout le temps voir des gens traîner dans l'ombre. Elle avait mieux dormi au cours de la semaine passée avec Jag que de toute sa vie, même avant sa paranoïa.

Mais être constamment près de lui donnait envie d'avoir plus. Elle était contente qu'il ne veuille pas de sa gratitude, même si elle la ressentait encore, parce qu'elle voulait qu'il la voie comme autre chose qu'une victime. Elle voulait ce qu'avait Kenna. Ce qu'avaient Elodie, Lexie et Monica. Elle voulait avoir le droit de toucher Jag comme elle en avait envie, où elle voulait et quand elle voulait. Elle voulait le privilège de connaître ses pensées intimes.

Mais ils n'en étaient pas encore là. Elle voulait croire qu'ils avançaient vers une relation plus intime, mais que ça allait prendre du temps.

Ce qui ne faisait pas du tout plaisir à Carly, c'était la façon dont Jag l'avait poussée à parler à Alani, sa gérante chez Duke's. Ou plutôt, son ancienne gérante. Ce qui la ramenait à sa situation compliquée du moment.

Carly ne savait pas si elle était prête à retourner au travail. Quitter l'appartement de Jag était toujours terriblement stressant et difficile. Et il voulait qu'elle sorte, se mette peut-être en danger, en retournant au travail ?

— Je ne comprends toujours pas pourquoi tu insistes, dit-elle alors qu'ils étaient assis en voiture dans un parking de Waikiki, pas loin de chez Duke's.

Elle avait accepté de venir parler avec Alani, mais maintenant qu'elle était là, elle voulait insister pour que Jag la ramène chez lui.

— Qu'aimes-tu dans le travail de serveuse ? demanda-t-il au lieu de tenir compte de sa remarque.

Elle soupira.

— Traîner avec Kenna. Et Paulo et Kaleen. J'aimais voir les visages des gens quand ils goûtaient le hula pie. C'était amusant quand des groupes venaient célébrer quelque chose... des anniversaires, des mariages. Et je mentirais en disant que je n'aimais pas gagner de l'argent.

— Je remarque que tu as commencé par lister les amitiés, dit Jag. Carly, tu ressembles beaucoup à Kenna dans la mesure où tu t'épanouis auprès des autres. Les gens te rendent heureuse. Tu en as besoin.

— Mais fréquenter des gens signifie que Luke ou qui que ce soit qui travaillait avec Shawn, peut m'atteindre, protesta Carly.

Jag attrapa sa main et la serra entre les siennes.

— J'aimerais pouvoir te dire que ça n'arrivera pas. Mais c'est impossible. Je ne suis pas vraiment ravi que la police n'ait pas trouvé de lien entre le plan de Shawn et ses connaissances, mais je pense que ton besoin d'être avec des amis surpasse mon désir de t'enfermer jusqu'à ce que nous découvrions qui Shawn avait recruté pour l'aider.

Le respect de Carly pour Jag augmenta encore. Elle avait besoin qu'il soit franc avec elle, même quand ça la contrariait, et c'était ce qu'il faisait.

— J'ai parlé à Aleck et il a engagé un service de transport qui conduit Kenna au travail chaque jour, puis c'est lui qui passe la prendre le soir. Il dit que ça ne serait pas un problème de te rajouter au planning. Je pense que si tu peux faire les mêmes services que Kenna, tu te sentiras bien plus à l'aise. Et tu m'as dit toi-même que quand tu avais pris la mesure d'éloignement contre Shawn, tu étais hyper vigilante au travail, tout comme les barmans et les autres serveurs. Kenna a ajouté qu'il y a maintenant un agent de sécurité au restaurant pendant les ouvertures. Tu peux le faire, Carly, je le sais.

Sa foi en elle lui donna envie de pleurer. Il avait davantage confiance en elle qu'elle-même.

— J'ai peur, Jag, avoua-t-elle.

Ce n'était pas comme s'il ne savait pas qu'elle avait peur de quitter son appartement. Il avait vu ses mini crises d'angoisse chaque fois qu'il l'avait convaincue de sortir avec lui pour faire une course ou autre. Il avait vu comment elle était constamment à l'affût au cas où on veuille l'enlever.

— Je sais, dit-il doucement en déplaçant une de ses mains jusqu'à son visage.

Carly ferma les yeux et s'appuya contre sa paume.

— Mais je sais aussi que tu en as besoin.

Carly eut envie de le contredire. Voulait lui dire que non, elle avait besoin de traîner chez lui jusqu'à ce que la police, ou Baker, trouvent des preuves concrètes contre quelqu'un et qu'il se fasse arrêter. Elle savait que ce n'était pas réaliste... ni courageux.

— Si je me fais enlever chez Duke's, je te tiendrai pour responsable, plaisanta-t-elle sans conviction.

Le visage de Jag ne montra pas une once d'humour.

— Moi aussi, acquiesça-t-il. Tu es prête ?

Carly secoua la tête, mais répondit :

— Oui, je suppose.

Maintenant, il esquissa un sourire.

— Tu es incroyable, dit-il sans bouger pour sortir de la voiture.

— Non, je ne le suis vraiment pas, protesta-t-elle.

Jag se pencha en avant... et Carly retint son souffle. Allait-il l'embrasser ? Oh, mon Dieu, pourvu qu'il soit sur le point de l'embrasser.

Mais au lieu de poser ses lèvres sur les siennes, il l'embrassa son front.

Carly laissa échapper le souffle qu'elle retenait – et elle crut voir Jag sourire légèrement –, mais quand il s'écarta, son regard était impassible.

— Quand tu auras parlé à Alani, que dirais-tu de rendre visite à Food For All ?

C'était samedi et Carly savait que la banque alimentaire allait être bondée. Lexie, Elodie, et Ashlyn travaillaient comme des folles pour aider autant de personnes que possible.

— Alani aura peut-être de la nourriture que nous pouvons leur apporter, suggéra-t-elle nonchalamment.

— Peut-être, acquiesça Jag. Reste assise, je fais le tour.

Carly hocha la tête et le regarda descendre de la voiture et faire le tour par devant. Il lui avait expliqué ça et même si Carly insistait en disant qu'elle pouvait ouvrir sa propre portière, elle devait admettre se sentir mieux quand il descendait le premier pour jeter un coup d'œil aux alentours. De plus, il était à côté d'elle si quelqu'un osait tenter quelque chose dans le parking.

Il atteignit sa portière en quelques secondes, tendant la main pour l'aider à sortir. Quand il referma la portière, il ne lâcha pas sa main et Carly ne pensa même pas à protester. C'était nouveau depuis un jour environ : ils se tenaient constamment la main quand ils étaient hors de la maison. Et elle adorait tenir la main de Jag. Cela lui donnait plus d'assurance. Si quelqu'un l'observait, il allait peut-être comprendre que c'était stupide de tenter quoi que ce soit avec cet homme musclé à ses côtés.

Ils descendirent l'escalier jusqu'à la rue et tournèrent en direction de Duke's. Ils traversèrent la partie commerciale de l'entrée de l'hôtel, se dirigeant jusqu'au fond où se trouvait le restaurant.

Dès qu'ils s'en approchèrent, Vera poussa un cri aigu et quitta son pupitre d'hôtesse en courant vers eux.

Carly entendit Jag glousser juste avant qu'il lui lâche la main. Elle se prépara au choc et la main de Jag dans le dos de Carly l'empêcha de tomber en arrière quand Vera lui fit un tacle-câlin.

— Oh mon Dieu ! C'est tellement bon de te voir ! s'exclama Vera dont la voix était étouffée par les cheveux de Carly.

— Merci, dit-elle.

Tout le monde autour d'eux les dévisageait maintenant, mais pour une fois, Carly s'en moquait. Elle ferma les yeux et se réjouit du plaisir des retrouvailles. La réaction de Vera était sincère et venait du fond du cœur et Carly dut lutter pour empêcher ses larmes de couler.

Vera s'écarta et sourit.

— S'il te plaît s'il te plaît, s'il te plaît, dis-moi que tu es venue ici pour travailler et pas pour manger, dit-elle.

Carly haussa les épaules.

— Je suis là pour parler avec Alani. Je ne sais pas trop si je peux récupérer mon travail. J'avais démissionné.

Vera agita nonchalamment la main.

— Oh, tu le récupéreras, dit-elle avec assurance. Les derniers nouveaux ont été horribles. Toujours en retard, voulant prendre des pauses plus longues que prévu.

L'hôtesse passa un bras autour de celui de Carly et l'escorta vers l'entrée.

— C'est *vraiment* merveilleux de te voir, dit Vera.

Carly jeta un coup d'œil en arrière et vit Jag la suivre à une distance discrète. L'avoir derrière elle était un soulagement énorme. Pour la première fois depuis des lustres, elle ne ressentit pas le besoin d'être constamment sur ses gardes. Jag allait faire en sorte qu'elle soit en sécurité.

Alani devait avoir entendu le cri de Vera quand elle avait vu Carly, car lorsqu'ils s'approchèrent de l'entrée, la gérante passa le coin et lui sourit. Elle ne fit pas une scène comme Vera, mais l'expression sur son visage était tout aussi sincère. Elle serra

Carly dans ses bras avant de poser les mains sur ses épaules et de demander :

— Est-ce que ça va ?

— Ça va, répondit Carly.

— Nous avons tous été très inquiets pour toi. Ce qui est arrivé était horrible. Et terrifiant.

— Je suis désolée de ne pas avoir été là, répondit Carly dont la culpabilité menaçait de la submerger. Shawn était venu pour *moi*.

— Eh bien, je ne suis pas désolée, rétorqua fermement Alani. Il est impossible de savoir ce que cet enfoiré aurait fait s'il avait mis la main sur toi.

Carly déglutit. Ceci était encore plus difficile qu'elle ne l'avait anticipé. Mais Alani ne sembla pas remarquer son malaise.

— Viens. Si je ne te montre pas à un certain duo au bar, je n'ai pas fini d'en entendre parler.

Son ancienne gérante l'entraîna vers la zone du bar.

Il y eut un autre cri bruyant, puis Paulo courut vers elle. Carly ne put s'empêcher de rire. Paulo était toujours un peu théâtral et c'était agréable de voir que rien n'avait changé en son absence.

Le barman la souleva et la fit tourner en rond avant de reposer ses pieds sur le sol.

— Tu es de retour !

— Eh bien, je ne suis pas sûre d'être *de retour*-de retour, mais je suis là pour parler de l'éventualité avec Alani.

— Oh, tu es de retour, affirma Paulo.

Puis Kaleen arriva et Carly fut écrasée entre d'autres bras. Les deux barmans firent de leur mieux pour s'interrompre l'un l'autre en essayant de la mettre à jour sur des mois de ragots.

Cela fit rire Carly.

— Ça suffit, vous deux, bon sang. Rien ne change par ici,

hein ? Vous êtes toujours comme les Trois Stooges, sauf que vous n'êtes que deux.

Ils éclatèrent de rire et Alani se joignit à eux.

— Je jurerais que les clients viennent seulement pour écouter leurs bavardages, dit la gérante. Je leur ferais faire des horaires différents si je ne pensais pas que nos clients s'en plaindraient.

— Paulo est un casse-pieds, mais c'est un très bon barman, dit Kaleen avec un sourire.

— Je ne suis pas casse-pieds, c'est *toi*, rétorqua-t-il.

— Ah oui ? Et qui a convaincu ce type de t'inviter à sortir la semaine dernière ? demanda Kaleen. Tu ne me trouvais pas pénible à ce moment-là.

— C'est vrai et cet homme était superbe, dit Paulo en s'éventant le visage de la main d'un air théâtral.

— Bon, au travail, vous deux, ordonna Alani. Je vous ramènerai Carly quand nous aurons discuté.

Paulo se pencha en avant et lui fit un clin d'œil en demandant :

— Ce bel étalon qui ne peut pas te quitter des yeux une seconde est avec *toi* ?

Carly se retourna et vit Jag appuyé contre un mur pas très loin de là. Il la dévisageait effectivement et pour une fois, Carly était ravie d'être surveillée. Elle se tourna vers Paulo.

— C'est Jag. Tu l'as déjà rencontré quelques fois.

Paulo plissa les yeux avant de se redresser.

— Bon sang, c'est vrai. Tous les meilleurs sont déjà pris.

Puis il se pencha en avant et serra une fois de plus Carly dans ses bras avant de repartir au bar. Heureusement, il était assez tôt pour qu'il n'y ait pas trop de monde et personne ne sembla être dérangé de devoir attendre un peu les boissons.

— Viens, dit Alani. Je pense qu'il vaut mieux discuter avant que le reste des employés te voie. Sinon, nous n'aurons jamais le temps.

Carly la suivit vers la cuisine puis le petit bureau au fond.

Elle regarda Jag une fois de plus, soulagée que son regard soit toujours rivé sur elle. C'était incroyable de le voir veiller sur elle. C'était une des principales raisons pour lesquelles elle l'avait laissé la convaincre de quitter son appartement cette semaine-là : elle lui faisait confiance.

Elle articula silencieusement : « ça va ? » avant d'entrer dans les cuisines.

Jag hocha la tête et fit tourner un doigt en l'air avant d'indiquer le sol. Carly interpréta cela comme signifiant qu'il allait l'attendre sans bouger. Elle hocha la tête et il sourit.

Ce sourire lui donna encore plus de courage, ce dont elle avait vraiment besoin avant de parler avec son ancienne patronne.

CHAPITRE SEPT

Jag resta au même endroit en attendant que Carly finisse sa discussion avec sa gérante. Il avait une bonne vue sur le bar et la plage au-delà de la zone du restaurant. Partout où il regardait, il voyait des touristes souriants et des employés de bonne humeur. Il comprenait pourquoi Kenna et Carly aimaient travailler ici.

Les autres employés semblaient assez agréables et Jag n'était pas surpris de l'accueil qu'ils avaient réservé à Carly. Elle n'était pas tout à fait aussi extravertie que Kenna, mais elle n'était pas très loin non plus.

Jag ne vit aucun intrus, ce qui était un soulagement. Il attendait toujours que Baker envoie des photos des gens sur lesquels l'inspecteur avait enquêté. Les proches de Shawn énumérés par Carly. Tant qu'il ne les avait pas, il ne pouvait pas baisser ses gardes.

Son regard s'égara vers l'océan. En ce moment, l'eau était presque aussi lisse que du verre. Il était difficile de croire qu'elle avait été si dangereuse quelques mois auparavant.

Jag n'était pas ennuyé à l'idée de devoir attendre Carly pendant qu'elle discutait avec Alani aussi longtemps que nécessaire. Il fut donc surpris lorsqu'elles sortirent de la cuisine vingt minutes plus tard seulement.

Carly serra sa patronne dans les bras avant de le rejoindre.

— Tout va bien ? demanda Jag.

— Oui.

Elle ne lui parla pas de ce dont elles avaient discuté, si elle avait récupéré son travail ou pas, et avant que Jag puisse poser la question, deux des serveurs s'approchèrent.

Une fois de plus, il vit l'accueil réservé à Carly. Elle les lui présenta comme étant Justin et Charlotte. Pendant qu'ils parlaient... il se produisit exactement ce à quoi il s'était attendu. Carly sembla s'illuminer de l'intérieur à mesure qu'elle passait du temps avec des gens qu'elle aimait et respectait.

Il fallut encore quarante minutes avant qu'elle ait terminé de parler avec tous les employés qu'elle connaissait, et même quelques clients qui devaient être des habitués s'arrêtèrent pour lui dire bonjour.

Quand il la raccompagna à travers l'espace commercial et jusqu'à la rue principale de Waikiki, Jag prit une fois de plus sa main dans la sienne.

Ils ne parlèrent pas en se dirigeant vers le parking. Il y avait beaucoup de monde aux alentours et il se concentrait pour contourner les nombreux touristes. Quand il l'eut installée dans sa voiture et verrouillé les portières, Jag se tourna vers elle et demanda :

— Alors ?

Carly lui fit un petit sourire.

— Apparemment, Alani n'a jamais transmis les papiers pour ma fin de contrat. Elle n'est donc pas obligée de me réengager. Je peux commencer dès que je suis prête.

— C'est une très bonne nouvelle, mon ange.

Carly inspira profondément.

— Oui, je suppose. Je n'étais pas très enthousiaste à l'idée de reprendre le travail, surtout pas chez Duke's, où tout a eu lieu. Mais en venant ici aujourd'hui et en voyant tout le monde, j'ai compris combien ça me manquait.

Jag ne put empêcher le sourire qui se forma sur son visage.

Carly le vit et leva les yeux au ciel.

— Vas-y, dis-le.

— Quoi ?

— « Je te l'avais bien dit ».

— Je ne te le dirai jamais. J'étais à peu près certain que tout se passerait bien aujourd'hui, mais il existait toujours la possibilité que tu n'en aies plus envie. Qu'il y avait trop de mauvais souvenirs. Il est évident que tu es très respectée et appréciée par tout le monde chez Duke's, et cela en dit long sur le genre de serveuse que tu es, mais surtout qui tu es en tant que personne.

— Mais j'ai toujours peur, avoua Carly avec franchise.

— Le contraire m'aurait surpris.

— Alani a dit que je pouvais travailler pendant les mêmes services que Kenna aussi longtemps que je le veux, et ça me rassure. J'espère seulement que ça ne gênera pas Kenna.

— Ça ne la gênera pas, affirma Jag.

Carly fixa ses mains pendant un moment, puis elle leva le menton et le regarda dans les yeux.

— Penses-tu que je suis paranoïaque ? L'inspecteur Lee a peut-être raison, personne ne cherche à s'en prendre à moi. Cela fait des mois. Même si quelqu'un travaillait avec Shawn, il est possible que ça ne l'intéresse plus maintenant qu'il est mort.

Jag entendait l'espoir dans sa voix et même s'il ne voulait pas l'effrayer plus qu'elle ne l'était déjà, il ne pouvait pas en toute conscience être d'accord avec elle.

— Je ne pense pas que tu es paranoïaque, dit-il avec précaution. Je crois que tu as raison d'être prudente. Tant que nous ne savons pas exactement ce que Shawn avait prévu et avec qui, tu dois faire attention. Je ne pense pas qu'il était perturbé au point d'halluciner un complice. Et ton ex était clairement le cerveau de ce plan insensé, mais je ne veux pas ignorer l'éventualité, même si elle est infime, que son partenaire veuille aller jusqu'au bout, malgré la mort de Shawn.

— Oui. C'est ce que je pensais.

Quand elle regarda à nouveau ses mains, Jag posa un doigt sur son menton et leva la tête de Carly.

— Ça ne veut pas dire que tu ne dois pas vivre ta vie. Il faut simplement que tu fasses un peu plus attention qu'autrefois.

Carly le fixa, le regard bleu plein d'émotion.

— Puis-je te demander quelque chose ?

— Tu peux me demander n'importe quoi, la rassura Jag en laissant tomber la main.

— Si tu penses vraiment que je suis encore en danger, pourquoi n'insistes-tu pas pour que je reste enfermée jusqu'à ce que cette personne se fasse attraper ? Je veux dire, je n'imagine pas Mustang laisser Elodie se rendre au travail si elle était à ma place. Et Aleck n'aimerait pas du tout que Kenna insiste pour aller travailler pendant que Shawn se balade encore librement.

C'était une bonne question. Jag n'était pas certain qu'elle soit vraiment prête à entendre sa réponse, mais il ne voulait pas lui mentir. Il ne voulait jamais lui mentir.

— La réponse courte, c'est que t'enfermer finirait par te tuer. Lentement mais sûrement. Tu dois admettre que les derniers mois ont été un enfer pour toi.

Carly acquiesça en hochant la tête.

— Comme je l'ai dit, tu n'es pas le genre de personne qui s'en sort bien en étant confiné. Tu as besoin de tes amis. Tu as besoin de gens. Est-ce idéal ? Non. Je veux autant que toi que cet enfoiré se fasse attraper. Mais je ne peux pas t'enfermer. Ce n'est pas de ça que tu as besoin. Et je vais te le dire tout de suite, mon ange, je fais *toujours* ce que je pense être dans ton intérêt, même si ça me fait souffrir.

Elle le fixa avec de grands yeux.

— Jag, chuchota-t-elle.

Il leva une main et toucha encore sa joue. Il apprécia qu'elle penche la tête pour lui donner un peu de son poids.

— Je ne sais pas ce que tu penses qu'il se passe entre nous, mais... en ce qui me concerne, nous sommes ensemble. Nous avons eu une relation peu conventionnelle jusqu'à maintenant, mais ça me va. Il faut que tu saches... que j'ai décidé au mariage d'Aleck que je n'allais plus garder mes distances. Si tu ne m'avais pas envoyé de texto à mon retour de cette mission, je n'avais pas l'intention de te laisser te cacher, de toute façon.

— Il m'avait bien semblé que tu avais un air entêté quand je t'ai dit que je voulais rentrer à la maison après la cérémonie, dit Carly.

Jag sourit.

— Oui. À vrai dire, j'étais content de voir ta colère, avoua-t-il.

— Je suis en colère, lui dit Carly. Furieuse que Shawn m'ait mise dans cette situation. Je sais que je suis jeune, mais je pensais qu'il m'aimait vraiment. À la fin, tout ce qu'il voulait, c'était me contrôler. Et quand il n'a pas pu le faire, sa folie est apparue.

— C'est exactement ce qui est arrivé, acquiesça Jag. Mais rien n'était de ta faute, tu le sais, n'est-ce pas ?

— J'essaie de le croire, souffla Carly.

— Tu es incroyable, lâcha Jag pour la centième fois.

S'il le disait suffisamment, elle allait peut-être finir par le croire.

— Tu es une amie fabuleuse, drôle, travailleuse, et altruiste. Si ce crétin avait un problème avec toi, c'était de sa faute, pas la tienne. Et tu n'es pas si jeune que ça.

Carly sourit et secoua la tête.

— Ça te gêne de sortir avec un vieil homme comme moi ? demanda Jag.

— Tu n'es pas vieux, protesta Carly.

— J'ai dix ans de plus que toi... même si certains jours, j'ai l'impression d'être encore plus vieux.

— La vérité est que j'ai toujours préféré les types plus âgés. Je ne sais pas pourquoi. Peut-être parce qu'ils semblent simplement plus matures, plus posés que les hommes de mon âge. Je ne sais pas. Mais pour répondre à ta question, non, ça m'est égal que tu aies trente-cinq ans. Ça te gêne que je n'en aie que vingt-cinq ?

— Carrément pas, affirma Jag. Alors... on est ensemble ?

Elle lui fit un petit sourire et leva une main en couvrant celle qui était toujours sur sa joue.

— Je suppose. Jag ?

— Oui ?

— Puisque nous sommes ensemble maintenant... tu pourrais m'embrasser ?

Jag sentit son pouls s'accélérer. Il était incapable de parler ni de trouver les mots pour lui dire ce que ce moment signifiait pour lui. Il ne savait pas comment lui dire qu'il était inquiet pour elle. Qu'il l'encourageait peut-être à reprendre sa routine normale, mais qu'il n'avait pas l'intention de la laisser vulnérable à une attaque. Qu'elle devenait rapidement la personne la plus importante de sa vie.

Au lieu de parler, il déplaça la main pour la poser dans sa nuque et se pencha en avant. L'angle était mauvais à cause de la console entre eux, mais il était impensable que Jag laisse passer ce moment sans poser ses lèvres sur les siennes.

Dès que leurs bouches se touchèrent, Jag ferma les yeux, presque submergé par l'émotion. Il sentit les cheveux se dresser sur sa tête comme à cause d'une décharge électrique lorsqu'elle ouvrit timidement la bouche sur la sienne. Jag eut soudain l'impression d'être vierge. De bien des façons, il l'était.

Il serra la main autour de son cou et Carly gémit en inclinant la tête pour s'approcher davantage de lui. Elle lécha sa langue et ce fut au tour de Jag de faire un bruit guttural comme s'il était torturé. Ce qui aurait pu commencer comme une rencontre timide et douce de leurs lèvres se transforma instantanément en autre chose. Quelque chose de bien plus intense.

Jag ne pouvait pas s'approcher d'elle autant qu'il le voulait. Il maintint Carly immobile pendant qu'il la dévorait.

Jag ne savait pas combien de temps ils s'embrassèrent. Quand il finit par s'écarter, il haletait comme s'il venait de courir seize kilomètres avec son sac de quatorze kilos sur le dos. Il fixa Carly avec vénération. Il avait l'impression d'avoir traversé un mur de briques qu'il ne savait même pas avoir construit dans son esprit.

Il n'avait jamais autant désiré une femme au cours de ses trente-cinq années d'existence. Sa queue pulsait dans son pantalon et pour la première fois de sa vie, il comprenait pourquoi les hommes pouvaient devenir fous pour une femme.

— Euh... waouh, dit Carly en se léchant les lèvres.

Il n'avait pas retiré la main de sa nuque et il serra involontairement les doigts quand elle fit ce commentaire dans un souffle.

— Oui, acquiesça-t-il en ayant du mal à ne plus regarder ses lèvres.

Il l'imaginait à genoux, ses lèvres autour de sa queue pendant qu'elle levait la tête vers lui avec ses yeux bleus charbonneux. C'était si charnel. Jag ne pouvait arrêter d'y penser.

— Il y a beaucoup de choses qui m'effraient, dit Carly en serrant son poignet avec plus de force. Mais tu n'en fais pas partie.

Putain. Elle allait l'achever.

Jag se força à détendre la main dans sa nuque. Il ne s'était même pas rendu compte qu'il s'était autant agrippé à elle.

— Bien. Je ne veux surtout pas te faire peur, dit-il.

Le regard de Carly transperça le sien et avec une perspicacité inouïe répliqua.

— Je ressens la même chose à ton sujet.

Pendant une fraction de seconde, Jag paniqua. Avait-elle deviné ? Avait-elle compris qu'il était dépassé dans le domaine de l'intimité avec une femme ? Il n'était pas vierge – l'idée le fit presque ricaner à haute voix –, mais de toutes les façons qui comptaient, il aurait aussi bien pu l'être. Tout semblait différent avec elle. Naturel. Agréable. Exactement comme cela devrait toujours être entre deux personnes.

Inspirant profondément et sentant l'odeur de fleurs de cerisier de Carly, Jag la tira une fois de plus vers lui et lui fit un baiser rapide. Il voulait s'attarder, voulait explorer leur connexion, mais ce n'était ni le moment ni l'endroit. À contrecœur, il la relâcha en s'asseyant.

— Tu es toujours partante pour te rendre à Food For All ?

Il fallut un moment pour que Carly retrouve ses marques et Jag ne put s'empêcher d'être flatté. Il aimait la troubler. Au moins, elle pensait à lui en ce moment et pas à sa peur de ne pas être dans l'appartement où elle se sentait en sécurité.

Elle hocha lentement la tête.

— Oui, je crois.

— Bien.

— Mais j'ai oublié de demander à Alani s'il y avait de la nourriture en trop que je pouvais apporter.

— Tu auras largement le temps pour ça plus tard, la rassura Jag.

Il attrapa la clé sur le contact et sentit la main de Carly sur son bras.

Il se tourna vers elle.

— Je... merci, Jag. Pour tout. Si ça ne tenait qu'à moi, je serais toujours assise dans un coin de mon appartement à entendre et voir des monstres partout. Je ne dis pas que je suis prête à me balader en ville sans aucun souci, mais c'est agréable d'essayer de reprendre le contrôle de ma vie.

— Avec plaisir, mon ange. Et personne ne dit que tu dois immédiatement oublier toutes tes craintes. Je pense qu'un certain niveau de prudence est une bonne chose. Tu retrouveras celle que tu étais avant, je le sais.

Il n'ajouta pas qu'il espérait qu'elle voudrait encore de lui dans sa vie à ce moment-là.

Ne souhaitant même pas penser à l'éventualité qu'elle n'ait plus besoin de sa protection, Jag fit marche arrière hors de la place de parking.

Il était confiant en ce qui concernait ses capacités de SEAL. En mission, il était imbattable. Il n'acceptait pas la défaite et faisait le nécessaire pour réussir. Mais à un niveau plus personnel, les choses étaient très différentes. Jag détestait ça. Il voulait en permanence être le SEAL de la marine sûr de lui. En réalité, il était trop cabossé par la vie pour pouvoir transposer cette confiance dans sa vie personnelle. Il pouvait tuer sans hésiter, mais l'idée d'être avec une femme le faisait stresser jusqu'à en faire de l'urticaire.

Jusqu'à Carly.

Elle était différente. Spéciale.

Cependant, était-elle capable de gérer ses bizarreries en ce qui concernait l'intimité ? Il n'en était pas certain. Ce n'était pas contre elle, mais il avait quelques très gros problèmes.

Ne voulant pas penser à la raison pour laquelle il était ainsi avec les femmes, Jag se concentra sur sa conduite. Il jeta un coup d'œil dans le rétroviseur et ne vit rien ni personne d'inquiétant. Il devait toutefois rester vigilant. La vie de Carly pouvait en dépendre et s'il la laissait tomber, il ne s'en remettrait jamais.

* * *

L'homme tapi dans l'ombre du parking se renfrogna. Il se trouvait par hasard au bon moment et au bon endroit pour voir la connasse marcher sur l'avenue Kalakaua, comme si elle n'avait aucun souci au monde. Aux dernières nouvelles, elle était toujours terrée dans son appartement.

Comme un signe du destin, une voiture était sortie d'une place de parking dans la rue juste après qu'il eut vu Carly, alors il s'était garé et il l'avait suivie jusque chez Duke's. Il ne savait pas qui était l'homme avec elle… mais il n'aimait pas la façon dont ce type scrutait constamment les environs. Il était bien plus conscient de la présence de tout le monde que la connasse, ce qui n'arrangeait pas ses plans.

Il passa un coup de fil et fit savoir à son patron qu'il allait être en retard au travail, mentant au sujet d'une panne de voiture. Il était normalement un employé modèle : personne ne remettait sa parole en question. Il était plus important d'essayer de découvrir ce qu'il se passait avec Carly.

Il observa de loin comment elle fut accueillie les bras ouverts chez Duke's. Plus il regardait la scène, plus il était contrarié. Il avait été ravi quand elle avait démissionné. Il voulait qu'elle soit isolée et morte de peur. Il l'avait eue exactement où il voulait et s'était préparé à exécuter son plan.

Mais maintenant, quelque chose avait changé.

C'était l'homme avec elle. Il le savait.

Et ça le rendait curieux.

Rien n'allait l'empêcher d'accomplir son plan. Shawn était peut-être mort, mais il allait finir ce dont ils avaient parlé, même si c'était la dernière chose qu'il faisait. Il devait rendre ce service à l'autre homme.

Shawn l'avait pris sous son aile. Il n'avait jamais été capable de se faire des amis facilement… les gens pensaient qu'il était bizarre ou maladroit. Il n'avait jamais dit ce qu'il fallait, ri au bon moment. Mais Shawn l'avait accepté. Lui avait appris comment être un homme véritable, y compris comment prendre sa femme en main. Ils étaient allés dans des bars, avaient regardé le foot et beaucoup traînés ensemble. Shawn était un véritable ami. Son seul ami. Et avec l'aide et l'expertise de Shawn, il avait préparé le terrain pour quelqu'un de bien pour lui.

Le fait que son mentor avait tout fait pour Carly et qu'elle l'avait si facilement rejeté le faisait enrager. Elle avait eu de la *chance* d'avoir Shawn.

C'était à lui de venger son ami.

Shawn et lui avaient souvent et longtemps parlé d'une façon de faire payer Carly pour son manque de respect et sa désobéissance. Pour avoir cru qu'elle pouvait simplement partir. Leur amitié s'était approfondie pendant qu'ils planifiaient sa chute.

Et quand tout était parti de travers, il avait eu l'impression qu'une part de lui s'était irrévocablement perdue. Il n'était rien sans Shawn. Il était redevenu le type bizarre que personne ne voulait vraiment regarder dans les yeux. Particulièrement les femmes.

Plus d'une heure plus tard, il vit Carly quitter Duke's avec un énorme sourire sur le visage. C'était facile de se mêler aux touristes pendant qu'ils repartaient vers le parking. Ayant besoin de savoir quel type de voiture conduisait l'homme avec elle, il se faufila dans le parking et les observa depuis un escalier.

Quand ils s'embrassèrent, l'homme serra les poings en tremblant.

Non ! Elle n'avait pas le droit d'entraîner un autre homme dans ses filets ! Elle ne méritait pas d'être heureuse, pas après avoir gâché la vie de Shawn !

Pendant qu'il mémorisait la plaque d'immatriculation, de nouvelles idées commencèrent à tourner dans sa tête. Il devait s'y prendre différemment, maintenant qu'il y avait un autre homme dans l'histoire. Elle devait croire qu'elle était en sécurité. Qu'il n'y avait plus de menace cachée dans l'obscurité.

Oui, son nouveau plan était bien meilleur. Les flics lui avaient parlé et il avait facilement détourné tous leurs soupçons. Il pouvait faire pareil avec Carly.

En gloussant, ravi par le plan qui prenait forme dans sa tête, l'homme redescendit les marches et ressortit dans le chaud après-midi. Il ne se fâcha pas quand quelqu'un le bouscula. Il s'arrêta même pour aider un couple manifestement perdu à retrouver son chemin. Il était tout sourire.

Oui, tout allait très bien se passer. Carly allait quand même mourir à la fin, Shawn serait vengé et on ne le soupçonnerait jamais.

En sifflotant, il se dirigea vers sa voiture.

— J'arrive, Carly, dit-il doucement. Quand tu t'y attendras le moins, je te punirai.

CHAPITRE HUIT

Carly était encore toute bouleversée quand Jag s'approcha de Barbers Point. Elle ne pouvait pas non plus arrêter de sourire. Embrasser Jag avait été différent de tous les autres baisers. Ses terminaisons nerveuses avaient semblé lancer des étincelles quand leurs lèvres s'étaient rencontrées, et elle se sentait grisée et désespérée. C'était presque ridicule, mais au début, elle avait cru qu'il était timide. Elle avait fait le premier pas pour approfondir leurs chastes baisers. Mais quand elle avait touché ses lèvres avec la langue, il avait fini par prendre le contrôle.

Ça ne la gênait pas de prendre les rênes avec un homme de temps en temps, mais Carly préférait que ce soit lui aux commandes. Cela l'excitait. Et mon Dieu, dans ce domaine-là, Jag cochait toutes les cases. Il faisait sans doute doucement pour ne pas l'effrayer.

Jag ne lui faisait certainement pas peur.

Carly n'était pas idiote. Elle savait ce qu'il faisait comme travail. Ce n'était pas comme s'il parcourait les pays étrangers pour convaincre les méchants d'abandonner leurs projets malveillants. Non, il était une machine de guerre mortelle, c'était indubitable. Mais elle devait admettre aimer le côté plus doux qu'il lui avait montré.

Cet homme était très complexe. Un dur de la marine, et pourtant qui semblait un peu hésitant au sujet d'un baiser. Mais insistant et entêté pour qu'elle fasse ce qu'il voulait, c'est-à-dire voir Alani.

Et cela avait fonctionné. Carly n'arrivait pas à croire comme tout le monde avait été enthousiaste de la revoir. Et elle avait vu des larmes dans les yeux d'Alani quand elle lui avait dit qu'elle voulait revenir. Sa patronne s'était mise en quatre pour elle, promettant qu'elle pouvait avoir tous les services qu'elle voulait, y compris les mêmes que Kenna.

Les actes de Shawn avaient changé Carly, l'avaient rendue méfiante et mal à l'aise chez Duke's. Kenna était presque morte à cause d'elle et Carly avait eu peur que ses collègues lui en veuillent. Après tout, c'était son ex qui avait viré psychopathe. Mais elle n'avait vu aucun blâme dans les yeux de qui que ce soit. Tout le monde avait été accueillant et enthousiaste d'apprendre qu'elle revenait au travail.

En regardant Jag, elle dut admettre qu'il avait raison. Elle avait besoin des gens. Mais comment l'avait-il su après si peu de temps ? C'était une preuve de ses talents d'observation.

Elle savait qu'elle commençait à s'attacher à lui. Au cours des mois écoulés depuis que Shawn avait pris Kenna en otage quand il n'avait pas réussi à mettre la main sur Carly, Jag avait toujours simplement... été présent.

Il avait envoyé des messages, des e-mails, avait appelé, était passé. Il avait été patient et compréhensif. Il ne l'avait pas poussée à retourner au travail ou à appeler ses amis. Il l'avait écoutée quand elle avait besoin de parler, l'avait tenue au courant de tout ce que tout le monde faisait, et en général, avait été un soutien pour tout ce dont elle avait besoin.

Quand il en avait eu assez de la couver, Carly avait heureusement été au diapason, fatiguée d'être la personne peureuse et pathétique qu'elle était devenue. Elle avait eu besoin de ses encouragements. Sa décision de la faire emménager chez lui avait également été bénéfique. S'il s'était contenté de le lui demander au lieu d'insister, elle aurait refusé.

En gros, Jag avait fait tout ce qu'il fallait et l'attirance qu'elle éprouvait pour lui se métamorphosait rapidement en quelque chose de plus.

— Pourquoi ce sourire ? demanda Jag.

Parce qu'elle était de bonne humeur pour une fois, et que la peur ne l'accablait pas autant que d'habitude quand elle était à l'extérieur, Carly révéla ce qu'elle avait à l'esprit.

— Je pensais juste à ton côté très autoritaire.

Il parut surpris.

— Et ça te fait sourire ? demanda-t-il, incrédule.

— Oui.

— Ça énerverait la plupart des femmes, fit-il remarquer.

— Je ne suis pas la plupart des femmes.

— Ça, c'est vrai, marmonna Jag.

Carly sourit encore davantage. Puis elle ressentit le besoin de préciser :

— Je devrais te prévenir, je ne suis généralement pas aussi commode que dernièrement. Je t'ai laissé me convaincre de faire beaucoup de choses, mais ne t'y habitue pas.

Ce fut au tour de Jag de sourire.

— Ah oui ?

— Oui, confirma-t-elle.

— D'accord.

— D'accord ? Beaucoup *d'hommes* n'aiment pas les femmes indépendantes qui réfléchissent par elles-mêmes.

Jag ne répondit pas tout de suite. Il se gara sur le parking au bout de la rue de Food For All et coupa le moteur avant de se tourner vers elle.

— Certains hommes aiment effectivement les femmes soumises. Mais c'est épuisant de devoir travailler toute la journée, puis de rentrer à la maison et de prendre toutes les décisions au sujet d'une relation ou d'une maisonnée. Particulièrement dans mon domaine de travail. Les SEALs ont besoin que leur femme soit assez forte pour ne pas tomber en miettes quand ils sont envoyés en mission. Ajoute des enfants au mélange et c'est encore plus important.

Carly ne put s'empêcher d'être soulagée à ces mots. Il poursuivit :

— Et tu ne peux pas utiliser cet enfoiré de Shawn comme exemple. Les types comme lui veulent tout contrôler et ils adorent ça. Ils ne veulent pas de partenaires. Ne veulent pas quelqu'un avec qui partager leur vie. Ils ont besoin de dominer totalement quelqu'un pour se donner l'impression d'être importants.

— Il voulait que j'emménage avec lui, mais je n'arrêtais pas de le décourager, avoua Carly. Il n'était pas content. Mais je ne pouvais pas le faire. Luke vivait toujours chez lui et ça me faisait bizarre. Je savais que son fils me détestait, et plus Shawn essayait de me convaincre qu'emménager était ce que faisaient les bonnes petites amies, plus je rechignais.

Jag fronça les sourcils.

— Est-ce que tu parles du fait de loger chez moi ? demanda-t-il d'un ton manifestement inquiet. Parce que je ne suis pas du tout comme ce connard. Si tu veux retourner à ton appartement, tu le peux.

— Non ! lâcha Carly. Ce n'est pas ce que je voulais dire du tout... sauf si... ajouta-t-elle tout bas, tu veux que je parte ?

— Carrément pas ! Je ne veux pas que tu partes, dit Jag.

Il inspira profondément et ferma les yeux.

— Je suis en train de tout faire foirer, grommela-t-il.

Carly ne put s'empêcher de tendre la main. Cet homme était une telle énigme.

— Pas du tout. Je n'aurais pas dû utiliser cet exemple, dit-elle en posant la main sur son avant-bras.

Jag ouvrit les yeux et la regarda.

— Je ne suis pas doué pour les relations, admit-il. Je suis doué pour être un ami. Je suis un très bon coéquipier, sur le champ de bataille ou en dehors. Mais les histoires d'homme-femme me sont complètement étrangères. Je... je n'ai pas eu de très bons modèles.

Carly le fixa, percevant qu'il essayait de lui dire quelque chose, mais ne sachant pas trop quoi.

— J'essaie d'apprendre auprès de Mustang et des autres en observant la façon dont ils interagissent avec leurs femmes et leurs copines, mais c'est très différent de ce à quoi je m'attendais. Je l'ai dit plus tôt et je le répète : je ne penserai toujours qu'à ton bien. Je ne m'exprime peut-être pas correctement et je vais sans doute dire des choses stupides. Mais tu es importante pour moi, mon ange.

— Tu as déjà eu des copines avant, n'est-ce pas ? demanda Carly.

Jag rougit. Il *rougit*. Carly ne savait pas si elle avait déjà vu un homme véritablement rougir quand il était gêné. Encore une autre raison qui le rendait si attachant.

— Non.

Ce fut au tour de Carly d'être perplexe.

— Jamais ?

— J'ai fréquenté quelques femmes, mais je n'ai jamais eu de véritable petite amie.

— Jag... c'est juste... c'est juste tellement difficile à croire. Tu es... Regarde-toi ! Tu es tellement beau. Tu as tous ces muscles et ces airs de gros dur la plupart du temps. Oui, ça fait peur aux gens, je l'ai vu, mais les femmes adorent ça. Le bad boy et tout. Et au lycée ? Ou quand tu avais la vingtaine ? La plupart des SEALs ne profitent-ils pas du fait que toutes les femmes tombent à leurs pieds à cause de ce qu'ils font ?

Carly savait qu'elle parlait pour ne rien dire, mais il lui était impossible de croire que cet homme n'avait pas encore eu de copine... jamais.

— La plupart des SEALs, oui. Mais pas moi.

Les émotions tourbillonnaient dans son regard chocolat et Carly voulut savoir tout ce qu'il pensait et ressentait. Mais ils étaient dans une voiture, sur un parking, et elle n'avait pas l'impression que c'était le bon endroit pour une conversation importante.

— Alors... tu es vierge, le taquina-t-elle.

Il n'esquissa même pas un sourire.

— Merde alors. Tu n'es pas vraiment vierge, si ? demanda-t-elle, stupéfaite.

— Non, je ne suis pas vierge, dit Jag après une longue pause.

— Ça n'aurait pas d'importance si tu l'étais, ajouta-t-elle. C'est juste que... sérieusement, Jag, tu es comme tous mes fantasmes devenus réalité. Tu es canon, intelligent, protecteur, plein de compassion, effrayant quand j'ai besoin que tu le sois, et ça m'est égal que tu aies fréquenté cinq cents femmes ou aucune. Je suis simplement ravie, et très nerveuse, que tu veuilles sortir avec *moi*.

Jag tendit la main et la posa derrière la tête de Carly pour approcher son front du sien. Il la tint contre lui et Carly serra son avant-bras. Elle ne savait pas du tout à quoi il pensait.

— Tu es à moi, dit-il d'une voix grondante qui électrifia toutes les terminaisons nerveuses de son corps. Je ne veux pas dire que tu es ma chose. Tu es à moi autant que je suis à toi. Je veux te rendre heureuse, te voir sourire. Je sais que c'est moi qui ai de la chance dans cette relation et je jure de ne pas *volontairement* faire quoi que ce soit qui la fera merder.

— Jag... commença Carly.

Il s'écarta un peu pour la regarder dans les yeux et il continua à parler.

— Ça ne m'a jamais gêné que les gens changent parfois de

trottoir plutôt que de passer devant moi. En réalité, je cultivais cette réaction. Crois-le ou pas, je ne suis pas très bavard, d'habitude. Les autres se moquent tout le temps de moi pour ça. Mais avec toi, j'ai l'impression de ne jamais pouvoir la fermer.

Carly sourit. Elle adorait avoir ce genre d'effet sur lui.

— Es-tu prête à y aller ?

Il mettait brutalement fin à la discussion, mais Carly avait l'impression que Jag se sentait un peu gêné de parler ainsi des sentiments.

— Oui.

— Reste là. Je fais le tour, ordonna Jag.

Il caressa sa joue du dos de la main, puis il sortit de la voiture.

Carly inspira profondément en essayant de se recentrer. Elle ne savait pas comment il était possible qu'aucune autre femme n'ait attiré son regard, mais elle aimait l'idée qu'il soit à elle. Aimait qu'il parle plus avec elle qu'avec les autres. Cela lui donnait l'impression d'être différente. Importante. Et elle ne s'était pas sentie ainsi depuis longtemps.

Sa portière s'ouvrit et Jag se tenait là avec la main tendue. Carly l'attrapa et il ne la lâcha pas quand ils se dirigèrent vers l'entrée de la banque alimentaire. Ce n'était pas une longue balade, mais Carly frissonna en imaginant la faire seule. Elle avait prétendu être indépendante, mais ce n'était pas du tout ainsi qu'elle se sentait sur le moment.

— Sois indulgente avec toi-même, mon ange, dit Jag comme s'il pouvait lire dans ses pensées. Tu y arriveras.

Elle n'eut pas l'occasion de répondre, car ils étaient arrivés à la porte de Food For All. Carly avait appris que la vitrine avait été brisée par Theo qui avait vu quelqu'un cambrioler l'endroit. Mais en la regardant maintenant, il était impossible de voir qu'il y avait eu des dégâts.

— Oh mon Dieu ! C'est Carly ! cria Lexie quand Jag et elle entrèrent.

Quand Lexie se dirigea vers eux, son regard se posa un instant sur leurs mains et son sourire s'élargit. Elle ne fit cependant aucun commentaire et serra Carly dans ses bras.

Elle sentit que Jag s'écartait d'un pas, mais elle savait qu'il n'était pas loin.

Son accueil ici fut le même que chez Duke's. Elodie sortit de la pièce du fond et l'accueillit tout aussi chaleureusement. Carly fut surprise de voir Theo s'approcher et brièvement la prendre dans ses bras également. Elle l'avait rencontré quelques fois, mais elle ne s'était pas attendue à cela, d'autant plus qu'il lui avait donné l'impression d'être transparente au mariage de Kenna.

— Salut tout le monde, dit Carly.

— Tu as l'air en forme, lui dit Lexie.

— C'est tellement agréable de te voir, intervint Elodie.

— Tu veux voir mon nouveau dessin ? demanda Theo.

Tout le monde gloussa.

— J'aimerais beaucoup, répondit Carly.

Il lui attrapa la main et commença à l'entraîner vers la cuisine. Carly vit Jag faire un pas en avant, mais Elodie l'arrêta.

— J'y vais avec eux. Tout ira bien, Jag.

Il ne répondit pas verbalement, se contentant de hocher la tête. Carly sentait son regard sur elle pendant que Theo et elle se dirigeaient vers la porte du domaine d'Elodie : la cuisine.

En entrant, Carly vit immédiatement l'immense fresque sur le mur du fond. Theo avait peint l'intérieur d'une cuisine de restaurant chic sur toute la surface, et de façon extrêmement réaliste.

— Mince alors, murmura Carly.

— N'est-ce pas ? dit Elodie avec un sourire.

— J'ai fait une cuisine pour Elodie, annonça fièrement Theo.

— Oui, c'est ce que tu as fait, acquiesça Carly. Et c'est merveilleux.

Elle vit presque le torse de Theo se gonfler de fierté. Et il avait raison d'être fier : ce qu'il avait peint était si réaliste qu'elle s'attendait à voir le chef renfrogné dans le coin se mettre à aboyer des ordres d'une seconde à l'autre. Il y avait des sous-chefs penchés au-dessus des plats, dressant les assiettes dans une partie et dans une autre, une grande flamme s'élevait d'une poêle au-dessus d'une cuisinière à gaz. Il avait capturé le chaos, l'excitation et la beauté d'une cuisine de restaurant chic à la perfection.

— Je lui ai montré des photos, expliqua Elodie. Et il a voulu tout savoir sur les restaurants dans lesquels j'ai travaillé dans le passé. Ce qu'il s'y passait et combien de gens cuisinaient, des choses de ce genre. Nous en avons parlé pendant toute une semaine, puis il ne m'a plus posé d'autres questions. J'ai pensé que ce n'était que de la curiosité en passant pour lui. Apparemment, il avait discuté avec Lexie et ils se sont organisés pour qu'il vienne un après-midi après mon départ. Il lui a fallu presque toute la nuit, mais quand je suis arrivée le lendemain matin, voici ce que j'ai vu.

— C'est vraiment incroyable, dit Carly en souriant.

— Oui.

— Est-ce que ça te manque ? lâcha Carly.

Le plaisir et la nostalgie sur le visage d'Elodie avaient encouragé cette question.

— Est-ce que le chaos me manque ? Les cris alors que je n'ai rien fait de mal ? Les gens qui renvoient leur assiette en prétendant que le steak n'a pas été cuit correctement alors que c'est faux ? Le travail jusque tard le soir et le stress ? Non, absolument pas. Cependant, les gens avec lesquels j'ai travaillé me manquent.

— Oui.

Carly le comprenait, à cent pour cent.

Les deux femmes partagèrent un regard de compréhension.

— Je suis désolée pour ce qui est arrivé, dit Elodie avec douceur.

Carly n'était pas certaine de vouloir en parler, mais elle redressa les épaules. Comme Jag l'avait dit, et comme Jack l'avait dit à Annie dans le film *Speed*, c'était Shawn l'enfoiré de l'histoire. Pas elle.

— Merci.

— Est-ce que tu... Laisse tomber.

— Non, quoi ? demanda Carly, curieuse de savoir ce que l'autre femme allait demander.

— Es-tu de retour ? Je veux dire, tu as terriblement manqué à Kenna. Et Lexie et moi venions juste de commencer à apprendre à te connaître quand tout est arrivé. Et nous avons parlé de toi à Monica, et même si elle ne dit pas grand-chose, elle a envie d'apprendre à te connaître aussi.

— Je *veux* être de retour, admit Carly. Mais j'ai peur. Tout me fait peur, dernièrement. Je ne veux surtout pas qu'il vous arrive quelque chose. Je pense que c'est pour cette raison que je suis restée si longtemps à l'écart. J'avais l'impression de vous protéger. S'il arrivait quelque chose à Kenna...

Elle se tut.

Ce fut alors Theo qui la réconforta, pas Elodie. Il n'était pas parti et avait attentivement écouté leur conversation. Il s'avança vers Carly et s'arrêta juste à côté d'elle, dans son espace personnel. Il ne la toucha pas, ne la regarda même pas, mais affirma :

— Il n'arrivera rien tant que je suis là.

Carly sourit et lui serra le bras.

— J'ai appris que tu avais arrêté ces cambrioleurs récemment.

Il hocha la tête.

— Sais-tu quelle est ma citation préférée de *Maman, j'ai raté l'avion* ? demanda Carly.

Theo se tourna enfin vers elle. Il la regarda dans les yeux un instant, puis laissa retomber son regard.

— Quoi ?

— « Plus tard quand je serai plus grand et que je me marie-rai, je vivrai tout seul. » Puis il tape du pied et crie « Je vivrai tout seul ! » en rythme avec son pied.

Il sourit : un énorme sourire qui illumina son visage.

— Elle est bien, celle-là. « Hé, tu vas avoir droit à dix petites secondes pour déplacer ton gros cul dégueulasse. Hors de chez moi, sinon j'te plombe les boyaux avec du calibre douze », dit-il d'une voix grave comme celle de Gangster Johnny dans le vieux film que Kevin McCallister aime regarder dans *Maman, j'ai raté l'avion.*

Carly rit.

— J'adore cette partie-là !

— Et celle-ci, dit solennellement Theo : « on peut être trop vieux pour beaucoup de choses, mais on n'est jamais trop vieux pour avoir peur. »

Carly fixa l'homme à côté d'elle. Parfois, il agissait comme s'il avait sept ans, et d'autres, comme maintenant, il semblait être une vieille âme.

— C'est vrai, dit-elle doucement.

— As-tu souvent peur ? demanda Theo.

Il ne la regardait toujours pas, mais Carly savait qu'il faisait attention à chacun de ses mots.

— Dernièrement ? Oui.

— À cause de l'homme à la bombe ? demanda Theo.

Elle n'aurait pas dû être surprise qu'il sache ce qui était arrivée, et pourtant.

— Eh bien, il ne peut plus me faire de mal… mais j'ai peur de celui qui travaillait avec lui, oui.

— J'ai peur des aiguilles, dit Theo.

Carly aurait pu rire, mais elle vit qu'il était entièrement sérieux.

— Et des cafards. Surtout ceux qui savent voler, ajouta Theo.

— Ils sont dégoûtants.

Il acquiesça de la tête.

— Jag fera en sorte qu'aucun homme ne te fasse de mal. Et Baker.

— Que sais-tu sur Baker ? demanda Elodie.

— C'est mon ami, dit Theo en levant un peu le menton. Il m'a dit que mon travail était de veiller sur Food For All.

— Ah, dit Elodie en hochant la tête. C'est vrai que tu nous es d'une aide précieuse ici.

Theo hocha la tête et sans un mot de plus, il se tourna et sortit de la cuisine.

— Il est... intéressant, dit Carly quand il fut parti.

— C'est vrai. Mais c'est agréable de l'avoir par ici. Quand il y a du monde, il ne dit pas grand-chose, alors le fait qu'il te parle est révélateur. Il t'apprécie et il est à l'aise avec toi.

Cela fit plaisir à Carly.

— Et sache que... rien de ce qui est arrivé n'était de ta faute. Et si Jag pense que tu peux sortir et retourner au travail, alors tu le peux.

— Comment sais-tu que je vais retourner au travail ? demanda Carly, surprise. Nous venons tout juste de sortir de chez Duke's.

Elodie rougit et haussa les épaules.

— Kenna nous a envoyé un message. Elle est super excitée.

Carly rit. Elle avait envoyé un court texto à son amie en se rendant à Food For All pour lui demander si ça ne la gênait pas qu'elle fasse les mêmes services qu'elle pendant un moment, et Kenna avait été folle de joie. Et apparemment, elle avait commencé à répandre la nouvelle.

— Nous avons déjà emballé les repas que les gens viendront chercher aujourd'hui, mais veux-tu nous aider à organiser les demandes pour demain ?

— Bien sûr. Ashlyn est par là ?

— Elle est encore en train de livrer les repas d'aujourd'hui aux personnes qui ne peuvent pas quitter leur maison.

— Ah. Aux dernières nouvelles, Slate n'aime pas trop cette idée.

Elodie hocha la tête.

— C'est vrai. Mais Ashlyn n'a pas l'intention de le laisser lui dire ce qu'elle peut faire ou pas.

— Oh, non, ils se disputent encore comme des gamins, hein ? demanda Carly.

Elle adorait ça. Raconter des ragots et rire, avoir l'impression de ne jamais être partie.

— Oui. Je te le dis... ils vont finir ensemble.

— Tu crois ?

— Oh, oui. Il y a une tension et une alchimie folle entre eux.

— C'est cool.

— Oui. Et en parlant de ça... Jag et toi... ?

Elodie laissa la question en suspens.

Elle sourit.

— Oui.

— Je croyais que tu avais dit ne pas être prête pour un autre petit ami ? La taquina Elodie.

Carly sentit ses joues rougir.

— Oui, enfin, c'est simplement arrivé comme ça.

— Je ne le comprends que trop bien, dit Elodie avec un sourire. Et je trouve ça merveilleux. Il ne dit pas grand-chose, mais c'est un type super.

Carly eut envie de rire en l'entendant mentionner le silence de Jag, parce qu'il ne semblait avoir aucun problème à parler avec elle. Mais elle se contenta de hocher la tête et dit :

— Oui, c'est vrai.

— Allez, viens, je suis certaine que Lexie meurt d'envie de parler un peu plus avec toi. Ça fait assez longtemps que je t'accapare ici. Et à mon avis, Jag ne va pas tarder à vérifier si tu vas bien.

— Oh, je suis certaine qu'il ne...

Elle fut interrompue par l'homme en question qui passa la tête dans la pièce.

— Tout va bien ici ? demanda-t-il.

Carly ignora le rire d'Elodie et lui sourit.

— Très bien. Nous étions sur le point de ressortir.

Jag hocha la tête et ouvrit la porte en entier en la tenant pour toutes les deux.

— Je te l'avais bien dit, chuchota Elodie quand elle passa devant Carly en s'avançant vers la porte.

Carly la suivit, mais quand elle arriva à la hauteur de Jag, il l'arrêta et demanda doucement :

— Ça va ?

Elle hocha la tête.

— Oui.

— Je voulais juste en être sûr. Lexie est particulièrement bavarde aujourd'hui, elle déborde d'envie de te parler.

— Elle te rend fou en t'obligeant à parler ? Le taquina Carly.

Jag esquissa un sourire.

— Je ne suis pas du genre bavard.

— Sauf avec moi.

— Sauf avec toi, acquiesça-t-il.

Il se pencha alors et l'embrassa. Ce fut un baiser rapide, rien de profond, mais elle ressentit quand même des picotements dans son corps à cause du contact intime. Elle avait conscience qu'Elodie, Lexie et Theo les voyaient clairement dans l'encadrement de la porte, mais si ça ne gênait pas Jag de l'embrasser devant eux, Carly n'allait certainement pas se plaindre.

— C'était pour quoi, ce baiser ? chuchota-t-elle.

— Parce que je ne peux pas te résister, dit-il.

Puis il posa la main au creux de son dos et l'encouragea à passer dans l'autre salle.

— Theo, veux-tu faire le tour et vérifier le périmètre ? Voir s'il n'y a aucun danger ? demanda Jag à l'autre homme.

— Oui ! dit Theo avec enthousiasme, comme si le fait que Jag lui demande de surveiller le quartier était aussi bien que de gagner au loto.

— Nous revenons bientôt et je surveille la zone, alors ne t'inquiète pas, dit Jag à Carly.

Elle hocha la tête vers lui.

Dès que la porte d'entrée se referma derrière les deux hommes, Lexie s'exclama :

— Hééé, il nous faut plus d'infos sur ce qu'il se passe entre vous deux !

Carly savait qu'elle rougissait, mais elle sourit néanmoins.

— Il n'y a pas grand-chose à en dire.

— N'importe quoi, rétorqua Lexie en sortant une chaise et en la montrant d'un air autoritaire.

— Il y a tant d'alchimie entre vous deux qu'on pourrait embouteiller la tension qui crépite et ne pas avoir à payer l'électricité pendant un mois. Maintenant, parle.

Carly rit en appréciant ce moment entre filles. Elle aurait aimé que Kenna soit là, et Ashlyn. Et elle voulait apprendre à connaître Monica. Comme elle l'avait avoué à Jag, elle avait *besoin* de ça. Un lien avec ses amies. Être enfermée dans son appartement l'avait rendue plus paranoïaque, plus terrifiée. Elle n'était toujours pas à l'aise avec sa situation, avec le fait que quelqu'un pouvait être dehors à l'attendre. Mais avec l'aide de Jag, elle savait qu'elle allait enfin pouvoir se remettre à vivre pleinement.

Trente minutes plus tard, Jag et Theo entrèrent à nouveau dans le bâtiment de Food For All, accompagnés par Ashlyn.

— Carly ! s'exclama l'autre femme en se précipitant pour la saluer.

Carly vit le sourire amusé sur le visage de Jag avant qu'il puisse le cacher.

Ils restèrent encore une vingtaine de minutes jusqu'à ce que l'estomac de Carly commence à gargouiller. Elle avait tant aimé discuter avec ses amies qu'elle ne s'était pas rendu compte du temps qui passait ni de la faim qu'elle commençait à ressentir.

Jag la conduisit à l'extérieur et elle eut tout juste le temps de dire aux autres qu'elle leur donnerait des nouvelles. Elodie lui dit que Kenna allait sans doute faire une autre nuit entre filles chez elle, maintenant que Carly était « de retour » et qu'elle allait devoir se préparer à accepter de venir.

L'idée d'être isolée quelque part avec les autres femmes qui pouvaient être blessées à cause d'elle était angoissante, mais Carly se contenta de sourire et de hocher la tête. Ensuite, Jag lui prit la main et ils longèrent à nouveau le trottoir jusqu'au petit parking et sa voiture. Il l'installa sur le siège passager et ils furent en route en moins d'une minute.

— J'avais besoin de ça. Merci, dit-elle à Jag.

— Avec plaisir. J'ai du poulet que nous pouvons cuire en rentrant, si ça te va. Ce n'est rien de très chic, mais pendant que ça cuit, nous pourrons manger une salade et je peux faire rôtir du brocoli afin que tu tiennes jusqu'à ce que le poulet soit prêt.

Parler de ce qu'ils allaient manger au dîner paraissait si... domestique. Et Carly adora.

— Ça me va très bien. Jag ?

— Oui, mon ange ?

— J'ai passé une bonne journée.

— Tant mieux, dit-il avec un petit hochement de tête.

— Je sais que tu ne peux pas passer chaque journée à me transporter partout et à veiller sur moi, tu as un travail, mais j'apprécie que tu me donnes le coup de pied au cul dont j'avais besoin pour faire redémarrer ma vie.

— Tu aurais fini par y arriver sans moi, dit-il en haussant les épaules.

— Peut-être.

— Il n'y a pas de peut-être qui tient, mon ange. Je l'affirme.

Il avait plus confiance en elle qu'elle-même.

— Les choses se sont bien passées avec Theo ?

— Bien sûr. Il est inhabituel, mais c'est un homme bien, dit Jag.

— As-tu vu la fresque qu'il a peinte dans la salle du fond ?

— Oui. Je n'en ai pas cru mes yeux quand je l'ai vue pour la première fois.

— As-tu, euh, vu quelque chose d'inhabituel pendant que tu faisais le tour ? ne put-elle s'empêcher de demander.

— Pourquoi ? As-tu l'impression que quelqu'un t'observait aujourd'hui ? demanda-t-il doucement.

— Non, pas cet après-midi, à vrai dire. Je me posais juste la question.

Jag lui prit la main et son contact suffit à rassurer Carly.

— Si tu es mal à l'aise à n'importe quel moment, je veux que tu me le dises. Peu importe si tu penses seulement être paranoïaque, je préfère prévenir que guérir.

— D'accord.

— J'ai un rendez-vous prévu avec Baker dans quelques jours. Il aura peut-être plus d'informations.

Carly frissonna. Elle était partagée entre le fait de vouloir tout savoir et ne vouloir *rien* savoir. C'était apaisant de ne pas connaître les détails concernant une personne qui la suivait potentiellement. Mais ça aurait été stupide, et elle ne voulait pas être ce genre de personne.

— Si ça te convient, poursuivit Jag, je me suis dit que j'allais discuter avec Baker et le reste de l'équipe, apprendre ce qu'il a découvert et discuter des prochaines étapes. Ensuite, nous pourrons en parler, toi et moi.

Elle poussa un soupir de soulagement et hocha la tête.

— J'aimerais beaucoup.

— Bien. Je vais te protéger de devoir vivre et respirer cette merde tous les jours. Tu dois continuer à avancer et penser constamment à l'affaire ne te fera pas du bien. As-tu confiance en moi pour te faire passer les informations que je pense être pertinentes ?

— Oui, dit-elle sans hésiter. Mais je ne veux pas non plus que tu vives cela en permanence. Je ne veux pas et je n'ai pas besoin d'un garde du corps, Jag. Je pense que cela changerait irrévocablement la relation que j'aimerais avoir avec toi. Tu me verras comme sans défense et comme quelqu'un sur qui tu dois veiller. Je ne veux pas ça pour nous.

— Je suis d'accord. Mais il est hors de question que je ne participe pas à l'enquête, prévint-il. En ce moment, Baker est plus ou moins chargé du flot d'information. Il est furieux à cause de toute la situation et il est bien décidé à découvrir qui aurait pu travailler avec Keyes.

— Je ne comprends toujours pas vraiment, mais je suis assez égoïste pour trouver ça bien, répondit Carly. Vais-je rencontrer ce Baker ?

— Oh, non, c'est parti, marmonna Jag.

— Quoi ?

— Tu as parlé avec les autres femmes, dit-il.

Perplexe, Carly fronça les sourcils.

— Oui, mais nous n'avons pas parlé de Baker.

— Ah bon ?

— Non. Qu'est-ce que j'ai manqué ?

— Rien.

Carly enfonça un doigt dans son flanc et il poussa un grognement de protestation.

— Raconte, ordonna-t-elle en souriant.

— Je te l'ai déjà dit. Elles pensent qu'il est canon. Un bel homme aux cheveux grisonnants.

Carly gloussa.

Jag continua :

— Un bel homme effrayant, intense, qu'elles ne voudraient pas avoir pour ennemi, et terriblement sexy.

— Alors... un peu comme toi, mais sans les cheveux grisonnants.

Jag la regarda en levant les sourcils pour souligner son incrédulité.

— Tu viens de te décrire toi-même, Jag. Tu peux être intense et je n'aimerais pas du tout t'avoir pour ennemi, mais tu es certainement terriblement sexy. Même sans les tempes grisonnantes.

Il leva les yeux au ciel.

— Bref.

Son homme ne prenait pas bien les compliments. Carly se promit de lui dire souvent comme elle le trouvait fabuleux.

— Eh bien, si les autres pensent qu'il est beau, je suis sûre que c'est le cas, mais je m'intéresse davantage à ses talents d'enquêteur.

— Il est doué, dit Jag simplement.

Carly hocha la tête.

— Alors, pouvez-vous le rencontrer ?

— Je m'en occupe.

— Merci.

Ils restèrent silencieux le reste du trajet jusqu'à son immeuble. Mais ce fut un silence confortable. Et pour une fois, Carly s'autorisa à fermer les yeux et à se détendre. Elle était avec Jag, il ne laisserait personne les prendre en embuscade. C'était presque effrayant de voir à quelle vitesse elle s'était laissée aller à lui faire confiance, mais elle savait que s'il arrivait quelque chose, Jag s'en occuperait... s'occuperait d'*elle*.

CHAPITRE NEUF

Presque une semaine plus tard, Jag eut enfin l'occasion de s'asseoir avec Baker et d'apprendre ce qu'il avait découvert au sujet de la situation de Carly. Le SEAL à la retraite était venu à la base navale et l'équipe avait réquisitionné une salle de conférence, attendant anxieusement de savoir ce qu'il avait à dire.

— Merci d'être venu, commença Jag.

— J'étais tout près de toute façon, répondit Baker. Il fallait que je discute avec une ou deux personnes hier soir, alors je me suis dit que j'allais rester ici et vous voir ce matin.

— Où as-tu logé ? demanda Mustang.

— Chez une connaissance, dit Baker mystérieusement.

— Tu aurais pu loger chez nous, intervint Aleck. Tu sais que nous avons largement la place et Kenna aurait adoré prendre de tes nouvelles.

Baker leva un sourcil sceptique.

Aleck gloussa.

— D'accord, elle t'aurait fait un interrogatoire en règle, mais quand même, tu sais que tu es toujours bienvenu pour loger chez moi.

— Je pense que ça vaut pour nous tous, intervint Midas.

Tout le monde acquiesça.

— Ça va. J'ai fini tard et je ne voulais surtout déranger personne.

— Comme tu veux. Tu ne nous déranges jamais, dit Slate d'une voix traînante. Tu aurais pu loger chez moi et avoir un peu de temps sur les vagues ce matin.

— Qui dit que je n'ai pas fait ça ? demanda Baker.

Slate hocha le menton.

— D'accord.

— Si nous pouvions commencer... j'ai quelqu'un d'autre à repérer aujourd'hui avant de retourner au nord, dit Baker.

Jag se pencha en avant et fixa l'autre homme. Il avait vraiment besoin d'entendre une bonne nouvelle. Que Baker avait compris qui travaillait avec l'ex de Carly ou qu'il ne pensait pas qu'il existe une menace. Son intuition lui indiquait que la deuxième possibilité n'était pas réaliste, mais il pouvait toujours espérer.

— Tout d'abord, Carly est-elle en danger ? demanda Mustang.

Baker hésita... et Jag sentit son estomac se nouer.

— D'après ce que j'ai pu découvrir, non, mais...

Il se tut.

— Mais ? l'encouragea Jag au bout d'un moment.

— Toute cette situation sent mauvais, dit Baker d'une voix dure. Quelqu'un ment. Ou tout le monde. Les gens avec lesquels j'ai parlé ont tous dit ce qu'il fallait, mais aucun ne m'a laissé une impression agréable.

— À qui as-tu parlé et qu'as-tu découvert ? demanda Midas.

— J'ai commencé par le fils. C'est un con, lâcha Baker sans ménagement. Un enfoiré misogyne qui n'a pas le moindre respect pour les femmes. Je suppose qu'il a appris ça de son père. Je l'ai bien cuisiné et il a maintenu la même histoire qu'il a racontée aux policiers : il était avec sa petite amie.

— Comment a-t-il expliqué le fait que Carly l'a vu sur la plage près de chez Duke's ce soir-là ? demanda Aleck.

— Il a juré être là-bas pour chercher son père, pour essayer de le convaincre de ne pas faire quelque chose de stupide... ce sont les mots de Luke, pas les miens, précisa Baker.

— Tu le crois ? demanda Pid.

— Non. Mais d'un autre côté, si la chronologie donnée par Carly aux policiers est correcte, il n'a pas vraiment eu le temps de se rendre de la plage à la marina, puis de partir vers l'océan afin de récupérer son père, affirma Baker.

Jag serra les dents de frustration. Il avait pensé la même chose.

— Crois-tu qu'il y avait plusieurs personnes travaillant avec Keyes ?

Baker tourna son regard vert dans sa direction et secoua la tête.

— Non. Le fils était au courant du plan de son père... il l'a plus ou moins avoué en prétendant être chez Duke's pour essayer de le dissuader d'agir. Mais je ne pense pas qu'il faisait partie du plan pour enlever Carly. Quelqu'un d'autre devait donc être au courant. Luke avait éventuellement un rôle plus tard, peut-être avait-il envie d'avoir son tour avec Carly quand son père l'aurait conduite là où il en avait l'intention. Ou peut-être était-il censé l'aider à se débarrasser du corps. Mais je ne crois pas qu'il faisait partie du plan pour l'enlever.

— Fils de pute ! dit Jag avant de se lever de sa chaise.

Énervé, il commença à faire les cent pas. Il ne pouvait pas rester assis et écouter Baker parler d'une agression de Carly.

— Ce que Luke Keyes faisait chez Duke's ce soir-là n'est pas pertinent à mon avis, poursuivit Baker en ne tenant pas compte de l'accès de colère de Jag. Il n'y avait simplement pas assez de temps pour qu'il roule jusqu'au port, prenne un bateau et reparte en mer. Surtout parce que j'ai découvert une vidéo de lui dans sa voiture, à peu près au moment où tout le reste se produisait.

— Son alibi est donc une connerie, fit remarquer Slate. Il a dit qu'il était avec sa petite amie.

— Oui, confirma Baker. Mais comme il a été filmé en train de conduire au moment où Keyes se tenait sur la plage avec Kenna, il ne pouvait pas récupérer son père dans l'océan.

— Merde. D'accord, quoi d'autre ? demanda Mustang.

— J'ai parlé à Rebecca, la petite amie. Elle a essayé de m'embobiner avec une histoire imaginée par Luke et elle, mais je l'ai vite convaincue que ça n'allait pas fonctionner. Elle a avoué que Luke n'était pas avec elle, mais elle a juré ne rien savoir au sujet d'un plan pour enlever Carly. Et honnêtement, je n'ai pas l'impression que c'est son genre. Très timide, aucune estime d'elle, pas de proches pour veiller sur elle, et Luke l'a isolée de ses amis. Elle est jeune, aussi. Elle vient d'avoir dix-huit ans il y a quelques mois. Je lui ai conseillé de s'éloigner de Luke, car dès qu'il en aura l'occasion, il la jettera dans la gueule du loup pour sauver sa peau.

— Comme il a déjà tenté de le faire, confirma sèchement Midas. En l'impliquant là-dedans et en se servant d'elle comme alibi, en la faisant mentir à la police.

— Exactement, répondit Baker en hochant la tête.

Jag avait envie de se sentir mal pour la petite amie de Luke, mais il en était incapable à ce moment précis.

— Qui d'autre ? demanda-t-il en faisant toujours les cent pas.

Il voulait *faire* quelque chose. Il ne se satisfaisait pas de parler de ce qui était arrivé et de ce qui était *presque* arrivé à Carly, de deviner qui pouvait toujours vouloir lui faire du mal.

— J'ai repéré les trois amis, dit Baker. Jeremiah Barrowman était l'ami le plus proche de Keyes, d'après ce que j'ai compris. Ils ont fait beaucoup de choses ensemble. Ils étaient copains comme cochons et il se trouve en haut de ma liste de suspects.

Évidemment, Barrowman nie avoir été impliqué. Il m'a dit que Keyes râlait toujours au sujet d'une chose ou d'une autre et que Carly était devenue sa cible la plus récente. Quand ils se retrouvaient pour jouer au poker, il se plaignait constamment d'elle. Comme quoi il avait travaillé dur à la « rééduquer », encore une fois, ce sont ses mots, pas les miens, Jag. Calme-toi, putain.

Jag constata qu'il avait serré les poings et fait un pas vers Baker comme pour le frapper. Cela aurait été une erreur. Même si Baker avait la cinquantaine, il était toujours très en forme et risquait potentiellement de gagner un combat à mains nues.

— Pardon, dit Jag. C'est que je déteste entendre des choses méprisantes à son sujet.

— Je comprends, mais je ne fais que transmettre ce que ces crétins ont dit. Tu veux l'entendre ou pas ?

— Oui, répondit Jag simplement.

Baker hocha la tête et continua.

— Barrowman a admis qu'il savait ce que Keyes avait prévu, mais il jure n'avoir aucun rapport avec ça. Il m'a dit qu'il ne voulait pas être impliqué dans un enlèvement, même s'il n'aimait pas Carly.

— Le crois-tu ? demanda Midas.

— Peu importe, dit Baker. Son alibi est solide. Il était au travail, du moins c'est ce que dit sa carte de pointage. Il travaille au Country Club de Waialae et il en est parti longtemps après tous les événements.

— C'est près de la côte, n'est-ce pas ? demanda Pid. Il aurait pu faire pointer quelqu'un d'autre pour lui et prendre le bateau de là-bas. Ce n'est pas très loin de Waikiki.

— Exactement, acquiesça Baker. C'est pour cette raison que je ne l'ai pas éliminé comme suspect.

— Qu'en est-il des autres ? demanda Jag.

Plus Baker parlait, plus Jag voulait rejoindre Carly au plus vite afin de s'assurer qu'elle allait bien.

— Gideon Sparks et Beau Langford sont les deux autres

amis proches de Keyes. Je pense qu'ils se retrouvaient tous les quatre au moins une fois par semaine pour jouer au poker ou regarder le foot, et boire. Sparks n'a pas d'alibi. Il n'est pas marié, n'a pas d'enfant. C'est un employé du zoo d'Honolulu. Je crois qu'il travaille avec certains des plus grands animaux. C'est un peu un solitaire et les gens qui le connaissent avec lesquels j'ai parlé n'ont pas grand-chose à en dire, en dehors du fait qu'il reste dans son coin. Quoi qu'il en soit, il était en congé ce jour-là. Il m'a dit qu'il faisait des courses. Il a pu montrer quelques reçus avec la date, mais je n'ai pas encore eu le temps de vérifier sa localisation sur les caméras de surveillance des magasins où il prétend s'être rendu. Beau Langford est le plus jeune des trois amis, il a quarante-cinq ans. Les autres ont tous la cinquantaine. Il travaille à la marina.

Jag arrêta brutalement de faire les cent pas.

— Ah oui ?

— Ou. Mais j'ai épluché la vidéosurveillance de la marina de ce soir-là et je n'ai trouvé aucune preuve qu'il a pris un des bateaux, dit Baker.

Jag avait la nausée. Il avait espéré que Baker résoudrait immédiatement cette affaire. Qu'il les aide à trouver la menace et à la neutraliser. Il comprenait maintenant que ça n'allait pas être aussi facile qu'il l'avait cru.

— Langford doit savoir où se trouvent les caméras, puisqu'il travaille à la marina. Il aurait facilement pu passer inaperçu s'il l'avait voulu, ajouta Baker. Il n'a personne pour confirmer son alibi. Il prétend avoir été coincé dans les bouchons sur l'auto-route. Avec toute la pluie qui est arrivée si vite ce soir-là, nous savons tous comme les autoroutes sont vite inondées par ici.

— Et l'activité sur son téléphone portable ? demanda Slate.

Baker haussa les épaules.

— Langford dit l'avoir fait tomber en courant vers sa voiture. Il a atterri dans une flaque, ce qui l'a fait merder.

— Pratique, marmonna Pid.

— Je me suis renseigné sur Wes Schell, le propriétaire de l'appartement de Keyes, et même s'ils semblaient assez amicaux au premier abord, apparemment les deux hommes se détestaient. Keyes avait la mauvaise habitude de payer son loyer en retard, ce qui énervait Schell. Je suis persuadé à quatre-vingt-dix pour cent que s'il en avait eu l'occasion, Schell aurait dénoncé Keyes pour à peu près n'importe quoi, juste pour lui faire quitter son immeuble.

— Qui reste-t-il ? demanda Mustang.

— Je n'ai pas encore parlé avec Kelly Gregory, elle était la dernière ex de Keyes. Je suppose que si elle était aussi mal traitée que Carly, il est probable qu'elle ne voulait pas avoir à faire avec Keyes et son plan idiot, mais je ne prétends pas comprendre les femmes. Il est possible qu'elle ait été jalouse et qu'elle veuille revenir avec Keyes. D'après ce que j'ai compris, c'est lui qui a rompu avec elle, alors elle a peut-être voulu saisir une occasion de se débarrasser de la concurrence, pour ainsi dire, si Keyes est allé la chercher.

Jag pinça les lèvres. Il n'était pas prêt à éliminer cette suspecte. Il avait vu de très près comme les femmes pouvaient être folles. Il repoussa cette pensée pour l'instant et se concentra sur ce que disait Baker.

— Il me faut aussi parler avec Eddie Evans, le voisin de Keyes, et son patron, Jamie Redmon, à l'usine Coca-Cola où travaillait Keyes.

— Des pistes intéressantes sur eux ? Voulut savoir Midas.

— Evans, peut-être. Sa déclaration à la police prétendait qu'il ne savait rien. Apparemment, il reste dans son coin, dit qu'il se mêle de ses propres affaires. Ce dont je ne doute pas. Ce que l'inspecteur n'a pas encore découvert, c'est que le voisin a de bonnes raisons de rester discret. Il a une demi-douzaine d'arnaques en cours et je suis certaine qu'il ne veut pas qu'elles soient découvertes.

— Quel genre d'arnaques ? demanda Mustang.

— Bienfaisance, fonds de solidarité pour les catastrophes naturelles, vols d'identité... ce type est un putain de génie d'après ce que je vois, sauf qu'il utilise son intelligence pour arnaquer les gens, dit Baker dont le dégoût s'entendait facilement.

— Tu vas y mettre fin ? demanda Pid.

Baker haussa les épaules.

— Ce n'est pas mon problème. Maintenant, si quelqu'un que je connais et que je respecte se faisait avoir par une de ces arnaques, alors oui. Mais pour l'instant, j'ai beaucoup de choses à faire.

Jag se moquait complètement du voisin et de ses arnaques. Tout ce qui l'intéressait, c'était la sécurité de Carly.

— Et le patron ? demanda-t-il.

— Un autre connard. Apparemment, Keyes s'entourait de gens comme lui. Mais son alibi semble solide : il était au travail, rendant la vie de quelqu'un misérable en faisant son évaluation annuelle. C'est pour cette raison que je n'ai pas fait de lui une priorité.

Jag avança à grands pas vers sa chaise et se laissa tomber dessus avec un soupir.

— Alors, où en sommes-nous ? demanda-t-il.

Il n'avait pas l'impression d'avoir avancé depuis la semaine précédente pour découvrir qui travaillait avec Keyes.

— Je creuse encore. Quelqu'un avait accès à un bateau. Redmon, Langford et Evans possèdent des bateaux, pas les autres. Mais ça ne veut pas dire qu'ils n'ont pas emprunté celui de quelqu'un d'autre. La moitié des résidents de cette île possède un bateau, ou bien y a accès. La météo était si terrible ce soir-là que la plupart des caméras dans les marinas ne fonctionnaient pas ou étaient inutiles à cause de la pluie et du vent. Il y a aussi de nombreuses rampes privées de mises à l'eau sur l'île qui ne possèdent pas de vidéosurveillance. Mais je n'abandonne pas.

— Qu'en penses-tu ? demanda Mustang. Crois-tu qu'il y avait un complice assez fou pour être dans l'océan ce soir-là dans la tempête ? Penses-tu que Carly est toujours en danger, ou que le complice de Keyes s'est éclipsé après la mort de son ami ?

Jag attendit impatiemment la réponse. Il respectait Baker. Cet homme avait un sixième sens remarquable. Il s'était déjà fait un avis lui-même, mais il voulait connaître l'opinion de l'ancien SEAL, maintenant qu'il s'était renseigné sur les faits.

— Mon cerveau me dit qu'il n'y a rien à trouver, dit Baker. Mais mon intuition m'indique autre chose. Je ne peux pas affirmer que je me renseigne sur les bonnes personnes. Keyes était un connard, mais il n'était pas stupide. Il travaillait avec beaucoup de gens à l'usine Coca-Cola, il aurait pu convaincre n'importe lequel d'entre eux de l'aider. L'inspecteur Lee a fait du bon travail en interrogeant les gens dont Carly a parlé, mais Keyes avait sûrement des amis que Carly ne connaissait pas.

Baker se tourna et regarda Jag dans les yeux.

— Je travaille là-dessus.

— Sur une échelle d'un à dix, quel est le niveau de danger pour Carly ? demanda Jag sans ménagement.

— Cinq, répondit Baker sans hésiter.

Jag se renfrogna. Ça ne l'aidait pas. Pas du tout.

— Cela fait des mois, poursuivit Baker. Il est évident que le complice reste discret. Sans parler du fait que Carly a hiberné, ce qui à mon avis n'était pas une mauvaise chose. Il est très possible que cela ait empêché un complice de l'atteindre. J'ai appris qu'elle s'était remise à travailler.

Jag hocha la tête.

— À mi-temps. Elle a commencé hier, à vrai dire.

— Très bien, elle essaie de revenir parmi les vivants. De reprendre le contrôle de sa vie. J'admire ça, dit Baker. Il y a deux possibilités... le fait qu'elle reprenne sa routine pourrait motiver celui avec lequel Keyes travaillait, le remettre en mouvement, lui faire essayer de terminer ce qu'ils ont commencé ce soir-là. Ou bien il s'enfoncera dans le trou d'où il était sorti en décidant qu'elle ne vaut pas la peine de faire tous ces efforts.

— Et selon toi, quelle option est la plus probable ? demanda Midas.

Baker le regarda.

— Je n'en ai franchement aucune idée.

— Merde, maugréa Jag.

— Tu ne peux pas la maintenir dans une cage dorée pour la protéger, insista Mustang doucement.

— Je sais, répondit Jag.

Et c'était vrai. C'était pour cette raison qu'il l'avait encouragée à parler à sa patronne. À se remettre au travail. Mais ça ne voulait pas dire qu'il était entièrement à l'aise à cette idée.

— Je me suis organisé pour qu'elle suive des cours d'auto-défense auprès du Maître Principal de la Marine Albertson, dit Jag.

Slate siffla tout bas.

— Bon choix, dit Midas. Je dois admettre qu'elle me fait un peu peur.

Jag hocha la tête. Elizabeth Albertson faisait partie de la force de sécurité de la marine et elle était extrêmement douée dans son travail. Elle n'était pas une SEAL, mais elle avait suivi leur entraînement juste pour prouver que les femmes en étaient capables. Elle était le choix parfait pour aider Carly à prendre confiance et à lui montrer qu'elle était capable de se défendre s'il se passait quelque chose.

— Penses-tu qu'Elodie pourrait l'accompagner ? demanda Mustang.

— Oh oui ! Kenna adorerait essayer quelque chose de ce genre, acquiesça Aleck.

— Lexie aussi, ajouta Midas.

— Merde. On ne peut pas exclure Mo dans ce cas, dit Pid.

— Je vais essayer de convaincre Ashlyn de venir, intervint Slate. Elle pense être invincible et je déteste qu'elle se rende chez tant d'inconnus pour livrer la nourriture.

Jag hocha la tête.

— Je suis certain que ça ne gênerait pas Albertson.

Il redevint sérieux et se tourna vers Baker.

— Si tu étais moi, que ferais-tu ? Enfermerais-tu ta copine jusqu'à obtenir des preuves plus concrètes, ou l'encouragerais-tu à retourner à sa vie normale, mais en faisant beaucoup plus attention ?

— Je ne peux pas répondre à ça, dit Baker.

Jag soupira.

— Si c'était Monica, je l'enfermerais avant de jeter la clé, dit Pid. Mais d'un autre côté, Mo aime être seule. Si j'avais su qu'elle était en danger à cause de cet enfoiré de Shane Beyer, c'est exactement ce que j'aurais fait.

— Carly a essayé. Ça ne l'a pas aidée. Cela n'a fait qu'empirer sa paranoïa, dit Jag.

— Elle s'épanouit au contact des gens, affirma Aleck. Comme Kenna.

— Nous garderons un œil sur elle, affirma Mustang. Laisse-la vivre sa vie… tout en prenant des précautions.

— Si tu as besoin de quoi que ce soit, on est là, acquiesça Pid.

— Veux-tu que je loge chez toi ? demanda Slate. Que je te donne une autre paire d'yeux ?

Jag marqua une pause. C'était pour cette raison qu'il adorait être un SEAL. Il adorait faire partie de cette équipe. Il regarda Slate.

— Je pense que ça va. Personne n'entre dans l'immeuble sans être filmé. Et pour l'instant, Carly n'a pas très envie de se rendre seule quelque part. Elle ne se sent pas encore très en sécurité au-dehors.

— Mais ça lui va de travailler, n'est-ce pas ? demanda Pid.

— Oui. Aujourd'hui n'est que son deuxième service, mais jusqu'ici, je crois qu'elle s'en sort bien, tout bien considéré. Le premier jour, elle a eu une mini crise d'angoisse, mais Kenna était avec elle et elle l'a apaisée. Puis elle a cru voir Luke et elle a encore paniqué. Un des barmans a couru sur la plage quand il a découvert ce qu'il se passait, vers le type que Carly regardait, mais il s'est avéré que c'était un inconnu, pas le fils de Shawn. Elle ne s'est pas attardée là-dessus après le travail. J'espère toujours qu'aujourd'hui se passera un peu mieux.

Tous ses coéquipiers hochèrent la tête.

— Je te tiendrai au courant de tout ce que je découvre, dit Baker. Je ne vais pas lâcher ça avant d'avoir plus de réponses.

— Merci.

— Et je vais parler au commandant, intervint Mustang. Je sais que nous ne pouvons pas vraiment planifier nos missions autour de nos vies personnelles, mais je vais faire en sorte qu'il comprenne que la situation est sérieuse, et si possible, qu'il nous laisse un peu de temps pour souffler.

L'estomac de Jag se noua immédiatement.

— Je ne peux pas la laisser seule, dit-il à son chef d'équipe.

Il se sentait déjà assez mal que Carly ait été seule pendant une semaine et demie quand ils avaient été déployés pour la dernière fois. Mais maintenant qu'ils étaient ensemble... ça ne lui convenait pas de la laisser alors qu'ils ne savaient pas lequel des amis de Shawn pouvait encore éprouver de la rancune.

— Si tu es déployé, elle peut venir au North Shore et loger chez moi, dit Baker.

Jag le regarda, surpris.

— Mais... et ne le prends pas mal... mais n'enverras-tu pas le mauvais message à Jody ?

Baker se redressa et jeta un regard noir vers Jag.

— Que sais-tu au sujet de Jodelle ?

Jag leva les mains en signe de capitulation.

— Rien, en réalité. Juste que tu sembles très protecteur

envers elle, et je ne veux surtout pas qu'elle s'imagine des choses au sujet de Carly et toi.

Baker inspira profondément et Jag le vit se contrôler avant de répondre.

— Jodelle ne se fera pas des idées, dit-il enfin très simplement.

Jag avait envie de poser plus de questions au sujet de la femme mystérieuse dont Baker semblait très protecteur, mais il lui tardait de revoir Carly. Il allait passer la chercher à son travail, même si Aleck avait dit que ça ne le gênait pas de la déposer quand il allait chercher Kenna. Jag était pressé de la voir par lui-même. De s'assurer qu'elle allait bien. De savoir comment s'était passé sa journée. Il avait l'impression qu'à partir de la seconde où il la quittait chaque matin, il ne pensait qu'à Carly et à la retrouver rapidement.

Il n'avait jamais ressenti cela pour quelqu'un. Il avait eu ses propres raisons. Mais tout chez Carly lui plaisait. L'attirait. Elle n'était pas du tout comme...

Non. Il n'allait même pas *penser* au prénom de cette connasse.

Elle était dans son passé et Jag était bien décidé à l'y laisser.

Il hocha la tête vers Baker.

— Merci.

— J'espère que nous n'en arriverons pas là, dit Mustang. Si nécessaire, je dirais au commandant que tu dois être retiré de la liste de déploiement.

Jag secoua la tête.

— Non, je ne veux pas ça.

— Moi non plus, argumenta Mustang. Penses-tu que je veux partir en mission sans toi ? Carrément pas. Mais la plupart d'entre nous avons appris que les choses peuvent mal tourner en un clin d'œil. Et nos femmes passent avant tout... enfin, autant que possible dans la mesure où nous sommes employés par la marine. Mais ne cherchons pas les problèmes.

Touchons du bois, les choses ont été assez calmes récemment. Nous verrons au jour le jour.

Baker hocha la tête vers tout le monde et se leva.

— Je dois partir. Le service de Redmon finit bientôt et je veux être certain de le voir avant qu'il rentre chez lui. À plus tard.

Jag hocha le menton et les autres se levèrent pour sortir également. Slate le rattrapa avant qu'il parte.

— J'étais sérieux, dit Slate. Si tu as besoin que je fasse le garde du corps, ça me fait plaisir.

— Merci beaucoup, dit Jag à son ami.

— Tu nous le feras savoir quand tu auras organisé des séances avec le Maître Principal de la Marine Albertson ?

— Oui. J'espère mettre ça en route très bientôt.

— Bien. Merci.

— Tout se passe bien entre Ashlyn et toi ? hasarda Jag.

Il n'était pas du genre à se mêler des relations de quelqu'un d'autre, mais son ami avait semblé un peu stressé dernièrement et il s'inquiétait pour lui.

— Autant que possible. Je pense qu'elle me déteste la plupart du temps, et elle est terriblement entêtée. Elle ne m'écoute pas quand je lui dis que c'est dangereux de faire le tour de l'île, y compris dans certains des pires quartiers, pour livrer de la nourriture.

— Elle t'écoute peut-être, mais au lieu de lui répéter qu'elle fait une erreur, tu pourrais essayer de suggérer des alternatives ou des façons de faire son travail plus en sécurité ? répondit Jag en hésitant.

Slate soupira.

— Elle me rend fou, avoua-t-il.

Jag ne put s'empêcher de sourire.

— Bienvenue au club.

Il donna une tape dans le dos de Slate.

Celui-ci se contenta de secouer la tête.

— Je me rends à Food For All pour voir si elle est rentrée des livraisons d'aujourd'hui. Je lui parlerai des cours d'auto-défense.

— Puis-je te suggérer quelque chose ? Si possible, donne-lui l'impression que c'est son idée d'y aller. Je pense que ça passera mieux que de lui donner l'ordre de faire quoi que ce soit.

Slate y réfléchit un moment avant de hocher la tête.

— Bonne idée. Je vais peut-être lui dire que Carly n'est pas certaine de le faire. Dans ce cas-là, elle va certainement se porter volontaire pour l'accompagner.

Jag hocha la tête.

— Exactement.

— Merci. Hé... chez qui penses-tu que Baker a logé hier soir ? Je veux dire, je ne savais pas qu'il était très proche de quelqu'un de ce côté de l'île.

— Je n'en ai aucune idée. Mais Baker a des connaissances partout. Si ça se trouve, il a logé chez l'amiral de la base, répondit Jag.

— C'est vrai. Il vaut peut-être mieux que nous ne le sachions pas. Je te vois à l'entraînement demain. Appelle-moi si tu as besoin.

Jag hocha la tête et mit un moment à rassembler ses idées. Il n'était pas certain d'avoir appris quoi que ce soit de nouveau dans cette réunion avec Baker, mais c'était agréable de savoir que son équipe soutenait Carly et lui. Même s'il ne s'était pas attendu à autre chose.

Malgré cela, son estomac était retourné par l'angoisse. Cela faisait très longtemps qu'il ne s'était pas senti ainsi. Pas même au milieu d'une mission où les choses étaient complètement allées de travers. Il avait davantage à perdre maintenant. Ce n'était pas sa vie qui était en jeu, mais celle de Carly. Et d'une façon ou d'une autre, Jag savait que son calvaire n'était pas terminé. Elle allait devoir être forte pour traverser ce qui venait... et il se tramait quelque chose.

Il avait appris au fil du temps qu'il ne pouvait pas contrôler les autres gens. Il pouvait seulement se contrôler lui-même et sa façon de réagir à ce qu'il se passait autour de lui. C'était pareil pour Carly. Au bout du compte, ils ne sauraient peut-être que trop tard qui avait travaillé avec son ex. Il pouvait seulement donner à Carly les outils pour gérer toute éventualité.

L'idée qu'un enfoiré puisse lui mettre la main dessus lui donnait la chair de poule, mais peu importe ce qu'il se passerait, sa Carly saurait le gérer. Il en était sûr. Avec un peu de chance, travailler avec l'officier de sécurité navale allait lui donner confiance en ses propres capacités contre quelqu'un de plus grand et plus fort qu'elle. Et puis elle savait qu'il ferait le nécessaire pour la retrouver et pour l'aider à traverser toutes les épreuves possibles.

Jag sentit les cheveux se dresser dans sa nuque et il comprit qu'il était resté bien trop longtemps dans la salle de conférence. Il devait bouger. Se rendre chez Duke's et rejoindre Carly.

Pendant qu'il marchait vite hors du bâtiment et vers sa Jetta, il pensa à sa tourmente intérieure parfois accablante. Certains hommes étaient peut-être plus positifs à sa place. Ils auraient eu confiance si la police leur disait qu'ils ne trouvaient aucune preuve d'une menace. Mais ce n'était pas parce que personne n'était au courant de ce qui n'allait pas que tout allait bien. Il l'avait appris à ses dépens quand il n'avait que onze ans.

Quelque chose se tramait et ce n'était pas parce que Carly et lui ignoraient d'où ça allait venir que ça ne finirait pas par les rattraper.

Jag se sentit soudain plus déterminé. Il ne savait pas du tout si Carly et lui allaient durer en tant que couple, mais il allait faire son possible pour qu'elle surmonte ce mauvais moment de sa vie et aussi qu'elle s'épanouisse.

Cela impliquait de lui donner assez confiance pour vivre sa

vie. Par petites étapes. C'était tout ce dont elle avait besoin. Et pendant qu'elle réapprenait à voler, son équipe et lui allaient la soutenir, faire ce qu'ils pouvaient pour lui donner la place de prospérer.

Quand tout irait de travers – et cela semblait *toujours* finir par arriver – Jag devait simplement être sûr que sa copine soit assez forte pour surmonter la tempête.

CHAPITRE DIX

Carly avait l'impression d'être une poule mouillée, ainsi cachée dans la cuisine, mais quand un des meilleurs amis de Shawn était arrivé chez Duke's pour un dîner très tôt dans la soirée, elle s'était mise à trembler et n'avait pas pu s'arrêter. Il était avec un groupe d'hommes qu'elle n'avait encore jamais vus, et la simple apparition de Jeremiah Barrowman avait suffi à la faire trembler de façon incontrôlable.

Kenna avait remarqué sa réaction et l'avait entraînée à l'écart du public et dans la cuisine avant que Carly comprenne ce qu'il se passait. Vera avait installé les hommes à une table près de la plage et Justin les servait.

— Tout va bien, Carly, respire, dit Kenna d'un ton apaisant.

Carly inspira profondément et hocha la tête.

— Je suis désolée.

— Ne t'excuse pas.

— C'est juste que je n'ai vu aucun des amis de Shawn depuis... eh bien, tu sais. Et Jeremiah m'a toujours fait froid dans le dos.

— Eh bien, tu n'es pas obligée de t'occuper de lui aujourd'-

hui, affirma Kenna. Justin gère leur table et nous resterons de ce côté du restaurant.

Carly hocha la tête.

— Merci. Je me sens si bête.

— Pourquoi ? Tu ne le devrais pas. Pas du tout. Veux-tu que j'aille là-bas pour analyser la situation ? Je pourrais proposer d'aider Justin afin d'observer sa réaction quand cet enfoiré me verra. S'il travaillait avec Shawn, il va sûrement avoir une réaction négative, non ?

— Non ! s'exclama Carly en saisissant le bras de Kenna et en s'y agrippant.

— D'accord, d'accord, d'accord ! Je ne le ferai pas.

Carly poussa un soupir de soulagement.

— Mais ça ne veut pas dire que Charlotte ne peut pas aller là-bas et écouter leur conversation...

Carly secoua la tête, exaspérée. Kenna était sa meilleure amie, mais elle la rendait folle, parfois. Elle ne put résister à l'envie de se pencher en avant et de la serrer longuement dans ses bras.

— C'est pourquoi, ça ? demanda Kenna en la prenant dans ses bras, elle aussi.

— Je suis simplement très reconnaissante que tu fasses partie de ma vie, dit Carly.

Kenna s'écarta.

— C'est pareil pour moi. Tu le sais, n'est-ce pas ?

Carly hocha la tête.

— Bien. Et les meilleures amies se soutiennent. Allons chercher les salades pour la table trois et essayons d'ignorer Jeremiah machin chose. Il ne peut pas te faire de mal ici.

Carly voulait la contredire. Shawn avait réussi à faire du mal à Kenna ici. Mais elle laissa tomber.

En l'espace de dix minutes, tous les serveurs du restaurant furent au courant que des amis de Shawn étaient là. Ils trouvèrent tous des prétextes pour se rendre à leur table. Kaleen menaça de mettre quelque chose dans la boisson qu'il commandait, afin de le faire chier dans son pantalon, mais Carly parvint à la convaincre d'abandonner, ne voulant pas voir son amie se faire embarquer en prison pour avoir essayé d'empoisonner des clients.

Il fallut un moment, mais Carly arrêta de trembler et au lieu d'avoir peur, elle se mit en colère. Cela semblait être un nouveau schéma chez elle. Son premier instinct était de se recroqueviller et de se cacher, mais ensuite elle s'énervait, car elle donnait du pouvoir à Jeremiah sur elle, comme elle l'avait fait avec Shawn. Cette ville ne lui appartenait pas et Carly avait le droit de vivre et de travailler ici, tout comme lui.

Elle n'était pas tout à fait prête à aller converser avec cet homme, mais elle passa plusieurs fois à côté de la table. Elle croisa même son regard une fois... et fut surprise quand il parut choqué de la voir. Il devait pourtant savoir qu'elle travaillait ici.

L'heure suivante se passa sans incident et Carly se sentit très fière d'elle de ne pas s'être cachée dans la cuisine jusqu'au départ de Jeremiah.

Mais quand les autres convives de sa table et lui se levèrent pour partir, elle se trouvait malheureusement à l'avant du restaurant, en train de parler avec Vera.

Jeremiah s'arrêta juste à côté d'elle.

— Puis-je te voir un moment, Carly ?

Ce fut Vera qui sortit Carly de la paralysie dans laquelle elle avait été plongée.

— Je ne crois pas, répondit l'hôtesse d'accueil.

Carly posa une main sur le bras de son amie.

— Ça va, dit-elle en se surprenant elle-même.

Vera parut tout aussi surprise, mais elle hocha la tête.

— Je suis juste là, lui dit-elle.

Puis elle regarda Jeremiah :

— Alors, ne tente rien, mon vieux.

Carly eut envie de rire devant le rôle de chien de garde de Vera. Elle ne paraissait pas vraiment très forte. Elle faisait plusieurs centimètres de moins que Carly, mais d'un autre côté, les plus petits chiens ne sont-ils pas les plus vicieux ?

Inspirant profondément, Carly fit un pas sur le côté et attendit que Jeremiah annonce ce qu'il avait à dire.

— Je suis désolé pour ce qui est arrivé, dit-il. Shawn a été inconvenant.

— A été inconvenant ? Ne put s'empêcher de répéter Carly. Venir ici avec une *bombe* autour du torse pour *m'enlever*, c'était « inconvenant » ?

Jeremiah grimaça.

— Oui, ce n'était sans doute pas le bon mot. Mais tu as ma parole que je n'ai pas été impliqué.

— Tu t'attends à ce que je te croie ? demanda Carly.

Elle frémissait intérieurement, mais elle était bien décidée à camper sur sa position.

— Shawn et toi, ainsi que Gideon et Beau, vous étiez toujours ensemble. Je sais qu'il t'a sans doute révélé ce qu'il avait prévu.

— C'est vrai, admit Jeremiah.

Carly le fixa bouche bée. Elle n'arrivait pas à croire qu'il venait de l'avouer à voix haute.

— J'aurais dû faire quelque chose. Je pensais vraiment qu'il plaisantait ! Il disait toujours du mal d'une personne ou d'une autre. Je n'ai jamais cru qu'il allait vraiment agir.

Carly ne voulait pas lâcher Jeremiah, mais elle ne put s'empêcher de se sentir un peu mieux qu'il admette l'erreur colossale qu'il avait faite en ne prenant pas Shawn au sérieux.

— C'est pourtant ce qu'il a fait, dit-elle mollement.

— Oui, acquiesça Jeremiah d'un air un peu coupable.

— Hé ! On y va, Jer ! cria l'un des hommes avec lesquels il avait mangé.

Jeremiah agita la main vers lui avant de se retourner vers

Carly.

— Maintenant que je me suis excusé, tu peux dire à ton chien de garde de me laisser tranquille.

— Mon chien de garde ? demanda Carly en levant un sourcil.

— Oui. J'ai besoin de mon boulot et s'il continue à me surveiller, mon patron va me virer. S'il y a bien quelque chose qu'il déteste, c'est le scandale. Le country-club doit être complètement réglo.

Carly ne savait pas du tout de quoi parlait Jeremiah, mais elle fit semblant du contraire.

— Si tu coopères avec lui, alors je suis certaine que tout ira bien, bluffa-t-elle.

Jeremiah la fixa longuement et Carly fit de son mieux pour ne pas céder de terrain malgré son regard. Il n'était pas content... et ça se voyait.

— Bref, finit-il par cracher puis, il tourna les talons et s'éloigna à grands pas.

Carly le regarda partir en relâchant lentement le souffle qu'elle avait retenu.

— Ça va ?

La voix féminine surprit tellement Carly qu'elle sursauta. Elle se tourna et vit Vera à côté d'elle, l'air inquiet.

— Pardon, je ne voulais pas te faire peur.

— Ça va, dit Carly.

— Est-ce qu'il t'a menacée ? Dois-je appeler les flics ? demanda Vera. L'agent Brown n'est pas loin, il fait sa ronde pour vérifier que tout va bien. Je peux le faire venir ici, si tu en as besoin.

— Ça va, la rassura encore Carly.

La rencontre avec Jeremiah était perturbante, mais en même temps, elle était fière de la façon dont elle l'avait géré... du moins après avoir arrêté de se cacher dans la cuisine. Honolulu était la ville la plus peuplée d'Hawaï, mais elle était en fait assez petite dans certains domaines. Il était inévitable qu'elle croise d'autres amis de Shawn. Gideon, Beau, Wes, Eddie... son ex connaissait beaucoup de gens et ils étaient tous bien conscients de ce qui était arrivé.

Il était probable que la plupart ou tous aient entendu Shawn râler à son sujet, dire que c'était une connasse. Les gens entendaient ce genre de choses tout le temps, et personne ne pensait que ça signifiait réellement quelque chose. Ne s'était-elle pas déjà plainte une fois ou deux auprès de Kenna parce qu'un client était irritant ? Elle ne pensait pas avoir déjà souhaité la mort de qui que ce soit ni avoir lancé une menace bidon comme quoi elle allait les éradiquer de la surface de la Terre, mais elle imaginait bien Shawn dire ce genre de choses. Et ne pas se soucier de la personne à qui il le disait. Alors, le fait que Jeremiah n'ait pas cru que son équipe allait réellement essayer de l'enlever n'était pas une surprise.

— Où est-il ? demanda Kenna en accourant vers l'avant du restaurant. Merde, je l'ai raté, non ? Qu'a-t-il dit ? Est-ce que ça va ?

Carly fut très étonnée de découvrir qu'elle souriait légèrement.

— Il est parti. Et je vais bien.

Kenna posa les mains sur les épaules de Carly en plissant les yeux pour étudier son amie.

— Tu vas *vraiment* bien, n'est-ce pas ?

— Oui.

Kenna sourit.

— C'est agréable de se défendre contre les brutes, hein ?

— Oui. Même s'il ne m'a pas brutalisée. En réalité, il s'est excusé.

Kenna fronça le nez.

— Comme si ça le tirait d'affaire.

— Et il m'a dit de demander à mon chien de garde de le lâcher. A prétendu qu'il pouvait se faire virer.

— Qui ? Jag ?

Carly secoua la tête.

— Je ne crois pas. Je veux dire, c'est possible, mais quand il n'est pas au travail, Jag est avec moi.

— Baker, dit Kenna avec un grand sourire.

— C'est aussi à lui que je pensais.

— Bien. J'espère qu'il va effectivement se faire virer. Et avec Baker sur l'affaire, il va finir par tout comprendre.

— Je l'espère.

— Viens, la nourriture de la table treize est prête. Et il ne nous reste que trente minutes avant que nos hommes viennent nous chercher.

Carly fit passer son bras dans celui de Kenna et elle se laissa guider à l'intérieur du restaurant. Si quelqu'un lui avait dit qu'elle allait voir Jeremiah au travail aujourd'hui, Carly serait restée à la maison, trop effrayée pour affronter l'un des amis de Shawn. Mais maintenant que c'était arrivé, elle se sentait plus forte. Elle ne redoutait plus autant de voir d'autres gens qu'il connaissait. Ce n'était pas agréable, mais elle estimait pouvoir le gérer.

Une étincelle de l'ancienne Carly s'éveilla en elle et elle sourit. Elle était toujours nerveuse, toujours prudente, mais surmonter le premier face-à-face avec quelqu'un de la vie de Shawn l'aidait à se sentir beaucoup mieux. Et puis c'était bien aussi qu'elle ne soit pas obligée de marcher toute seule jusqu'à sa voiture et de rentrer à la maison. Savoir que Jag était en route pour passer la chercher lui donnait la confiance nécessaire pour reléguer la confrontation pesante au passé. Elle allait voir Jag... bientôt.

* * *

— Comment s'est passé le travail ? demanda Jag quand ils furent installés dans sa Jetta et en route vers son appartement.

Carly n'avait volontairement rien dit au sujet de Jeremiah jusqu'à maintenant. Elle ne voulait pas que Jag pète un plomb et retourne au restaurant. Il ne pouvait rien faire maintenant et jouer au SEAL devant ses amis et ses collègues ne servirait à rien.

— J'ai vu Jeremiah, lâcha Carly.

Tous les muscles du corps de Jag se raidirent.

— Quoi ?

— Il est venu manger avec un groupe d'hommes. J'avais peur au début, avoua Carly en parlant vite, souhaitant sortir toute l'histoire avant que Jag décide d'opérer un demi-tour et de pourchasser l'homme en question. Mais finalement, je me suis fâchée. Pourquoi me cachais-je dans la cuisine ? J'avais autant le droit d'être là que lui. Je n'ai pas servi sa table, mais je suis passée devant quelques fois. Il n'a rien dit, mais avant de partir, il m'a demandé s'il pouvait me parler. Je suis restée près de l'hôtesse à l'avant du restaurant et je l'ai laissé parler. Il a avoué que Shawn lui avait confié son plan, mais il a prétendu avoir cru qu'il plaisantait. Qu'il disait n'importe quoi. Il s'est même excusé. Puis il est parti. Oh... attends, il m'a demandé de dire à mon chien de garde de le lâcher et je suppose qu'il parlait de Baker... En parlant de lui, tu l'as rencontré aujourd'-hui, non ? Qu'a-t-il dit ?

Carly retint sa respiration en attendant que Jag réponde :

— J'essaie de ne pas paniquer, là, dit-il au bout d'un long moment.

— Je sais. Je ressens la même chose. Et je ne voulais pas t'annoncer tout ça d'un coup. J'ai été complètement stressée pendant au moins une demi-heure après l'avoir vu. Mais il ne s'est rien passé, Jag. C'est à peine s'il m'a regardé. J'admets que cet homme me file la chair de poule, mais il n'a rien fait.

Les articulations de Jag étaient toutes blanches autour du volant.

— Et après y avoir réfléchi, je suis contente qu'il soit venu aujourd'hui. Je vais croiser d'autres amis de Shawn et je dois découvrir comment gérer ça. Je ne veux plus jamais me sentir comme pendant les mois où je me suis cachée dans mon appartement. J'étais paralysée par la peur et je ne sais même pas de quoi ou de qui. Je pensais que c'était Luke, mais je crois maintenant que c'était seulement la peur de ce qui *pouvait* arriver. Je ne peux pas vivre de cette façon. Je *pourrais* me faire écraser demain. Je *pourrais* avoir une crise cardiaque. Je *pourrais* faire mes courses à l'épicerie et être tuée par quelqu'un qui attaque la pharmacie. Mais je veux *vivre*, Jag. Faire l'expérience de la vie. Je radote. Pardon.

— Non, je comprends tout à fait. Ça ne change pas le fait que je déteste qu'un des amis de Shawn ait pu s'approcher de toi.

— Je sais.

— J'ai parlé à Baker, aujourd'hui. On a fait une réunion avec l'équipe.

— Et ? demanda Carly quand Jag ne poursuivit pas.

— Il n'a rien de concret pour l'instant.

— Mince.

— Mais apparemment, la discussion qu'il a eue avec Barrowman a eu un effet.

— Oui, acquiesça Carly. En remuant tout ça, en forçant les gens à lui parler, en les faisant s'inquiéter au sujet de leur travail, cela fera peut-être bouger les choses. Ce n'est pas que je veuille que l'on m'enlève, mais si quelqu'un réagit assez violemment pour faire une erreur, ou bien se sent suffisamment coupable pour avouer qu'il était dans l'océan en attendant de récupérer Shawn, je pourrai passer à autre chose.

— Tu passeras à autre chose quoiqu'il arrive, rétorqua Jag.

Il décrocha sa main du volant et la lui tendit. Carly la saisit avec plaisir, entrelaçant leurs doigts.

— Veux-tu apprendre plus de détails sur ce que Baker a découvert ?

Carly réfléchit un instant, puis elle demanda :

— Dois je me méfier de quelqu'un en particulier ? Par exemple, pense-t-il que Luke représente plus de danger que quelqu'un d'autre ?

— Non. Baker n'a trouvé aucune preuve concrète. Il vérifie toujours les alibis et examine les vidéos de surveillance.

— D'accord, alors non, je n'ai pas besoin de détails. Je sais que tu me le feras savoir s'il trouve quelque chose de certain.

— *Quand* il le trouvera, eh oui, je le ferai. Je n'attendrai pas la fin de la journée. Je me rendrai là où tu es et je te le dirai en personne, précisa Jag.

— Merci.

— Inutile de me remercier, mon ange. Tu es importante pour moi. Plus importante que n'importe qui dans ma vie. Je ne ferai jamais rien pour te mettre en danger. Et si cela implique de te donner des infos qui peuvent effrayer, c'est ce que je ferai.

Carly hocha la tête.

— Oh, et j'ai planifié des séances d'entraînement à l'auto-défense pour les jours où tu ne travailles pas. J'espère que ça te va.

— C'est super. Mais ça m'angoisse un peu.

— Pourquoi ?

— Eh bien, tu as dit que la femme à laquelle tu allais le demander est une sorte de Rambo en version femme.

Jag gloussa.

— Elle est effectivement impressionnante.

— Elle va penser que je suis une lavette. Je ne suis pas vraiment en forme, Jag. Je me fatigue rien qu'en montant les escaliers du parking près de Duke's.

— Tu n'es pas obligée d'être en forme, et elle ne pensera jamais que tu es une lavette. Te sentirais-tu mieux si je te disais que les autres femmes vont sans doute se joindre à toi ? Quand j'en ai parlé aux gars, ils ont tous proposé que leurs femmes viennent aussi.

— Vraiment ? C'est merveilleux ! J'adorerais ! dit Carly avec bonheur.

Cela lui paraissait moins intimidant de faire les séances avec ses amies.

— Bien. Après avoir déposé ces sacs de nourriture qu'Alani t'a donnés pour Food For All, est-ce que ça te va de rentrer tout de suite à la maison ?

— Oui, pourquoi ça ne m'irait pas ?

— Je ne sais pas. Tu as peut-être besoin de récupérer quelque chose dans ton appartement, ou au magasin.

— Je n'ai besoin de rien, dit Carly. Sauf de traîner avec toi et d'essayer d'oublier que le monde existe pendant un moment.

Jag fit un grand sourire et lui serra la main.

— Pareil pour moi, mon ange. Pareil.

— Jag ?

— Oui ?

— Je suis vraiment prête à avancer.

— Quoi ?

— Je suis prête à avancer, répéta Carly. Dans ma vie. J'ai laissé Shawn traîner dans ma tête pendant bien trop longtemps. J'ai cru les choses horribles qu'il m'a dites et j'ai commencé à douter de moi. Je me suis sentie mieux quand j'ai rompu avec lui, mais quand il a commencé à me harceler, j'avoue que j'ai hésité. Pourquoi quelqu'un d'autre voudrait-il être avec moi ? J'étais peut-être toutes les choses qu'il m'a accusée d'être. Immature, stupide, laide… mais je comprends maintenant qu'il essayait de me briser. Je suis prête à mettre tout ça derrière moi. Je sais que j'ai besoin d'être en sécurité et de faire attention, mais tu avais raison de me faire sortir de mon appartement, de me faire parler avec Alani. Je n'ai pas les mots pour te remercier.

— J'en suis ravi, mon ange, dit Jag doucement.

— J'ai répété à Kenna et aux autres que je ne voulais plus de copain. Que j'en avais fini avec les hommes. Peut-être pas pour toujours, mais pour l'avenir proche. Mais d'une façon ou d'une autre, tu as réussi à faire tomber toutes mes défenses... et j'en suis très heureuse.

— Moi aussi. Tu es une femme incroyable, Carly. Et Shawn était un con.

— Oui, acquiesça-t-elle.

Ils se tinrent par la main en silence pendant le reste du trajet jusqu'à Barbers Point. Jag se gara sur le parking au bout de la rue et ils portèrent les sacs à Food For All. Lexie était la seule sur place et elle semblait un peu distraite, marmonnant au sujet de l'augmentation des gens qui fréquentaient l'endroit, alors Carly et Jag ne restèrent pas longtemps.

Carly examina les environs pendant qu'ils revenaient à la voiture et elle ne vit personne qui sortait de l'ordinaire. Elle ne reconnut aucun des hommes et des femmes qui marchaient dans la rue, et ils étaient les seuls dans le parking.

— Tu es en sécurité, dit Jag en remarquant manifestement la façon dont elle examinait nerveusement chaque passant.

Carly hocha la tête.

— Je me sens en sécurité avec toi.

— Tu te sentiras bientôt en sécurité *sans* moi. Le Maître Principal de la Marine Albertson s'en chargera. Et nous discuterons des choses que tu peux vérifier quand tu es sur la route ou dans un parking. Tu retrouveras ta vie normale, Carly. Promis.

— Maître Principal de la Marine Albertson ? C'est un nom à coucher dehors.

Jag gloussa.

— Oui. Je suis sûre qu'elle te laissera utiliser son prénom.

Carly l'espérait. Elle ne pensait pas pouvoir dire Maître Principal de la Marine Albertson chaque fois qu'elle avait une question. Elle poussa un soupir de soulagement quand elle fut en sécurité dans la Jetta de Jag et qu'il démarra le moteur.

— À la maison ? demanda-t-il.

— À la maison, répondit-elle avec satisfaction.

* * *

L'homme observait Carly et son copain avec un regard noir. Il détestait l'air heureux de cette connasse. Il appréciait sa nervosité quand elle regardait autour d'elle, mais celle-ci disparaissait rapidement quand l'homme la distrayait.

Elle aurait dû être effrayée.

Terrifiée.

Il aimait qu'elle se sente ainsi.

Elle avait tué Shawn. Elle n'avait pas été présente quand il s'était accidentellement fait exploser, mais elle aurait tout aussi bien pu tirer sur la gâchette en lui tirant dans la tête.

Il voulait voir la terreur dans ses yeux quand elle comprendrait qui il était et ce qui allait lui arriver. Shawn lui avait appris comment contrôler les femmes. Comment les pousser à douter d'elles-mêmes, à se recroqueviller sous la peur, et il l'avait entraîné à briser les barrières d'une femme, à la rendre vulnérable et dépendante de l'homme pour prendre les décisions. Il était prêt à utiliser ses compétences quand Shawn était mort. Sans le soutien de son ami et mentor, il n'avait plus la confiance nécessaire pour fabriquer sa propre partenaire parfaite.

C'était la faute de *Carly*.

Il avait fréquenté une autre femme bien des années auparavant. Quelqu'un qu'il pensait aimer, mais les choses s'étaient mal terminées. Et avec l'aide de Shawn, il comprenait maintenant pourquoi. Il n'avait pas été assez sûr de lui. Ne l'avait pas brisée avant de faire d'elle exactement ce dont il avait besoin. Et tout comme Carly, elle était partie voir la putain de police quand il l'avait suivie pour sa propre sécurité. La pétasse !

Et juste quand il commençait à réessayer, son ami était mort.

Il fallait qu'il accélère ses plans. L'autre enfoiré qui était venu à son travail, insistant pour lui parler de Shawn et de ce qui était arrivé était trop curieux. Il s'était bien débrouillé pour que l'on ne soupçonne rien, mais il était toujours possible que l'homme plus âgé comprenne que c'était lui qui attendait dans l'océan.

S'il n'y avait pas eu cette foutue tempête. Si Carly n'était pas rentrée chez elle parce qu'elle était malade. Il y avait tellement de « si seulement » que cela le rendait presque fou. Mais rien n'allait se mettre en travers de son chemin la fois suivante.

Pas le putain de chien de garde qu'elle lui avait envoyé.

Pas le nouveau petit ami.

Rien.

Il allait obtenir sa confiance. L'habituer à le voir de temps en temps. Utiliser les astuces que Shawn lui avait apprises pour l'appâter. Puis la pousser à baisser ses gardes.

Aujourd'hui, il se chargeait d'une des étapes les plus cruciales de son plan. Il apprenait sa routine.

Il savait de quels services elle était les deux derniers jours, savait qu'elle apportait parfois de la nourriture de Duke's à l'espèce de banque alimentaire, et il savait où vivait le copain... où elle vivait actuellement. Il allait bientôt savoir où elle faisait les courses, à quel endroit vivaient ses amis, ce qu'elle faisait pendant ses jours de congé.

Il suffisait d'un peu de temps pour que Carly finisse par se trouver exactement là où Shawn et lui le voulaient.

À sa merci.

Mais cette fois, il n'allait pas prendre le risque qu'elle s'échappe. Il allait la tuer et en être débarrassé. Donner son corps en pâture aux poissons. Elle allait disparaître et personne n'en saurait rien. Personne ne le soupçonnerait. Il allait s'en assurer.

En souriant intérieurement, l'homme se redressa et marcha vers sa voiture qu'il avait garée à quelques pâtés de maisons... au cas où.

CHAPITRE ONZE

Carly grimaça quand ses muscles protestèrent lorsqu'elle s'étira vers l'étagère supérieure dans l'allée de l'épicerie. Le Maître Principal de la Marine Albertson – Elizabeth – n'avait aucune pitié pour elle ou les autres. Elle les avait poussées, insistant parce que si quelqu'un essayait de les agresser ou de les prendre en otage – ce qui n'était pas totalement improbable, puisqu'elles fréquentaient des SEALs de la Navy médaillés ayant de nombreux ennemis – elles devaient être capables de se battre pour leur vie.

Malgré la difficulté, Carly avait adoré la première leçon d'autodéfense de la veille. Elle se sentait extrêmement puissante après la séance d'une heure. Même si elle avait mal partout, il lui tardait de recommencer. Quand Jag les avait ramenés à la maison, elle avait fait une démonstration de ce qu'elle avait appris et elle avait réussi à s'échapper de son emprise quand il l'avait saisie par-derrière. Carly le soupçonnait de savoir exactement ce qu'elle allait faire pour s'échapper, mais elle appréciait qu'il la laisse réussir tout de même.

— Mon Dieu, que j'ai mal partout, grogna Kenna à côté d'elle.

Carly ne put s'empêcher de glousser en posant une boîte de nouilles dans le chariot. C'était la première fois qu'elle sortait quelque part sans Jag. Les trajets jusqu'à Duke's avec Kenna ne comptaient pas vraiment, car son amie lui avait dit que le chauffeur engagé par Aleck était un ancien Marine, et il semblait très capable de gérer n'importe quelle menace.

Étonnamment, Carly se sentait bien lors de cette sortie. Kenna avait appelé après le déjeuner et demandé si elle voulait l'accompagner au magasin. Même si Carly avait hésité au début, elle s'était donné du courage et elle avait accepté. Il fallait qu'elle commence à sortir par elle-même. Être avec Kenna semblait un bon compromis pour commencer.

Elle avait eu un petit instant de panique en arrivant au magasin, mais elle avait réussi à maîtriser ses émotions et à continuer, ce dont elle était extrêmement fière. Certaines personnes ne pensaient peut-être pas que se rendre au super-marché, avec une amie de surcroît, était très impressionnant, mais après avoir passé des mois dans son appartement, trop effrayée pour sortir et vérifier son courrier, se rendre au super-marché était une victoire majeure.

— Alors... comment ça se passe entre Jag et toi ? demanda Kenna pendant qu'elles longeaient les allées.

— Bien. C'est différent de ce que je pensais, dit Carly.

— En quoi ?

— C'est difficile à expliquer. Je suppose que quand tu as commencé à sortir avec Aleck, j'ai cru que ses amis allaient être des durs à cuire arrogants. Mais dès ce premier dîner chez Duke's, ils m'ont paru plutôt terre à terre. Tu sais que je n'étais pas prête pour une relation, pas après Shawn, mais Jag m'a plus ou moins eue par surprise.

Kenna gloussa.

— Oui, je sais ce que tu veux dire. Penses-tu que ce sera du long terme ?

— Je ne sais pas du tout, dit-elle en haussant les épaules. Je ne m'attends pas à ce qu'il me fasse une demande bientôt. Et franchement ? Je crois qu'il a un petit complexe du sauveur. Nous n'avons pas vraiment eu l'occasion d'apprendre à nous connaître avant toute cette histoire avec Shawn. Et depuis, il a davantage été mon auxiliaire de vie qu'autre chose.

— Tu le penses sérieusement ? demanda Kenna en s'arrêtant au milieu de l'allée.

— Eh bien, oui, avoua Carly.

— Tu as tort, répondit son amie avec virulence. Jag n'est pas le genre d'homme à passer autant de temps à vérifier que tu ailles bien simplement par bonté de cœur. Ne te méprends pas, c'est un homme bien. Mais il n'aurait pas fait ce qu'il a fait pendant les mois qui ont suivi le pétage de plombs de Shawn s'il s'intéressait seulement à une amitié avec toi.

Carly déglutit. Elle le savait. D'une façon ou d'une autre, au fond d'elle, elle avait toujours su que Jag n'avait pas juste été inquiet pour elle parce que son ami sortait avec Kenna. Elle avait senti un lien avec lui dès la première fois qu'ils s'étaient rencontrés chez Duke's. Elle n'avait simplement pas voulu l'admettre à ce moment-là.

— Je ne sais pas ce que j'aurais fait sans lui, dit Carly doucement. Comment puis-je savoir que mon attirance envers lui n'est pas simplement causée par une espèce de syndrome de la demoiselle en détresse ?

— Je sais que beaucoup de gens critiquent cette histoire de demoiselle en détresse, et ça m'énerve, dit Kenna.

Elle ne semblait pas s'inquiéter le moins du monde de bloquer l'allée du supermarché pour avoir cette conversation intense à côté des cornichons et des condiments.

— Mais voilà : il n'y a rien de mal à avoir besoin d'aide parfois. Je ne sais pas quand, exactement, la société a décidé que c'était une mauvaise chose. Enfin, bref. Même si nos hommes sont des durs, ils ont besoin de nous autant que nous avons besoin d'eux. C'est ainsi que fonctionnent les relations,

Carly. Non, nous n'allons sans doute pas pendre d'un hélicoptère et arriver pour sauver nos hommes de la lave en fusion comme Pid l'a fait pour Monica, mais ça ne veut pas dire que nous n'améliorons pas leurs vies, que nous ne les complétons pas. Quel est le problème si tu as compté sur Jag récemment ? Tu ne devrais pas en avoir honte. C'est ce que font les couples.

C'était une des raisons pour lesquelles Carly aimait tant Kenna. Elle n'avait pas peur de donner son avis et c'était généralement ce que Carly avait besoin d'entendre.

— Merci, chuchota-t-elle.

— Donner des discours d'encouragement, c'est à ça que servent les amis, dit Kenna en souriant. Et pour ce que ça vaut, j'adore que tu sois de retour au travail. Bien sûr, j'aime Vera, Justin, Charlotte et les autres, mais quand tu es là, le temps passe tellement plus vite.

— À vrai dire, je suis surprise de voir combien ça m'a manqué. Je ne l'avais pas cru, et c'est un peu effrayant d'être dehors parmi les gens, mais j'aime à nouveau passer du temps avec toi.

Les deux amies se firent un sourire avant de continuer le long de l'allée. Elles étaient au milieu d'une conversation au sujet des cornichons – s'il valait mieux les prendre doux ou bien à l'aneth – quand quelqu'un passa le coin et faillit leur rentrer dedans.

Carly se figea en regardant bouche bée Luke et sa petite amie.

Pendant ce qui sembla être une minute entière, ils se fixèrent tous les quatre sans un mot. Carly sentit son cœur battre à un million de kilomètres-heure. Elle était paralysée par la peur. C'était à peu près son pire cauchemar devenu réalité. La raison pour laquelle elle s'était cachée dans son appartement pendant si longtemps. Elle ne voulait plus jamais revoir le fils de Shawn... et maintenant ils étaient là, face à face dans un foutu supermarché.

Luke et Rebecca la regardèrent avec des yeux noirs.

— Bouge, dit Kenna d'une voix grave et déterminée.

Carly eut envie de lui dire de se taire, de ne pas fâcher Luke, mais sa voix ne fonctionnait plus.

— À toi de bouger, répondit Rebecca d'un ton râleur.

— Je n'ai aucun rapport avec ce qui est arrivé, lâcha Luke d'un seul coup.

Carly fut surprise qu'il aborde le sujet. Elle continua à le fixer.

— Ces derniers mois, ma vie a été un enfer. J'ai dû engager un putain d'avocat pour que les policiers me lâchent, malgré tout, ils me suivent et fouillent dans mes poubelles et ce genre de conneries. Tu dois leur parler, leur dire de me laisser tranquille, exigea Luke.

— Si tu n'as rien fait de mal, alors tu n'as pas à t'inquiéter, rétorqua Kenna en faisant un petit pas de côté de sorte qu'elle se trouve en partie devant Carly. Et Carly n'a aucun contrôle sur ce que font les policiers, de toute façon.

— Tu as gâché la vie de mon père ! fulmina-t-il.

Il avait le regard plongé dans celui de Carly et le venin qu'elle y vit la fit trembler.

Elle se souvint alors de ce qu'Elizabeth avait dit lors de son cours d'autodéfense. Elle avait expliqué qu'agir comme si l'on n'avait pas peur pouvait déstabiliser l'attaquant. Ils n'aiment pas les victimes sûres d'elles. Ils veulent que les gens qu'ils tabassent, volent ou intimident se recroquevillent de peur. Cela donne du pouvoir à l'attaquant.

Carly ne voulait surtout pas donner davantage de pouvoir sur elle à Luke. Son père l'avait dominée bien assez longtemps. Elle redressa donc les épaules et leva le menton. Elle tremblait toujours à cause de l'adrénaline dans son corps, mais elle se força à le regarder dans les yeux.

— Ton père a gâché sa *propre* vie, cracha-t-elle. Je ne lui ai pas demandé de me rabaisser et de me traiter comme si j'étais une imbécile. Je ne méritais pas de prendre des gifles. Personne ne mérite ça. Je ne pense même pas qu'il m'appréciait vraiment, alors je ne sais pas pourquoi il n'a pas été ravi quand j'ai fini par rompre avec lui. Il lui aurait suffi de passer à autre chose et il serait toujours là pour frapper une autre femme. Mais à la place, il a perdu la tête. Il a essayé de m'*enlever*, et je suis certaine que tu étais au courant. Je ne doute pas que tu connaissais tous les détails de son plan... et cela fait de toi quelqu'un d'aussi mauvais que lui.

Carly transpirait presque à la fin de son discours, mais cela faisait du bien de tenir tête à Luke. Elle avait bien trop longtemps essayé de se faire apprécier par cet homme, et c'était libérateur de ne plus se soucier de ce qu'il pensait d'elle.

Luke fit un pas vers elle et Kenna annonça :

— Fais-le, crétin. Je te mets au défi.

Elle leva son téléphone, manifestement pour filmer la scène.

Il leur jeta un regard noir à toutes les deux.

— Tu n'en vaux pas la peine, lâcha-t-il.

— Viens, dit Rebecca en tirant sur son bras.

— Je parie qu'il te traite comme de la merde, dit Carly d'un ton plus doux. Pars maintenant, tant que tu le peux. Avant qu'il te gâche la vie.

— La ferme, connasse ! grogna Luke.

Il se tourna vers sa petite amie et la poussa si fort qu'elle trébucha.

— Viens, sortons d'ici.

Il laissa son chariot sur place au bout de l'allée en partant d'un pas lourd, pendant que Rebecca protestait d'abandonner leurs courses.

— Quel gros connard, grogna Kenna en baissant son téléphone.

Carly ne put s'empêcher de jeter les bras autour de son amie. Elle voulait la remercier de l'avoir défendue. D'avoir été là. D'avoir été assez maline pour filmer leur rencontre, poussant Luke à y réfléchir à deux fois avant de tenter quoi que ce soit contre elle. Elle avait aussi besoin du soutien de Kenna pour ne pas se liquéfier sur place au milieu du magasin.

— Tout va bien, la calma Kenna en la serrant contre elle.

Elle l'avait clairement sentie trembler. Elles restèrent au moins une minute dans les bras l'une de l'autre, jusqu'à ce que Carly eut l'impression de pouvoir rester debout si elle la lâchait.

Inspirant profondément, elle fit de son mieux pour maîtriser ses émotions.

— C'était assez amusant.

Kenna sourit.

— Oui, hein ?

— Elizabeth avait raison, faire comme si on n'avait pas peur, ça fonctionne pas mal.

— Tu as été incroyable, s'enthousiasma Kenna. Je parie que ça t'a fait du bien, non ?

— Oui, totalement, acquiesça Carly. J'avais l'habitude de marcher sur des œufs avec lui parce que je voulais si désespérément qu'il m'apprécie. Et m'entendre avec lui rendait Shawn heureux. Enfin, pas heureux, mais tu sais ce que je veux dire. Ne pas m'inquiéter de ce que Luke pensait de moi et dire ce que je voulais, c'était génial.

— C'est un con, dit Kenna.

— Oui. Ce sera nul de devoir parler de ça à Jag. Je suis sûre qu'il voudra aussi que j'appelle l'inspecteur Lee.

— Et les policiers surveilleront sans doute encore plus Luke, ce qui l'énervera davantage, dit Kenna.

— Sans aucun doute.

Carly secoua la tête d'étonnement.

— J'ai du mal à croire que je ne suis pas une boule de nerfs, maintenant. Si ça s'était produit ne serait-ce que quelques semaines plus tôt, il aurait sans doute fallu m'emporter et me mettre sous sédation.

— Est-ce bizarre si je te dis combien je t'aime ? demanda Kenna.

Carly sourit.

— Non.

— Bien. Je t'aime, Carly. Tu es incroyable.

— Je pense la même chose de toi, lui dit Carly.

Elles échangèrent des sourires.

— Viens, finissons les courses avant que je te ramène à la maison. Il faut que tu te mettes au travail pour séduire Jag.

Carly faillit s'étrangler.

— Euh, quoi ?

— Ça fait des mois que vous vous tournez autour. Il faut que tu passes à l'action, maintenant.

— Comment sais-tu que ce n'est pas déjà fait ? demanda Carly.

— Parce que tu m'en aurais parlé, affirma Kenna en longeant une autre allée.

Carly fronça le nez. Son amie avait sans doute raison.

— Tu ne penses pas que c'est trop rapide ?

Kenna leva les sourcils et la regarda d'un air incrédule.

En riant, Carly concéda :

— Très bien, Madame « j'ai épousé mon homme deux secondes et demie après l'avoir rencontré ».

Kenna gloussa.

— Pas à ce point, quand même.

Ce fut au tour de Carly de paraître incrédule, cette fois.

— Mais sérieusement... nos SEALs vont vite quand ils trouvent la femme avec laquelle ils veulent passer le reste de leur vie, parce qu'ils savent à quel point notre vie sur terre est courte. Bien que je déteste y réfléchir, ce qu'ils font est terriblement dangereux. Ils pourraient mourir au cours de n'importe laquelle de leurs missions. Ils ne perdent pas de temps quand il s'agit de se lier de façon permanente à leur femme. Alors non, tu ne vas pas trop vite du tout. À vrai dire, je dirais que Jag et toi, vous avancez lentement. Vous avez été des amis avant le reste.

Elle avait raison. Carly avait l'impression que Jag avait réussi à la connaître assez bien au cours des derniers mois, mais elle ne pensait pas le connaître si bien que ça. Elle savait qu'il était fiable, protecteur, un peu autoritaire. Savait qu'il sentait très bon et qu'en dormant à côté de lui chaque nuit elle se sentait en sécurité. Il aimait la pizza et les sushis, mais détestait les ananas et les mangues... ce qui était amusant, parce qu'il vivait à Hawaï.

— Oui, dit Carly en se rendant compte qu'elle n'avait pas répondu au dernier commentaire de Kenna.

Son amie se contenta de glousser.

— Il n'existe pas d'emploi du temps type en amour, dit-elle au bout d'un moment. Toutes les relations sont différentes. Je veux que tu sois heureuse, Carly, et je pense que Jag fait ça pour toi.

— C'est vrai, confirma Carly.

— Alors, laisse-toi porter. Je ne suis pas surprise que Jag t'ait fait emménager chez lui. Cela semble être le schéma des gars de cette équipe. Mais si tu veux simplement rester son amie, ce n'est pas grave. Tu dois faire ce qui te convient le mieux.

— Je ne veux pas, dit Carly sans hésiter. C'est juste que... je ne veux pas qu'il soit avec moi parce qu'il se sent responsable de moi.

— Parle-lui, suggéra Kenna. Il s'est passé beaucoup de choses dans ta vie et dans la sienne, récemment. Mon conseil est de lui dire ce que tu veux. De t'ouvrir à lui. Tu veux du sexe ? Je pense qu'il te faudra faire le premier pas. Cela fait un moment maintenant qu'il est dans ce rôle d'amitié bizarre, et il ne sait sans doute pas exactement comment changer le statu quo. Il est évident qu'il te désire, l'alchimie entre vous est hallu-cinante. Il faut juste que tu lui donnes le feu vert pour se lancer.

Carly ne savait plus où se mettre à l'idée que Jag fasse plus que la serrer contre lui la nuit. Elle en avait envie. Beaucoup. Et Kenna avait sans doute raison. Jag avait été son ami, sa bouée de sauvetage, pendant si longtemps qu'il se méfiait sans doute de faire quelque chose qui puisse l'effrayer. Elle avait même dû prendre l'initiative de leur premier baiser.

— Tu as raison.

— Je sais, répondit Kenna d'un air satisfait. Viens, finissons les courses. Je parie que Luke et sa petite amie sont partis, mais je n'ai pas très envie d'avoir une autre confrontation avec eux.

Carly frissonna. Elle n'en avait pas envie non plus.

Elles finirent le reste de leurs courses et passèrent à la caisse. Heureusement, il n'y eut aucun signe de Luke. Mais pendant qu'elles mettaient les sacs de courses dans la Chevy Malibu de Kenna, Carly jeta un coup d'œil à sa droite... et elle fut choquée de voir Beau Langford. Un autre des meilleurs amis de Shawn.

— Merde alors, je n'arrive pas à y croire, marmonna-t-elle.

— Quoi ? demanda Kenna.

— Là-bas, sur ta droite, dit Carly en indiquant la direction de Beau avec la tête.

— Qui ? Quoi ? Le type là-bas avec la voiture de sport tape-à-l'œil ? C'est quoi, une Corvette ?

— Je suppose. Eh oui. C'est Beau Langford.

— Suis-je censée savoir qui c'est ? demanda Kenna.

— Oui ! siffla Carly. Je veux dire, non.

Elle respira avant d'expliquer :

— C'est un des amis de Shawn. Un des hommes dont j'ai parlé à l'inspecteur parce qu'il pourrait être impliqué dans le plan de Shawn pour mon enlèvement.

— Merde alors. Je n'arrive pas à y croire. Quelles sont les

chances de croiser deux suspects le même jour, au même endroit ? demanda Kenna. Monte dans la voiture, ordonna-t-elle.

— Mais nous devons rapporter le chariot, protesta Carly.

— Je m'en occupe. Monte.

Carly fit ce que son amie ordonnait. Elle avait l'impression d'être lâche, mais tenir tête à Luke était tout ce qu'elle pouvait gérer en une journée. Elle garda les yeux rivés sur Beau, mais il ne regarda même pas dans sa direction. Il rangea ses propres courses dans le coffre de sa voiture, puis le referma. Carly ne l'avait même pas vu dans le magasin, mais il était évident qu'il s'y trouvait.

Quand Kenna ouvrit sa portière et monta dans la voiture, Beau sortait en reculant de sa place de parking. Juste au moment où Carly pensa qu'il n'avait pas du tout remarqué sa présence, il tourna la tête et croisa son regard.

Le temps sembla s'arrêter pendant qu'ils se fixaient. Le temps d'une seconde, Beau donna l'impression de ne pas la reconnaître. Puis sa lèvre se courba de mépris et il fonça en avant aussi vite que possible.

— D'accord, je sais que l'île est petite, mais là, c'est ridicule, râla Kenna en démarrant la voiture.

Carly ne savait pas si elle devait rire ou pleurer, alors elle se contenta de secouer la tête.

— N'est-ce pas ? On dirait une espèce de thérapie massive. Qui viendra ensuite ? Wes ? Le propriétaire de Shawn ? Son ex ?

— Non. Il n'y aura *personne* ensuite, dit Kenna. Ensuite, tu rentres à la maison, tu parles à Jag de ta dure journée et de ton courage à sortir toute seule, puis tu relègues tout cela au passé et tu dis à ton homme que tu as envie de le sauter.

Carly éclata de rire. Kenna semblait toujours savoir quoi dire au bon moment.

— Mais bien sûr, dit-elle d'un ton sarcastique.

SUSAN STOKER

— Je suis sérieuse, protesta Kenna.

— Je le désire, je ne peux pas mentir à ce sujet, mais j'aime assez notre relation en ce moment. C'est... confortable.

— Il y a plus dans la vie que le confort.

— Je sais, mais pour l'instant, c'est ce dont j'ai besoin, dit Carly à son amie.

— D'accord. Mais quand tu seras prête à sortir de cette zone de confort, je suis certaine qu'il sera prêt également.

Carly hocha la tête. Kenna avait plus d'expérience dans les relations qu'elle, mais comme Carly avait très mal jugé les hommes dans le passé, elle aimait la situation du moment entre Jag et elle.

— Et... pour ce que ça vaut... je ne me suis pas baladée toute seule aujourd'hui.

— Tu sais ce que je voulais dire, rétorqua Kenna en balayant sa remarque d'un geste de la main. Sans Jag à tes côtés. Je suis la première à savoir que nos hommes peuvent servir de béquille. C'est difficile de s'inquiéter de quoi que ce soit quand ils sont avec nous. Et le fait que tu m'accompagnes aujourd'hui, que tu me fasses confiance pour te défendre, ça compte beaucoup.

Elle sourit à son amie. Elle savait exactement ce que Kenna voulait dire au sujet de leurs hommes étant des béquilles. C'était en partie la raison pour laquelle elle s'était forcée à accepter quand Kenna lui avait demandé d'aller au supermarché. C'était effrayant, mais Carly ne voulait plus rester prostrée dans son appartement.

Le trajet jusqu'à l'immeuble de Jag passa vite et elle fut soulagée de ne plus voir d'autres amis de Shawn. Kenna se gara et aida Carly à porter les sacs jusqu'à l'appartement. Jag vivait au sixième et l'immeuble était bien plus sûr que le sien.

— Je te vois demain ? demanda Kenna.

— Même heure ?

— Oui. Mark et moi, nous serons là autour de midi.

Mark était l'ancien marine et dur à cuire qui les conduisait au travail.

— Parfait, dit Carly.

— Parle avec Jag, ordonna Kenna.

— Promis.

— Bien. Je te vois demain.

Carly regarda par la fenêtre du côté du parking jusqu'à ce que Kenna monte dans sa voiture et s'en aille, puis elle commença à ranger les courses qu'elle avait achetées. C'était agréable d'avoir à nouveau de l'argent sur son compte bancaire. Ce n'était pas grand-chose, mais un bon début. Elle ne voulait pas vivre aux crochets de Jag, même s'il avait dit que ça ne le gênait pas de payer la nourriture, puisqu'il devait manger aussi.

Carly s'installa sur le canapé après avoir fini de ranger, son regard se perdit au loin en pensant à sa journée. Voir Luke – et Beau — avait été stressant... mais elle commençait à penser qu'elle avait réagi de façon exagérée.

Elle avait cru que quelqu'un attendait Shawn pour le récupérer sur la plage. Bien sûr, il devait avoir un plan de fuite. Mais l'inspecteur Lee avait travaillé comme un fou pour trouver des pistes sur quelqu'un, n'importe qui, sans y parvenir. Même l'incroyable Baker, que Carly n'avait toujours pas rencontré, n'avait pas encore trouvé de preuves concrètes contre qui que ce soit.

Elle commençait vraiment à croire qu'elle avait dramatisé. Tous ces mois à se cacher, à avoir l'impression d'être surveillée, à avoir la chair de poule quand elle quittait son appartement, tout cela n'était peut-être que son imagination.

Carly n'allait pas agir comme une de ces stupides femmes dans les films d'horreur qui se mettent bêtement en danger, mais elle sentit une partie de la crainte qui traînait en elle depuis des mois commencer à s'évanouir lentement.

Elle voulait récupérer l'ancienne Carly. La femme qu'elle avait été avant que Shawn commence à essayer de la briser. Elle prit la résolution de l'éliminer de sa vie et de son esprit une bonne fois pour toutes. Elle n'était pas la personne stupide et inutile qu'il avait voulu faire d'elle. Elle était Carly Stewart. Maligne, drôle, et un très bon parti pour quelqu'un.

Et, elle voulait que ce quelqu'un soit Jag.

En souriant, elle posa la tête sur le dossier du canapé et serra un coussin contre sa poitrine. Jag était son ami. Il avait dit qu'ils étaient ensemble, mais elle n'avait pas encore cette impression. Ils s'étaient embrassés ce jour-là, mais jamais depuis. Oui, il la touchait tout le temps et ils se tenaient par la main quand ils allaient quelque part... mais elle faisait presque ça avec Kenna.

Elle voulait plus, même si elle ne voulait pas simplement sauter au lit avec lui.

Ce qui était assez amusant, car elle avait déjà fait cela. Dormir avec lui chaque nuit était un des points forts de sa vie. Mais elle ne voulait pas gâcher ce qu'ils avaient en jetant trop tôt le sexe dans ce mélange.

Kenna avait raison. Il fallait qu'elle parle avec Jag. Qu'elle apprenne à le connaître mieux. Quand le moment serait venu, ils feraient l'amour, elle n'en doutait pas. Mais jusqu'à ce moment-là, Carly se promit d'être une meilleure petite amie. De parler avec son homme.

CHAPITRE DOUZE

Jag sourit à la seconde où il entra dans son appartement. Carly était dans la cuisine, penchée pour placer un plat dans le four.

Elle se leva et se retourna, lui offrant à son tour un immense sourire.

Jag eut le souffle coupé. Elle était si jolie. On lui avait dit toute sa vie qu'il était beau, mais intérieurement, il n'avait jamais eu l'impression d'être très intéressant. Parfois, il aurait aimé être différent... plus gros, plus laid... sa vie aurait peut-être été différente aussi. Il ne s'était jamais soucié des apparences physiques, de la sienne ou de celle des autres. Ce n'était pas parce que quelqu'un était agréable à regarder que c'était une bonne personne.

Mais plus il connaissait Carly, plus il était émerveillé par elle. Ses cheveux blonds tombaient en ondulant sur ses épaules et ses yeux bleus semblaient pétiller. Elle portait un legging qui mettait en évidence ses jambes aux belles courbes et un tee-shirt très grand. Il ne l'avait jamais vue aussi... détendue.

— Jag ! Tu es à la maison, dit-elle avec bonheur.

Il s'avança vers la cuisine, attiré par elle comme un papillon. Il ne pouvait rester loin. Il se disait de ne pas lui faire peur, d'y aller doucement... alors que tout ce qu'il voulait, c'était la prendre dans ses bras et l'embrasser à mort. Il n'arrivait pas à oublier ce premier baiser dans sa voiture. Il avait été complètement bouleversé... et franchement, un peu effrayé. Ça ne lui ressemblait pas de désirer une femme et d'être excité.

— Ça sent très bon ici, dit-il en tendant les bras vers elle.

Carly se blottit contre lui sans hésiter et Jag sentit son cœur gonfler. Il pencha la tête et respira son odeur de fleurs de cerisier avant de sourire. Mon Dieu, comme il aimait ça. Cela lui évoquait les nuits quand il la tenait contre lui pendant qu'elle dormait.

— J'ai fait des lasagnes, dit-elle en s'écartant et en le regardant. Mais je ne sais pas du tout si elles seront bonnes ou pas. J'ai trouvé la recette en ligne.

— Avions-nous tout ce qu'il fallait pour préparer des lasagnes ? demanda Jag en fronçant les sourcils.

— Non. Mais Kenna et moi sommes allées faire les courses.

Jag la regarda en écarquillant les yeux. Elle ne s'était pas éloignée et il avait toujours les mains jointes au creux de son dos. Il adorait la façon dont elle s'adaptait parfaitement contre lui. Il n'avait jamais été très grand, mais sa silhouette d'un mètre soixante-cinq correspondait parfaitement à son mètre soixante-quinze.

— Tu es allé faire les courses ? demanda-t-il.

— Oui. Je n'en avais pas envie, mais j'en avais besoin, je ne sais pas si c'est clair.

Jag était fier d'elle, même s'il devait admettre qu'il était un peu angoissé en même temps.

— C'est clair, parvint-il à dire.

Et avant que tu apprennes la nouvelle par Aleck ou un des autres gars, parce que je suis certaine que Kenna va le dire à son mari, qui le rapportera sans doute au reste de votre équipe... Vous êtes les plus grandes commères au monde.

Personne ne peut rien faire sans que les autres l'apprennent en l'espace de quelques heures.

Elle bafouillait n'importe quoi et il savait que c'était un signe de nervosité. Mais Jag voulait qu'elle lui raconte ce qui était arrivé pour causer cette nervosité.

— Mon ange, qu'est-il arrivé ? demanda-t-il d'une voix rauque.

— Nous avons croisé Luke et sa petite amie.

Jag inspira brusquement. C'était le pire cauchemar de Carly. Ce qui la terrifiait le plus. Mais avant qu'il puisse dire quoi que ce soit, elle continua.

— Et il a agi comme un con, mais ce n'est pas grave. Je veux dire, pas le fait que ce soit un con, mais le fait de le voir. J'avais peur, je ne vais pas te mentir. Mais Kenna était là et quelque chose en moi s'est cassé quand il a marmonné que j'avais gâché la vie de son père. J'ai pensé à ce qu'a dit Elizabeth... pardon, le Maître Principal de la Marine Albertson pour toi. Elle a dit que parfois, quand on fait semblant d'être courageuse, cela nous donne l'impression de l'être un peu plus dans des situations stressantes, et cela peut déstabiliser l'assaillant. Je lui ai donc dit d'aller se faire foutre. Bon, je n'ai pas vraiment dit ça, mais c'est ce que j'ai essayé de faire comprendre. Il n'a pas été content, mais Kenna le filmait, alors s'il faisait ou disait quoi que ce soit, il savait qu'il était dans la merde. Il a attrapé sa copine et il est parti.

Jag baissa les yeux vers la femme dans ses bras. Il ressentit tant de choses à ce moment-là. De la fureur contre Luke Keyes qui osait sous-entendre que Carly avait gâché la vie de son père. Quelle plaisanterie ! De la fierté que Carly se soit défendue. De la gratitude que Kenna sache exactement comment désamorcer la situation. Et du regret qu'il n'ait pas été là pour protéger Carly du vitriol craché par Keyes.

— Jag ? demanda-t-elle en fronçant les sourcils et en posant les paumes à plat sur son torse. Dis quelque chose. Tu m'inquiètes, là.

— J'ai du mal à trouver les mots pour te dire comme je suis impressionné, avoua Jag. Je sais que c'est toujours difficile pour toi d'être en dehors de l'appartement. Et voir Luke a dû être compliqué. Je déteste ne pas avoir été avec toi, mais j'ai l'impression que tu as parfaitement géré la situation.

Elle leva la tête en lui souriant.

— Je n'en suis pas sûre, mais je dois admettre que ça faisait du bien. Une fois que j'ai arrêté de trembler, je veux dire. Il y a autre chose.

Jag se prépara au pire.

— Quoi ?

— J'ai vu Beau sur le parking.

— Quoi ? aboya-t-il en laissant tomber ses mains.

Il fallait qu'il bouge. Qu'il évacue une partie de la colère accumulée en apprenant que sa copine s'était enfin aventurée dans le monde qui l'effrayait depuis si longtemps et qu'elle avait croisé *deux* personnes qui lui faisaient si peur... il n'avait pas été là pour la protéger.

Carly l'observa d'un air anxieux.

— Il ne m'a rien dit. Je crois qu'il n'a perçu ma présence qu'au moment où il allait partir. Il était littéralement dans sa voiture, sur le point de démarrer, quand il a tourné la tête et qu'il m'a vue à l'intérieur de la Malibu de Kenna. Il n'avait pas l'air heureux de me voir, mais il est parti sans rien faire.

Jag se força à inspirer profondément. Puis encore une fois. Ensuite, il s'arrêta brutalement et dit :

— Tu dois appeler l'inspecteur Lee.

— Déjà fait, annonça Carly.

Cela l'arrêta net.

— Et qu'a-t-il dit ?

— Eh bien, pas grand-chose. Avec Beau, il n'y a même pas eu d'interaction entre nous. Et il n'est pas en état d'arrestation, il n'y a pas de loi contre le fait de faire ses courses. L'inspecteur était plus intéressé par ce que Luke a dit, mais encore une fois, il n'a pas enfreint la loi. Cependant, il a dit qu'il ferait passer l'information aux inspecteurs qui gardent un œil sur lui. L'altercation avec moi pourrait suffire à lui faire faire quelque chose de stupide.

— J'aimerais beaucoup qu'il essaie, maugréa Jag.

Il fut surpris de voir Carly glousser.

Il la regarda alors... la regarda *vraiment*. Il s'était attendu à ce qu'elle soit tendue, peut-être même qu'elle redevienne la femme effrayée qu'il avait sortie de son appartement. À la place, elle semblait... calme. Trop calme ? Il ne le savait pas. Et ça l'ennuyait.

Elle fit un pas vers lui et posa à nouveau les mains sur son torse.

— Je vais bien, Jag. Promis. Je ne peux nier que la dernière personne que je voulais voir, ou avec laquelle je voulais parler, était Luke, mais ça n'a pas été aussi terrible que je l'avais craint. Je pense que j'avais construit tous ces scénarios dans ma tête où j'allais le voir et il allait m'attaquer, et quand ça n'est pas arrivé, j'ai fini par comprendre que je lui donnais beaucoup trop de pouvoir sur moi.

— Tu ne dois pas baisser tes gardes, l'avertit Jag.

— Je ne le ferai pas, dit-elle immédiatement. Ce n'est pas comme si je voulais l'inviter chez moi pour avoir une discussion à cœur ouvert. Mais je dois arrêter d'être obsédée par lui. Et par ce qui est arrivé. Je me sentirai toujours coupable que Kenna ait failli être blessée à cause de moi, mais comme tu me l'as dit une fois, c'est Shawn l'enfoiré de l'histoire. C'est *lui* qui était mentalement instable. Pas moi.

— Putain, tu es incroyable, chuchota Jag.

— C'est grâce à toi, dit-elle en s'appuyant contre lui.

Il l'entoura une fois de plus avec ses bras et s'il la serra un peu trop, elle ne s'en plaignit pas.

— Je n'ai rien fait, dit Jag en secouant la tête. À vrai dire, je n'ai pas fait assez.

— Si. Tu m'as parlé. Tu m'as envoyé des textos. Tu as appelé. Tu m'as empêchée de me perdre entièrement. Tu m'as forcée à sortir de ma propre tête. Tu m'as conduite ici, ce qui était ce que tu pouvais faire de mieux. Mon appartement était devenu ma prison. Tu m'as rendu Kenna. Tu m'as convaincue de retourner à un travail dont je sais maintenant que je l'adore. J'ai à nouveau de l'argent sur mon compte bancaire. Pas beaucoup, mais c'est mieux que rien. Tu m'as donné le courage de *vivre*, Jag. Il me faudra un moment avant d'être prête à me rendre quelque part toute seule, mais sans tout ce que tu as fait, sans que tu me mettes en lien avec Elizabeth, je n'aurais pas été capable d'affronter Luke aujourd'hui.

— Si, tu aurais pu. J'ai l'impression que tu es capable de faire tout ce que tu décides.

— Justement. Je ne l'aurais pas décidé sans que tu m'y pousses. Sans que tu sois là pour moi. Et je me sens très mal, parce que je ne t'ai rien donné en retour. J'ai été comme un parasite, prenant sans donner.

— Ta présence est suffisante, dit-il.

— Non, insista-t-elle. À partir de maintenant, les choses vont être différentes.

Jag ne put s'empêcher de sourire.

— Je suis sérieuse, insista-t-elle. Je vais être une meilleure amie. Une meilleure petite amie. Je veux que cette relation fonctionne dans les deux sens, pas seulement que tu sois incroyable et que je sois nulle.

— D'accord.

— D'accord ? demanda-t-elle en penchant la tête sur le côté.

— Oui. Je n'ai rien fait que je n'avais pas envie. Pour être honnête, j'aime que l'on ait besoin de moi, mais comme je veux que cette relation fonctionne plus que tout ce que j'ai pu vouloir dans ma vie, y compris la fin de Hell Week quand je faisais l'entraînement des SEALs, j'accepterai à peu près tout ce que tu suggères.

— Eh bien, j'espère qu'être avec moi ne ressemble pas à la semaine infernale des SEALs. J'ai lu des choses sur ce que tu as sans doute traversé, et ça n'a pas l'air drôle.

— Ça ne l'était pas.

— Bien, alors... à partir de maintenant, je vais te poser plus de questions. Je veux tout savoir sur toi. Ton enfance, quel genre de gamin tu étais au lycée, quel était ton premier travail, pourquoi tu as décidé de t'engager dans la marine, et... eh bien, tout.

Jag ressentit une pointe d'appréhension à cette annonce.

— Je ne suis pas si intéressant.

— Non, dit-elle secouant la tête. Ce n'est pas toi qui peux décider de ça. Tu dois tout me dire et c'est moi qui déciderai. Et pour ce que ça vaut... tu n'as pas à t'inquiéter, je suis déjà fascinée par toi.

— Je préfère parler de toi. Je ne sais pas non plus grand-chose sur toi. Où tu as grandi, si tu étais une enfant timide, comment tu as fini ici à Hawaï.

Carly sourit.

— Et je serai heureuse de tout te dire. C'est juste que... j'ai été trop à l'aise ici, Jag.

— Qu'est-ce que ça veut dire ? Tu veux partir ? demanda-t-il, inquiet.

— Non ! s'exclama-t-elle.

Jag se détendit légèrement.

— Bien, parce que j'aime t'avoir ici.

— J'aime être ici. J'aime être ton amie, Jag... mais je veux plus que ça. Et j'ai l'impression que nous sommes déjà tombés dans une routine. Tu... tu ne m'as même pas embrassée depuis l'autre fois.

Jag raidit les bras. Il avait bien conscience de ne pas l'avoir embrassée davantage. Il en avait envie, toujours, mais en réalité, ce premier baiser l'avait laissé sur le cul. Il avait aussi voulu être certain de ne pas mettre la pression sur Carly en rendant les choses trop intimes.

— À quoi penses-tu maintenant ? demanda-t-elle avec douceur. Tu fais ça tout le temps, tu vas dans ta tête et je ne peux m'empêcher de me demander à quoi tu penses.

— Rien d'important, dit Jag.

Carly fronça les sourcils.

— Je suis désolé, s'excusa-t-il en sachant qu'il rendait trivial quelque chose qui était manifestement important pour *elle*. Je n'ai pas l'habitude de parler de mes sentiments. Je suppose que je suis un homme typique dans ce sens-là.

— Ce n'est pas grave. Mais Jag, tu peux me parler de tout.

Il hocha la tête. Il le savait et une partie de lui voulait désespérément lui raconter son secret le plus enfoui et le plus sombre, mais il l'avait gardé si longtemps pour lui qu'il n'était pas certain d'en être capable maintenant.

En s'efforçant de penser à autre chose que cet endroit obscur en lui, il grogna doucement :

— Veux-tu plus de baisers, mon ange ?

Elle hocha timidement la tête.

— Aimes-tu que je te touche ?

Elle hocha encore la tête.

— Que je te serre contre moi la nuit ?

— Oui.

— Si tu en veux plus, il te suffit de me le dire, ou de me le montrer, comme tu préfères. Je ne t'ai pas touchée de façon plus intime parce que je ne voulais pas te mettre la pression. Si à un moment donné tu n'aimes pas ce que je fais, ou ma façon de te toucher, il te suffit de me dire non. Je t'écouterai. Je le jure.

— Je le sais, dit Carly en se léchant les lèvres pendant qu'elle le regardait.

— Combien de temps les lasagnes doivent-elles rester au four ?

— Au moins encore trente minutes, lui dit-elle.

Sans un mot, Jag la relâcha et attrapa une de ses mains. Il se dirigea immédiatement vers le canapé dans l'autre pièce.

Carly gloussa en le suivant.

Jag savait qu'il aurait dû être au téléphone pour appeler l'inspecteur, ou Baker, ou quelqu'un d'autre. Il n'était pas ravi que Carly ait croisé à la fois Luke et Beau aujourd'hui. C'était comme si le fait de voir Jeremiah chez Duke's l'autre jour avait ouvert une espèce de trou de ver du karma. Il n'aurait pas du tout été surpris si elle commençait à voir encore plus de gens associés avec son ex maintenant. Les choses semblaient toujours se dérouler ainsi.

Mais à ce moment précis, il ne pensait qu'au fait que Carly voulait davantage de baisers. Il était pressé de lui donner exactement ce qu'elle souhaitait. Et de confirmer que l'alchimie qu'ils avaient ressentie lors de ce premier baiser n'était pas un hasard.

Il tomba sur le canapé et tira Carly avec lui, puis la posa sur le dos avant de se placer au-dessus d'elle. Carly lui sourit.

— Ça va ? demanda-t-il.

— Ce serait mieux si tu m'embrassais réellement, le taquina-t-elle.

Jag s'accorda un moment pour profiter de la voir. Elle avait les cheveux étalés autour de la tête comme une auréole. Ses lèvres ne portaient pas de maquillage, mais elles étaient toutes roses. Pendant qu'il l'observait, elle lécha encore ses lèvres. Ensuite, elle fit passer la main dans son cou et le tira doucement vers elle.

Il la laissa prendre le contrôle... et dès que ses lèvres touchèrent les siennes, Jag sut qu'il était foutu. Il ne s'était encore jamais senti ainsi : s'il arrêtait de la toucher, il avait l'impression de mourir. C'était une pensée mélodramatique et très étrange pour lui, mais pas malvenue.

Carly était si différente. Jag le savait au plus profond de lui. Il aurait tué n'importe qui osant toucher un seul cheveu sur sa tête. C'était un sentiment violent étant donné ce qu'ils étaient en train de faire à ce moment-là, se dévorant comme s'ils n'allaient jamais être rassasiés. Mais Jag savait que c'était vrai.

La femme sous lui était précieuse. Elle était à *lui*. Il était prêt à faire n'importe quoi pour être l'homme dont elle avait besoin. Le problème était que Jag savait qu'elle pouvait trouver tellement mieux que lui. De l'extérieur, il donnait l'impression d'être un bon parti. Intérieurement, il savait que ce n'était pas le cas.

Pour l'instant, il avait l'intention de faire en sorte que Carly sache comme elle était incroyable et désirable. Mais quand viendrait le jour où elle comprendrait comme il était brisé, il la laisserait partir sans faire de scène, si nécessaire. Il voulait seulement qu'elle soit heureuse, et si cela impliquait de devoir la regarder partir, qu'il en soit ainsi.

Pour l'instant, il allait être égoïste.

Le temps n'avait plus de signification pendant qu'ils s'embrassaient sur son canapé. Jag se perdit en elle. Le corps doux de Carly sous son corps dur, sa langue jumelée à la sienne, la sensation de ses seins contre son torse, ses doux gémissements... elle était parfaite.

Le bruit irritant d'une minuterie au loin lui fit froncer les sourcils quand il parvint enfin à écarter ses lèvres de celles de Carly.

— Les lasagnes, dit-elle d'une voix tremblotante.

Jag se sentait aussi déstabilisé qu'elle. Il leva une main et il poussa sur le côté les cheveux qu'elle avait devant le front. Ses lèvres étaient maintenant légèrement gonflées et d'un rose plus profond qu'auparavant. En plissant les yeux, il vit ses tétons pointer à travers son soutien-gorge et le tissu de son tee-shirt.

Certains hommes pouvaient ne pas apprécier le haut trop grand qu'elle portait, mais pas Jag. Il savait que c'était un tee-shirt à lui... ce qui la rendait encore plus sexy à ses yeux.

— Ça va ? ne put-il s'empêcher de demander. Ce n'est pas trop ?

— Ce n'est pas trop, chuchota-t-elle en le dévisageant. Tu peux vraiment faire ça quand tu veux. Je ne me plaindrai jamais d'être embrassée à en devenir bête.

— Je n'ai jamais tellement aimé les baisers, avoua Jag.

— Ah bon ? demanda-t-elle. Mais tu es si doué.

— Seulement avec toi.

— Flatteur, le taquina-t-elle.

Il était sérieux, mais si elle pensait qu'il plaisantait, il n'allait pas la détromper. Il n'avait pas du tout faim, il aurait préféré rester allongé sur son canapé à embrasser Carly toute la nuit, mais il fallait qu'elle mange. Il ne pouvait s'empêcher de se souvenir des placards vides chez elle, comment elle avait mangé du ramen parce que ce n'était pas cher et qu'elle avait trop peur pour sortir faire les courses.

Il s'assit et la redressa à côté de lui.

— Viens, allons sauver le dîner. Tu as travaillé dur et ça sent délicieusement bon.

— Ça n'a pas été *si* dur, protesta-t-elle tout en rougissant un peu.

Bon sang, Jag adorait l'effet de ses compliments. Il se leva et garda la main dans la sienne en se dirigeant vers la cuisine. Il portait toujours son uniforme, mais il ne voulait pas la lâcher assez longtemps pour se changer. Il enfilerait un pantalon de jogging après le repas.

Elle attrapa des assiettes et il servit une grosse part du plat de pâtes dégoulinant. Elle leur servit des verres de limonade et ils se dirigèrent vers la table pour manger.

— Carly ? dit Jag quand ils furent assis.

— Oui ?

— Je suis tellement fier de toi.

— Merci, dit-elle. Je suis fière de moi-même.

Et voilà une des nombreuses raisons pour lesquelles Jag l'aimait.

Une seconde, merde... l'aimait-il *vraiment* ?

Il réfléchit deux secondes... puis admit que oui, ce qu'il ressentait pour elle était vraiment de l'amour. Elle avait changé d'avis et en retour, il allait faire tout ce qui était en son pouvoir pour lui redonner la confiance que Shawn Keyes lui avait volé.

Que disait-on déjà ? Que si on aimait quelqu'un, il fallait savoir le laisser partir ? Et qu'il revenait vers vous si c'était le bon ? C'était ce qu'il ressentait. C'était ainsi qu'il savait que c'était de l'amour. Tout ce dont Carly avait besoin, il allait le lui donner. Même si cela lui brisait le cœur.

— Te voilà encore en train de réfléchir, le taquina Carly.

— Que de bonnes choses, promis.

Il s'était assis sur la chaise à côté d'elle au lieu de s'asseoir de l'autre côté de la table, et il en était très content maintenant en se penchant pour l'embrasser vite et fort sur les lèvres.

— Mange, ordonna-t-il en hochant la tête vers son assiette.

— Oui, chef ! Et je dois admettre, ajouta-t-elle tout bas, que j'adore que tu m'embrasses.

Avec un grand sourire, Jag confirma :

— Moi aussi, mon ange, moi aussi. Tu peux sans doute t'attendre à en avoir beaucoup plus souvent, maintenant que je sais que ça ne te gêne pas.

Le sourire qu'elle lui décocha fit battre le cœur de Jag plus vite. Il l'adorait ainsi. Heureuse et en train de plaisanter avec lui. Il n'avait pas été certain de la voir si détendue avant très longtemps, et il était ravi que ce soit arrivé si vite.

Il savait qu'il affichait un sourire idiot en mangeant, mais ça lui était égal. Avec Carly, il n'était pas le SEAL de la Navy silencieux et mortel, il était simplement Jag. Et ça lui plaisait. Beaucoup.

CHAPITRE TREIZE

Cela faisait une semaine que leur relation avait changé, depuis que Carly avait vu Luke au supermarché. Jag avait deviné juste : elle semblait tout le temps voir des personnes liées à son ancienne vie avec Shawn, maintenant. Il était fier qu'elle en soit chaque fois de moins en moins affectée.

Gideon Sparks, l'autre meilleur ami de Shawn, le type qui travaillait au zoo d'Honolulu, avait vu Kenna et elle dans un magasin ABC près de Duke's, quand elles étaient allées là-bas pour acheter de quoi grignoter pendant une de leurs pauses. Carly avait voulu des chips à l'oignon Maui – elle en était accro – et Gideon était entré dans le magasin au moment où elles étaient à la caisse. D'après Carly, il avait simplement marmonné bonjour avant de passer à côté d'elle, mais cela lui avait quand même fait bizarre.

Heureusement, elle n'avait pas revu Luke, mais Wes, le propriétaire de Shawn, avait trouvé son numéro de téléphone et l'avait appelée. Il avait laissé un message disant à Carly que quand Luke avait vidé l'appartement de son père, il avait laissé certaines des affaires de Carly sur la pile des choses à jeter. Wes voulait savoir si elle souhaitait les récupérer.

Elle avait également revu Beau au supermarché... et Jag avait insisté pour qu'elle trouve un autre endroit où faire ses courses.

Il avait néanmoins été fier qu'aucune de ces rencontres ne semble la déstabiliser. Du moins, pas pour longtemps. Il était partagé, cependant : il ne savait pas trop si c'était une bonne chose qu'elle s'habitue à voir les amis de son ex. Si l'un d'entre eux avait comploté avec Shawn, Jag ne voulait pas qu'ils s'approchent de Carly. Finalement, il avait décidé qu'il préférait qu'elle n'ait pas de crise d'angoisse chaque fois qu'elle sortait et qu'il ne voulait surtout pas qu'elle soit paranoïaque en allant quelque part.

En ce moment, ils étaient allongés sur son canapé et Carly était blottie contre lui. La télévision était allumée, mais Jag ne savait pas du tout ce qui était à l'écran. Son attention était focalisée sur la femme dans ses bras.

— Es-tu proche de ton père ? demanda Carly.

Elle avait fait exactement ce qu'elle avait dit, cherchant à apprendre tout ce qu'il y avait à savoir sur lui. Chaque soir, ils jouaient à se faire deviner des choses afin d'en connaître autant que possible sur l'autre. Jag avait été mal à l'aise au début, mais il avait fini par apprécier leurs discussions nocturnes.

Il haussa les épaules en réponse à sa question.

— Pas vraiment. Je l'appelle pour son anniversaire et Noël chaque année, mais sinon, nous ne parlons pas vraiment.

Carly avait une main posée sur son torse et de temps en temps, elle traçait des cercles avec ses doigts. Il adorait sa façon nonchalante de le toucher, il en avait terriblement besoin.

— Mmm.

— Pas de remarque sur le fait que c'est triste ? Ou que je devrais faire plus d'efforts pour lui parler ? demanda Jag.

Il n'avait pas voulu que la question paraisse si dure, mais beaucoup de gens dans le passé avaient essayé de le faire culpabiliser parce qu'il n'était pas plus proche de son seul parent.

Carly leva la tête et appuya le menton sur son bras en le regardant.

— Non. Moi non plus, je ne suis pas très proche de mes parents, alors je serais bien la dernière à te juger. De plus, les relations familiales peuvent être compliquées. Pleines d'éléments déclencheurs pour certains. Si tu ne t'entends pas avec ton père, je suis certaine que tu as de bonnes raisons.

Jag pinça les lèvres un instant.

— C'est juste que nous sommes très différents.

— Je le comprends. Ma mère voulait que je sois exactement comme elle quand j'étais enfant. Elle voulait que je fasse un million de sports différents, que j'aie des tonnes d'amis, et que je fasse partie des cliques les plus populaires. Elle ne l'a jamais dit, mais je sais qu'elle a été déçue quand j'ai rejeté la plupart de ces choses-là. J'ai toujours été extravertie, et je faisais partie de l'équipe de natation de mon lycée, mais les gens avec qui je traînais étaient à la marge de ce qui était estimé « cool » au lycée. Des fans de groupes de musique, ceux qui faisaient du théâtre. Je suis même sortie avec un type qui était président du club de robotique.

Carly gloussa et Jag ne put s'empêcher de sourire également.

— Et ton père ?

— Il était souvent absent. Il travaillait beaucoup et passait la majorité de son temps libre avec ses copains de poker, dit Carly en haussant les épaules. Je dois admettre que cela m'ennuyait vraiment avec Shawn... le temps qu'il passait avec ses amis. Parfois, il les invitait même quand j'étais là. Souvent, je finissais par partir et retourner à mon appartement, et il m'appelait plus tard pour me demander quand j'étais partie. C'était assez révélateur qu'il ne remarque même pas mon départ.

Jag lui caressa la tête. Elle posa la joue sur son épaule et commença à jouer avec les boutons de sa chemise.

— Ma mère est partie quand j'étais petit, dit Jag. Je ne me

souviens même pas d'elle, et papa ne m'en parlait jamais. Je me souviens avoir un jour demandé pourquoi je n'avais pas de mère, et il a été très contrarié, alors je ne lui ai plus jamais posé de questions sur elle. Mais mon père était un « vrai mec »... tu vois le genre. Il aimait les voitures et le foot, me disait toujours que les garçons ne pleurent pas. Il avait une nouvelle copine tous les deux mois et il buvait beaucoup de bière. Il me disait constamment d'être un homme, d'arrêter d'être une lavette, ce genre de choses. J'ai fait de mon mieux pour être comme lui, mais je n'étais jamais à la hauteur. Je n'aimais pas les mêmes choses que lui et c'était pesant d'essayer constamment de l'impressionner. C'était épuisant.

— Je sais ce que ça fait, dit Carly doucement.

— Oui. Je faisais partie de l'équipe de foot américain au lycée, et mon vieux était tellement fier. Mais je n'étais pas vraiment très doué. Je n'étais pas assez grand pour être un bon secondeur. Je courais vite, alors le coach a essayé de me transformer en receveur éloigné, mais j'étais merdique pour attraper la balle, alors ça n'a pas duré longtemps. Ce qui est intéressant, c'est que même si je n'arrivais pas à l'attraper, je pouvais la lancer. J'ai finalement été casé au poste de quarterback.

— Vraiment ? demanda Carly en s'asseyant pour mieux voir le visage de Jag. Tu étais le quarterback ? Bon sang, Jag, c'est comme la royauté du lycée.

Il esquissa un sourire en secouant la tête.

— Ça le serait si j'avais pu avoir du temps de jeu. J'étais le remplaçant du remplaçant du quarterback. Je passais la plupart de mon temps debout au bord du terrain pendant les matchs. Je pense avoir joué environ dix minutes en quatre ans.

— Oh, dit Carly en se rallongeant. Je suis certaine que tu as été fabuleux pendant ces dix minutes.

Jag appréciait son soutien, mais il ne voulait pas l'induire en erreur.

— J'ai eu deux interceptions, dix passes manquées, et un grand total de trente-trois mètres de terrain gagné.

— Eh bien, ça fait trente-trois mètres de plus que moi, dit-elle avec un sourire comique.

Il secoua la tête.

— Ce que je veux dire, c'est que j'ai toujours été une déception pour mon père. Je ne suis pas allé au bal de fin d'année et je ne m'intéressais pas tellement aux filles.

Le pouls de Jag accéléra. Il était dangereusement proche de penser à l'époque de sa vie qu'il voulait vraiment oublier.

— Il doit être fier du fait que tu es un SEAL, fit remarquer Carly au bout d'un moment.

Jag se détendit légèrement maintenant qu'ils s'éloignaient de son enfance. Il haussa les épaules.

— Je le suppose.

— Tu le supposes ? répéta Carly, incrédule. Jag, tu fais partie des meilleurs des meilleurs de la Navy. Tu fais des choses incroyables pour notre pays. Tu mets constamment ta vie en danger, même si personne ne sait exactement ce que vous faites. Et si ton père voulait un fils qui était un « vrai mec », tu en es l'incarnation.

Il appréciait un peu trop son don défensif. Petit, il n'avait jamais été défendu par quelqu'un. S'il se passait quelque chose à l'école, son père lui disait simplement de faire avec.

— Il voulait que je fasse partie des marines, dit Jag. Son père était dans la marine, et pour lui, c'est la meilleure branche des forces armées. Il m'a dit plus d'une fois que la Navy était pour les mauviettes.

— Mon Dieu, dit Carly en secouant la tête. Quel idiot !

Jag ne put s'empêcher de glousser.

— Je suis sérieuse, souffla-t-elle. Il faut que tu saches, Jag, que je pense que tu es incroyable. Et tu es davantage un vrai mec que tous ceux que j'ai pu rencontrer. Ça n'a aucun rapport avec le fait de boire des bières sur le canapé en regardant du foot. Il s'agit de choses plus importantes. Tu es protecteur et autoritaire, et ce sont des traits que j'associe avec les hommes... pardon, mais c'est vrai. Plus que ça, tu fais attention et tu écoutes ce qui se passe autour de toi. Tu observes tout, puis tu agis si nécessaire. Comme quand tu m'as déposée à Food For All la semaine dernière et que Lexie parlait des toiles d'araignées au coin du bâtiment, se plaignant qu'elle ne pouvait pas les atteindre et qu'elle avait sincèrement peur de marcher dessous parce qu'elle pensait qu'une araignée allait tomber sur sa tête. Elodie et Ashlyn se sont moquées d'elle et elles pensaient que c'était un peu amusant. Quand tu es revenu me chercher, tu avais une échelle et tu as retiré toutes les toiles d'araignée. Chaque fois que nous marchons du parking jusqu'à Food For All, tu prends l'extérieur du trottoir. Tu me laisses rester dans la voiture pendant que tu fais le tour avant de m'ouvrir la portière. Et je sais que ce n'est pas simplement ta politesse : tu scrutes les environs, à la recherche de quelqu'un ou quelque chose qui pourrait représenter un danger pour moi. Tu m'as envoyé des textos presque tous les jours quand j'étais trop effrayée pour quitter mon appartement, et tu es venu quand j'avais besoin de toi. Pour moi, c'est ça, être un vrai mec. Être serviable. Protecteur. Attentionné. Perspicace. La plupart des hommes ne seraient pas restés patients si longtemps avec moi pendant que je me cachais. Non seulement ça, mais tu n'as pas insisté non plus du côté sexuel. Tu n'as jamais demandé plus que ce que je suis prête à donner. Tu ne m'as pas une seule fois donné l'impression que je n'étais qu'une encoche de plus sur ton tableau de chasse. Je sais ce que la société estime être un comportement approprié pour un homme, mais je suis très heureuse que tu sois exactement comme tu es.

Jag ne put détourner le regard de la femme qui le fixait avec de grands yeux. Elle était presque essoufflée quand elle eut fini ce qu'elle avait à dire et Jag savait qu'il allait se souvenir de ce moment jusqu'à la fin de sa vie.

Il avait travaillé dur pour être l'homme qu'il était maintenant. Ce n'était pas toujours facile, particulièrement avec son
père qui critiquait constamment chaque décision qu'il prenait,
mais les paroles de Carly donnaient l'impression que tout ce
qu'il avait fait dans la vie en valait la peine.

— Pardon, dit-elle en fronçant le nez. Je pense simplement
que c'est ridicule de croire que tu n'es pas à la hauteur de l'idée
que se fait quelqu'un de ce qui est masculin et de ce qui ne
l'est pas.

— Je...

Jag s'arrêta et s'éclaircit la gorge avant de continuer.

— Merci.

Elle hocha la tête et se rapprocha de lui.

— En outre, tu embrasses extrêmement bien. Cela doit
compter dans ta virilité.

Jag ne put arrêter l'éclat de rire qui lui échappa.

Carly sourit.

— J'aime beaucoup mieux te voir sourire et rire plutôt que
réfléchir et penser que tu n'es pas à la hauteur, lui dit-elle.

— Moi aussi, acquiesça-t-il. Racontes-en plus sur toi,
ordonna-t-il.

— Que veux-tu savoir ?

— Tout.

Elle rit encore.

— Peux-tu préciser un peu ?

— Comment as-tu atterri à Hawaï ? demanda-t-il avec un
petit sourire.

— Quand j'ai eu mon diplôme, je ne voulais pas vraiment
passer encore deux ans à la fac. Je n'étais pas très bonne élève,
ayant surtout des B et des C, et j'ai décidé que je voulais faire
quelque chose de différent. Quelque chose d'excitant. En tout
cas, plus excitant que de rester dans ma ville natale de l'Illinois.
Je me souvenais des photos qu'une de mes amies du lycée
m'avait montrées de ses vacances ici, et j'avais été tellement

jalouse. Sur un coup de tête, j'ai donc acheté un aller simple pour Honolulu. J'étais jeune, et assez bête, et je suis venue ici sans plan. J'avais mille dollars que j'avais économisés et j'avais la tête pleine de rêves et d'espoir. Les deux premières années ont été géniales. J'ai d'abord logé dans une auberge de jeunesse en centre-ville, j'ai rencontré des gens sympas, j'ai logé ici et là avant de m'installer dans un studio.

Carly gloussa avant de continuer :

— Je n'arrive pas à croire que je le trouvais fabuleux. J'ai fait quelques petits boulots de serveuse, puis j'ai trouvé le travail chez Duke's. Je gagnais assez pour échanger le studio avec l'appartement que j'ai en ce moment.

Elle devint silencieuse et Jag sut ce qui allait suivre.

— Puis tu as rencontré Shawn.

— Oui. Il n'a pas toujours été un enfoiré, dit-elle, un peu sur la défensive. Au début, il était gentil et même un gentleman. Il m'a charmée. J'étais méfiante au départ, parce qu'il était *tellement* plus vieux que moi… et j'étais déjà sortie avec des types plus vieux. Mais il a fini par me faire craquer. Puis il a lentement commencé à changer, et je ne m'en suis pas rendu compte tout de suite. Il s'agissait de petites choses ici et là, qui pouvaient facilement être ignorées parce que tout le reste chez lui semblait si merveilleux. Je me sens tellement stupide d'être restée avec lui après la première fois qu'il m'a maltraitée. Il s'est abondamment excusé et a dit que ça n'arriverait plus jamais. Il a dit que si j'essayais de faire plus d'efforts pour ne pas le rendre furieux, il allait être capable de se maîtriser. Il m'a fait penser que c'était de ma faute s'il m'avait poussée avec tant de force contre le mur. Je m'étais cogné la tête contre le plâtre et j'ai eu mal à la tête pendant trois jours.

Jag gronda :

— Ce qu'un type décide de faire n'est jamais de la faute d'une femme. Nous avons tous notre libre arbitre. Je déteste entendre que l'on fait porter la responsabilité d'une agression sur la femme à cause des vêtements qu'elle portait, ou de quelque chose qu'elle a dit, ou de la façon dont elle agissait. Un homme n'a pas tous les droits juste parce qu'il ne sait pas maîtriser son propre désir ou sa colère avec une femme.

— Oui, acquiesça Carly. Shawn avait déjà commencé à me rabaisser, me faisant me sentir incroyablement naïve et stupide comparée à lui. Heureusement que je n'ai jamais emménagé chez lui. Je comprends tout à fait pourquoi les gens restent avec des partenaires violents. C'était incroyablement dur de rompre avec lui, alors même que j'avais mon propre compte bancaire et un endroit où vivre. Si je n'avais pas eu d'endroit où aller, et pas d'argent pour déménager, ou si nous avions eu des enfants, je peux imaginer que ç'aurait été presque impossible.

Jag hocha la tête.

— C'est une des raisons pour lesquelles je soutiens Food For All de tout cœur. Un certain nombre de leurs clients sont des parents célibataires qui ont quitté des relations violentes.

— Pareil pour moi. En parlant de ça, il y a un grand dîner demain chez Duke's. Une entreprise fait venir tous ses employés. Ils ont loué tout le restaurant pour deux heures. Je suppose qu'il y aura beaucoup de restes alors, je nous ai portés volontaires pour apporter cela à Food For All. J'espère que ça te va.

— Bien sûr, lui dit Jag.

Ensuite, il posa une question qui le taraudait depuis un moment :

— Maintenant que tu es là depuis quelque temps... penses-tu un jour repartir sur le continent ?

— Sûrement pas, affirma Carly. Oui, il y a beaucoup de mauvais souvenirs ici, sans parler du fait que je croise tout le temps les amis de Shawn et que c'est nul, mais j'adore Hawaï. J'aime l'énergie, le soleil, les gens. Je n'imagine pas retourner dans l'Illinois et les hivers gelés. Et toi ? La Navy pourrait-elle décider de te relocaliser ?

Il entendit l'inquiétude dans sa voix.

— C'est toujours une possibilité, dit-il avec franchise. Le gouvernement peut faire ce qu'il veut, peu importe les promesses. Mais quand l'équipe a accepté de venir ici, une des stipulations a été de rester pendant au moins cinq ans. C'est une éternité dans l'armée.

— Bien, rétorqua Carly.

— Ce n'est pas pour changer de sujet, mais comment ça va avec tout ce qu'il se passe, mon ange ? Sincèrement. Il y a eu beaucoup de changements dans ta vie récemment, et ce doit être un peu bouleversant.

Carly soupira.

— C'est vrai. Mais en réalité, je suis surprise de voir comment je m'en sors. Au début, mettre un pied hors de mon appartement me semblait être la chose la plus difficile au monde. Maintenant, je travaille à nouveau et même voir les amis de Shawn ne m'a pas retransformée en cette espèce de loque terrifiée que j'étais il n'y a pas si longtemps.

Elle leva les yeux vers lui.

— C'est à toi que je le dois.

Jag secoua la tête.

— Non, pas du tout. Cela vient entièrement de toi.

Elle rit, incrédule.

— Euh, non. Si ça ne tenait qu'à moi, je serais encore recroquevillée dans mon appartement. Tu me fais me sentir plus courageuse, Jag. Juste par ta présence. Parfois, quand j'ai peur, je pense à ce que tu me dirais de faire et cela me donne le courage de surmonter ce qui me pose problème.

— Je pense que tu m'accordes plus de mérite que tu ne le devrais, lui dit Jag. Mais je l'accepte si ça signifie que tu continueras à t'épanouir comme tu le fais.

Elle rougit légèrement.

— Elizabeth a vraiment supporté la Hell Week des SEALs ?

— Oui.

— Elle est incroyable. Et assez effrayante, avoua Carly. Mais elle est inspirante et cela m'a vraiment donné beaucoup de choses à penser en ce qui concerne ma sécurité personnelle. Maintenant, quand je suis au magasin, ou même dans la voiture avec Kenna pour aller au restaurant, je pense à ce que je ferais s'il se passait quelque chose. Je suis plus consciente de ce qui m'entoure.

— C'est super, mon ange. C'est exactement ce que je voulais que tu retires de ces séances avec elle. Oui, savoir comment te débattre ou à quel endroit frapper quelqu'un afin de s'en éloigner est important, mais il est tout aussi vital d'être capable de reconnaître le danger avant qu'il puisse t'atteindre.

— Je ne le remarquais pas autant avant, mais maintenant je vois que c'est ce que tu fais tout le temps. Tu es constamment vigilant.

— Est-ce que ça t'ennuie ? demanda Jag.

— Pas du tout. Je me sens encore plus en sécurité quand je suis avec toi.

Jag s'étira et les fit rouler jusqu'à ce que Carly se trouve sous lui. Il s'appuya sur un coude pour ne pas l'écraser.

— Tu seras toujours en sécurité avec moi. Tu peux aussi me parler de tout. *Tout*, Carly. Si tu as peur, que tu es nerveuse, heureuse, enthousiaste, ou n'importe quelle autre émotion. Je t'écouterai sans juger. D'accord ?

Carly leva les yeux vers lui et hocha la tête.

— D'accord. Et tu sais que la même chose s'applique à moi, n'est-ce pas ? Je sais que tu ne peux pas parler des détails de ton travail, mais si tu as du mal à gérer quelque chose qui est arrivé en mission, je t'écouterai. Je ne te jugerai pour rien de ce que tu as fait, ou pas fait.

Ces paroles s'enfoncèrent dans son âme, remplissant les failles qui s'y étaient formées autrefois. Il n'avait encore jamais eu l'impression de pouvoir être entièrement franc. Pas avec son père critique, pas avec ses camarades de classe, pas même avec ses coéquipiers Seals. Et pas parce qu'il n'avait pas confiance en eux, mais parce qu'il ne croyait pas qu'ils étaient capables de comprendre à quoi il avait survécu.

Mais Carly le pouvait. Elle ne jugerait pas, s'énerverait sans doute beaucoup pour lui.

— Pourquoi ce sourire ? demanda-t-elle.

Jag n'avait même pas remarqué qu'il avait souri en pensant à Carly le défendant.

— Ce n'est rien. Mais merci. Savoir que je peux te parler, c'est très important pour moi.

— Bien.

— Encore une dernière chose avant de trouver des activités plus intéressantes et amusantes, dit Jag.

Ses mains avaient très envie de la toucher. Il ne voulait rien d'autre que se perdre dans ses baisers. Mais ceci était important.

Carly sourit timidement en lui caressant le torse.

— Intéressant et amusant, ça me semble bien.

Jag attrapa une main baladeuse de sa main libre et la porta à sa bouche pour embrasser ses doigts.

— Je ne suis pas ravie que les sbires de Shawn apparaissent soudain partout où tu te trouves. Baker n'a rien trouvé de compromettant sur qui que ce soit, ce qui le frustre beaucoup, mais ça ne signifie pas qu'il n'y a pas toujours quelqu'un au-dehors souhaitant finir ce que Shawn a commencé.

Carly poussa un soupir.

— Je sais.

— Il faut juste que tu sois prudente, mon ange. Souviens-toi de ce que tu apprends dans tes cours d'autodéfense. Je ne veux pas que tu redeviennes terrifiée par les gens, mais il faut que tu sois en permanence consciente de ce qui t'entoure.

— Je le suis. Je le ferai, dit-elle. S'il se passe quelque chose… tu viendras me chercher, hein ?

— Rien dans ce monde ne pourra m'empêcher non seulement de te trouver, mais aussi de faire payer celui qui a osé toucher un cheveu de ce qui était à moi.

Jag savait qu'il avait l'air un peu sanguinaire, mais Carly n'écarquilla même pas les yeux.

— D'accord.

— Cependant, tu ne dois jamais arrêter de te battre, mon ange.

— Promis.

— Je suis sérieux. Même si les choses te semblent fichues, ne perds pas espoir en moi. Ou en mon équipe. Ou Baker. Ou tes amies. Je retournerai chaque pierre de cette île pour te rejoindre, mais tu ne dois jamais abandonner, compris ?

Elle hocha la tête avant d'adopter un air pensif.

— Quoi ? Que te passe-t-il par la tête en ce moment ? demanda Jag.

— La plupart des hommes diraient sans doute de ne pas réfléchir de cette façon du tout. Ils me diraient qu'il ne se passera rien, que tout ira bien.

— Tout d'abord, je ne suis pas la plupart des hommes. Deuxièmement, j'aimerais vraiment te dire que tout ira bien. Que je te garderais en sécurité. Mais j'ai appris que ce que nous voulons n'est pas toujours ce qu'il se passe. Je veux que tu sois prête pour n'importe quoi et si je te dis que tout va bien, que tu es en sécurité, qu'il ne t'arrivera jamais rien de mal, je ne te rends pas service. La vie est très dure. Il n'y a pas que les fêtes d'anniversaire, les beignets et les jolies photos sur Instagram. On tombe et on s'écorche les genoux, on perd des gens avant qu'ils aient eu le temps de vivre leur vie entière, il y a le cancer, les maladies chroniques, et les brutes qui ne sont pas punies. J'ai besoin que tu sois assez forte pour surmonter ces tempêtes avec moi à tes côtés *et* quand tu es seule. En tant que couple, nous ne sommes pas plus forts que la somme de nos personnalités. Je ne peux pas être avec toi chaque minute de chaque jour, même si j'en ai très envie. S'il se passe quelque chose, j'ai besoin que tu te battes, mon ange. Que tu te battes pour toi. Que tu te battes pour moi. Que tu te battes pour nous.

Des larmes apparurent dans les yeux de Carly quand elle leva la tête vers lui.

— Je le ferai.

— Promis ?

— Promis. Je sais que tu te rends dans les situations horribles en mission. Dangereuses. Avec des balles qui volent et tout ça. J'ai besoin que tu me promettes la même chose. Si tu es capturé, ou blessé par balle, ou quoi que ce soit, s'il te plaît, accroche-toi jusqu'à être sauvé ou conduit auprès d'un médecin.

— Je te le promets, dit Jag.

Cette conversation lui donnait l'impression d'échanger des vœux de mariage. Et d'une certaine façon, c'était le cas. Il s'éclaircit une nouvelle fois la gorge. Ils avaient eu des conversations pleines d'émotion ce soir, et il était prêt à passer à des choses plus amusantes.

— Tu vas bien ? demanda-t-il.

— Oui. Et toi ?

— Oui. Veux-tu regarder la télé ? Je pourrais mettre un film. Nous préparer du pop-corn ou autre chose à grignoter, suggéra-t-il.

— Ou bien… ?

— As-tu autre chose en tête ? Un jeu de cartes ou autre ? la taquina-t-il.

Elle rit.

— Ou autre.

Carly leva la main et la posa à l'arrière de la tête de Jag en faisant de son mieux pour le forcer à se rapprocher.

Jag sourit et lui résista.

— Tu veux quelque chose, mon ange ?

— Oui. Toi, dit-elle simplement.

— Je suis à toi, lui dit Jag avant de la laisser lui baisser la tête.

Ils s'embrassèrent sur le canapé pendant ce qui semblait être des heures. Quand Jag était avec Carly, rien d'autre n'avait d'importance. Pas son passé, pas le présent, et certainement pas ce qui pouvait les attendre à l'avenir. Il n'y avait qu'eux deux, perdus dans leur passion, perdus l'un dans l'autre.

Quand la main de Jag finit par glisser sous le tee-shirt ample qu'elle portait – il ne se lasserait jamais de la voir porter ses vêtements à lui – il se figea lorsqu'elle se raidit sous lui. Il arrêta immédiatement et leva la tête pour la regarder.

— Je suis désolée, je... j'aime avoir tes mains sur moi, Jag.

— Mais ? demanda-t-il en retirant la main de sous son tee-shirt.

Le bref contact de sa peau chaude faisait frissonner sa paume, mais il préférait se couper la main plutôt que de la mettre mal à l'aise même un instant.

— Je n'arrête pas de penser à la vitesse avec laquelle nous avançons, maintenant que nous avons décidé que nous sommes plus que des amis. Je suis allée vite avec Shawn et ça ne s'est pas bien terminé.

Jag ne se vexa pas. Il comprenait mieux que quiconque ce qu'elle ressentait.

— Ce n'est pas grave, dit-il avec douceur en bougeant de façon à se retrouver sur le dos avec elle collée contre son flanc.

— C'est idiot. Je veux dire, nous dormons ensemble tous les soirs, grommela-t-elle.

— Je te l'ai dit une fois et je le répéterai autant que nécessaire, dit Jag. Nous ne sommes pas obligés de nous précipiter.

— J'ai envie de toi, dit-elle doucement. C'est juste que... j'ai peur.

Elle laissa échapper un long soupir.

— J'en ai marre d'avoir peur, maugréa-t-elle. Sérieusement, je suis tellement pathétique.

— Tu ne l'es pas, la rassura Jag. Et je serais contrariée si tu faisais quelque chose qui te mettait mal à l'aise ou pour laquelle tu n'étais pas prête. Est-ce que dormir dans le même lit est gênant ? Je peux...

— Non ! s'exclama-t-elle en l'interrompant vite.

Elle baissa la voix en ajoutant :

— J'aime être à côté de toi toutes les nuits. Cela me calme. Mon subconscient sait que tu ne laisseras jamais quelqu'un entrer dans l'appartement et m'emporter si tu es avec moi.

— Carrément, marmonna Jag.

Elle gloussa et ce bruit détendit les muscles de Jag.

— C'est vrai que nous allons vite, mais il faut que tu saches que ça fait des mois que j'ai flashé sur toi, avoua-t-il.

Carly lui sourit.

— Ah oui ?

— Oui. Depuis que nous avons tous accompagné Aleck chez Duke's pour rencontrer Kenna.

— Je n'arrive pas à croire que tu n'aies pas couru dans la direction opposée quand j'ai piqué ma crise après la tentative d'enlèvement de Shawn, dit-elle.

Jag leva les yeux au ciel.

— Ta crise ? N'importe quoi. Tu essayais de te protéger du mieux que tu le pouvais. Et de protéger tes amies.

— Oui, je suppose.

— Je ne... fais pas ça normalement, avoua Jag.

— Quoi, donc ?

— Tomber amoureux de quelqu'un, comme ça m'est arrivé avec toi, dit-il simplement. Alors, le temps que tu souhaites pour être à l'aise avec moi. Je serai là quand tu seras prête.

— Tu es tombé amoureux de moi ?

— Complètement, dit Jag doucement et avec un air très sérieux.

— Une fille pourrait utiliser ça à son avantage... si elle était une connasse.

— Oui. Mais tu ne le feras pas et tu ne l'es pas.

— Tu sembles très sûr de toi, dit Carly.

— Je le suis. Et que dirais-tu que je nous prépare quelque chose à grignoter, finalement ? demanda Jag.

Carly soupira.

— C'est sans doute pour le mieux. Jag ?

— Oui, mon ange ?

— Moi aussi, je suis en train de tomber amoureuse de toi.

Il sourit.

— Bien.

Puis il grimpa par-dessus Carly et se leva. Il se pencha et l'embrassa sur le front.

— Chauffe ma place, ordonna-t-il avant de partir à la cuisine.

CHAPITRE QUATORZE

Jag aimait la routine dans laquelle Carly et lui étaient tombés et il était fier de la façon dont elle gérait tout ce qui lui arrivait. Moins de deux mois auparavant, elle aurait eu une crise d'angoisse en mettant un pied dehors. Hier, pendant qu'il était au travail, elle s'était rendue seule au supermarché.

Certaines personnes auraient pu croire que ce n'était rien, mais Jag savait comme c'était une grande étape pour elle. Les séances d'autodéfense avaient fait des merveilles pour son estime d'elle et sa confiance. Quand ils étaient à l'extérieur ensemble, il voyait que Carly utilisait tout ce qu'elle avait appris en ayant conscience de ce qui l'entourait en permanence.

Tout le monde était très frustré, car Baker ne trouvait toujours rien concernant la personne qui aurait pu travailler avec l'ex de Carly. Jag n'était toujours pas prêt à croire que Shawn avait travaillé seul. Il avait eu un complice, Jag aurait pu parier sa carrière de SEAL là-dessus.

Même si Jag, et tous les autres de l'équipe étaient frustrés, il savait que Baker n'abandonnerait pas tant qu'il n'avait pas trouvé quelque chose.

En attendant, Carly et lui essayaient de vivre leur vie aussi normalement que possible. Kenna avait décidé de faire une autre soirée entre filles pendant le week-end suivant et Jag était ravi de voir l'impatience de Carly.

Il se gara sur le parking en prenant soin de trouver un endroit près de l'escalier. Même s'ils n'avaient pas découvert qui travaillait avec Keyes, il n'avait pas l'intention de prendre des risques en devant traverser un parking couvert plus long-temps que nécessaire. Parfois, il trouvait une place dans la rue, et il utilisait différents parkings couverts, prenant soin de changer le chemin qu'il prenait pour aller chez Duke's de temps en temps, au cas où quelqu'un surveillerait Carly. Il descendit les marches et s'engagea sur les trottoirs bondés de Waikiki.

Il resta vigilant en cherchant tout ce qui pouvait avoir l'air louche, qui pouvait représenter un danger. Il ne vit que des touristes ici… jusqu'à ce qu'il jette un coup d'œil dans la ruelle abritant le marché international. Autrefois, c'était un marché qui faisait tout un pâté de maisons, mais depuis qu'un promo-teur immobilier avait acheté cet espace pour construire un gratte-ciel, les vendeurs avaient été forcés d'installer leurs stands dans la ruelle étroite.

Un homme était appuyé contre le mur et il fumait une ciga-rette. Il ne portait pas de sac de courses et son regard était rivé sur le bâtiment du Outrigger Waikiki Beach Resort de l'autre côté de la rue. C'était l'hôtel abritant Duke's.

Mais ce n'était pas n'importe quel homme. Jag avait étudié les photos des gens sur lesquels Baker enquêtait et il savait sans l'ombre d'un doute que l'homme qui cherchait à se mêler aux touristes sans y parvenir n'était autre qu'Eddie Evans. Le voisin de Shawn.

En se renfrognant, Jag tourna dans la direction d'Eddie, mais à ce moment-là, l'homme termina sa cigarette, la jeta sur le sol, l'écrasa, puis s'éloigna tranquillement en disparaissant dans le marché international. Jag le suivit, résolu à découvrir si Eddie surveillait Carly, ou si c'était simplement une coïncidence qu'il se trouve en dehors de son lieu de travail. Mais dès qu'il entra dans le marché, il sut qu'il était inutile de le chercher. Même si la ruelle n'était pas très large, la quantité de stands avec des bâches et les tables remplies de babioles fournissaient bien trop de cachettes à Eddie, et trop d'endroits pour qu'il se faufile sans être repéré.

Frustré, mais ne souhaitant pas passer son temps à chercher inutilement au risque de donner à Eddie l'occasion de faire le tour et d'atteindre Carly, Jag partit vers Duke's.

Voir cet homme était un bon rappel du fait que personne ne pouvait encore baisser ses gardes.

Jag traversa les magasins du rez-de-chaussée de l'hôtel et se sentit un peu mieux quand il ne vit personne qu'il reconnaissait en s'approchant de Vera, qui se tenait au poste de l'hôtesse.

— Salut, dit-il en s'approchant.

— Salut, Jag ! répondit-elle joyeusement.

Il hocha la tête vers l'hôtesse guillerette et entra dans le restaurant. Il était déjà venu assez souvent pour que personne ne fasse de remarque en le voyant entrer comme s'il travaillait là. Il jeta un coup d'œil dans la zone du restaurant et ne vit ni Carly ni Kenna, alors il continua vers la cuisine.

Il resta silencieux et s'appuya contre le mur juste à l'extérieur, observant Carly sans qu'elle sache qu'il était là pendant un petit instant. Elle semblait fatiguée, comme si ce service avait été dur. Ses cheveux s'échappaient de la queue de cheval qu'elle portait généralement en travaillant, des mèches frôlant ses joues. Elle avait les épaules voûtées comme si elle était épuisée. Elle dormait bien – il le savait – ce qui signifiait qu'elle avait eu une journée très remplie.

Kenna semblait tout aussi éreintée, et Jag s'inquiéta pour toutes les deux. Aleck allait arriver d'une minute à l'autre pour récupérer sa femme et elles semblaient avoir besoin d'une soirée de détente. Sans perdre plus de temps, Jag marcha dans leur direction.

— Jag !

Carly lui sourit quand il s'approcha.

— Salut, dit-il en tendant les bras pour la prendre contre lui.

Elle avança et son sourire s'élargit quand il baissa la tête. Il lui fit un baiser chaste. Il avait envie de l'approfondir, mais ils étaient sur son lieu de travail et il ne voulait surtout pas lui manquer de respect devant ses collègues et ses amis.

Pendant juste un instant, Carly s'appuya contre lui, lui donnant tout son poids. C'était un autre indice révélant que le service avait été difficile.

— Longue journée ? demanda-t-il.

Carly hocha la tête.

— Oh, oui, répondit-elle en soupirant. Il y a un marathon Ironman en ville et j'aurais juré que chaque athlète, entraîneur et membre de la famille a décidé de faire le plein de sucres lents ici cet après-midi. On a été débordé depuis que je suis arrivée.

Jag avait remarqué la grande quantité de gens attendant une table, mais il avait été si focalisé sur le fait de trouver Carly qu'il n'avait pas enregistré l'information.

— Je suis désolée de ne pas en avoir parlé plus tôt, leur dit Kenna. Je sais que c'est à mon tour d'apporter les restes à Food For All, mais Robert, vous savez, le concierge de Coral Springs ? Il est à l'hôpital et je voulais demander à Marshall si nous pouvions passer lui rendre une visite rapide avant de rentrer.

— Est-ce qu'il va bien ? demanda Carly, inquiète, en se tournant vers son amie.

Jag garda la main sur sa taille pendant qu'elle parlait avec Kenna. Il se sentait bien mieux maintenant qu'il voyait de ses propres yeux qu'elle allait bien. Il ne savait pas du tout ce qu'Eddie faisait ici à Waikiki. C'était peut-être par coïncidence qu'il traînait de l'autre côté de la rue par rapport à Duke's. Notant mentalement qu'il devait en parler à Baker ce soir et voir s'il pouvait faire suivre cet homme au cas où, il se concentra à nouveau sur la conversation en cours.

— Il va bien. C'était une espèce d'opération pour réparer une hernie. Il devrait rentrer à la maison demain, mais je me suis dit que ce serait bien de lui rendre visite avant qu'il parte. Je lui apporte un hula pie. Il pourra partager le dessert avec les infirmières de son étage.

— C'est super. Et bien sûr, nous pourrons passer à Food For All, hein ? dit Carly en levant les yeux vers Jag.

— Ce n'est pas de problème, la rassura-t-il.

Carly lui offrit un autre grand sourire avant de se retourner vers Kenna.

— Je m'en occupe.

— Merci beaucoup.

Aleck entra dans la cuisine et Jag vit qu'il remarqua immédiatement que les deux femmes étaient inhabituellement fatiguées.

— Dure journée ? demanda-t-il.

Carly et Kenna gloussèrent.

— Quoi ? demanda-t-il, perplexe.

— C'est presque exactement ce que Jag a dit en nous voyant, répondit Kenna en se blottissant contre son mari.

— Eh bien, nous partageons le même cerveau, vous savez, plaisanta Aleck.

Les deux femmes se mirent encore à rire.

— D'accord, si vous avez cru que *ça,* c'était drôle, je sais que vous êtes épuisées, dit Aleck. Es-tu prête à partir ?

— Presque. Carly et Jag ont accepté de déposer la nourriture à Food For All pour que nous puissions aller rendre visite à Robert.

— Merci, vieux, dit Aleck en hochant le menton vers Jag.

— Aucun problème. Je te vois demain matin.

Pendant que Kenna rassemblait ses affaires, Jag et Carly partirent au fond de la cuisine où était stockée la nourriture supplémentaire. Il écarquilla les yeux en voyant le nombre de boîtes.

— Je t'ai dit que nous avions été occupés aujourd'hui, lui dit Carly.

Jag n'avait jamais tellement pensé aux restes dans les restaurants avant de rencontrer Carly et Kenna. Il avait été choqué de voir combien de nourriture était gaspillée chaque jour. Il était ravi que les dirigeants et les propriétaires de Duke's fassent de leur mieux pour en jeter le moins possible. Les restes non mangés et ce qu'il restait dans les assiettes après le repas d'un client étaient toujours jetés. Mais les ingrédients bruts – tous les fruits et légumes supplémentaires – pouvaient être donnés, ainsi que le pain vieux d'un jour qui n'avait pas été servi. Même certains éléments individuels des plats, comme les sauces qui n'étaient pas parties à la fin de la journée, pouvaient être apportés à Food For All.

Alani avait prévu l'arrivée des clients avec le marathon, mais même en s'y préparant, il était difficile de prédire ce que les clients voulaient manger. Ainsi, il y avait toujours trop d'une chose et pas assez d'une autre. Au lieu de simplement jeter la salade supplémentaire ou le pain qui n'était pas mangé, tout le monde y gagnait en donnant la nourriture. Beaucoup de centres de distribution de nourriture rejetaient les restes, mais depuis qu'Elodie avait commencé à faire du bénévolat chez Food For All, ils avaient commencé à accepter de plus en plus de dons.

Le passé d'Elodie comme chef et sa créativité, signifiaient qu'elle était capable de réutiliser à peu près tout ce qui était donné et de le transformer en repas gastronomique pour ses clients.

— Il faudra plus d'un voyage pour porter tout cela à ma voiture, lâcha Jag. Que dirais-tu de rester ici pendant que je me gare dans la rue ? Je t'enverrai un texto quand je serai là et tu pourras demander à Justin ou quelqu'un d'autre de t'aider à tout sortir ?

— D'accord, répondit Carly. Est-ce que ça va ?

Jag la regarda, surpris.

— Oui, pourquoi ?

— Je ne sais pas, tu as l'air... agité ? Ce n'est pas vraiment le terme exact. Tu es différent, aujourd'hui.

— Nous pourrons en parler plus tard, dit Jag qui ne souhaitait pas inquiéter Carly avant d'être en route.

Elle fronça les sourcils.

— Tout le monde va bien ? Personne n'est blessé ?

— Non, ce n'est rien de ce genre, la rassura-t-il.

— Baker a trouvé le complice de Shawn ? chuchota-t-elle.

— Non, répondit Jag, détestant ne pas avoir de nouvelles informations concernant cette situation.

Elle le fixa un moment avant d'inspirer profondément et de hocher la tête.

— D'accord.

C'était une des innombrables raisons pour lesquelles il aimait cette femme. Elle était résistante et elle avait confiance.

— Donne-moi environ cinq minutes et je serai devant le restaurant, lui dit-il avant de l'embrasser une fois de plus.

Ce baiser fut un peu plus long et un peu plus intime, puisqu'ils étaient seuls dans la salle du fond de la cuisine. Il avait envie de s'attarder, mais son désir de la ramener à la maison où il pouvait la dorloter était plus pressant.

Il frôla sa joue rose avec le dos de la main avant de se tourner et de sortir de la cuisine.

En l'espace de dix minutes, Carly et toute la nourriture étaient chargées dans sa Jetta et ils étaient en route vers Barbers Point. Carly avait envoyé un texto à Lexie pour lui faire savoir qu'ils étaient en route.

— Bon, que se passe-t-il ? demanda-t-elle en se tournant un peu sur son siège pour regarder Jag pendant qu'il conduisait.

— J'ai vu Eddie Evans au marché international, dit-il en ne souhaitant pas prolonger la chose.

— Le voisin de Shawn ?

— Oui.

— Que faisait-il ? demanda Carly.

— Il fumait une cigarette et il avait l'air terriblement louche. Il ne m'a pas vu, je crois, mais juste au moment où j'allais m'avancer et découvrir ce qu'il foutait là, il s'est enfoncé dans le marché et je l'ai perdu parmi toutes les tables et les stands des vendeurs.

— Et ?

— Et, quoi ? demanda Jag.

— A-t-il fait autre chose ?

— Non, je te l'ai dit, je l'ai perdu de vue.

— D'accord.

— D'accord ? répéta Jag, surpris par sa réaction.

Carly hocha la tête et se tourna à nouveau vers la route. Elle posa la tête sur l'appui-tête et ferma les yeux.

— Oui. Je ne suis pas ravie qu'il ait été si près de Duke's, mais je ne peux pas contrôler les allées et venues des gens, et il peut y avoir une centaine de raisons expliquant sa présence.

— Nommes-en une, lâcha Jag, ayant du mal à croire qu'elle était véritablement si désinvolte à ce sujet.

Il était fier de la façon dont Carly s'en sortait dernièrement. Elle avait beaucoup évolué depuis la femme terrifiée qui se cachait dans son appartement toute la journée. Mais en même temps, il était un peu inquiet qu'elle soit maintenant un peu trop nonchalante pour sa sécurité.

— Pour vendre de la drogue ? Rencontrer un touriste au sujet d'une nouvelle arnaque ? Je ne sais pas.

Jag savait qu'elle n'avait pas tort. Eddie Evans n'était pas particulièrement un citoyen modèle, mais il possédait un

126

bateau, et si Shawn lui avait proposé assez d'argent pour venir le chercher, il aurait pu être très enthousiaste à l'idée d'être impliqué dans une tentative d'enlèvement.

— En outre, il peut rester de l'autre côté de la rue et fixer l'hôtel autant qu'il le veut, il ne peut pas me faire de mal de là-bas. S'il avait été à l'intérieur de l'*hôtel*, ou s'il avait essayé d'entrer chez Duke's ou de me parler, il ne serait pas allé loin. Je te jure qu'énormément de gens veillent sur moi maintenant. Vera est comme un foutu chien de garde, et ne te méprends pas, ça me plaît. Et Justin et les autres serveurs savent tous à quoi ressemble Luke, et les photos des autres complices potentiels sont affichées dans la cuisine du restaurant... tu sais, celles que Baker a envoyées ? Et je ne parle même pas de Kaleen et Paulo. Ils sont toujours contrariés de ne pas avoir réagi davantage quand Shawn est entré dans le restaurant et qu'il a pris Kenna. Je suis certaine que si quelqu'un essayait de tenter quoi que ce soit, ils péteraient un plomb.

La voix de Carly était calme et elle ne semblait pas particulièrement stressée, ce qui plaisait à Jag, mais encore une fois... cela l'inquiétait aussi. Il ne voulait pas la faire paniquer, mais il voulait qu'elle prenne la situation au sérieux. Il ouvrit la bouche pour le lui dire, mais elle continua à parler.

— Si je devais marcher jusqu'au parking par moi-même, alors oui, j'aurais sans doute une réaction très différente au fait qu'Eddie se trouve près de chez Duke's. Mais puisque tu as proposé de continuer à passer me prendre et que je suis certaine que tu ne laisseras jamais personne m'approcher, je ne veux pas dépenser mon énergie à paniquer pour ça.

Elle tourna la tête sans la lever pour le regarder.

— Je déteste que nous n'ayons pas encore résolu ça, mais je refuse de laisser mon passé dicter mon présent ou mon avenir. Eddie était peut-être là pour m'espionner. Peut-être essayait-il de découvrir le meilleur moyen de m'atteindre. Je ne sais pas. Mais rester assise ici à stresser ne changera rien. Et j'essaie de ne pas paniquer pour quelque chose que je ne peux pas contrôler, Jag. J'ai eu une longue journée, je suis épuisée, mais je me sens vraiment bien par rapport à la façon dont les choses se sont déroulées. C'était plus bondé que depuis mon retour, et même si j'ai mal aux pieds, c'est agréable de revenir à un semblant de routine normale. J'ai aussi reçu une tonne de pourboires, ce qui aide à valoriser cette fatigue. Quand nous aurons déposé cette nourriture, nous allons rentrer à la maison, tu me laisseras peut-être prendre un bain pendant que tu nous prépares quelque chose à manger, puis je pourrai me coller contre toi. Tout cela est bien plus attirant que d'essayer de découvrir ce que faisait Eddie au marché international.

Le respect de Jag pour elle augmenta encore. Elle avait raison. Il allait prévenir Baker et l'inspecteur Lee qu'il avait vu Evans à Waikiki et il allait les laisser découvrir pourquoi. Tout ce qu'il pouvait faire, c'était aider sa copine à se détendre et à se remettre de sa journée. Et peut-être l'aider à célébrer une autre étape du retour vers la femme qu'elle était auparavant.

— Tu as raison, dit-il simplement.

Carly sourit et referma les yeux.

— Je sais.

— Et modeste, la taquina-t-il.

Elle sourit davantage.

— J'ai appris ça de mon petit ami.

Jag ne put s'empêcher de sourire à son tour.

— Quelqu'un que je connais ? plaisanta-t-il.

— Peut-être. Il est incroyable. Grand, musclé. Tellement beau que tu as envie de pleurer en le voyant, intelligent, attentionné et il sent délicieusement bon.

Il était enchanté de l'entendre le décrire ainsi.

— Rien ne bat ta crème aux fleurs de cerisier, murmura-t-il.

Carly rit.

— Tu es obsédé par ça.

— Oui, acquiesça Jag.

Ils furent silencieux quelques minutes, puis Carly reprit la parole.

— Je ne prends pas ma sécurité à la légère, dit-elle d'un ton sérieux. Je ne suis pas ravie qu'Eddie se soit trouvé là, mais j'essaie de ne plus me laisser affecter par sa présence ou celle de quelqu'un d'autre. Je me suis perdue pendant un moment et ce n'était pas bien. Et tu sais que ces derniers temps, je vois les copains de Shawn partout. Si je paniquais chaque fois que je voyais Jeremiah, Beau, Gideon, Jamie, ou même Luke, il faudrait m'hospitaliser. Cela fait des mois, Jag... et j'en ai assez d'avoir peur.

— Je sais. Je déteste qu'il te faille voir tous ces crétins. Si ça ne tenait qu'à moi, ils partiraient tous de l'île afin que tu n'aies plus jamais à penser à ce connard avec lequel tu es sortie.

Carly gloussa.

— Idem.

— Mais reste tout le temps consciente de ce qui t'entoure, la supplia Jag. Ce n'est pas parce que plusieurs mois se sont écoulés que le danger a disparu. Je suis d'accord qu'en théorie, plus le temps passe, plus la menace diminue, mais j'ai appris à la dure que quand quelqu'un a de la haine dans son cœur, le temps n'est jamais trop long pour agir. Souvent, cette haine pourrit en eux jusqu'à ce qu'ils ne puissent plus la contenir et qu'ils soient obligés de faire quelque chose.

Carly hocha la tête.

— Promis, le rassura-t-elle.

Elle posa le bras sur la console et Jag lui prit immédiatement la main. Elle ferma les yeux une fois de plus et soupira.

— J'avais besoin de ça. De toi qui me tiens la main, d'une présence solide à côté de moi.

— Pareil, acquiesça-t-il.

Le reste du trajet jusqu'à Barbers Point se déroula sans incident, en dehors des bouchons infernaux. Jag se gara sur le parking au bout de la rue de Food For All.

— Reste là, dit-il comme d'habitude.

Elle lui fit un petit sourire. Elle connaissait la routine maintenant et il fut soulagé quand elle ne se plaignit pas.

Jag sortit de la voiture et scruta les environs. Le parking était assez rempli, ce qui n'était pas une surprise. L'endroit était devenu de plus en plus populaire à mesure que les petits commerces s'épanouissaient et s'installaient dans les bâtiments vides du quartier.

Il hocha le menton vers Theo. L'ancien sans domicile fixe était assis sur le trottoir de l'autre côté de la rue. Il était dans l'ombre, calé entre une colonne de briques décoratives devant un petit restaurant coréen et un panneau placé là par les propriétaires pour afficher leur menu du jour. Si Jag n'avait pas regardé directement vers lui, il aurait pu le manquer.

Theo avait peut-être un toit au-dessus de la tête maintenant, grâce à Lexie et Midas, mais il aimait toujours être dehors autant que possible. Il s'était aussi mis en tête d'être une sorte de patrouille de surveillance du quartier à lui tout seul. Même s'il avait quelques difficultés mentales, il était assez observateur. Il sourit à Jag et le salua de la main, mais ne se leva pas de sa place, apparemment trop à l'aise et satisfait pour bouger.

Quelques passants s'affairaient ici et là, mais Jag ne reconnut personne. Il ouvrit la portière de Carly et elle lui sourit. Même fatiguée après sa longue journée, avec ses vêtements froissés et ses cheveux décoiffés, elle restait la plus belle femme qu'il ait jamais vue.

Ils marchèrent vers l'arrière de sa voiture et il ouvrit le coffre. Il saisit une lourde caisse remplie jusqu'au bord de conserves cabossées et d'autre nourriture, et Carly prit trois sacs. Il y avait une autre caisse dans le coffre et quelques sacs supplémentaires, alors ils allaient devoir faire deux trajets. Carly ferma le coffre et ils se tournèrent pour longer la rue jusqu'à la banque alimentaire.

Ils s'arrêtèrent net tous les deux quand ils aperçurent l'homme qui marchait sur le trottoir.

— Putain. *Encore ?* murmura Jag.

— Bonjour, dit Gideon Sparks en marchant vers eux.

— Que fais-tu là ? demanda Carly d'un ton dur.

Gideon sembla surpris. Il portait une salopette marron avec le logo du zoo brodé sur son torse. Ses cheveux bruns avaient des mèches blanches et il se faisait pousser la barbe, ce qui était nouveau depuis la dernière photo que Jag avait vue de cet homme. Il avait un sacré ventre et il faisait environ sa taille.

Il s'arrêta à une distance respectueuse.

— Je viens juste d'apporter de la nourriture du zoo qui allait être jetée, dit-il. J'ai essayé de l'emmener au local en centre-ville, mais ils étaient déjà fermés. Le panneau sur la porte disait que celui-ci prend les dons jusqu'à sept heures. J'ai lu un article dans le journal récemment au sujet de la population sans-abri d'Honolulu et toute la nourriture qui était gaspillée chaque jour, et j'ai discuté avec le gérant des cuisines du zoo. Il était d'accord pour voir ce que l'on pouvait donner. Et j'ai soudain été chargé de la distribution.

Gideon sourit légèrement et haussa les épaules.

— Mais je suis heureux d'avoir ce que j'ai, alors ce n'est pas un problème.

Jag étudia l'homme et ne vit aucun signe de tromperie dans ses yeux ou son expression de visage. Ça ne voulait pas dire que ses intentions étaient pures, mais pour l'instant, il semblait être exactement ce qu'il disait... quelqu'un qui faisait une bonne action.

— Tu travailles avec les lions, n'est-ce pas ? demanda Carly.

Jag eut envie de lui dire de ne pas échanger avec lui, mais c'était trop tard. Elle était exactement elle-même. Ou plutôt, l'ancienne Carly, amicale et sociable. Même s'il était un des amis de son ex, elle faisait de son mieux pour passer à autre chose. Il l'admirait pour cela, même si ça le mettait mal à l'aise.

Gideon sourit et enfonça les mains dans ses poches.

— Oui, ça fait presque vingt ans que j'y suis maintenant. J'ai commencé par nettoyer la merde et maintenant je suis chargé de leur santé et de leur bien-être. C'est le travail de mes rêves.

Carly hocha la tête.

— Je n'ai pas eu l'occasion de le faire plus tôt, et ce n'est peut-être ni le moment ni l'endroit, mais je voulais dire que je suis vraiment désolé pour tout ce qui est arrivé. Shawn était mon ami, mais c'était un peu un enfoiré. Je le savais et je regrette de ne pas avoir réagi quand il disait des saloperies sur toi, expliqua Gideon.

Il paraissait sincère, mais encore une fois, Jag n'avait pas confiance en lui.

— La police a dit que Shawn avait révélé son plan à toi et à quelques autres.

Gideon grimaça et détourna le regard. Il semblait plein de remords.

— J'ai honte d'avouer que je croyais qu'il disait n'importe quoi. Vous savez, comme quand on dit qu'on a envie de tuer quelqu'un, mais sans vraiment le penser ? Il disait toujours ce genre de choses, que le gouverneur devait mourir, que la personne dans la voiture devant lui n'avait qu'à s'écraser et sortir de son chemin. C'était vraiment un con. Je suis un peu gêné d'avoir été son ami.

— Pourquoi l'étais-tu ? demanda Carly doucement. S'il était si affreux, pourquoi prendre la peine de venir chaque semaine pour traîner avec lui ?

Gideon haussa les épaules.

— Je suppose que c'est parce que je me sentais seul. J'ai cinquante-deux ans, je suis célibataire et je passe la majorité de mon temps avec des animaux à quatre pattes qui ne répondent pas quand j'essaie d'avoir une conversation avec eux. Et peut-être juste... la routine. Cela fait des années que je joue au poker avec lui et c'était juste quelque chose que je faisais chaque semaine. Je sais que ça paraît bête, et tu ne sais pas combien je regrette tout ce qui est arrivé.

Jag continua à l'étudier attentivement. L'homme semblait sincère, mais les gens mentaient fréquemment de façon convaincante. Il l'avait vu souvent dans son travail.

— Merci, lui dit Carly. Si tu veux bien m'excuser, la journée a été très longue et je veux apporter ces affaires et rentrer chez moi.

— Bien sûr, répondit immédiatement Gideon. Pardon d'avoir pris sur ton temps.

— Ça va, lui dit Carly.

Gideon hocha la tête en les contournant de loin pour se diriger vers son pick-up blanc avec le logo du zoo d'Honolulu sur les portes. Le camion s'éloigna pendant que Jag et Carly continuaient le long du trottoir.

— C'était intéressant, dit Carly.

Jag grogna.

— Tu ne crois pas ce qu'il dit ? demanda-t-elle.

Il entendit le stress dans sa voix et ne voulut pas rajouter plus d'angoisse à une journée déjà longue et fatigante pour elle.

— Je me demande simplement qui d'autre nous allons voir aujourd'hui. Peut-être Luke et sa petite amie au restaurant coréen de l'autre côté de la rue. Ou alors Jeremiah et Beau vont sortir du magasin de surf en bas de la rue. Oh, je sais, Jamie est peut-être à l'intérieur de Food For All, en train de donner du Coca-Cola de l'usine.

Carly gloussa.

Le cœur de Jag fut soulagé en entendant ce bruit.

— Je te l'ai dit. C'est comme si les vannes avaient subitement été ouvertes. Je ne sais pas que penser du fait de voir les amis de Shawn partout où je vais.

— Moi non plus. Je savais qu'Oahu était petite, mais là, c'est ridicule.

— Je suis d'accord, dit Carly.

Elle s'approcha de lui et toucha son bras avec le coude. Ils avaient tous les deux les mains pleines et ne pouvaient donc pas se tenir la main ou se toucher d'une autre façon.

— Je suis contente que tu sois là.

— Moi aussi.

— Je vais peut-être rester à l'intérieur et parler avec Lexie pendant que tu retournes la voiture et que tu récupères le reste ?

C'était une affirmation et une question en même temps.

— Bonne idée.

— Ça ne te gêne pas ? demanda-t-elle.

— Bien sûr que non. Mustang me mettrait des coups de pied au cul si je me plaignais d'avoir fait trois allers-retours jusqu'à la voiture. Il me ferait sans doute faire des burpees pendant une heure en portant mon sac à dos, *après* avoir couru un semi-marathon sur la plage dans le sable profond.

Carly rit encore.

— Il ne ferait pas ça. Il est trop gentil.

Jag leva un sourcil. Son chef d'équipe n'était certainement pas gentil en ce qui concernait l'entraînement physique de ses coéquipiers.

Il allait vite décharger le reste des dons et il lui tardait de passer la soirée avec Carly. Jag n'aurait jamais cru atteindre un moment dans sa vie où il serait à l'aise avec une femme auprès de lui. Mais Carly semblait capable de bannir les démons de Jag sans même faire d'efforts. Quoique... ils n'avaient pas encore eu de relation sexuelle. Il ne pouvait s'empêcher de s'inquiéter à ce sujet. Il était impensable de perdre Carly et il allait donc faire son possible pour qu'elle ne se rende pas compte de sa nervosité à l'idée de faire l'amour.

Le problème venait de lui, pas d'elle, mais il était assez

malin pour savoir que les femmes n'aimaient pas ce genre de discours.

Pour ce soir, il allait faire de son mieux en gâtant sa copine. Elle pouvait rester au bain aussi longtemps qu'elle le souhaitait et il allait faire le repas. Il allait même regarder *The Voice* sans se plaindre. Il aimait secrètement l'émission, mais ils riaient tous les deux de sa façon de s'en plaindre.

C'était étrange de redouter et en même temps de brûler d'envie d'atteindre le moment où leur relation allait passer à l'étape suivante. Ce moment allait arriver bientôt, Jag le sentait. Leurs séances de baisers étaient devenues de plus en plus intenses et ce n'était qu'une question de temps avant qu'ils ne puissent plus se retenir.

— Pourquoi ce sourire ? demanda Carly quand ils atteignirent la porte de Food For All.

Jag n'avait pas remarqué qu'il souriait, mais cela ne le surprit pas. Chaque fois qu'il pensait au fait d'être avec Carly, il était heureux. Chassant la pointe de nervosité de son esprit, Jag dit :

— Je pensais à toi.

Carly sourit.

— Ah oui ?

— Oui, confirma-t-il. Viens, finissons ça pour que je puisse te ramener à la maison.

— Bonne idée.

* * *

Le complice de Shawn s'impatientait. Il avait prévu d'observer et d'attendre plus longtemps, d'attendre que la pétasse se repose sur ses lauriers, mais il devait agir bientôt. L'enfoiré avec lequel elle vivait allait être un problème. Il le savait. Il allait devoir agir pendant l'absence du petit ami.

Excepté que Carly était stupidement faible. Elle n'allait

jamais seule quelque part. L'atteindre chez Duke's n'était pas une solution viable. Il avait surveillé l'endroit et il était évident que tout le monde était encore sur les dents. Sans parler des agents de sécurité supplémentaires engagés par les gérants.

Il avait rêvé de l'enlever à l'endroit prévu par Shawn, pour faire honneur à son ami. Maintenant, il savait que ça n'allait pas fonctionner.

Il allait donc devoir passer au plan B. Mais d'abord, Carly devait arrêter d'être une putain de mauviette et de prendre un baby-sitter partout où elle allait.

Son moment viendrait. Il lui suffisait d'être patient un peu plus longtemps.

Il imagina le choc et la terreur de Carly. Il lui tardait de la voir pleurer, supplier qu'il l'épargne. Il allait lui faire comprendre exactement comme elle était pathétique, comme elle ne valait même pas la saleté sous les chaussures de Shawn.

L'homme sourit, grisé par l'anticipation. Elle ne savait pas du tout ce qui l'attendait, et cela l'excitait terriblement.

— Juste un peu plus longtemps, dit-il doucement en se motivant. Plus elle se sent en sécurité, moins elle sera sur ses gardes.

Il lui fallait juste éviter le putain d'inspecteur et ce con qui fourrait son nez partout. Ils n'allaient *jamais* faire le lien entre lui et le bateau qu'il avait utilisé. Penser à ce soir-là suffit à le faire bouillir. Il avait fait de son mieux pour atteindre Shawn à travers la tempête, mais le foutu bateau avait presque chaviré. Il avait fallu tout son talent pour retourner au quai privé qui abritait le bateau.

— Patience, dit-il une fois de plus à haute voix. Tu es plus malin que tous les autres. C'est du gâteau.

À l'idée de Carly comprenant que c'était lui depuis le début, il sentit l'adrénaline parcourir ses veines. Il allait profiter de sa réaction, mais brièvement. Ensuite, il allait la tuer. La jeter dans l'océan où personne ne trouverait jamais le corps. Les requins et les poissons allaient s'en charger pour lui.

Satisfait que ça ne tarde plus beaucoup, l'homme sourit. Il n'avait pas été aussi enthousiaste depuis des années.

— Profite de la vie tant que tu le peux, dit-il à voix haute. Parce que j'arrive.

CHAPITRE QUINZE

Carly était heureuse de constater qu'elle n'avait pas pensé à Shawn ou Luke – ou n'importe qui d'autre pouvant ne pas l'aimer – depuis qu'elle était arrivée à l'appartement de Kenna. Elle était là depuis deux heures maintenant... et n'avait fait rien d'autre que rire et profiter de passer du temps avec toutes les autres femmes.

Apparemment, ces soirées étaient devenues régulières et Aleck s'était habitué à se faire jeter de son propre appartement pour que les filles puissent traîner ensemble. Quand Carly en avait parlé à Kenna, celle-ci avait ri en expliquant que son mari était très content de partir parce qu'il préférait qu'elles se rassemblent ici, où tout le monde savait qu'elles étaient en sécurité, et aucune n'aurait besoin de conduire ou de gérer un quelconque harceleur. Elle dit aussi que les garçons aimaient se rassembler chez Slate pour un peu de temps « entre hommes ».

Elles avaient déjà mangé le dîner – Aleck l'avait récupéré chez Helena, un des meilleurs restaurants de l'île pour la nourriture hawaïenne authentique – et le dessert : des malasadas achetées à la pâtisserie Leonard par Elodie. Et bien sûr, elles avaient bu beaucoup de margaritas au cours des dernières heures.

Carly se sentait molle et heureuse. C'était agréable de passer du temps avec ses amies. Elle se sentait... normale. Et après avoir tout ce qu'elle avait entendu au sujet de Monica, elle était contente de connaître l'autre femme.

Elle était silencieuse, comme l'avait dit Kenna. Mais elle était malgré tout entièrement présente à ce qu'il se passait autour d'elle. Elle n'était pas distante et ne semblait pas s'ennuyer... elle ne parlait simplement pas beaucoup, ce qui n'était pas un problème, car les autres avaient largement assez de sujets de conversation.

— Alors... dit Kenna d'une voix traînante avec un air entendu. As-tu quelque chose à nous dire, Mo ?

Monica parut surprise.

— Euh, non ?

— C'est ça, oui ! ricana Kenna.

Carly et elle étaient assises sur le canapé, toutes les deux avec les jambes croisées. Elodie était installée sur un énorme pouf dans le coin, Lexie était par terre, avec un coussin sous les fesses et appuyée contre le canapé, et Ashlyn était en ce moment dans la cuisine, préparant une autre tournée de boissons. Monica se trouvait sur le fauteuil relax.

— Tu peux nous le dire. Nous sommes tes meilleures amies ! insista Kenna.

Elle était ivre, mais elle devenait toujours joyeuse avec de l'alcool dans le sang, et ce soir n'était pas différent. Elle avait les joues rouges et elle avait raconté des histoires hilarantes sur quelques-uns des clients qu'elle avait dû gérer.

— Je ne sais pas trop ce que tu veux que je dise, répondit Monica.

Kenna se pencha en avant.

— Tu as fait pipi une centaine de fois ce soir, et quand Pid t'a déposée, vous étiez tout amoureux. Encore plus que d'habitude. Et c'est très bien. J'ai eu ce que je voulais avec Aleck avant que vous arriviez toutes. Mais Pid m'a semblé particulièrement... *protecteur* aujourd'hui.

Carly regarda Monica et vit sa nouvelle amie rougir. Elle baissa les yeux et commença à tripoter un fil du coussin qu'elle avait posé sur ses genoux.

— Elle ne veut peut-être pas parler, dit Carly afin de lui laisser une échappatoire.

— Mais si. Si elle ne peut pas nous parler à nous, alors, à qui ? continua Kenna. Et j'en viendrai à toi dans une seconde, dit-elle à Carly en agitant l'index.

Carly leva les yeux au ciel.

— Kenna a raison, tu peux tout nous dire, confirma Elodie à Monica.

— D'accord. Eh bien... nous allions attendre un peu plus, mais vous êtes pires que des agents de la CIA. Je suis enceinte, OK ?

Il y eut un silence dans la pièce après cette annonce, puis tout le monde se mit à crier en même temps.

— Oh mon Dieu ! Félicitations !

— C'est merveilleux !

— Waouh !

— Le premier bébé SEAL !

— Je le savais, dit Kenna d'un air satisfait en s'appuyant contre le dossier avec un énorme sourire sur le visage.

— Comment ? demanda Monica. Je ne bois pas d'alcool de toute façon, alors ce n'était pas un indice. Et ce n'est pas comme si on le voyait à mon ventre. Je suis toujours dans le premier trimestre.

— Tu n'arrêtes pas de poser ta main sur ton ventre, ce que tu ne fais pas d'habitude.

Monica sourit et secoua la tête.

— Tu es douée.

— Je sais, dit Kenna.

Puis elle se pencha en avant et tendit la main, paume vers le haut. Monica la prit. Les deux femmes se tinrent par la main un instant.

— Je suis heureuse pour toi.

— Merci. Je... nous n'avons pas vraiment prévu ça. Je veux dire, nous voulons tous les deux des enfants et nous avions prévu d'attendre au moins un an, de nous donner le temps de profiter d'être un couple.

Monica secoua la tête avant de poursuivre :

— Mais je suppose que nous n'avons pas fait assez attention.

— C'est l'effet de nos hommes. Difficile de penser à une protection quand tu es terriblement excitée et qu'il te regarde avec des yeux qui te supplient de le baiser, affirma Elodie.

Tout le monde éclata de rire.

— C'est tellement vrai ! s'exclama Lexie avec un sourire diabolique.

Ashlyn revint au salon avec un plateau de boissons. C'était un miracle qu'elle ne le renverse pas, car elle n'était absolument pas sobre. Elle posa le plateau sur la table basse et le montra.

— Une telle annonce mérite de trinquer ! Monica, le verre du bout est à toi... c'est du jus d'orange.

— Merci, dit Monica.

Carly fut soulagée que personne ne semble ennuyé à l'idée que l'autre femme ne boive pas d'alcool, enceinte ou pas. Elle avait eu quelques amies autrefois qui faisaient des commentaires désagréables quand quelqu'un n'avait pas envie de se souler. C'était agréable d'être avec des femmes qui semblaient vraiment se respecter et s'apprécier telles qu'elles étaient.

— Au bébé de Monica et Pid ! dit Ashlyn en levant un verre.

Tout le monde se pencha en avant et attrapa une boisson pour trinquer.

— Pour Mo !

— Aux bébés !

— À la fertilité et au sperme entêté !

Carly faillit cracher dans son verre en entendant à quoi trinquait Kenna.

— Au fait de ne pas avoir à utiliser de préservatif dans un avenir proche ! ajouta Elodie.

— Oh, je suis tellement jalouse ! gémit Lexie.

Quand Ashlyn se fut installée par terre à côté de Lexie, Kenna se tourna pour regarder Carly. Celle-ci se prépara au pire.

— Alors... comment ça se passe entre Jag et toi ?

— Très bien, dit Carly.

Elodie secoua la tête.

— Non. Il nous faut plus que ça. Parle, femme.

Carly sourit. Elodie essayant de faire la dure était assez amusante. Mais comme Carly avait vraiment besoin de conseils, ça ne la perturba pas.

— Je veux dire, il est incroyable. Attentionné, il me soutient, et je n'ai pas une seule fois eu peur de lui.

Les autres femmes froncèrent toutes les sourcils. Carly s'empressa de continuer.

— Vous savez que ma relation avec Shawn n'était pas bonne. Elle l'était au début, mais ensuite il a commencé à me faire me sentir comme une merde et à me maltraiter. On était arrivé à un point où je faisais très attention à ce que je disais avec lui afin de ne pas déclencher sa colère.

— Jag n'est pas comme ça, dit Elodie fermement. Aucun de nos hommes.

— Je sais, acquiesça Carly. C'est agréable. J'ai vraiment envie qu'il rentre à la maison le soir. Il me tarde de le voir et c'est difficile de dire au revoir le matin quand il part travailler.

— Je ne suis pas surprise qu'il t'ait fait emménager chez lui, dit Lexie. On dirait que
c'est typique chez nos hommes.

— As-tu l'intention de retourner à ton appartement ? demanda Kenna.

Carly haussa les épaules.

— Non ?

— Était-ce une affirmation ou une question ? demanda Lexie.

— Les deux, je crois. Je ne veux pas retourner chez moi. *J'aime* vivre avec Jag. Il est facile à vivre. Je sais que c'est encore assez récent entre nous, mais quand même.

— Ce n'est pas *si* récent que ça, protesta Kenna. Comme l'a dit Lexie, c'est typique chez nos hommes. Ils tombent vite très amoureux et ils ne perdent pas de temps à faire évoluer leurs relations.

— Je suppose que c'est pour cette raison que je suis un peu perdue, avoua Carly.

— À quel sujet ? demanda Elodie avec douceur.

— Je suis attirée par lui. Et je pense que je lui plais aussi.

— Oui, intervint Monica.

Carly la regarda. Cette affirmation lui donna l'impression d'être plus importante parce qu'elle venait de la part de cette femme habituellement si silencieuse, au lieu de Kenna ou les autres.

— Une fois ou deux, c'est moi qui l'ai arrêté quand les choses sont devenues trop intimes. Mais j'ai l'impression que, si je n'avais pas fait ça... c'est lui qui aurait arrêté. Il a dit des choses ici et là qui me donne l'impression qu'il n'est pas certain de vouloir aller plus loin, avoua Carly.

Elle n'arrivait pas à croire qu'elle parlait de ça, mais il lui fallait vraiment des conseils.

— Il a des érections, alors je sais qu'il me désire, mais il n'insiste jamais pour avoir plus. Et maintenant, j'aimerais bien. Mais il semble satisfait de se contenter de baisers et de câlins.

— Il n'est peut-être pas sûr que tu es prête, suggéra Elodie.

— Il m'a dit et répété qu'il n'ira pas plus vite que ce avec quoi je suis à l'aise, dit Carly. Mais maintenant que je suis certaine de vouloir plus, je me demande s'il est prêt.

Elle but une grande gorgée de sa boisson, ayant besoin du courage de l'ivresse pour continuer.

— J'ai peur qu'il ne veuille pas aller plus loin.

— J'en doute, dit Lexie en fronçant les sourcils. Il essaie peut-être d'attendre que ta situation soit résolue ?

— Eh bien, merde, si c'est le cas, il se pourrait que nous attendions éternellement, grommela Carly.

— Lui as-tu dit que tu voulais avoir une relation sexuelle ? demanda Kenna. Parfois, les hommes ne comprennent rien. Surtout les nôtres. Ils sont extrêmement observateurs sur ce qui se passe autour d'eux quand ils sont en mode SEAL, mais quand il s'agit des femmes... parfois pas tellement.

— Je n'ai rien dit du genre « baise-moi, Jag, je suis prête » dit Carly en sachant qu'elle rougissait.

— Tu le devrais peut-être, ajouta Kenna en haussant les épaules.

— Ce n'est pas moi, protesta Carly. Je veux dire, les héroïnes dans les livres et les films disent ce genre de choses, mais dans la vraie vie, ça me paraît tellement gênant.

— Alors, tu dois peut-être lui *montrer* que tu es prête, suggéra Lexie.

— Oui, dit Elodie en hochant la tête. En retirant par exemple tous tes vêtements avant d'entrer dans le salon où il cuisine et de t'allonger sur la table. Il comprendra à ce moment-là.

Tout le monde rit.

— Je suppose que ça a très bien marché pour toi à un moment donné ? La taquina Lexie.

Elodie rougit, mais elle hocha la tête.

— Oh, oui, dit-elle rêveusement. Ça a très bien fonctionné pour moi.

— Nous n'avons pas encore été nus l'un avec l'autre. Il est

impossible que je me balade nonchalamment dans l'appartement sans rien, dit Carly.

— Mais vous dormez ensemble toutes les nuits, n'est-ce pas ? demanda Kenna.

Carly hocha la tête. Elle avait déjà confié cela à Kenna récemment.

— Oui. En général, nous dînons, nous traînons ensemble et nous parlons, nous nous embrassons. Nous restons blottis un moment sur le canapé, puis je vais au lit et il arrive plus tard.

— Tu dois changer ça, lui dit Kenna. Invite-le à venir se coucher en même temps que toi. À la salle de bain, ça peut être gênant... tu sais, faire pipi, se brosser les dents, se changer. Mais peut-être que te voir retirer tes vêtements et enfiler le tee-shirt que tu lui as volé pour dormir lui donnera un petit élan dans la bonne direction.

— Ou bien tu pourrais lui faire une pipe quand il vient se coucher, suggéra Lexie. Les hommes adorent ça.

— Je n'ai jamais... je ne sais pas si je veux faire ça pour notre première fois, dit Carly, mal à l'aise.

— Et si tu t'asseyais à cheval sur lui ? demanda Kenna. Tu as dit qu'il te serre contre lui quand il vient se coucher, alors pour quoi ne pas continuer en jetant une jambe par-dessus lui ? Quand tu seras au-dessus, regarde-le dans les yeux et dis-lui que tu es prête. Que tu as envie de lui.

Carly rougit en y pensant, mais plus elle envisageait la chose, plus elle aimait l'idée. Jag avait toujours fait attention à ne pas trop insister, mais peut-être que si elle faisait le premier pas, il se sentirait plus à l'aise. Il allait enfin comprendre qu'elle était vraiment prête à faire l'amour avec lui.

— Vous allez vraiment bien ensemble, dit Ashlyn. Tout le monde peut voir que vous êtes fous l'un de l'autre. Parfois, il suffit de faire ce dont tu as envie.

Carly hocha la tête.

— Alors, comment vas-tu faire ce dont tu as envie ? demanda Lexie à l'autre femme.

Ashlyn parut surprise.

— Moi ?

— Oui, toi, rétorqua Lexie. Tu as dit que c'était évident que Carly et Jag étaient fous l'un de l'autre, et la même chose vaut pour Slate et toi.

Ashlyn poussa un long soupir en secouant la tête.

— La plupart du temps, nous ne supportons pas la présence l'un de l'autre, protesta-t-elle.

— Ce qui signifie généralement que vous niez l'évidence, dit Elodie.

— N'allez pas penser que Slate et moi allons finir mariés ou quelque chose du genre, lança Ashlyn.

— Qui a parlé de se marier ? demanda Kenna. Il n'y a rien de mal à une bonne baise à l'ancienne.

Tout le monde éclata encore de rire. On pouvait compter sur la franchise de Kenna.

— Je suis sérieuse, poursuivit-elle quand tout le monde eut réussi à se maîtriser. Les femmes ont tout le temps des relations sans lendemain. Il n'y a aucun mal à coucher avec quelqu'un avec qui on a des atomes crochus. Et Ash, Slate et toi vous en avez une tonne.

Carly hocha la tête en même temps que les autres femmes.

— Je suis à peu près certaine de l'irriter à mort, rétorqua Ashlyn en haussant les épaules. Et le sentiment est réciproque. Il est trop autoritaire. Trop protecteur. Je ne pourrais jamais supporter un petit ami comme ça.

— Mais un amant ? insista Kenna.

Ashlyn fronça le nez.

— Je ne suis pas sûre que ce soit mieux.

— Mais pense à toute cette testostérone dans le lit avec toi, souffla Elodie. Je peux te dire avec certitude... que c'est une expérience hallucinante.

Lexie, Kenna et Monica hochèrent la tête.

Carly ressentit une pointe de jalousie... suivie par de la détermination. Elle voulait ce qu'avaient ses amies. Elle ne doutait pas que Jag devait être incroyable au lit. Il prétendait ne pas avoir beaucoup d'expérience, mais elle ne savait pas si c'était juste pour qu'elle se sente mieux ou s'il était sérieux.

— Je ne vais pas coucher avec Slate, continua Ashlyn. Il va falloir vous y faire.

— Alors, s'il rencontrait quelqu'un d'autre, tu ne serais pas contrariée ? demanda Monica. Si cette femme commençait à traîner avec nous, à dire comme son homme est doué au lit, comme nous le faisons maintenant, ça ne t'énerverait pas ?

— Non, répondit Ashlyn fermement.

Carly aurait pu la croire si elle n'avait pas fait suivre cette affirmation par une grande gorgée de sa boisson, vidant presque le verre. Il était évident que l'idée de Slate avec une autre femme l'ennuyait, mais elle n'était pas encore arrivée au stade où elle pouvait l'admettre.

— Penses-y, dit Lexie avec douceur. Slate est merveilleux. Mais il est terriblement impatient, tout le monde le sait. Il pourrait bien arriver un jour où il décide qu'il doit passer à autre chose.

Tout le monde resta silencieux un moment, avant que Monica rompe le silence en disant :

— Il faut encore que j'aille faire pipi.

Carly examina Ashlyn pendant que tout le monde riait. L'autre femme semblait presque bouleversée, mais cette expression de visage disparut aussi vite qu'elle était arrivée.

— Viens, dit Elodie en se levant et en tendant la main. Je t'accompagne.

— Tu sais que nous ne sommes pas dans un bar, vous n'êtes pas obligées d'y aller par deux, dit Kenna.

— Je sais, mais c'est la solidarité féminine, insista Elodie.

— Et si nous déménagions la fête sur le balcon ? Suggéra Lexie.

— Très bonne idée. Je vais chercher des couvertures, annonça Kenna en sautant du canapé.

— Je vais attraper les malasadas qui restent, dit Carly.

Deux heures plus tard, alors que Carly était allongée sur le canapé en priant pour que la pièce arrête de tourner afin qu'elle puisse dormir, elle ne put s'empêcher de sourire. Cette soirée avait été amusante. Cela lui manquait de traîner avec Kenna et les autres. Shawn lui avait volé tellement de choses et il lui avait presque retiré ça également.

Elle se promit, en écoutant Elodie ronfler sur le gros pouf au coin de la pièce, de ne plus jamais laisser quelqu'un s'immiscer entre ses amies et elle. Elle commença également à comploter. Elle voulait la même chose que les autres. Elle voulait Jag. Voulait qu'il sache ce qu'il représentait pour elle. Et comme elle savait qu'elle était trop poule mouillée pour le dire explicitement, elle allait devoir lui montrer.

Elle ne savait pas quand, mais elle se dit qu'elle le saurait le moment venu. Et ce moment n'allait pas tarder. Elle était impatiente.

CHAPITRE SEIZE

— Tu ne vas vraiment pas révéler où nous allons aujourd'hui ? dit Carly en essayant d'amadouer Jag.

Les journées passaient étonnamment vite et même si Jag et elle étaient frustrés de ne pas avoir de nouvelles informations au sujet de sa situation, Carly ne s'y attardait plus. C'était plus facile à dire qu'à faire, bien sûr, mais elle était assez fière de la façon dont elle s'en sortait. Elle était même partie au supermarché toute seule pour la deuxième fois, l'autre jour. Jag travaillait et Carly se sentait bête d'appeler Kenna ou quelqu'un d'autre pour venir lui tenir la main pendant qu'elle achetait du beurre. Ils n'en avaient plus et elle avait voulu faire des biscuits pour surprendre Jag.

Jag et Slate s'étaient rendus chez elle quelque temps auparavant et ils avaient rapporté sa voiture, un ancien modèle de Ford Escape. Le trajet jusqu'au magasin ne fut pas aussi difficile qu'elle l'avait cru en sortant seule pour la première fois. Elle était restée vigilante au cas où elle était suivie, comme Elizabeth le lui avait appris. Au lieu de regarder ses pieds ou son téléphone, Carly gardait la tête haute et regardait les gens dans les yeux. Cela lui donnait l'assurance nécessaire pour surmonter ce court trajet.

C'était de loin son plus grand pas en avant, et Jag lui avait fait des compliments abondants. Carly savait qu'il n'était pas heureux que le mystérieux complice de Shawn soit encore une menace potentielle, mais pour elle… elle commençait lentement à accepter le fait qu'ils risquaient de ne jamais le savoir. Elle ne pouvait pas vivre cachée, de toute façon. Elle était fière d'elle, même si elle savait que sans Jag à ses côtés, la poussant et la soutenant, elle n'en serait pas au même point aujourd'hui.

Il lui avait dit la veille qu'il avait une surprise pour elle aujourd'hui, mais il refusait de lui dire où ils allaient. Son seul indice était qu'elle devait porter des chaussures fermées.

— Allons-nous faire une Tyrolienne ? demanda-t-elle.

— Je ne le dirai pas. C'est une surprise, répondit Jag avec un sourire. Mais je pense que tu vas aimer.

Tout se passait incroyablement bien avec Jag. Oui, elle était reconnaissante pour tout ce qu'il avait fait pour l'aider, mais ses sentiments étaient bien plus profonds. Elle aimait sa présence un peu plus chaque jour. Il était drôle, gentil, et même quand ils ne parlaient pas, qu'ils étaient juste dans la même pièce, elle était à l'aise et heureuse.

Ils passaient toujours leurs nuits blottis l'un contre l'autre dans son lit, leur attirance physique étant aussi intense qu'avant. Leurs séances de baisers étaient devenues plus intimes… mais maintenant qu'elle était prête à passer à l'étape suivante, elle avait l'impression que Jag rechignait. Carly ne savait pas du tout pourquoi.

Elle était prête à faire plus. Prête à faire l'amour avec Jag. Mais chaque fois qu'elle essayait de se donner le courage de faire le premier pas, comme ses amis l'avaient suggéré, quelque chose l'avait poussée à arrêter. Jag ne semblait pas très intéressé par une relation sexuelle et c'était inquiétant. Avec chaque jour qui passait, le désir de Carly augmentait. Elle ne pensait pas qu'il avait changé d'avis au sujet d'être avec elle, mais le soir quand ils s'embrassaient, il était le premier à arrêter. C'était perturbant... et frustrant.

— Carly ? demanda-t-il.

Elle constata qu'elle avait le regard perdu dans le vague pendant qu'elle réfléchissait. Elle se tourna pour le regarder.

— Oui ?

— Est-ce que ça va ? Tu me sembles... introspective aujourd'hui.

— Je suppose que je le suis. Mais ça va. Enfin, parfois j'ai l'impression d'être sur des montagnes russes émotionnelles. Certains jours, je me sens comme autrefois, et d'autres, c'est plus compliqué.

— Je pense que c'est normal. Mais je suis extrêmement fier de toi.

— Merci. Je suis fière de moi également.

Jag leva leurs mains serrées et embrassa le dos de celle de Carly, déclenchant la chair de poule le long de son bras.

Elle remarqua qu'ils roulaient le long du côté est de l'île, mais elle n'avait toujours pas deviné où ils allaient. Elle n'avait pas passé beaucoup de temps ici, ne savait pas du tout ce qu'il y avait à faire dans les environs. La route tourna vers le nord et Carly put voir l'océan.

— C'est tellement joli, songea-t-elle.

— Je n'avais encore jamais vu l'océan avant de m'engager dans la Navy, dit Jag.

Carly le fixa, incrédule.

— Sérieusement ?

— Oui. Il n'y a pas beaucoup d'océans dans l'Oklahoma.

— Je le suppose. Mais tu es un bon nageur, non ?

Il éclata de rire.

— Je suis un SEAL.

— Ce qui signifie que tu es un bon nageur, dit Carly. Pardon, c'était une question stupide.

— Aucune question que tu poses n'est stupide, la rassura-t-il.

— Rappelle-moi de ne jamais te défier à la course, plaisanta-t-elle. Je suis bonne nageuse, je sais me débrouiller, mais je n'ai jamais été au niveau national ou autre. J'ai été médiocre toute ma vie.

— Tu n'es pas médiocre, rétorqua Jag avec énergie.

— Je ne veux pas dire au sens péjoratif, l'apaisa Carly. C'est juste que... j'ai été moyenne dans tout ce que j'ai entrepris. Je pense que c'est ce qui frustrait mes parents. Ils voulaient que je sois la meilleure dans *quelque chose*, mais je ne sortais jamais du lot, quelle que soit l'activité que j'essaie.

— Ce n'est pas une mauvaise chose, dit Jag.

— Ça m'était égal quand j'étais au lycée. J'avais des amis et ma vie était assez insouciante. Tant que je m'amusais, peu importe que je ne gagne pas ou que je n'aie pas les meilleurs résultats. Mais quand j'ai commencé à prendre des cours à la fac, j'ai eu l'impression que *personne* ne me voyait vraiment. Que j'étais *trop* dans la moyenne.

— Je t'ai vue, dit Jag simplement.

Ces trois mots allèrent droit au cœur de Carly.

— Après Shawn, je ne croyais pas vouloir une nouvelle relation avant longtemps. Mais d'une façon ou d'une autre, tu as réussi à te faufiler entre mes défenses. Maintenant, je ne m'imagine pas être sans toi.

Jag sourit et lui serra la main.

— Moi aussi. Regarde, voilà Mokoli'i. Beaucoup de gens l'appellent l'île de Chinaman, parce qu'on dirait un chapeau conique, mais je pense que le nom hawaïen est bien plus beau.

Carly observa l'île proche de la rive pendant qu'ils passaient devant.

— Il y a une tonne de petites îles autour d'Oahu, non ?

— L'État reconnaît cent trente-sept îles, à une ou deux près, dit Jag.

Carly le regarda, surprise.

— Vraiment ?

— Oui. Mais en réalité, il y en a plus de cent cinquante, si tu comptes les petites îles essentiellement inhabitées, les récifs de corail et les atolls.

— Waouh, je n'en savais rien.

Carly écouta Jag parler de la formation des îles par l'activité volcanique et expliquer qu'il s'agissait en réalité des sommets exposés d'une chaîne de montagnes sous-marine. Il était intéressant de penser qu'ils vivaient tous au sommet d'une montagne, et d'imaginer le paysage s'il n'y avait pas l'océan.

Jag ralentit et mit son clignotant. En regardant sur leur gauche, Carly vit un panneau qui souhaitait la bienvenue au ranch de Kualoa.

— J'ai entendu parler de cet endroit ! dit Carly avec enthousiasme. C'est celui de *Jurassic Park*, n'est-ce pas ?

Jag gloussa.

— Oui. Il s'agit d'une réserve naturelle et d'un ranch de bétail, mais c'est dans la vallée de Ka'a'awa que de nombreuses scènes des films ont été tournées. Ainsi qu'*Hawaï Five-O*, la série télé *Lost*, et d'autres également. Il y avait aussi un bunker souterrain pour que les résidents puissent s'échapper pendant la Deuxième Guerre mondiale.

— Cool, souffla Carly.

— Et... au cas où tu t'inquiétais d'être ici et de te sentir vulnérable... j'ai une autre surprise, annonça Jag après s'être garé sur une place de parking.

Carly fut surprise de ne même pas avoir *pensé* à s'inquiéter d'être suivie. Mais Jag avait raison, cette vallée isolée était peut-être la meilleure occasion pour l'enlever, ou même leur tirer dessus. Avant qu'elle puisse dire quoi que ce soit, il continua :

— Tout le monde nous rejoint ici.

— Tout le monde ? demanda Carly.

— Oui. Et même Baker a accepté de venir.

— Oh, mon dieu, ça va être incroyable. Merci !

— Je ferai tout pour te voir sourire, dit Jag.

Carly ne put s'empêcher de jeter les bras autour de Jag. C'était compliqué avec la console entre eux, mais elle l'entendit glousser quand il l'attrapa. Carly l'embrassa. Avec force. Elle ne se souvenait pas avoir été aussi enthousiaste depuis très longtemps.

Elle s'écarta et se rassit sur son siège.

— Alors ? Allons-y ! dit-elle.

— Du calme, mon ange, gloussa Jag. Je fais le tour.

Carly sautillait presque à sa place pendant que Jag descendait de la voiture. Dans son excitation, elle n'avait pourtant pas cherché à sortir. Jag et elle avaient une routine et ça lui convenait tout à fait. Les gens qui n'étaient pas au courant de la raison de leur prudence auraient pu croire qu'il était galant, ou même exagérément macho, mais franchement, Carly ne se serait pas sentie pas à l'aise en sortant sans que Jag vérifie la zone. Cela avait été la partie la plus difficile en se rendant seule au supermarché : sortir de la voiture.

Dès qu'il ouvrit la portière, Carly bondit dehors et le serra encore dans ses bras.

— Si j'oublie de te le dire plus tard, j'ai passé une journée incroyable.

Il gloussa et ce bruit résonna en elle.

— Avec plaisir.

Elle finit alors par comprendre le sens de ce qu'il avait dit plus tôt.

— Tu as dit que Baker venait aussi ?

— Oui.

— Merde, je ne sais pas si je suis prête à le rencontrer, avoua Carly dont l'enthousiasme s'estompa.

Elle se souvenait de tout ce que les autres femmes avaient dit sur lui et maintenant elle n'était pas certaine de vouloir se retrouver face à cet homme.

— Mais si, dit Jag. Viens, allons voir si les autres sont arrivés.

Il lui prit la main et ils marchèrent vers les escaliers menant à un des bâtiments du ranch. Il y avait une immense terrasse couverte sur le devant. Des tables de pique-nique y étaient déposées pour que les gens puissent déjeuner, attendre leur visite guidée, ou simplement se détendre. Jag ouvrit la porte pour elle et Carly entra dans une énorme boutique de souvenirs. Elle avait très envie de regarder les produits, afin de trouver des souvenirs de dinosaures sympas. Mais comme si Jag savait lire dans ses pensées, il se pencha et dit :

— Après la visite.

Carly fit semblant de bouder, mais elle n'était pas vraiment contrariée. Comment aurait-elle pu ?

Avec la main au creux du dos de Carly, Jag la guida à travers la boutique étonnamment bondée. Il était encore tôt, mais il était évident que le ranch de Kualoa était un endroit très populaire pour les touristes et les habitants. Ils sortirent par la porte arrière dans une espèce de cour. Les immenses montagnes luxuriantes au loin coupèrent le souffle à Carly.

— C'est tellement beau, soupira-t-elle.

— Oui, dit Jag doucement.

Quand Carly se retourna, elle vit qu'il la regardait au lieu de la vue incroyable devant eux.

— Les montagnes, clarifia-t-elle.

— Elles aussi.

Carly ne put s'empêcher de secouer la tête. Elle savait qu'elle rougissait, mais elle aimait recevoir des compliments de Jag.

— Ils sont là ! cria une voix sur leur droite.

En se tournant, Carly vit Kenna les saluer de la main. Apparemment, Jag et elle étaient les derniers arrivés.

— Toutes les autres étaient au courant pour aujourd'hui ? demanda-t-elle à Jag.

— Non. Les garçons ont décidé de garder le secret.

— Je comprends mieux. Parce que Kenna est incapable de garder un secret, même au péril de sa vie.

Jag sourit.

— C'est ce qu'Aleck a dit.

Ils s'avancèrent vers le grand groupe et Carly serra tout le monde dans ses bras comme si elle ne les avait pas vus depuis des mois.

— Ils vont nous séparer en deux groupes, expliqua Mustang. Lexie, Midas, Ashlyn, Baker et Slate seront dans un groupe, et Kenna, Aleck, Elodie vous deux et moi dans l'autre. Si ça vous va.

Carly avait déjà entièrement oublié Baker. Elle n'écouta plus Mustang et Jag qui parlaient de logistique et se tourna vers la seule personne du groupe qu'elle n'avait encore jamais rencontrée. Il se tenait sur le côté, les bras croisés, et il l'examinait attentivement.

Se disant qu'elle était maintenant la Carly courageuse, et pas Carly la lâche, elle inspira profondément et s'avança vers lui. Dès qu'il la vit bouger, il s'approcha.

— Tu dois être Carly, dit-il d'une voix grave.

— Et tu dois être Baker, rétorqua-t-elle en tendant la main.

Baker la serra et Carly retint son souffle. Cet homme était... il était difficile de trouver les bons adjectifs. Elle avait entendu les autres parler de lui, mais ça ne l'avait pas vraiment préparée à cette rencontre.

C'était comme s'il avait une aura de danger autour de lui. Elle pouvait presque la voir. Comme s'il allait bondir dès que quelqu'un ferait un pas de travers. Il la faisait penser à une panthère, belle et mortelle en même temps. Elle le fixa bouche bée, ne sachant pas si elle voulait fuir ou si cela allait le pousser à attaquer.

Elle sentit la présence de Jag avant même qu'il pose la main au creux de son dos. Elle ne put s'empêcher de faire un pas en arrière pour appuyer contre lui.

— Baker, dit Jag. C'est bon de te voir.

— Pareil, répondit Baker en hochant le menton.

— Du nouveau ?

— Non.

Sa réponse était courte et ça ne le satisfaisait manifestement pas. Carly savait qu'ils parlaient de sa situation. Elle se sentit soudain mal de penser que Baker était autre chose qu'un ami faisant son possible pour l'aider. Il n'y était pas obligé. Il ne la connaissait pas, n'était même plus un SEAL en service. Mais d'après Jag, et malgré une absence de progrès frustrante, il travaillait toujours longuement pour essayer de découvrir qui avait aidé Shawn. Il passait même beaucoup de temps loin de sa maison du North Shore, à suivre les amis de Shawn en essayant de trouver quelque chose, n'importe quoi, qui puisse les lier à ce qui était arrivé.

Lors de la soirée chez Kenna, Carly avait découvert plus de détails sur l'enlèvement de Monica, et comment Baker s'était mis en danger pour la sauver. Peu importe son apparence bourrue et mortelle... c'était un homme bien.

Avant qu'elle puisse trop y réfléchir, Carly fit un pas en avant et posa les bras autour de Baker.

Il se raidit, mais Carly ne le lâcha pas. Il était plus grand que Jag, lui donnant l'impression qu'elle était encore plus petite que d'habitude, mais elle resta accrochée.

— Merci, dit-elle doucement. Merci d'essayer de m'aider. Et pour ce que tu as fait pour Monica. Et Elodie. Bon sang, nous toutes.

Elle leva la tête vers lui.

— Nourriture gratuite à vie, déclara-t-elle hardiment.

— Quoi ? demanda-t-il, un peu confus.

Il ne l'avait pas serrée dans ses bras à son tour. Il gardait les bras légèrement écartés, comme s'il ne savait pas quoi en faire.

— Chez Duke's, nourriture gratuite à vie. Si tu es un jour à Waikiki et que tu as faim, tu pourras y manger gratuitement.

— Hé, même *moi* je n'ai pas ça ! dit Aleck, mais elle garda les yeux rivés sur Baker.

— Je sais que tu n'es sans doute pas souvent là-bas, mais quand même. Je n'ai rien d'autre à offrir.

Si elle ne l'avait pas regardé en face, Carly aurait pu rater la façon dont ses yeux semblèrent s'adoucir. Il perdit une partie des ondes mortelles qu'il portait autour de lui comme une cape. Puis il releva immédiatement ses défenses.

— Ai-je demandé quoi que ce soit ? dit Baker.

Carly refusa d'être intimidée.

— Non. Mais tu l'auras quand même.

— Contente-toi de dire merci, lança Jag d'un ton rieur.

— Merci, dit Baker sans la moindre modulation de ton.

— Merde, il est à peu près aussi difficile à remercier que Tex, marmonna Mustang.

Carly ne savait pas du tout qui était Tex, alors elle ignora le commentaire. Puis, se sentant gênée parce qu'elle serrait toujours Baker avec force, elle le laissa partir et recula, heurtant Jag qui la stabilisa immédiatement en posant une main autour de sa taille.

— Avec plaisir, dit Carly. Mais j'ai décidé que ce n'est pas important si nous ne trouvons jamais qui travaillait avec Shawn. Je vais le chasser de mes pensées et tout ce qui a un rapport avec cette époque de ma vie est relégué au passé. Je passe à autre chose.

Les yeux de Baker la transpercèrent comme s'il savait qu'elle mentait. Elle *essayait* d'oublier Shawn, mais ce n'était pas aussi facile qu'elle l'avait espéré. Puis elle se rendit compte qu'elle pouvait paraître un peu ingrate par rapport à tout ce que Baker faisait pour elle.

— Je veux dire, je fais toujours attention, ajouta-t-elle. Je ne prends pas aucun risque, mais j'essaie de ne pas avoir autant peur qu'avant.

Baker regarda par-dessus sa tête, cherchant manifestement Jag des yeux, et annonça :

— Je vois que les séances avec le Maître Principal de la Marine Albertson ont fait du bien.

Carly entendit Kenna glousser derrière eux. La façon dont les hommes ne pouvaient pas appeler Elizabeth par son prénom était hilarante. Mais c'était une histoire de respect pour eux. Cette femme avait travaillé dur pour mériter son rang, et ils lui faisaient honneur en utilisant son titre complet en parlant d'elle.

— Oui, acquiesça Jag.

Baker la regarda à nouveau.

— Bien. Même si un peu de peur n'est pas une mauvaise chose. Cela permet de rester vigilant. Quand on devient trop complaisant, c'est là qu'arrivent les ennuis.

— Ça, c'est sûr, maugréa Lexie.

Ayant l'impression de devoir dire quelque chose à tous ceux qui se tenaient autour d'elle – toute l'équipe des SEALs de Jag et ses amies – Carly se tourna.

— S'il arrive quelque chose, ça ne sera la faute de personne, dit-elle avec un peu plus de force que ce qu'elle voulait. Parfois, ce qui devait arriver arrive, peu importe ce que nous faisons pour l'empêcher. Si c'est le cas, j'essaierai d'être comme Elodie. Et Lexie, Kenna et Monica. Je ne vais pas paniquer – du moins, je vais essayer – et je vous laisserai faire votre boulot et découvrir où je suis et coincer l'enfoiré responsable.

— Merde, soupira Mustang en passant une main dans ses cheveux.

Midas et Aleck donnèrent l'impression de vouloir sérieusement faire du mal à quelqu'un.

Pid pinçait les lèvres et il serra Monica contre lui, comme si cela allait la protéger du danger qui pouvait rôder dans le monde.

Slate fit un bruit du fond de la gorge et détourna le regard. Carly vit Ashlyn jeter un coup d'œil inquiet dans sa direction.

Quand elle se retourna vers Baker, son visage était dénué d'expression, ce qui était son air le plus effrayant jusque-là.

Finalement, elle leva la tête vers Jag. Il avait la mâchoire serrée, mais pendant qu'elle l'observait, il inspira profondément et parvint à maîtriser ses émotions. Puis il se pencha simplement en avant et embrassa doucement sa tempe.

Carly ferma les yeux et s'appuya contre lui.

— Êtes-vous tous prêts à y aller ? demanda une voix enjouée près de là, faisant sursauter Carly dans les bras de Jag.

— Du calme, mon ange, murmura-t-il.

Se sentant bête, Carly se tourna pour voir deux employés du ranch debout près du groupe. Ils portaient des pantalons kaki et des tee-shirts sur lesquels était écrit « Kualoa Ranch » avec un tyrannosaure géant.

Mustang hocha la tête et s'avança.

— Nous nous sommes séparés en deux groupes comme vous nous l'avez demandé, dit-il aux gamins ayant l'âge d'être des étudiants.

— Attendez, et Monica et Pid ? demanda Carly.

Elle venait juste de remarquer que leurs noms n'avaient pas été mentionnés quand ils avaient parlé de se séparer en deux groupes.

— Nous allons rester ici, dit Pid tranquillement.

— Oh, mais... commença Carly, et Monica l'interrompit.

— Ce n'est pas un souci. Pid ne veut pas prendre le risque qu'il arrive quelque chose au bébé.

Carly ne savait pas trop pourquoi ils étaient venus jusqu'au ranch s'ils n'allaient pas faire la visite, mais elle se dit que Pid et Monica voulaient voir Baker, parce qu'ils n'en avaient pas souvent l'occasion.

— Ça va, dit Monica avec douceur en voyant l'air triste de Carly. Franchement.

— D'accord, mais je vais prendre une tonne de photos pour que tu puisses tout voir à notre retour.

— Merci.

Peu de temps après, Carly était perchée sur un quad. Elle portait un casque et des gants et elle n'arrivait pas à croire à son excitation. Au début, elle fut nerveuse à l'idée de conduire le quad, mais elle comprit vite comment faire et leur groupe partit. Ils roulèrent à la queue leu leu, aussi était-il impossible de parler aux autres. Ils montèrent le long d'un sentier de terre et les vues de l'océan étaient à couper le souffle.

Leur guide finit par s'arrêter et tout le monde descendit. Il prit une photo de leur groupe avec l'océan en arrière-plan, puis les conduisit dans un vieux bunker de la Deuxième Guerre mondiale. Il avait été construit en 1943 et à une époque, il y avait eu deux canons disposés stratégiquement à l'entrée et à la sortie pour protéger l'île contre toute invasion. Il s'arrêta devant un plan de l'espace souterrain et Carly fut stupéfaite par la taille du bunker.

Ils traversèrent le bâtiment, voyant des posters de nombreuses séries et films ayant été tournés au ranch. Tout sur les films *Jurassic Park* – pour lesquels Carly était au courant — – à *Amour et Amnésie*, *George de la Jungle*, *Mon Ami Joe* et le *Jumanji* le plus récent. Il y avait des reliques des années quarante ainsi que des dinosaures électroniques ringards. Ils passèrent sans doute près d'une heure à explorer le bunker et Carly adora chaque seconde.

Quand ils eurent fini d'en faire le tour, ils continuèrent le long de la montagne et pendant le trajet, leur guide montra du doigt différents éléments devant lesquels ils passaient en quad. Carly aurait aimé s'arrêter et en apprendre plus sur certains d'entre eux, mais leur guide semblait avoir une destination spécifique en tête. Après avoir traversé un petit ruisseau et être monté sur une pente raide, il s'arrêta devant un arbre couché sur le côté devant lequel se trouvait un panneau *Jurassic Park*.

— Qui sait de quoi il s'agit ? demanda-t-il quand tout le monde se fut arrêté.

— Une souche, plaisanta Elodie.

— Dix points pour la dame, dit le jeune homme sans être déstabilisé. Mais plus spécifiquement, c'est l'arbre derrière lequel Alan et les enfants se cachent dans le premier film de *Jurassic Park*. Vous savez, quand ils essaient d'éviter une caval-cade de Gallimimus ?

— Oui ! s'exclama Elodie. Cool ! Pouvons-nous descendre et regarder de plus près ?

— Vous pouvez faire mieux que ça, dit le guide avec un sourire. Avez-vous des talents d'actrice ?

Carly, Elodie et Kenna se retrouvèrent à six mètres de la souche. Les hommes avaient refusé de participer, mais ils observaient la scène avec des sourires amusés. L'autre groupe n'était pas dans les parages, alors Carly supposa qu'ils étaient déjà venus avant.

— D'accord, au bout de trois, courez vers l'arbre, mais faites comme s'il y avait d'énormes dinosaures derrière vous et que vous cherchez à fuir pour survivre, leur dit le guide. Prêtes ? Un, deux, *trois* !

En riant toujours, mais en essayant de se maîtriser, les trois femmes coururent vers l'arbre. Kenna poussa Carly vers l'ar-rière pour plaisanter, afin de passer devant elle et de se cacher. Elodie se prit vraiment au jeu et ne cessa de regarder derrière elle avec un air terrifié. Carly riait si fort qu'il lui était presque impossible de courir et elle prit du retard. Elodie et Kenna atteignirent l'arbre en premier et bondirent derrière.

Carly était à quelques secondes derrière elles. Elle enten-dait leurs hommes rire de façon hystérique maintenant, et elle se demanda vaguement pourquoi. Elle était sûre qu'elles avaient l'air assez drôles en faisant semblant qu'il y avait un énorme prédateur derrière elles, mais était-ce vraiment si hilarant ?

Il ne fallut pas longtemps avant qu'elle comprenne pourquoi ils riaient si fort. Apparemment, quand le guide avait commencé à filmer avec le téléphone d'Elodie, il avait sorti une marionnette de tête de dinosaure qu'il laissa apparaître sur le côté gauche de l'écran pendant qu'il les filmait. Quand il rejoua la vidéo au ralenti, le dinosaure semblait les pourchasser. Et à la fin, comme elle était la dernière, Carly a été « mangée » par la créature. Évidemment, le guide faisait cela pour chaque groupe, mais regarder la vidéo les fit rire jusqu'aux pleurs.

Ensuite, ils prirent tous la pose sur l'arbre pour les photos, même les hommes. Et quand le guide leur dit de regarder vers la gauche et de faire comme s'il y avait un dinosaure, Carly devina que la marionnette allait encore sévir.

Elle avait raison. Une fois de plus, tout le monde rit en voyant les photos de leur air terrifié par la tête de dinosaure qui les surplombait.

Carly avait mal au ventre d'avoir ri si fort et elle ne se souvenait pas avoir passé un meilleur moment. C'était encore plus amusant quand les hommes se joignaient à elles.

Tout le monde remonta sur les quads, avec Mustang juste derrière le guide, puis les trois femmes, et enfin les autres hommes derrière. Pendant qu'ils continuaient la visite, Carly n'essaya même pas de rester vigilante pour tout ce qui pouvait sortir de l'ordinaire. Tout autour d'eux était si beau et elle savait que Jag allait la garder en sécurité si des croque-mitaines traînaient dans les parages.

Ils roulèrent encore vingt minutes à travers la vallée avant de commencer à ralentir une fois de plus. Carly voyait une structure au loin, mais le guide s'arrêta avant qu'elle comprenne de quoi il s'agissait.

— Vous reconnaissez peut-être le pavillon devant nous.

C'était la plate-forme de *Jurassic World*, où Zach et Gray, les jeunes frères dans le film, sont montés dans la gyrosphère.

— Oh, waouh ! s'exclama Carly, les yeux rivés sur la structure. Je me souviens de ce morceau-là. Ce devait être génial d'être figurant.

— Sans doute pas tellement, parce que ça devait être pénible de rester debout au soleil pendant qu'ils filmaient et refilmaient la scène, plaisanta leur guide.

Carly rit. Peu importe, elle pensait quand même que ç'aurait été incroyable d'être là avec tous les acteurs, d'être impliqué dans un de ses films préférés.

— Et si vous montiez ? J'arrive dans un instant.

Sans se demander pourquoi leur guide les envoyait devant, Carly démarra son quad et se dirigea vers le pavillon.

Quand ils s'en approchèrent, elle fronça les sourcils, perplexe. On aurait dit une sorte de... fête ? Pendant une seconde, elle fut déçue, pensant qu'elle n'allait pas avoir l'occasion de voir le décor du film de près. Puis elle écarquilla les yeux de surprise.

— Est-ce... Monica ? demanda-t-elle. Et Pid ?

Le groupe gara les quads à côté d'une autre rangée de véhicules et elle vit Ashlyn, Slate, et les autres les saluer depuis la plate-forme au-dessus d'eux. Carly regarda Jag, perplexe. Elle se sentit un peu mieux quand elle entendit Kenna et Elodie demander ce qu'il se passait.

— Ils voulaient que ce soit une surprise, lui dit Jag doucement en décrochant le fermoir de son casque et en le retirant de sa tête.

— Ils voulaient que quoi soit une surprise ? demanda Carly.

— Leur mariage.

Carly inspira brusquement et regarda la plate-forme, puis Jag à nouveau, avant de rire de joie et de filer vers la droite, où le terrain montait vers la plate-forme.

Elodie et Kenna la rejoignirent et elles coururent toutes les trois jusqu'en haut, puis s'arrêtèrent soudain en ayant une vue claire de toute la plate-forme.

Monica s'était changée et elle portait une simple robe blanche, sous laquelle on apercevait des tennis blanches. Pid portait une chemise noire avec le même short kaki qu'auparavant. Des fleurs aux couleurs vives étaient accrochées à la balustrade, emplissant l'air d'une odeur époustouflante.

Ashlyn et Lexie affichaient de grands sourires en se précipitant vers leurs amies.

— N'est-ce pas cool ? demanda Lexie. Je sais que j'ai dit à Midas que je voulais un mariage sur la plage, mais je crois avoir changé d'avis.

— Nous n'en savions rien non plus, assura Ashlyn. Nous sommes montés comme vous, totalement ignorantes.

Les cinq femmes se précipitèrent vers Monica qui avait un petit sourire. Elle tenait un petit bouquet d'orchidées et elle portait un lei autour du cou.

— Êtes-vous fâchées de ne pas avoir été au courant ? demanda-t-elle.

— Certainement pas ! dirent les cinq amies en même temps.

— C'est merveilleux, la rassura Elodie.

— Je suis tellement heureuse pour vous, ajouta Kenna.

Carly fut incapable de parler et resta plantée sur place en souriant. Elle était presque submergée de bonheur pour ses amies.

— Je voulais attendre, mais Stuart n'était pas d'accord, expliqua Monica en jetant un coup d'œil vers son futur mari avec un sourire timide. Le plan était d'attendre quelques mois, de se marier, *puis* d'essayer d'avoir un bébé. Mais comme vous le savez toutes, la grossesse a simplement eu lieu. Ça ne m'aurait quand même pas gêné d'attendre, mais Stuart a insisté en disant que c'était le bon moment pour se marier.

— Je suis ravie pour vous, dit Lexie.

— C'est la meilleure visite guidée qui soit ! s'exclama Ashlyn.

Tout le monde rit.

— Tout le monde est là ? demanda un homme.

Il attendait à côté de la balustrade et il allait manifestement marier le couple.

— Oui. Allons-y, dit Pid avec impatience.

Il n'y avait pas de chaises sur la plate-forme, mais ça ne gênait personne. Carly appuya son dos contre le torse de Jag en regardant leurs amis se marier. Son regard dépassa le couple heureux qui échangeait les vœux, pour contempler l'arrière-plan montagneux absolument magique directement derrière eux et l'océan sur la gauche. Elle avait du mal à croire qu'elle se tenait au même endroit que des stars de cinéma, pendant un mariage.

Elle n'aurait pas été là sans Jag. S'il ne l'avait pas aidée à revenir dans le monde des vivants. Elle serra ses mains qui étaient posées contre son ventre. Il se pencha et appuya le menton sur son épaule en la serrant contre lui.

La cérémonie ne dura pas longtemps, elle fut courte et très romantique. Pid semblait si heureux qu'il était prêt à exploser. Quand le célébrant annonça « Je vous prononce mari et femme », tout le monde applaudit et acclama le couple nouvellement marié pendant qu'ils s'embrassaient.

Les hommes s'avancèrent tous pour donner des tapes dans le dos de leur coéquipier, le félicitant, pendant que les femmes embrassèrent Monica. Les guides prirent ce qui semblait être un million de photos, puis ce fut le moment de continuer la visite.

Un des employés arriva avec un véhicule à quatre roues pour ramener Monica et Pid au ranch. Ils partaient immédiatement passer quelques jours à Tiki Moon Villas. C'était juste au nord du ranch, des bungalows au bord de l'océan.

— Ça va ? demanda Jag doucement pendant qu'ils se préparaient à retourner aux quads.

Il venait de reposer le casque sur la tête de Carly et l'attachait quand il dit :

— Tu es restée bien silencieuse.

— C'est juste que je suis tellement heureuse pour eux. Et très reconnaissante d'avoir été ici aujourd'hui. J'aurais été tellement déçue de tout rater. Même si je viens juste de rencontrer Monica, j'ai l'impression que nous sommes amies depuis toujours.

Jag hocha la tête.

— Tu veux te marier ?

Le cœur de Carly faillit s'arrêter de battre.

— Euh, un jour ? Ou maintenant tout de suite ?

Jag gloussa.

— Un jour.

Carly haussa les épaules. En jetant un coup d'œil vers les autres, elle sut qu'ils n'avaient pas beaucoup de temps. Elle n'était pas certaine que ce soit le bon moment de parler de ça, même si cela faisait accélérer son pouls de savoir que Jag voulait connaître son avis sur le sujet.

Il posa un doigt sous son menton et tourna sa tête de façon à ce qu'elle n'ait d'autre choix que de le regarder.

— Franchement ? Je n'y ai pas beaucoup réfléchi. Si tu me demandes si je veux me caser avec quelqu'un et vivre heureuse pour toujours, alors la réponse est oui. Tout à fait. Mais je n'ai jamais ressenti un besoin profond de me marier. Tant que je suis avec quelqu'un qui m'aime autant que je l'aime, je serais heureuse.

Jag la fixa si longuement que Carly s'inquiéta un peu. Sa réponse ne correspondait-elle pas à ce qu'il voulait entendre ?

— Nous sommes parfaits l'un pour l'autre, finit-il par dire doucement. Je n'ai rien contre le mariage, mais j'ai eu ma dose d'unions désastreuses.

Carly sourit.

— Est-ce horrible de parler du fait de ne pas vouloir se marier pendant la cérémonie de mariage de nos amis ? demanda-t-elle en ne plaisantant qu'à moitié.

— Non, répondit Jag fermement. Cela fait simplement partie du fait d'apprendre à se connaître. D'apprendre ce qui motive l'autre.

— Comme faire l'amour.

Les mots s'étaient échappés de sa bouche et elle grimaça à la seconde où elle les prononça. Mais il était trop tard pour les effacer, maintenant.

— Oui. Comme faire l'amour, acquiesça Jag.

Puis il se pencha et l'embrassa. Ce ne fut pas un baiser court ou chaste. Il était presque désespéré. Quand il finit par s'écarter, ils étaient tous les deux à bout de souffle... et leurs amis applaudirent en sifflant.

— Trouvez-vous une chambre ! plaisanta Mustang.

— Si vous avez fini de vous rouler des pelles, pouvons-nous continuer la visite ? Les taquina Aleck.

— Allez vous faire, dit Jag à ses amis.

Carly ne put s'empêcher de sourire. Elle adorait la façon dont ils se chambraient. C'était toujours pour s'amuser et jamais malveillant.

Elodie sourit à Carly et Kenna leva le pouce vers elle avant que tout le monde reparte en file indienne pour terminer la visite.

Quand ils furent de retour au bâtiment du ranch, Carly avait terriblement soif, était morte de faim, et son visage était douloureux à cause du vent, du soleil et d'avoir trop souri. Ceci était une journée incroyable qu'elle n'allait pas oublier de sitôt.

Les autres filles et elle passèrent bien trop de temps à la boutique de souvenirs. Carly se décida enfin pour deux tee-shirts et un jouet de dinosaure qui balançait la tête. Les garçons les attendaient patiemment sur la terrasse, et dès que Carly arriva à sa portée, Jag l'attrapa autour de la taille.

— As-tu laissé quelque chose pour les autres clients ? la taquina-t-il.

Carly leva les yeux au ciel et montra son sac.

— Un sac seulement, tu vois ? Je me suis maîtrisée.

— Inutile, je ne faisais que plaisanter, dit Jag en fronçant les sourcils. Si tu veux autre chose, tu devrais aller le chercher.

— J'ai déjà tout ce dont j'ai besoin, dit-elle en se moquant du côté ringard de ce qu'elle disait. Un super petit ami et des amis incroyables. Et des souvenirs du mariage de Monica et Pid. Et j'ai pu me tenir exactement au même endroit que des gens célèbres, ajouta-t-elle.

Jag gloussa.

— Je vois que c'était sans doute le point culminant de la journée.

— Merci pour une journée incroyable, dit-elle en serrant Jag avec force.

Cela lui rappela Baker. Elle s'écarta et regarda autour d'elle.

— Où est passé Baker ?

— Il est parti, dit Midas. Il dit qu'il avait des choses à faire.

— Je voulais lui parler davantage, dit Carly en faisant la moue.

— Il va falloir t'y habituer. Il est souvent comme ça, expliqua Elodie. Il est là une seconde, et puis *pouf*, il disparaît dans la seconde qui suit.

— Je suis impressionnée qu'il soit venu, dit Kenna. Nous l'avons invité à notre mariage, mais comme vous le savez tous, il n'est pas venu.

— Je suis sûr que ce n'était pas parce qu'il ne voulait pas être là, la rassura son mari.

— Je sais, répondit Kenna sans attendre. Je ne me plaignais pas. J'ai adoré notre mariage.

— Moi aussi, acquiesça Aleck.

— Je pense que c'était la curiosité au sujet de Carly qui a fait pencher la balance pour qu'il vienne, suggéra Slate.

Carly jeta un coup d'œil vers le coéquipier de Jag. Elle ne le connaissait pas très bien.

— Moi ? demanda-t-elle.

— Oui. Il se casse le cul pour trouver qui travaillait avec ton ex. Je ne suis pas surpris qu'il ait eu envie de te rencontrer.

Soudain, Carly se demanda si elle avait été à la hauteur des attentes de l'homme mystérieux.

— Avant qu'il parte, il m'a dit combien il t'apprécie, annonça Jag en lisant dans ses pensées.

— Ah bon ?

— Il a dit qu'il allait « arrêter de glander et résoudre cette merde. » Et je le cite. Ça ne veut pas dire qu'il ne faisait pas d'efforts jusqu'à maintenant, mais juste que le fait de te rencontrer a rendu les choses plus personnelles.

Carly hocha la tête.

— Je pense que c'était le câlin, dit Mustang en souriant.

— Je n'arrive pas à croire que tu aies fait ça ! lâcha Lexie en secouant la tête. Il me fait toujours terriblement peur. Je n'aurais jamais pu faire pareil.

Carly haussa les épaules.

— J'ai eu l'impression que c'était la chose à faire sur le moment. Si j'avais réfléchi, je me serais sans doute dégonflée.

— Eh bien, pour ce que ça vaut, je pense que cet homme a terriblement besoin d'une touche féminine, déclara Elodie.

— Jody, affirma Kenna en hochant la tête.

— Qui ? demanda Carly.

— Jodelle. Nous pensons toutes que c'est la femme qui intéresse Baker, dit Lexie.

— C'est bon, on y va, annonça Mustang. On ne va pas rester plantés là à bavarder de la vie amoureuse de Baker.

Carly rit, tout comme les autres femmes.

— Rabat-joie, grommela Elodie en passant le bras dans celui de son mari.

Le groupe descendit les escaliers jusqu'au parking. Carly salua ses amies et leur dit qu'elle les contacterait bientôt.

Dès que la portière se referma derrière lui, Jag dit :

— Je sais que tu as faim. Je me suis dit que nous pourrions nous arrêter sur le chemin du retour. As-tu envie de quelque chose de spécial, ou veux-tu que je choisisse ?

Cet homme. Il était toujours tellement à son écoute.

— Tu choisis, dit-elle tranquillement.

Jag hocha la tête et sortit du parking avant de tourner à droite pour repartir vers Honolulu.

— Je sais que je l'ai déjà dit, mais j'ai passé une merveilleuse journée, dit Carly.

— Bien.

Pendant qu'ils roulaient, elle examina Jag en silence... et elle se rendit compte qu'elle l'aimait. Elle n'était pas tellement surprise par cette révélation. Elle ne s'était encore jamais sentie aussi proche d'un homme que de lui. Il était tout ce qu'elle avait toujours voulu chez un partenaire. C'était une pensée presque effrayante, parce qu'elle ne voulait rien faire qui risque de mettre en péril leur relation.

Intellectuellement, elle savait que la façon dont les choses s'étaient terminées entre Shawn et elle n'était pas de sa faute. C'était entièrement à cause de lui. C'était lui l'enfoiré, comme Jag aimait le lui répéter. Mais une petite part d'elle ne pouvait s'empêcher de s'inquiéter que c'était au moins *partiellement* de sa faute. Que d'une façon ou d'une autre, elle l'avait fait changer.

Comme s'il percevait ses pensées négatives, Jag attrapa sa main et dit :

— J'aime passer du temps avec mes amis, mais il me tarde de rentrer à la maison et de me détendre avec toi.

Ses doutes disparurent en un éclair.

— Pareil, dit-elle avec ferveur.

Il était temps. Temps de lui montrer combien elle le désirait. S'il ne faisait aucune tentative pour coucher avec elle ce soir, Carly allait s'en charger. Elle désirait cet homme, de plus en plus chaque jour. Elle était tellement prête à être avec lui de toutes les façons dont une femme pouvait être avec un homme.

Au lieu d'être angoissée par sa décision, Carly eut l'impression qu'un poids était tombé de ses épaules. Ce soir-là, elle allait faire l'amour à son homme et lui dire exactement ce qu'elle ressentait pour lui. C'était un risque, mais elle avait l'impression que sa mise allait être décuplée. Elle voulait passer le reste de sa vie avec Jag et le reste de sa vie allait commencer ce soir. Elle était impatiente.

CHAPITRE DIX-SEPT

Carly soupira de frustration. Rien ne s'était passé comme elle l'avait espéré après avoir quitté le ranch. Ils s'étaient arrêtés et avaient mangé un déjeuner tardif sur le chemin du retour, et Carly avait cru que Jag et elle étaient sur la même longueur d'onde en ce qui concernait l'intimité.

Mais en arrivant à la maison, il sembla se renfermer. Ils firent des câlins sur le canapé, mais il ne tenta même pas de l'embrasser. Quand Carly essaya de le pousser à la toucher en plaçant plus ou moins directement la main de Jag sous son tee-shirt, il s'était levé pour aller remplir leurs verres.

Elle commençait à complexer... mais elle n'avait pas abandonné. Pas encore.

En se souvenant de la suggestion de Kenna de grimper sur lui quand il viendrait se coucher, Carly décida qu'il s'agirait de sa tentative suivante. Elle allait montrer très clairement que toute réticence qu'elle pouvait avoir eue avait disparu depuis longtemps.

Elle partit dans la chambre environ à la même heure que d'habitude. Elle se changea et mit le même tee-shirt trop grand, mais elle se sentit un peu coquine en n'enfilant pas de sous-vêtements.

Pendant qu'elle attendait Jag dans le lit, Carly savait qu'elle était bête. Jag et elle étaient des adultes, il suffisait qu'elle lui parle. Qu'elle lui dise directement qu'elle voulait faire l'amour. Mais pour une raison qu'elle ignorait, elle en était incapable. Elle avait peut-être peur d'être rejetée. Peut-être était-elle un peu intimidée par Jag, sexuellement parlant. Il lui restait manifestement quelques complexes en ce qui concernait l'intimité. Mais ça ne voulait pas dire qu'elle ne le désirait pas. Au contraire.

Elle allait donc prendre le contrôle. Faire en sorte que Jag n'ait aucune raison de douter qu'elle était prête pour le sexe. Son cœur se mit à battre plus vite dans sa poitrine et elle sourit. Elle avait laissé la lumière de la salle de bain allumée, comme d'habitude, et il lui tardait d'accomplir enfin certains de ses fantasmes ce soir-là.

Une demi-heure plus tard, Jag entra dans la chambre. Il était silencieux comme toujours afin de ne pas la réveiller. Mais Carly ne dormait absolument pas. Elle s'était même masturbée en pensant à la nuit à venir, afin d'être humide et prête pour son homme.

Jag partit à la salle de bain et Carly entendit l'eau. Elle l'imagina se brosser les dents et enfiler le pantalon en coton large qu'il portait généralement au lit. Quand elle avait commencé à dormir avec lui, elle avait été soulagée qu'il porte ce pantalon. Cela l'avait mis à l'aise.

Mais elle était prête à ce qu'il s'en débarrasse. Elle voulait sentir ses jambes contre les siennes. Elle voulait avoir un meilleur accès à sa queue. Elle n'en pouvait plus de désir. Maintenant qu'elle avait décidé de faire le premier pas, Carly était plus excitée qu'elle l'avait été avec n'importe quel autre homme.

Jag revint dans la chambre et se dirigea vers le lit. Il se

faufila sous les couvertures et elle se retourna immédiatement, se collant contre lui comme elle le faisait d'habitude. Elle sourit quand son bras passa autour d'elle. C'était son moment préféré de la journée. Allongée avec Jag, tenue fermement dans ses bras, en sécurité.

Mais ce soir, elle ressentait plus que du contentement. Elle inspira, faisant entrer son odeur dans ses poumons. Elle pensa au fait qu'il était incroyable. Prévenant. Il aimait la surprendre, la dorloter. Être avec lui donnait l'impression à Carly d'être chérie, ce qui n'était pas quelque chose qu'elle avait déjà ressenti auparavant.

Respirant encore une fois profondément, elle bougea, passant à genoux, puis jetant une jambe par-dessus le corps de Jag.

Il inspira brusquement de surprise, mais il ne dit rien.

Carly posa les paumes sur son torse, adorant la façon dont les rares poils de Jag frottaient contre sa peau sensible. Elle était assise à cheval sur son ventre et elle rougit en sachant qu'il percevait sans doute l'humidité entre ses jambes. Elle se décala un peu en arrière, détestant que la taille élastique de son pantalon en coton se trouve entre eux.

— Salut, dit-elle d'une voix grave qu'elle espérait davantage séductrice que nerveuse. J'ai cru que tu n'allais jamais venir te coucher.

Il levait les yeux vers elle avec un regard qu'elle ne parvint pas à interpréter. Carly se rendit aussi compte qu'il ne l'avait pas touchée. Il n'avait pas attrapé ses hanches comme elle l'avait imaginé faire. Une pointe de doute s'immisça dans son cerveau, mais elle alla de l'avant.

— Merci pour aujourd'hui, c'était la meilleure journée depuis longtemps, lui dit Carly. Et je connais un moyen parfait de la terminer.

Elle fit un peu tourner ses hanches.

— Je te veux, Jag. Je suis plus que prête à ce que nous

passions à l'étape suivante de notre relation. Tu m'as donné largement assez de temps, et je t'en remercie. Tu es plus important pour moi que n'importe quel autre partenaire que j'ai eu. Tu as été mon ami, mon point de repère, mon soutien. Maintenant, je veux que tu sois mon amant aussi.

Carly retint son souffle en attendant que Jag bouge. Qu'il s'assoie et la serre contre lui en lui disant qu'il était heureux. Ou peut-être qu'il pose la main dans sa nuque et qu'il la tire vers lui pour pouvoir l'embrasser.

Mais elle fut surprise que Jag ne fasse rien de tout cela. Il ne fit rien du tout. Il resta allongé sous elle, immobile comme une pierre.

— Jag ? demanda-t-elle avec hésitation après un silence tendu.

Elle était plus perplexe que jamais.

— Descends.

Carly écarquilla les yeux de surprise.

— Quoi ? chuchota-t-elle.

— Descends de là, répéta Jag d'un ton qu'elle n'avait encore jamais entendu. Il n'était pas vraiment fâché, mais plutôt... ébranlé ?

Carly fut si étonnée qu'elle resta assise sur lui à le fixer.

Puis Jag bougea enfin. Il posa les mains sur sa taille, mais pas pour l'attirer vers lui. Il la poussa sur le côté et se dégagea. Puis il bondit du lit comme si elle avait une espèce de maladie contagieuse mortelle.

Elle l'observa, incrédule, pendant qu'il avançait à grands pas vers la porte de la chambre et sortit sans un mot de plus.

Carly était certaine de pouvoir littéralement sentir son cœur se briser. Elle n'avait jamais été aussi stupéfaite ou aussi blessée qu'à ce moment-là. Pas même après la première fois que Shawn l'avait frappée. Elle s'y était à vrai dire attendue de sa part, après avoir fait l'expérience de la colère qu'il avait arrêté de lui cacher.

Mais le rejet de Jag était bien la dernière chose à laquelle elle s'attendait. Cela sortait vraiment de nulle part.

Elle se sentit incroyablement stupide. Elle ramena ses jambes contre sa poitrine et les serra, posant la joue contre ses genoux relevés. Des larmes coulèrent, mais aucun bruit ne quitta ses lèvres.

Bon sang, comment pouvait-elle s'être trompée ainsi ? Comment avait-elle fait pour mal interpréter ces signaux ?

Non. Ce n'était pas le cas. Elle en était certaine. Ils s'embrassaient beaucoup. Il la touchait tout le temps, lui tenait la main, passait les bras autour d'elle, embrassait son front. Elle avait senti son érection pendant qu'ils s'étaient embrassés, elle ne l'avait pas imaginée. Et quand ils sortaient, il veillait sur elle avec ce qu'elle supposait être de l'affection. Même de l'amour.

Quelques heures auparavant, elle avait compris qu'elle était amoureuse de lui. Était-elle si mauvaise pour comprendre les hommes ? Elle avait clairement eu tort au sujet de Shawn, mais elle venait tout juste de récupérer sa confiance en elle, et une grande partie était due à Jag. S'était-il joué d'elle tout ce temps ?

Carly avait trop de questions et aucune réponse. Uniquement l'écho de ses mots dans la tête.

Descends.

Elle était humiliée... et soudain, elle voulut partir. En regardant autour d'elle, Carly vit la valise qu'elle avait préparée en venant chez lui. Elle était posée par terre juste à l'intérieur du placard.

Sans réfléchir à ce qu'elle faisait, elle sauta du lit et chercha fébrilement ses vêtements. Elle commença à remplir la valise avec ses affaires sans prendre la peine de les plier. Sa seule pensée était de se protéger pour ne pas être blessée davantage. De partir. De s'éloigner de la froideur soudaine de Jag.

La valise était pleine bien avant qu'elle ait terminé de tout mettre dedans et Carly lutta pour tirer sur la fermeture éclair.

Elle pleurait maintenant, et ne voyait pas ce qu'elle faisait. Frustrée, bouleversée, elle s'assit sur ses talons et sanglota en silence. Elle ne voulait surtout pas donner à Jag la satisfaction de savoir qu'il l'avait brisée.

Bientôt, son chagrin se transforma en colère. Comment avait-elle pu laisser un autre homme l'atteindre ainsi ? Elle avait sincèrement cru que Jag l'appréciait, peut-être même qu'il l'aimait. Apparemment, c'était un maître manipulateur, encore plus doué que Shawn. Avait-il ri d'elle avec ses amis ? Cette pensée était comme un coup de poignard dans le cœur.

Eh bien, qu'il aille se faire foutre. Que *tous* les hommes aillent se faire foutre. Elle en avait vraiment terminé cette fois. Elle allait trouver un couvent. Quitter Hawaï, même si elle adorait vivre ici, et recommencer ailleurs. Peut-être dans le Maine. C'était ce qu'elle imaginait de plus éloigné.

Mais avant de partir, elle voulait des réponses. Elle voulait que Jag la regarde en face et lui dise ce qu'elle avait fait pour qu'il se détourne si horriblement d'elle. Qu'il explique ce qu'il faisait en la menant en bateau depuis le début.

Elle n'allait jamais au grand jamais admettre qu'elle était tombée amoureuse de lui. Elle l'emporterait dans la tombe.

Essuyant les larmes de son visage, Carly se leva. Elle savait qu'elle était sans doute marquée et que ses yeux étaient rouges, mais elle n'y pouvait rien. Elle allait confronter Jag, découvrir quel était son problème, puis rentrer chez elle. Dans son propre appartement. Tout irait bien. Menace ou pas, elle préférait prendre le risque d'être seule.

Ainsi décidée et bien déterminée à engueuler Jag, elle inspira profondément avant de sortir à grands pas de la chambre. La seule lumière de l'appartement était la lampe au-dessus de la cuisinière que Jag laissait allumée au cas où elle avait besoin de quelque chose au milieu de la nuit. Il avait dit ne pas vouloir qu'elle trébuche et qu'elle se fasse mal.

Mentalement, Carly ricana de mépris. C'était n'importe quoi.

Elle entra d'un pas lourd dans la cuisine, prête à l'engueuler... mais elle s'arrêta net. Elle ne savait pas ce qu'elle s'attendait à ce qu'il fasse, mais elle n'avait pas cru qu'il serait assis sur son canapé, recroquevillé, la tête entre les mains.

Il ne semblait pas en colère. Il ne semblait pas avoir envie qu'elle parte.

Il avait l'air complètement brisé.

Carly essaya de conserver la colère qui bouillonnait dans ses veines quelques secondes auparavant, mais ce fut impossible... même si elle avait encore envie de crier contre lui, de lui dire que c'était un crétin, qu'il jetait la meilleure chose qu'il ait jamais eue.

Elle aimait Jag, même s'il venait de l'anéantir. Elle ne pouvait pas simplement éteindre ses sentiments. Et quelque chose n'allait pas du tout.

— Jag ? chuchota-t-elle.

Il ne répondit pas.

Carly se rendit compte pour la première fois qu'elle portait toujours seulement son tee-shirt trop grand. Il lui arrivait jusqu'aux cuisses, mais elle était encore nue au-dessous. Elle se sentit trop peu vêtue pour cette confrontation, mais c'était un peu tard pour repartir et se changer maintenant.

Elle fit un pas vers le canapé et constata que Jag tremblait. Il tremblait si fort qu'elle le voyait depuis l'endroit où elle se tenait. Et Carly sut sans le moindre doute qu'il ne l'avait pas simplement rejetée pour être cruel.

En déglutissant, sa colère disparut. Elle était surtout inquiète, désormais. Elle envisagea de retourner dans la chambre et d'attraper son téléphone pour appeler Mustang, ou Midas, ou n'importe qui. Mais Jag parla alors.

— Je suis désolé, dit-il d'une voix angoissée.

Jag était son point de repère. Son pilier. Il était d'un grand soutien, gentil, lui faisant toujours des compliments et insistant pour qu'elle avance. Mais à ce moment-là, il était complètement abattu.

— Qu'est-ce qui ne va pas ? demanda-t-elle.

Jag secoua la tête entre ses mains. Il n'avait pas levé les yeux vers elle.

— Je ne peux pas faire ça. Je pensais que j'en étais capable... mais je ne le peux pas. C'est impossible.

Le cœur de Carly se brisa un peu plus à ces mots, mais elle refusa de partir tant qu'elle n'avait pas découvert pourquoi il agissait de cette façon.

— Faire quoi ? demanda-t-elle, sa propre voix tremblant un peu.

— Avoir une relation. J'en ai envie. Mon Dieu, que j'en ai envie ! Mais je suis trop bousillé. Je ne peux pas te faire ça.

Carly eut encore envie de pleurer, mais pas pour elle-même, cette fois. C'était pour l'homme qui souffrait clairement à cause de quelque chose de profondément perturbant. Elle s'avança prudemment vers lui et s'installa sur le bord du canapé. Un seul mètre les séparait, mais il aurait aussi bien pu y avoir un gouffre. Comment étaient-ils passés de leur grande complicité à ceci ?

— Tu n'es pas bousillé, dit-elle doucement.

Il ricana. C'était un bruit dur, et quand il leva la tête pour la regarder, malgré la lumière tamisée, elle vit l'humidité sur ses joues.

Jagger Bennett pleurait ?

La peur de Carly augmenta brusquement. Quel que soit le problème, il était gros. Énorme.

— Quand nous étions au mariage d'Aleck, tu m'as dit quelque chose. Tu ne t'en souviens sans doute pas, mais tu as dit que je ne savais pas du tout ce que c'était que d'être vulnérable. T'en souviens-tu ?

— Oui, dit Carly. Tu as répondu que je risquais d'être surprise.

À l'époque, Carly avait ignoré sa réponse, pensant qu'il était impossible qu'un homme comme Jag, un SEAL de la Navy médaillé, un homme qui inspirait le respect avec un seul regard puisse se sentir aussi vulnérable et exposé qu'elle.

Le regard de Jag se perdit dans le vide.

— Tu t'en vas ? demanda-t-il.

Carly se décala un peu vers lui.

— J'en avais l'intention, dit-elle franchement. J'ai fait ma valise et je suis venue ici pour te dire que tu es un con.

Il hocha la tête comme s'il s'attendait à cette réponse. Mais ses épaules tombèrent un peu plus et il sembla se dégonfler sous ses yeux.

— Tu devrais partir, acquiesça-t-il. Je vais appeler Mustang ou quelqu'un pour te récupérer.

— Parle-moi, Jag, le supplia Carly.

Elle n'avait sincèrement pas cru qu'il allait le faire. Elle resta assise à côté de lui en silence dans la pièce presque entièrement plongée dans l'obscurité, priant pour qu'il lui dise ce qui n'allait pas. Mais quand dix minutes s'écoulèrent sans un mot, elle poussa un soupir et se leva.

Elle parvint jusqu'au couloir avant qu'il se mette enfin à parler.

— Ça a commencé quand j'avais onze ans.

Carly se tourna et fixa l'homme qu'elle aimait, celui qui lui avait brisé le cœur. Maintenant, elle avait l'impression qu'il allait se briser pour des raisons différentes. Ses pieds semblèrent bouger de leur propre volonté. Elle retourna près du canapé et s'assit. Elle avait voulu qu'il lui parle, mais maintenant elle était terrifiée par ce qu'elle allait entendre.

Elle n'aurait jamais au grand jamais pu deviner ce qu'il lui avoua ensuite.

— Elle avait dix-sept ans et mon père l'avait engagée pour me garder. Elle vivait à quelques maisons de chez nous. Bridget Smith. Un nom très ordinaire pour quelqu'un d'aussi mauvais.

Carly tendit la main en hésitant et elle toucha l'avant-bras de Jag. Il bougea si vite qu'elle poussa un petit cri de surprise quand il s'agrippa à sa main comme si c'était la seule chose qui l'empêchait de se noyer.

Il continua à parler.

— Elle était amusante. Elle me laissait veiller bien après l'heure du coucher, regarder des films interdits aux enfants, et je pouvais manger ce que je voulais. J'adorais quand mon père sortait avec ses copains et qu'elle venait. Je n'avais pas compris qu'elle me... préparait.

— Un soir, elle m'a dit qu'elle avait apporté un film spécial à regarder. Nous sommes allés dans ma chambre pour nous asseoir sur mon lit. Elle était installée avec le dos contre la tête de lit et elle m'a installé devant elle. C'était un porno. J'ai eu peur au début... je savais que ce n'était pas bien... mais elle m'a dit de ne pas m'inquiéter, que mon père était parti et que nous n'aurions pas de problème.

— Merde alors ! Quel âge avais-tu ?

— Douze ans, dit Jag sans émotion dans la voix.

Carly avait du mal à digérer ce qu'elle entendait. Mais tout ce qu'il avait suggéré commençait à faire sens, maintenant. Elle avait toujours cru que c'était étrange qu'il n'ait pas eu de petites amies, qu'il n'ait pas plus d'expérience sexuelle, mais elle commençait à comprendre.

— Nous avons fini par regarder du porno ensemble chaque fois qu'elle venait. Et elle a commencé à me toucher. J'ai eu ma première érection avec elle. J'étais tellement perturbé, parce que le fait qu'elle me touche me semblait agréable, mais sale en même temps. Quand j'ai eu treize ans, elle a pris ma virginité. Elle m'a fait bander avec sa main, puis elle m'a forcé à m'allonger sur le dos et... et elle a couché avec moi. Je suis resté allongé là, complètement terrifié, regardant pendant qu'elle prenait du plaisir sur moi. C'était presque comme si je n'étais pas là. Elle ne me regardait même pas. J'avais l'impression d'être un de ces sex toys que j'avais vus dans les films qu'elle me faisait regarder.

Les paroles de Jag se déversaient plus vite maintenant, comme s'il se purgeait de toute la noirceur qu'il avait contenue depuis des années, depuis l'agression sexuelle.

— Je ne voulais pas être avec elle, mais elle ne m'a pas donné le choix. Elle était plus âgée, me manipulait depuis des années. Elle riait et me disait que j'étais pathétique. Puis elle me forçait à me coucher sur le dos et me caressait jusqu'à ce que j'aie une érection. Elle ne voulait jamais que je la touche, ne montrait jamais d'affection. Elle attrapait simplement ma queue et me faisait durcir avant de grimper sur moi.

— Quand est-ce que cela a pris fin ? L'as-tu dit à ton père ? demanda Carly doucement en regrettant de ne pas savoir quoi dire.

Jag ricana.

— Je ne l'ai dit à personne. J'avais trop honte. Je me sentais trop... *sale*. Mais mon père l'a découvert parce qu'il nous a surpris un soir. Il était rentré tôt du bowling, ou du poker, ou du club de strip-tease... peu importe, et il l'a vue me violer.

— L'a-t-il dénoncée ? demanda Carly.

— Non. Il a fermé la porte sans un mot, déclara Jag d'un ton monocorde. Quand elle est partie, j'ai attendu qu'il me demande si j'allais bien. Qu'il me dise qu'il ne la laisserait jamais me refaire du mal. Mais à la place, il m'a donné une tape dans le dos et a dit que j'étais un *tombeur*. Il était fier de moi parce que je baisais une fille plus âgée.

Carly eut envie de vomir. L'histoire ne faisait qu'empirer.

— J'étais trop vieux pour une baby-sitter à cette époque-là, mais elle continuait à venir quand mon père sortait. Je ne sais pas s'il l'avait organisé parce qu'il était fier que son fils de quatorze ans couche avec une femme qui venait d'avoir vingt ans, ou si elle regardait tous les soirs s'il était parti. En tout cas, elle semblait savoir quand il n'était pas là. Je n'arrêtais pas de lui dire que je ne voulais pas de sexe, mais elle se contentait d'attraper ma queue à travers mon pantalon en me disant que je voulais *évidemment* baiser. Comme tous les hommes. Mes notes ont commencé à baisser. Je me suis éloigné de mes amis parce que je me sentais tellement sale. Ils commençaient à s'intéresser aux filles et je n'avais aucune envie de faire ce que Bridget me faisait avec qui que ce soit. Je ne voulais jamais être chez moi, parce que j'avais peur qu'elle passe, mais je ne voulais pas non plus passer du temps avec les autres. Un jour, juste après mon quinzième anniversaire, elle est venue comme d'habitude. Elle a tendu la main vers ma queue dès que la porte s'est refermée derrière elle. J'étais mortifié à l'idée que la voir suffise à me donner une érection. Elle m'avait conditionné à réagir rien qu'en la *regardant*. Mais j'en avais assez. Je lui ai donné un coup de poing. Fort. Je faisais une poussée de croissance et je commençais à devenir plus musclé. Je lui ai dit de sortir et de ne plus jamais revenir, sinon j'appelais la police. Elle a ri. Elle a dit que personne ne me croirait parce qu'elle était une femme. Elle a menacé de dire à tout le monde que je l'avais violée. Je savais qu'elle avait raison. Elle m'a dit d'aller dans ma chambre. C'est ce que j'ai fait. C'est la dernière fois qu'elle m'a violé. Je pense qu'elle a compris qu'elle n'allait pas pouvoir me contrôler pendant beaucoup plus longtemps. Je l'ai vue ici et là après ça, mais nous ne nous sommes plus jamais adressé la parole.

— Quelle connasse ! Bon sang, j'ai envie de lui casser la gueule. De lui gâcher la vie ! Attends... Baker peut-il la trouver et s'en charger ?

Jag se tourna pour la regarder pour la première fois et Carly fut stupéfaite de voir ses lèvres esquisser un sourire.

— Qu'est-ce qui peut bien te faire rire ? Il n'y a rien de drôle ! fulmina-t-elle.

Il redevint sérieux.

— Je sais. Et... je crois que je savais que tu allais réagir de cette façon.

— Comment pouvait-il en être autrement ? Jag, elle t'a violé, putain ! Tout d'abord, c'est de la maltraitance d'enfant, de la pédocriminalité, de la mise en danger et sans doute une centaine d'autres choses. Mais deuxièmement, tu étais un *enfant* !

Elle leva la voix sur la fin. Carly savait qu'elle devait paraître un peu hystérique, mais elle ne put s'en empêcher. L'idée que *Jag* puisse être maltraité comme il l'avait été la rendait complètement folle.

— Et je n'arrive pas à croire que ton père était fier. Quel crétin ! Je suis sérieuse au sujet de la faire payer. Ils devraient payer tous les deux. Peu importe que ça se soit produit il y a quelques décennies. Elle ne peut pas s'en tirer comme ça !

— Mon Dieu... je t'aime, chuchota Jag.

Tout ce que Carly avait l'intention de dire s'évapora de son esprit.

— Quoi ?

— Et c'est pour cette raison que tu dois partir.

Carly secoua la tête, perplexe.

— Je ne partirai pas.

— Tu le dois. Je ne peux pas faire ça. Je suis complètement brisé, Carly. À la seconde où tu as jeté ta jambe par-dessus moi, je me suis figé. J'étais redevenu ce gamin de treize ans. Je ne veux pas te condamner à vivre mon enfer avec moi.

Elle secoua encore la tête.

— Si tu penses pouvoir me dire que tu m'aimes et rompre avec moi dans la même phrase, tu es fou.

— Mon ange, dit Jag, c'est *parce que* je t'aime que je dois te laisser partir.

— Non, répondit simplement Carly.

— Non ? répéta-t-il.

— Je t'aime aussi, Jag. Et quand on aime quelqu'un, on ne l'abandonne pas juste parce que les choses sont compliquées. Tu m'as soutenue quand j'avais le plus besoin de toi, quand j'étais une épave d'être humain, et il est impensable que je te quitte. Et si les rôles étaient inversés et que c'était moi, assise là, à te dire qu'un baby-sitter m'a violée pendant des années et que ma mère pensait que c'était super que je couche avec quelqu'un ? Serais-tu dégoûté ? Aurais-tu une mauvaise opinion de moi ? Partirais-tu ?

— Tu sais bien que non, dit Jag.

— Dans ce cas, pourquoi penses-tu que je le ferais ? Jag, ce qui t'est arrivé était terrible. *Et ce n'était pas de ta faute.*

— J'ai paniqué devant toi, dit Jag d'un ton abattu.

Il fixait leurs mains toujours serrées et refusait de la regarder dans les yeux.

— Oui, répondit Carly franchement. Mais tu avais de très bonnes raisons. J'aurais dû simplement te parler. Te dire que je voulais faire l'amour. Au lieu de ça, j'ai cru que c'était une bonne idée de prendre le contrôle. Manifestement, ce n'était pas exactement le meilleur moyen d'essayer d'avoir plus d'intimité avec toi. Mais Jag... que pensais-tu faire ? Garder ce secret pour toi pour l'éternité ?

Il haussa les épaules.

— Oui ?

Ils restèrent silencieux un long moment.

— Voici ce que nous allons faire, décida enfin Carly en se tenant plus droite et en mettant de la force dans ses mots. Nous allons retourner dans la chambre et dormir pendant que tu me tiens dans tes bras, comme tu le fais chaque nuit. Demain, nous trouverons un bon psy pour que tu lui parles.

Jag secoua la tête.

— Non.

— Si, insista Carly. Tu dois parler de ça avec quelqu'un. Tu l'as gardé en toi pendant bien trop longtemps. Tu dois le purger, *la* purger. Encore une fois, si quelqu'un m'avait agressée, tu insisterais pour que je reçoive de l'aide. Admets-le.

Il hocha la tête.

— Il n'y a rien de mal à obtenir de l'aide, Jag.

— Les hommes ne se font pas violer, chuchota-t-il.

— C'est n'importe quoi. Ça n'arrive peut-être pas aussi souvent que pour les femmes, mais elle a couché avec toi contre ta volonté. C'est du viol, même si tu as eu une érection. Parfois, les femmes mouillent quand elles sont violées, ça ne veut pas dire qu'elles ont aimé ou qu'elles ne voulaient pas. C'est une réaction naturelle du corps.

Elle baissa la voix.

— S'il te plaît, ne laisse pas ça nous séparer. J'ai besoin de toi, Jag. Rien n'a changé dans ma situation. Tu me fais me sentir en sécurité, mais plus que ça, je t'aime. Tu es tout ce que j'ai toujours voulu chez un partenaire et rien de ce que tu as dit ce soir n'a changé ça. Tu as besoin d'être aux commandes pendant le sexe ? Très bien. Je peux le gérer. Pour le reste de nos vies, si nécessaire.

Il leva alors la tête et Carly vit l'espoir dans ses yeux.

— Je ne veux pas que tu aies pitié de moi.

Carly éclata de rire. Elle ne put s'en empêcher.

— Avoir pitié de toi ? Jag, tu es un SEAL de la Navy dur à cuire. Généreux, drôle, prévenant, incroyable et une centaine d'autres adjectifs. Je n'ai certainement pas pitié de toi.

— Je ne voulais pas te faire pleurer, dit-il en levant la main pour lui frôler la joue.

— Je sais.

— As-tu vraiment fait ta valise ?

— Oui.

— Bien.

— Bien ? demanda Carly.

— Oui. Je ne veux pas que tu aies peur de partir et de faire ce que tu penses juste. Si je fais le con, tu dois vouloir partir. Tu es trop bien pour rester avec quelqu'un qui ne te traite pas comme si tu étais la personne la plus importante de sa vie.

Carly pinça les lèvres afin de ne pas se remettre à pleurer.

— Je suis tellement désolé, dit Jag. Je ne voulais pas te salir avec mon passé. J'ai cru que je le maîtrisais… mais il est évident que ce n'est pas le cas.

Carly leva leurs mains serrées et embrassa les doigts de Jag.

— Reviens-tu au lit ?

Au bout d'un moment, Jag hocha lentement la tête. Il se leva et aida Carly à se mettre debout. Mais au lieu de partir dans la chambre, il la prit dans ses bras. Elle s'approcha sans hésitation. Elle se blottit contre lui et elle entendit son cœur battre sous son oreille.

— Je t'aime, chuchota Jag dans ses cheveux.

— Je t'aime aussi, répondit Carly.

— Et pour ce que ça vaut… je *veux* te faire l'amour. Tellement. C'est juste que… mes sentiments autour du sexe sont compliqués.

Carly le comprenait très bien après avoir appris ce qu'il avait traversé.

— Nous découvrirons un moyen pour que cela fonctionne.

Elle pencha la tête en arrière et le regarda.

— Je t'aime pour ce que tu es, pas à cause du sexe. Nous pouvons toujours partager une intimité sans sexe.

Il parut sceptique.

— Tu resterais avec moi, même si je ne pouvais pas faire l'amour avec toi sans crise de nerfs ?

— Oui.

Sa réponse fut simple et elle venait du fond du cœur.

Elle vit une lueur dans ses yeux qu'elle ne sut pas interpréter, puis son visage redevint résolu.

— Je vais parler à quelqu'un. Je veux être l'homme que tu mérites.

— Tu l'es déjà, lui dit-elle en prenant sa main et en le conduisant vers leur chambre.

Jag valait la peine de se battre et maintenant qu'elle savait à quoi il avait survécu, elle était plus que déterminée à gagner. Cette putain de Bridget Smith n'allait pas gagner. Hors de question. Jag était plus fort que cette connasse.

Carly allait aussi trouver un moyen de parler à Baker et de lui faire retrouver la violeuse de Jag… sans lui dire ce qui était arrivé à son ami. Ça ne regardait personne d'autre qu'eux. Mais elle voulait que cette connasse paie pour le mal qu'elle avait fait à l'homme que Carly aimait.

Ils retournèrent sous les couvertures et Carly se sentit soudain épuisée. Elle avait parcouru tout un éventail d'émotions au cours de l'heure écoulée et elle avait l'impression de pouvoir dormir pendant des jours.

Jag l'attira dans ses bras et lui embrassa le front.

— Je t'aime, chuchota-t-il.

— Je t'aime aussi.

Ils ne dirent rien d'autre, et si Jag la serrait un peu plus fort que d'habitude, aucun des deux ne fit de commentaire.

Carly avait été stupéfaite d'apprendre ce qui était arrivé à son homme, mais elle savait qu'il était capable de le surmonter. Il était la personne la plus forte qu'elle ait jamais rencontrée et ils s'aimaient. Cela les aiderait à traverser toutes les épreuves que la vie leur réservait.

CHAPITRE DIX-HUIT

Jag n'avait pas voulu que Carly apprenne ce qui lui était arrivé. Il avait peur qu'elle le voie différemment si elle était au courant. Mais le lendemain suivant sa crise d'angoisse où il avait failli perdre la meilleure chose qui lui soit jamais arrivée, Carly entra dans la cuisine, le serra longuement dans ses bras comme elle le faisait chaque matin, et marmonna qu'elle avait besoin de café.

Elle n'avait pas agi différemment avec lui. Jag avait même l'impression qu'ils étaient plus proches après son aveu.

Ce matin, il avait appelé son commandant et lui avait expliqué qu'il devait parler à un psychologue. Le commandant Huttner eut le mérite de ne pas demander pourquoi ; il ne lui dit pas d'agir en homme ou une connerie de ce genre. Il lui avait simplement donné du temps libre pour faire ce dont il avait besoin.

Il pensait sans doute que Jag souffrait de stress post-traumatique à cause d'une de ses nombreuses missions, et ça ne le gênait pas de ne pas le détromper. L'armée s'était améliorée en encourageant ses membres à suivre une thérapie quand c'était nécessaire.

Cela faisait maintenant cinq jours depuis qu'il avait paniqué avec Carly et Jag avait déjà fait deux séances avec le psychologue. C'était incroyable, mais il avait l'impression qu'un fardeau était déjà tombé de ses épaules. Jag savait bien qu'il fallait plus de quelques heures pour soulager sa psyché, mais le fait qu'il ne soit plus le seul à porter son secret l'aidait beaucoup à digérer ce qui était arrivé. Il aurait dû chercher de l'aide bien plus tôt.

La vérité était que le viol avait eu lieu quand il était un enfant. Et son thérapeute confirma que Carly avait raison : les réactions naturelles de son corps ne voulaient pas dire qu'il était complice des actes de Bridget. Il travaillait encore sur la culpabilité qu'il ressentait pour ne pas lui avoir tenu tête plus tôt, mais avec un peu de chance, cela finirait par passer avec le temps.

Sa relation avec Carly, cependant, était plus solide que jamais. Elle l'aimait. Jag ne pouvait s'empêcher de sourire quand il se souvenait avoir entendu ces mots pour la première fois. Il avait peur de l'intimité. Du sexe. Mais il voulait Carly. Il allait devoir être aux commandes quand ils finiraient par faire l'amour, et il savait que ça ne gênerait pas Carly.

Il venait juste de finir son entraînement physique avec son équipe et il était assis dans sa voiture sur le parking de la base navale, prêt à rentrer chez lui pour se doucher et se changer. Quand son téléphone sonna, Jag fut tellement surpris qu'il sursauta. Il secoua la tête avec ironie. Un vrai SEAL dur à cuire. Il avait été si perdu dans ses pensées qu'il n'était plus attentif.

— Jag ici, dit-il après avoir cliqué sur le téléphone.

— C'est Baker. Ta copine a appelé hier. Elle a dit avoir besoin d'un service.

Jag était un peu stupéfait. Il n'avait pas cru que Carly était sérieuse au sujet d'appeler Baker, mais apparemment, si.

— Laisse-moi deviner... Bridget Smith ?

— Gagné. Tu veux me dire ce qu'il en est ?

— Non, répondit Jag.

Il n'avait pas l'intention d'aborder ce qui était arrivé. C'était déjà assez difficile d'en parler à Carly et à son thérapeute. Il n'était pas encore arrivé au point où il pouvait l'avouer à ses coéquipiers ou à Baker, même s'il était proche d'eux.

— D'accord. Alors, dis-moi juste ça : Carly a-t-elle de bonnes raisons pour vouloir que je gâche la vie de cette femme ? demanda Baker.

Avant l'autre soir, Jag aurait sûrement dit non. Il aurait évité tout ce qui était en rapport avec son passé, souhaitant simplement le garder bien enterré. Mais il ne pouvait pas faire comme s'il n'aimait pas la façon dont Carly voulait le protéger. Et après avoir parlé avec le psychologue, et avec Carly, il se contenta de dire :

— Oui.

— C'est comme si c'était fait.

Jag se demanda s'il devait se sentir coupable de ce qui était sur le point d'arriver à Bridget... mais il en était incapable.

— Il me faudra peut-être plus d'infos. Bridget Smith, c'est très vague. Je suis doué, mais pas à ce point.

— Quel genre d'infos ? demanda Jag.

— Son âge, où elle a grandi, ce genre de choses.

— Elle doit avoir environ quarante-deux ans aujourd'hui. Elle a grandi dans ma ville natale de l'Oklahoma.

— Elle est allée au même lycée que toi ? demanda Baker.

— Oui.

— D'accord. Il se peut que je demande de l'aide, je connais un type dans le Colorado qui est très doué pour trouver les gens. Mais je n'ai pas appelé simplement pour parler de ça.

Jag se prépara au pire pendant que son ami continuait :

— J'ai découvert d'autres informations sur Jeremiah Barrowman.

— L'ami de Keyes qui travaille au country club, dit Jag.

— Oui. Apparemment, il a un schéma, poursuivit Baker. Il

fait le con, s'excuse, revient dans les bonnes grâces d'une femme, puis recommence comme avant.

— Il les frappe ?

— Non. Il les manipule mentalement. Il leur fait progressivement croire qu'elles deviennent folles. J'ai parlé à deux de ses ex et elles ont toutes deux affirmé qu'il avait deux côtés : l'un est gentil et galant et extrêmement repentant, et l'autre est presque comme un psychopathe. Ce qu'il aimait le plus, c'était traîner autour de leur maison la nuit en leur faisant croire qu'un intrus essayait d'entrer. Les femmes paniquaient, l'appelaient, et il venait les sauver. Puis il revenait le lendemain et recommençait. Une des femmes a installé une caméra sans le lui dire et elle l'a pris sur le fait. Il s'est excusé, a expliqué qu'il s'inquiétait simplement du fait qu'elle vive seule et voulait s'assurer qu'elle prenait toutes les précautions. Il a été assez convaincant pour qu'elle accepte son retour. Sauf que d'autres choses bizarres ont commencé à se produire. Les objets étaient déplacés dans la maison, mais rien n'était volé. Il niait que c'était lui. Puis elle a commencé à recevoir des e-mails menaçants. Elle a fini par découvrir que c'était Jeremiah et elle a rompu avec lui.

— Tu penses donc que ses excuses à Carly quand il est venu chez Duke's étaient des conneries ? demanda Jag.

— Sans doute. Tous les potes de Keyes savaient qu'il était obsédé par Carly. Il parlait ouvertement de se venger d'elle pour avoir rompu avec Shawn, avait même mentionné comment il prévoyait de lui donner une leçon. Mais bien sûr, personne n'admet avoir pensé qu'il était sérieux. Jeremiah est maintenant tout en haut de ma liste de gens qui laisseraient sans doute tout tomber pour aider à lui faire peur.

— Et le bateau ? demanda Jag.

— Je travaille encore là-dessus. Il y a beaucoup de quais privés et de bateaux sur cette île, dit Baker. Et il y a beaucoup de gens qui se rendent au Waialae Country Club et à qui Jeremiah aurait pu emprunter un bateau pour la soirée. L'interrogatoire avec les membres du club possédant des bateaux avance lentement, mais je travaille dessus.

Jag lui était redevable. Énormément. Il était évident qu'il était frustré de ne pas avoir déjà coincé le complice de Keyes, mais il faisait de son mieux pour que le coupable ne puisse pas mener le plan à son terme.

— Carly est censée travailler plus tard ce matin. À ton avis, est-elle en danger ?

— Elle est en danger depuis qu'elle a rompu avec cet enfoiré, affirma Baker sans ménagement. Mais si tu me demandes si elle risque davantage que ces derniers mois, la réponse est que je ne le crois pas. Mais je n'ai toujours pas un bon pressentiment au sujet de la situation.

— Qu'est-ce que ça veut dire ? demanda Jag, relativement inquiet.

— Simplement que ça a duré trop longtemps. Si Keyes avait un complice, l'enfoiré a été très patient. Mais je parie qu'il commence à désespérer de terminer ce que Keyes a commencé. Mon intuition me dit que ce n'est pas terminé. Que quelqu'un attend le moment propice. Dis simplement à Carly de rester vigilante en cas d'événements inhabituels.

— Plus inhabituels que de voir les amis de Keyes partout ? demanda Jag, frustré. Je te jure qu'elle les croise plus souvent maintenant que quand elle sortait avec ce connard. L'autre jour, Gideon Sparks a déposé deux enveloppes chez Duke's. Une pour Carly et une autre pour Kenna. Elles contenaient des billets annuels pour le zoo d'Honolulu et un mot à la con comme quoi il était désolé pour tout ce qui était arrivé. Il voulait essayer de se rattraper pour une partie des traumatismes qu'elles avaient subis.

— Sans rire ? demanda Baker.

— Sans rire, confirma Jag. Et Beau Langford lui a envoyé une carte cadeau pour une croisière au soleil couchant gratuite qui embarque depuis le port où il travaille. Comme si elle allait monter dans un bateau à moins de quinze kilomètres de l'endroit où il se trouve.

— Oui, pas une bonne idée. Je vais me renseigner sur les deux hommes, peut-être leur rendre une autre visite pour voir quelle était leur motivation.

— Carly a déjà appelé l'inspecteur Lee pour le mettre au courant. Il a dit qu'il allait leur parler.

— Oui, mais je pense que je peux obtenir plus d'infos que lui. Je ferai de mon mieux pour qu'ils oublient l'existence de Carly.

— Merci.

— Bon, je dois partir, je voulais juste m'assurer que tout allait bien avec Carly et toi et vérifier que sa demande était réglo.

— Elle l'est, confirma Jag.

Baker resta silencieux un moment, puis il surprit grandement Jag en annonçant :

— Tu es vraiment quelqu'un de bien, Jag. Carly a de la chance de t'avoir.

Puis il raccrocha et laissa Jag assis dans sa voiture à fixer son téléphone.

Secouant la tête en se demandant comment la requête sanguinaire de Carly avait conduit Baker à lui donner un discours d'encouragement, Jag démarra le moteur et sortit de sa place de parking, pressé de rentrer chez lui. Il allait être en retard pour le travail, mais ça lui était égal. Il voulait prendre son temps et prendre le petit-déjeuner avec Carly, comme d'habitude.

Il aurait aimé pouvoir passer la journée avec elle, mais ce n'était pas possible. Il y avait eu un autre enlèvement d'écoliers au Nigéria. Cette fois, il s'agissait de presque cinq cents petits garçons. Boko Haram avait recommencé et les États-Unis avaient offert leur aide au gouvernement nigérian pour pister le groupe et récupérer les enfants. Les SEALs étaient enfoncés jusqu'au cou dans les recherches de la zone où les garçons avaient disparu, au cas où ils étaient envoyés pour aider à les récupérer.

Jag ne voulait pas partir, pas maintenant, mais l'idée du sort de ces petits garçons s'ils n'étaient pas retrouvés était un peu trop perturbante, et il voulait contribuer à les ramener à leurs familles.

Il roula un peu trop vite pour rentrer à la maison et monta les marches deux à deux pour rejoindre son étage. À la seconde où il entra dans son appartement, il sourit. Il y avait une odeur de roulés à la cannelle. Il avait beau répéter à Carly qu'il ne pouvait pas manger ce genre de choses sucrées le matin avant le travail, elle se contentait de hausser les épaules et de faire de la pâtisserie quand même.

— Bonjour, dit Jag en entrant dans la cuisine.

Elle se tourna et lui sourit, et Jag se sentit fondre. C'était vraiment ce qu'il voulait. Carly qui lui souriait de cette façon pendant le reste de leurs vies. Il allait faire son possible pour que ça arrive. Il aurait fait n'importe quoi. C'était déjà un petit miracle qu'elle ait accepté ce qui lui était arrivé, qu'elle ne soit pas partie après qu'il l'avait traitée comme de la merde. Il n'avait compris que plus tard qu'il était passé très près de la perdre. Il détestait lui avoir fait du mal, mais elle ne lui en tenait pas rigueur et les liens étaient maintenant encore plus profonds entre eux.

Il s'avança vers elle à grands pas et le sourire de Carly s'élargit quand il s'approcha. Il passa un bras autour de sa taille et la tira contre lui. Elle trébucha, mais le rire qui s'échappa de ses lèvres quand elle posa les mains sur son torse lui fit savoir qu'elle n'avait pas peur.

Elle sourit encore quand ses lèvres atterrirent sur les siennes. Il ne pouvait pas attendre une seconde de plus pour la toucher. Elle avait un goût sucré, comme si elle avait goûté le glaçage qui devait recouvrir les roulés à la cannelle quand ils sortaient du four. Mais en l'espace de quelques secondes, tout s'évapora sauf la sensation de Carly contre lui et de ses lèvres sous les siennes.

Il l'embrassa avec tout l'amour qu'il avait dans le cœur. Toute la gratitude parce qu'elle était la femme qu'elle était. Tout le soulagement qu'elle ait pu surmonter ses réticences en ce qui concernait le fait de fréquenter un homme.

Ils respiraient fort quand il s'écarta.

— Euh, waouh, dit Carly en le fixant avec de grands yeux.

— Bonjour, dit Jag doucement.

— As-tu fait un bon entraînement ? demanda-t-elle.

Jag haussa les épaules.

— Mustang nous a fait souffrir aujourd'hui, sans doute pour montrer qu'il savait que j'avais été fainéant ces derniers jours.

Carly leva les yeux au ciel.

— Oh, waouh, quelques jours sans travailler. C'est vrai que tu es fainéant.

Jag gloussa. Puis il redevint sérieux.

— Baker m'a appelé ce matin.

Carly rougit et demanda nonchalamment :

— Ah bon ?

Elle savait pourquoi Baker l'avait appelée, mais elle essayait de faire comme si de rien n'était.

— Oui.

Elle hésita quand il ne dit rien d'autre, puis elle demanda :

— Es-tu fâché ?

— Fâché que tu essaies de me protéger ? Que tu veuilles te venger de façon sanguinaire ? Non.

— Ce n'est pas de la vengeance, dit-elle immédiatement. C'est de la justice. Jag, ce qu'elle t'a fait n'était pas seulement répréhensible moralement et mauvais, c'était *illégal*. Et je ne peux m'empêcher de penser que si elle te l'a fait, elle l'a fait à d'autres garçons. Je veux qu'elle paie. Pas pour avoir gâché ta vie, parce que tu es incroyable et le fait que tu aies réussi est comme un énorme doigt d'honneur pour elle. Mais parce qu'elle est une personne horrible et affreuse.

Jag ne put s'empêcher de sourire.

— Alors ? Qu'as-tu dit à Baker ? demanda-t-elle. Et surtout, qu'a-t-il dit ? A-t-il désapprouvé ? A-t-il fermé tous ses comptes bancaires, mis des virus sur ses ordinateurs, l'a-t-il fait renvoyer de son travail et tout ça ?

— Mon Dieu, dit Jag, surpris. Sérieusement ?

— Oh, oui, répondit Carly en hochant la tête avec un regard dur. Ça ne suffit pas, loin de là, pour ce qu'elle a fait, mais c'est un début.

Jag passa la main sur les cheveux de Carly et secoua la tête.

— Il voulait savoir si ta demande était réglo. En gros, il voulait mon approbation.

— Que lui as-tu dit ? demanda Carly quand il ne poursuivit pas tout de suite.

— Je lui ai donné le feu vert.

Elle eut un air satisfait.

— Bien.

Jag savait qu'il devait lui révéler tout le reste de ce que Baker avait mentionné, mais il avait d'autres choses en tête à ce moment-là.

— Je veux faire l'amour avec toi, lâcha-t-il... puis il grimaça parce que c'était très abrupt.

Carly se contenta de sourire et cela le fit fondre encore davantage.

— Oui ?

— Oui. Ce soir.

— Si tu me demandes si ça me va, alors totalement, dit-elle.

Puis elle devint sérieuse.

— Mais je veux que tu sois certain d'être prêt. J'ai acciden-tellement fait remonter beaucoup de souvenirs terribles pour toi l'autre soir, et je ne veux surtout pas que tu fasses ce pour quoi tu n'es pas encore prêt. Ça ne fait que quelques jours, Jag...

— Je suis prêt, lui dit-il. Je regrette ce qui est arrivé parce que je t'ai fait souffrir, mais franchement, je suis aussi content que ce soit arrivé. Cela m'a forcé à enfin affronter mon passé et prendre des mesures pour avancer. Avec toi. Tu n'es *pas* cette connasse qui m'a fait du mal. Je t'aime, Carly, et je veux te montrer combien. Je ne peux pas te promettre que je n'aurai pas des retours en arrière, mais je sais qu'être avec toi ne sera pas du tout comme avec elle.

— Tu n'étais pas « avec » elle, souligna Carly avec férocité. Et tu as raison, ça ne sera pas pareil, parce que je t'aime et que tu m'aimes et que je ne te ferai jamais du mal. Je ne veux pas et je ne m'attends pas à ce que tu sois parfait au lit, Jag. C'est simplement toi que je veux.

— Alors... ce soir ? demanda-t-il.

— Oui. Cent fois oui.

Ils échangèrent un sourire. Jag ferma les yeux un moment en se demandant comment il avait pu avoir autant de chance. Puis il sentit la main de Carly sur sa joue. Il ouvrit les yeux et se perdit dans les profondeurs bleu océan de son regard.

Elle se leva sur la pointe des pieds et frôla ses lèvres avec les siennes. Ce fut une brève caresse, mais Jag sentit sa queue tressaillir. Il était évident qu'il n'aurait aucun problème à avoir une érection, ce qui était un soulagement. Il avait traversé une période de quelques années où il ne pouvait pas être excité malgré tout ce qu'il essayait pour se stimuler.

— Jag ? demanda-t-elle doucement.

— Oui ?

— Tu pues. Tu as besoin de te doucher.

Il rit.

— Ça ne m'étonne pas, vu le nombre de burpees et la

course le long de la plage avec lesquels Mustang nous a torturés ce matin.

Mais Carly ne s'écarta pas de lui. Elle se contenta de sourire.

— Mon ange ? Si je dois me doucher, il faut que tu me lâches.

— Très bien, râla-t-elle pour rire avant de s'écarter lentement. Quand tu reviendras ici, les roulés à la cannelle seront terminés.

— Je ne peux pas manger des glucides et du sucre pour le petit-déjeuner, lui rappela-t-il.

— Bien sûr, parce que ça ne vaut que pour nous autres les simples mortels, plaisanta-t-elle. Très bien. Je vais préparer ton mélange protéiné. Tu pourras faire descendre ton roulé à la cannelle avec.

Elle lui fit un clin d'œil.

Jag éclata encore de rire en se tournant pour partir à la chambre.

— Jag ? cria Carly.

— Oui ?

— Je t'aime. Et je suis tellement fière de toi. Ce soir va être incroyable. Inoubliable.

Ces paroles lui donnèrent l'impression d'être comblé.

— Oui, acquiesça-t-il. J'espère que tu es prête pour moi, la prévint-il. Ça fait longtemps que je n'ai pas été avec une femme... et je pense que je ne me lasserai pas de toi.

Ils étaient séparés au moins de trois mètres, mais Jag ressentit quand même le courant électrique qu'il avait perçu la première fois qu'il l'avait rencontrée. Il baissa les yeux et vit ses tétons qui pointaient sous le tee-shirt en coton qu'elle portait.

— Je t'attends, dit-elle en hochant le menton comme il le faisait toujours avec ses amis.

Jag avait très envie de retourner dans la cuisine, de la jeter sur son épaule et de la traîner dans la chambre. Mais il devait partir au travail et Kenna allait bientôt arriver pour passer la prendre. Il se contenta donc de sourire et se força à s'éloigner.

Après s'être douché et changé – et avoir mangé non pas un, mais deux roulés à la cannelle avec son mélange protéiné –, Jag devait partir. Il avait beau vouloir rester et traîner avec Carly, il avait un travail à faire.

Carly le raccompagna jusqu'à la porte et il ne put résister à l'envie de la prendre dans ses bras une fois de plus.

— Fais attention au travail aujourd'hui, dit-il.

Elle leva la tête en le regardant.

— Promis, mais... sais-tu quelque chose que tu ne me dis pas ?

— Pas vraiment, dit Jag. Quand j'ai parlé à Baker tout à l'heure, il a dit avoir trouvé d'autres infos sur Jeremiah, des choses de son passé qui sont inquiétantes. Nous sommes tous les deux d'accord qu'il vaudrait mieux rester vigilants et si tu le vois, il faudrait que tu me le fasses savoir immédiatement.

— Je ferai ça, promit Carly. Je me sens plus à l'aise en sortant de l'appartement, mais de temps en temps, j'ai toujours l'impression d'être observée. Je suis peut-être simplement parano, mais...

Elle se tut.

— N'ignore pas ce que tu ressens, lui dit Jag. Je ne peux pas te dire le nombre de fois où nous avons été sauvés en mission simplement en faisant attention à ce qui nous semblait un peu dérangeant.

Carly hocha la tête.

— Tu portes toujours le couteau de poche que je t'ai donné, n'est-ce pas ? demanda Jag.

— Oui.

— Et la clé pour menottes ?

Carly sourit en hochant la tête.

— Et tu fais attention quand tu marches, tu ne regardes pas ton téléphone ?

— Oui, Jag. Je te le jure.

Il inspira profondément.

— Je suis désolé, ça ne sera pas toujours comme ça. Il y aura un temps où tu pourras te détendre et ne pas t'inquiéter que quelqu'un saute de derrière une voiture.

— Je sais, dit-elle avec seulement une pointe d'inquiétude dans la voix. Ça prend un moment, mais je deviens lentement plus confiante en sachant que je peux me protéger moi-même.

— Bien.

Jag détestait qu'elle doive apprendre à la dure comme il était important d'être toujours consciente de ce qui l'entourait, mais il préférait qu'elle soit prête pour n'importe quoi plutôt que d'être surprise.

— Veux-tu quelque chose de particulier pour le dîner ? demanda-t-elle.

Jag secoua la tête.

— Juste toi.

Carly sourit.

— Je pense que cela peut être arrangé.

— Fais attention aujourd'hui, répéta-t-il.

— Toi aussi.

— Il n'y a rien de très dangereux à rester assis dans une salle de conférence toute la journée, dit Jag avec ironie.

Carly haussa les épaules.

— On ne sait jamais.

— C'est vrai. Je t'aime, mon ange.

— Je t'aime aussi.

— Envoie-moi un texto quand tu arrives chez Duke's et quand tu es rentrée à la maison. S'il te plaît.

— Bien sûr.

Carly serra les bras autour de lui avec force.

Jag posa un doigt sous son menton et inclina sa tête vers le haut pour l'embrasser. Ce ne fut pas non plus un baiser rapide. C'était plutôt un prélude de ce qui allait se passer plus tard ce soir-là. Quand il s'écarta, ils haletaient tous les deux.

— Il me tarde de te faire mienne, chuchota-t-il.

— Je le suis déjà, rétorqua-t-elle.

Jag sourit et se força à faire un pas en arrière.

— Passe une très bonne journée, dit-il.

— Toi aussi.

Jag ajusta son érection quand la porte de l'appartement se fut refermée derrière lui et il inspira profondément pour se calmer. Il était prêt pour ce soir. Il avait l'impression d'avoir attendu Carly toute sa vie... et il était bien décidé à le lui montrer.

* * *

L'homme était assis dans le parking de l'immeuble où résidait la pétasse. Il la surveillait depuis des semaines, attendant une occasion. Ça ne l'avait pas tellement gêné quand elle s'était enfermée dans son propre appartement, car il était content de savoir qu'elle était trop terrifiée pour sortir, se demandant qui pouvait encore vouloir sa mort.

Mais à mesure que le temps passait, et depuis qu'elle avait emménagé avec son putain de copain, elle était devenue de plus en plus confiante. Elle n'avait plus peur.

Il était temps pour lui d'agir. Il devait mettre à profit toutes les leçons que Shawn lui avait apprises. Qu'il montre à Carly qu'elle n'était rien. Qu'il lui fasse comprendre qu'elle avait tout eu avec Shawn et qu'elle n'en avait pas voulu.

Tout était prêt, il lui suffisait de trouver le moment parfait pour l'enlever. En regardant sa montre, l'homme se renfrogna. Il allait être en retard pour le travail... encore. Son patron n'était pas très content de lui en ce moment. Son record parfait était passé par la fenêtre. Encore une raison d'en vouloir à Carly.

Il était souvent en retard parce qu'il la suivait. Il attendait le moment opportun pour frapper.

Il avait presque eu une occasion l'autre jour, quand elle s'était rendue seule au supermarché, mais il y avait eu trop de monde sur le parking. Trop de témoins. Il avait besoin qu'elle soit seule.

Une voiture se gara devant l'entrée de l'immeuble et l'homme poussa un grognement du fond de la gorge. C'était cette connasse qui avait tué Shawn, avec le type que son mari millionnaire débile avait engagé pour la conduire au travail à Waikiki avec la pétasse.

L'homme ne pouvait rien faire aujourd'hui, car elle allait être entourée par les gens chez Duke's. Il n'y aurait pas d'occasion de l'attraper là-bas. Et le petit ami passait toujours la prendre. Mais son moment allait venir. Il lui suffisait d'être patient un petit peu plus longtemps.

Une fois que la pétasse serait entre ses mains, elle ne pourrait pas s'échapper. Il était trop intelligent : même plus intelligent que Shawn, d'une certaine manière. Il avait tout prévu à la perfection. En regardant le sac sur le plancher côté passager, il sourit. Il était prêt à tout moment maintenant. Il lui suffisait d'une minute, et elle était à lui.

Ce nouveau petit ami pouvait le remercier. Elle allait gâcher sa vie comme elle l'avait fait avec Shawn. Il rendait un service à tout le monde en l'éliminant.

— Ne t'inquiète pas, Shawn. Elle va payer pour ce qu'elle a fait. À toi *et* à moi. Je te le promets.

Quand une Carly heureuse fut montée dans la voiture et que celle-ci s'éloigna, l'homme démarra le moteur et sortit du parking avant de se diriger vers l'autoroute. Il allait devoir trouver une autre excuse pour expliquer son retard, mais ça lui était égal.

— Juste un peu plus longtemps, murmura-t-il en conduisant. Tout sera bientôt fini.

CHAPITRE DIX-NEUF

La journée avait été extrêmement longue. Carly était agitée et impatiente et prête à finir cette journée de travail. Elle ne pensait qu'à Jag et à ce qu'ils allaient faire ce soir.

— Qu'est-ce que tu as ? demanda Kenna trente minutes avant la fin de leur service. Tu as été assez bizarre toute la journée.

— Rien, dit Carly.

— N'importe quoi. Crache le morceau, ordonna Kenna.

Carly ne put s'empêcher de sourire.

— Jag et moi avons... des plans pour ce soir.

Elle n'eut pas besoin d'expliquer. Kenna poussa un petit cri et applaudit doucement.

— Oui ! Tu es nerveuse ?

— Non.

Et elle ne l'était pas. Après tout ce qui était arrivé entre eux, le sexe avec l'homme qu'elle aimait plus que la vie elle-même n'était pas une cause de nervosité. Elle priait et espérait que tout se passe bien pour Jag, mais elle n'était pas exagérément inquiète. Elle avait déjà constaté la prise de confiance de Jag au cours de la semaine dernière.

Elle avait effectivement été inquiète pour sa première séance avec le psychologue au sujet de tous les souvenirs horribles qu'il allait devoir revivre, se demandant s'ils allaient le rendre réticent à la toucher sexuellement. À la place, l'opposé sembla se produire.

Jag l'avait touchée davantage au cours des derniers jours que la somme de ce qu'il avait fait au cours des derniers mois. Il semblait plus... sûr de sa masculinité. Il l'embrassait plus longtemps et avec plus de force, ses mains se baladant sur son corps quand ils s'allongeaient pour dormir. Il souriait plus facilement, riait davantage. C'était comme si le poids du monde commençait à tomber de ses épaules.

Non, Carly n'était pas du tout angoissée, elle était enthousiaste à l'idée de ce que faire l'amour pouvait changer dans leurs relations.

Kenna pencha la tête en examinant Carly. Enfin, elle lâcha :

— Je suis heureuse pour toi. Jag est vraiment bien. Assez silencieux... mais j'ai l'impression que tu l'aides à vaincre ses démons.

— Qui a dit qu'il avait des démons ? demanda Carly, un peu sur la défensive.

Kenna haussa les épaules.

— C'est assez évident... mais pas d'une façon négative. Il s'est beaucoup détendu depuis qu'il t'a rencontrée. C'est une bonne chose, Carly. Je ne juge pas.

Carly se força à se détendre.

— Je sais, désolée. Et il est fabuleux. Je pense vraiment que je n'aurais pas pu surmonter ce qui est arrivé sans lui.

— La commande est prête ! cria un des chefs de la cuisine, ce qui fit sursauter Kenna et Carly.

Kenna gloussa.

— Bon sang, il adore faire ça, se plaignit-elle.

— Oui.

À une époque, être surprise de cette façon aurait causé une

crise d'angoisse chez Carly. Elle était fière de pouvoir en rire désormais.

Regardant son poignet, elle vit qu'il lui restait encore vingt-cinq minutes avant d'avoir fini. Jag lui avait envoyé un message. Les hommes allaient travailler plus tard que d'habitude et Aleck s'était organisé pour que le chauffeur passe prendre Kenna et elle.

Carly savait qu'un jour elle allait devoir commencer à se rendre au travail par elle-même, mais pour le moment, elle était contente de continuer ainsi. Elle s'était améliorée, elle avait moins peur d'être seule dehors, mais elle ne voulait pas non plus se précipiter. Baker travaillait encore à découvrir qui avait aidé Shawn, et Carly ne voulait surtout pas être une de ces héroïnes trop stupides pour survivre dans certaines des romances qu'elle aimait lire.

Penser aux romances la conduisit à Jag. Elle ne put retenir le sourire qui se forma sur ses lèvres.

— Oh, non, ne recommence pas à rêver, se plaignit Kenna. Va porter ta commande, bon sang.

Carly sourit.

— Tu es simplement jalouse, la provoqua-t-elle.

— Non. Vraiment heureuse pour toi, à vrai dire. Mais savoir que tu vas baiser ce soir me donne envie de montrer à mon homme combien je l'aime.

Carly leva les yeux au ciel en posant les deux sandwiches au poulet sur son plateau. Elle se tourna, le plateau en équilibre sur son épaule, et regarda son amie.

— C'est sans doute une bonne chose pour nous toutes de faire en sorte que nos hommes sachent combien nous les aimons. J'ai l'impression qu'ils se préparent à être déployés à nouveau.

Au lieu de la contredire, comme Carly l'avait espéré, Kenna hocha la tête.

— Oui, moi aussi j'ai cette impression.

En l'espace d'une seconde, Carly sentit la panique familière monter en elle, mais elle la repoussa. Elle ne voulait pas penser au fait d'être seule sans pouvoir s'appuyer sur Jag pour se sentir en sécurité, mais elle se promit de ne jamais mettre plus de pression sur lui qu'il n'en ressentait déjà avant une mission. Elle allait très bien s'en sortir. Elle avait des amis proches, et si elle avait l'impression d'être en danger, il lui suffisait de s'enfermer dans l'appartement de Jag jusqu'à ce qu'il revienne ou qu'elle se sente assez courageuse pour sortir.

— Tout ira bien, l'apaisa Kenna en posant une main sur le bras libre de Carly.

Elle hocha la tête.

— C'est vrai, acquiesça-t-elle.

Puis elle sourit à son amie avant de partir servir la commande dans la salle du restaurant. Elle n'allait pas penser au départ de Jag. C'était inévitable, mais elle ne voulait pas se rendre malade en se demandant quand ou combien de temps ils allaient partir. Ceci faisait partie de sa vie maintenant, et elle devait se prouver, ainsi qu'à Jag, qu'elle était assez forte pour le gérer.

Pour le moment, elle voulait se concentrer sur l'évolution de leur relation. Et ce soir allait être la première étape du reste de leurs vies.

* * *

L'anticipation était palpable, mais Carly fit de son mieux pour l'ignorer. Elle avait mis quelques blancs de poulet au four quand elle était rentrée du travail, s'était douchée, avait rasé ses jambes et avait mis plus de lotion à la fleur de cerisier que d'habitude, parce qu'elle savait que Jag l'aimait tant.

Quand il était enfin rentré à la maison, ils avaient mangé le dîner, parlé de leur journée et avaient fait de leur mieux pour ignorer le désir qui augmentait entre eux.

Mais dès que la vaisselle fut rangée, Jag la fit reculer contre le comptoir de la cuisine. Il prit son visage entre les mains et la fixa.

Carly saisit ses poignets et s'y accrocha en le regardant dans les yeux.

— Tu es prête ?

— Oui.

Il n'y eut aucune hésitation dans sa voix.

— Moi aussi, dit Jag avec un petit sourire.

Carly le lui rendit. Il s'était douché en rentrant à la maison et il avait enfilé le pantalon en coton dans lequel il dormait en général. Il portait un de ces tee-shirts de la Navy et elle avait très envie de faire glisser ses doigts dessous pour toucher sa peau. Mais elle garda les mains où elles étaient. Jag avait besoin d'être aux commandes ce soir.

Sans un mot de plus, il se pencha, l'embrassa vite et avec force puis, il lui prit la main et sortit de la cuisine.

Sachant qu'elle avait un sourire bête sur le visage, Carly s'empressa de le suivre. Il les conduisit dans la chambre et ne s'arrêta que lorsqu'ils étaient debout à côté du lit.

— J'ai des préservatifs, lâcha-t-il.

C'était presque mignon de voir sa nervosité.

— Je prends la pilule, l'informa-t-elle.

— Oui, je sais. Je les ai vues dans la salle de bain.

Quand il ne dit rien d'autre, Carly annonça en hésitant :

— Nous ne sommes pas obligés d'utiliser des préservatifs si tu n'en as pas envie. Je suis clean, je n'ai fréquenté personne depuis Shawn, et tu peux me croire quand je te dis que je me suis testée après avoir rompu avec lui, juste pour être sûre.

Elle savait qu'elle n'arrêtait plus de parler, mais elle n'arrivait pas à s'en empêcher.

— Je ne peux donc pas tomber enceinte. Enfin, je veux dire, le risque existe, car la pilule n'est pas efficace à cent pour cent, mais de toute façon, ce n'est pas non plus le bon moment du mois pour moi. Si tu n'es pas à l'aise avec ça, nous pouvons utiliser un préservatif.

Elle se força à se taire.

Jag inspira profondément. Il avait les pupilles dilatées et il semblait sur le point de la jeter sur le lit et d'en faire ce qu'il voulait... ce qui convenait tout à fait à Carly.

— Je n'ai jamais... elle mettait toujours un préservatif sur moi avant... tu sais.

Carly hocha la tête et caressa son torse avec les mains.

— J'ai toujours eu l'impression qu'elle pensait que j'étais sale, avoua-t-il.

— Tu ne l'es pas, le rassura Carly avec douceur. Et pour ce que ça vaut, je n'ai encore jamais fait l'amour avec un homme sans préservatif. Ce serait une première pour nous deux.

Là-dessus, Jag se détendit légèrement.

— Le sexe sans protection peut être un peu salissant pour une femme, dit-il doucement.

Carly se dit qu'il avait vu ça dans les films pornos que cette connasse l'avait obligé à regarder. Elle repoussa sa colère. Ce n'était pas le moment. Elle sourit à Jag.

— Je ne suis pas inquiète.

En réponse, Jag posa les mains sur le bas du chemisier qu'elle avait enfilé après sa douche. Il était vert clair avec un profond col en V. Il mettait en valeur sa poitrine et donnait à Carly l'impression d'être sexy. Il leva lentement les bras au-dessus de la tête afin de l'aider à lui retirer le vêtement.

Elle cambra un peu le dos en se tenant devant lui... et elle adora le désir qui illumina son visage pendant qu'il la regardait. Carly était assez petite, mais elle avait toujours eu des courbes. Elle en avait d'autant plus après avoir emménagé avec Jag et recommencé à bien manger. Une main ne pouvait pas couvrir son sein en entier... et il lui tardait que Jag la touche.

— Puis-je retirer mon soutien-gorge ? demanda-t-elle, ne

souhaitant pas faire quoi que ce soit qui risque de le faire penser à *elle*.

Jag se lécha les lèvres et hocha la tête. Il n'avait pas quitté sa poitrine des yeux. En passant les mains dans le dos, Carly dégrafa le sous-vêtement et le laissa tomber sur le sol. Elle se sentait coquine de se tenir à moitié nue devant lui quand il était encore entièrement vêtu, mais c'était aussi agréable.

Il monta lentement les mains et couvrit ses seins en les serrant doucement. Carly poussa un soupir et arqua davantage le dos en s'appuyant contre lui.

— Merde, chuchota Jag en fermant brièvement les yeux. C'est tellement bon de te toucher.

Il caressa son corps et glissa les doigts sous le legging qu'elle avait choisi parce qu'il était si facile à retirer. Il la regarda alors dans les yeux, et ce que Carly y vit la poussa à se tortiller. Elle percevait à peine le marron qu'elle aimait tant à cause de ses pupilles dilatées. Il respirait fort par le nez et ses mains calleuses étaient délicieusement rugueuses sur la peau de ses hanches.

Il fit lentement descendre son legging et sa culotte le long de ses jambes. Elle les écarta d'un coup de pied quand ils tombèrent sur ses chevilles. Elle était maintenant entièrement nue devant lui... et c'était tellement érotique. Un peu effrayant aussi, mais agréablement.

— Tu es si belle, dit Jag admirativement en tombant à genoux devant elle. Écarte les jambes, Carly.

Elle fit ce qu'il ordonnait sans hésiter. Cet homme quelque peu autoritaire était très différent de l'homme presque brisé qu'elle avait vu l'autre soir. Elle préférait de loin voir Jag ainsi.

Ses paumes massèrent ses cuisses de haut en bas, son regard étant verrouillé sur son sexe. Carly ne savait pas quoi faire de ses mains, ayant peur de lui déclencher un mauvais souvenir, alors elle ne fit rien. Les doigts de Jag montèrent de plus en plus à chaque passage, et elle retint sa respiration en priant pour qu'il la touche.

— Tu mouilles, dit-il doucement en continuant simplement à la fixer.

— Oui.

— Tu aimes ça ? demanda-t-il.

Carly hocha la tête.

Il leva les yeux vers elle.

— Pourquoi ? Je ne t'ai même pas touchée.

Carly hocha la tête.

— Parce que tu es si... je n'ai jamais...

Carly avait du mal à formuler ce qu'elle pensait.

— J'aime quand tu prends le contrôle.

— Moi aussi, dit Jag avec satisfaction et un soupçon de soulagement. Veux-tu que je te touche ?

— S'il te plaît.

— Tu sens si bon, soupira-t-il au lieu de faire ce qu'elle voulait.

Il se pencha en avant et inspira brusquement.

— Comme l'ambroisie et les cerises.

Carly ne savait pas du tout quelle odeur pouvait bien avoir l'ambroisie, mais elle n'allait pas poser la question.

Jag s'avança et frôla de son nez ses poils pubiens coupés court. Elle retint son souffle et se mit à chanceler.

Il posa immédiatement la main sur elle pour tenir ses hanches et l'empêcher de tomber.

Elle sentit sa langue contre l'os de la hanche... puis sur ses plis humides. Elle écarta encore plus les jambes, elle avait besoin de lui.

Jag ne poursuivit pas son exploration. Il se leva. D'une voix presque gutturale, il ordonna :

— Allonge-toi sur le lit, les pieds à plat sur le matelas, les genoux vers l'extérieur.

Carly frissonna. Merde, il était sexy comme ça. Elle se

précipita pour lui obéir. Dès qu'elle fut en position, il grimpa sur le matelas sans retirer ses vêtements. Son ventre se serra. Pendant une seconde, elle se demanda s'il y avait quelque chose de tordu chez elle parce qu'elle aimait tant être si vulnérable pour lui. Il détenait le pouvoir à ce moment précis. Ne retirant pas son tee-shirt ou son pantalon, lui ordonnant de se mettre en position... cela rendait très clair le contrôle qu'il avait sur elle.

Il soutint son regard pendant qu'il avançait vers elle à genoux. Puis il posa la main sur l'intérieur de ses cuisses et écarta encore plus ses jambes.

Carly savait qu'elle était trempée. Ses tétons pointaient sur sa poitrine comme pour le supplier de la toucher. Elle gigota.

— Reste immobile, l'avertit-il, et Carly se figea immédiatement.

Il s'installa sur le ventre entre ses jambes et utilisa une de ses mains pour écarter ses lèvres.

— Jag, gémit-elle.

— Chhhh. Je n'ai jamais vu ça de près...

Carly se mordit la lèvre et laissa retomber sa tête sur l'oreiller. Si Jag voulait l'examiner, elle allait le laisser faire. Il pouvait faire ce qu'il voulait.

Au premier contact de son doigt, elle releva la tête. Elle ne pouvait pas *ne pas* le regarder.

Il se lécha encore les lèvres en faisant courir l'index autour de son clitoris, lentement. Elle sursauta quand il toucha le bouton sensible, et elle le vit sourire.

— Tu aimes ça.

Ce n'était pas une question, mais Carly répondit néanmoins.

— Oh, oui, absolument.

Jag prit son temps, apprenant ce qu'elle aimait et ce qui la faisait se tortiller sous lui. Il fit entrer son doigt dans son corps, l'enfonçant lentement quelquefois, et Carly gémit. Quand il retira le doigt, il l'examina un instant, dégoulinant de son jus, avant de le mettre dans sa bouche.

Ce fut une des choses les plus sensuelles que Carly ait pu voir. L'extase qui passa sur son visage quand il la goûta allait être gravée dans ses souvenirs à jamais. Puis, comme s'il ne pouvait plus attendre, il baissa la tête et la lécha de bas en haut.

Carly rua.

Il recommença, lapant la grande quantité d'excitation qui coulait entre ses jambes. C'était agréable... mais quand il suça prudemment son clitoris, Carly poussa un petit cri.

Il leva la tête comme pour se rassurer que ce bruit était un bruit de plaisir et pas autre chose. Carly hocha la tête vers lui.

— Encore !

Il sourit brièvement avant de baisser la tête.

Les minutes qui suivirent furent parmi les meilleurs de la vie de Carly. Personne ne lui avait jamais fait ressentir la même chose que Jag. Comme si elle allait sortir de sa propre peau. Il semblait savoir exactement combien de pression appliquer sur son clitoris pour la rendre folle sans la faire passer de l'autre côté.

— Jag, s'il te plaît !

— S'il te plaît, quoi ? marmonna-t-il contre sa peau sensible.

— Fais-moi jouir. J'en ai *besoin*.

— J'aime bien te voir comme ça, dit-il en baissant la tête.

— Jag... gémit Carly.

Il gloussa et le souffle chaud contre son entrejambe était à la fois le paradis et l'enfer.

Il glissa une fois de plus les doigts entre ses lèvres, étalant son excitation jusqu'à son clitoris et le caressant doucement.

— Tu es trempée. Et c'est pour moi.

Il paraissait satisfait de lui et émerveillé en même temps.

— Mm-mm, murmura Carly.

— Je veux te regarder pendant que tu as un orgasme, dit

Jag. Je ne l'ai jamais vu. En tout cas, pas chez quelqu'un à qui je tiens.

Ces mots suffirent presque à faire jouir Carly. Elle détestait autant qu'elle aimait être la première dans certains domaines très importants.

— Je ne suis pas loin, Jag. S'il te plaît !

Au lieu de baisser la tête, il aplatit la main sur son bas-ventre et utilisa le pouce pour manipuler son clitoris. En même temps, il inséra deux doigts de l'autre main dans son corps. Il commença à entrer et sortir tout en frottant son clitoris.

Les hanches de Carly s'élevèrent du matelas et elle grogna. Il continua à la baiser avec les doigts et Carly ne put rester immobile. Elle poussa contre ses doigts de façon répétée et un bruit plaintif qu'elle n'avait encore jamais entendu s'échappa de sa gorge.

C'était trop bon. Trop. Elle était presque submergée.

— C'est ça. Tu y es presque, dit Jag d'une voix grave, les yeux sombres.

Puis ses doigts bougèrent plus vite, entrant et sortant de ses plis trempés alors qu'il augmentait le rythme du frottement de son clitoris. Les hanches de Carly arrêtèrent de bouger et elle resta suspendue en l'air pendant un moment, au bord du précipice du plaisir.

Puis elle s'envola. Son cœur battait, hors de contrôle, et elle oublia de respirer en faisant l'expérience de l'orgasme le plus intense et incontrôlable qu'elle avait eu de sa vie.

Les doigts de Jag ralentirent, mais il n'arrêta jamais de la caresser pendant qu'elle continuait à trembler. Quand elle finit par se laisser retomber sur le matelas, Jag retira les doigts et baissa la tête.

Il la lécha encore et encore, avidement, comme s'il n'en avait jamais assez de son goût. Chaque fois que sa langue frôlait son clitoris sensible, Carly tressaillait.

Juste au moment où elle ne pensait pas pouvoir supporter

son contact plus longtemps, quand elle était une fois de plus prête à craquer, Jag se releva sur ses genoux. Il enleva son tee-shirt et baissa son pantalon. Une seconde, Carly crut qu'il n'allait même pas prendre le temps de le retirer entièrement, mais il se laissa tomber sur une hanche et secoua les jambes pour s'en débarrasser.

Sa queue était longue et dure. Épaisse. Elle l'avait sentie contre elle quand ils dormaient et quand ils s'embrassaient, mais elle ne l'avait jamais vue. Carly eut envie de le toucher. Elle eut envie de le rendre aussi fou qu'elle, mais elle se força à rester immobile.

Une fois de plus, Jag écarta ses cuisses en se rapprochant. Ils gémirent tous les deux quand la pointe de sa queue frôla ses plis trempés.

— Es-tu prête ? demanda-t-il en tenant la base de sa queue et en la serrant.

— Oui, dit Carly, brièvement et clairement.

Elle retint son souffle quand il s'approcha encore davantage.

Jag n'arrivait plus à réfléchir. Il se lécha les lèvres et y goûta Carly. Il aurait pu passer toute la nuit à la vénérer, à la goûter, à la regarder et à la sentir exploser sur ses doigts et sa bouche. C'était la chose la plus incroyable qu'il ait jamais ressentie. Tellement humide. Tellement serrée. Mais il voulait tout. Il voulait tout d'elle.

Ce n'était pas du tout comme avec Bridget. Pas du tout. C'était plus. Tellement plus.

Être avec quelqu'un qu'il appréciait, qu'il aimait, rendait chaque contact, chaque gémissement, chaque baiser plus excitant. Il n'avait jamais ressenti autant de choses qu'à ce moment précis. Il n'avait jamais eu l'impression que s'il n'entrait pas en elle, il allait en mourir. L'excitation et l'anticipation qui filaient en lui pendant qu'il la regardait ne ressemblaient à rien de ce qu'il avait déjà vécu.

Jag avait bien conscience que le fait de ne pas devoir utiliser de préservatif était un cadeau. Il avait entendu assez de marins et d'amis râler à ce sujet pour savoir tout ce qu'il allait ressentir de plus parce qu'il n'en portait pas. C'était presque trop d'y penser, mais il voulait ça. Il en avait besoin.

En tenant fermement la base de sa queue pour ne pas jouir de façon prématurée, Jag s'approcha de Carly. Elle avait les jambes bien écartées et il pouvait sentir son excitation. Elle avait tant serré ses doigts quand elle avait joui qu'il ne pouvait s'empêcher de se demander ce que ça allait être autour de sa verge.

Pour la première fois de sa vie, il se laissa aller avec une femme.

Il ne se sentit pas coupable ni sale d'avoir une érection. Il n'eut pas l'impression que c'était mal ou qu'elle se servait de lui. Il voulait vivre pleinement l'expérience de ce moment, ne pas fermer les yeux en priant que cela passe vite.

Il posa le bout de son érection dans les plis de Carly et sentit un petit jet de sperme jaillir de la pointe. Il serra plus fort, priant pour se retenir assez longtemps afin d'entrer dans la femme qu'il aimait.

Il n'était pas vierge au sens le plus strict, mais ce que Bridget l'avait forcé à faire ne comptait pas. Il le comprenait maintenant. Et les deux femmes qu'il avait fréquentées depuis avaient été des farces comparées à ce qu'il ressentait maintenant. Il avait en gros empêché toute émotion et avait agi de façon mécanique afin de supporter ces rencontres.

Ceci était l'endroit pour lequel il était destiné. Ici avec Carly. À côté d'elle. En elle. Il se sentait aimé. C'était une renaissance. Il n'avait pas l'intention de tout faire foirer.

Il avait envie... non, *besoin*, de la sentir jouir autour de sa queue.

Avec une maîtrise renouvelée, Jag s'enfonça jusqu'au bout, jusqu'à ce que ses testicules la frôlent. Puis il baissa les mains et attrapa une de ses fesses pour l'ouvrir afin d'entrer encore plus loin.

C'était incroyable. Il n'avait jamais ressenti autant de plaisir de sa vie. C'était humide et chaud et serré. Il sentait presque les battements du cœur de Carly autour de sa verge. C'était fantaisiste, bien sûr, les choses ne fonctionnaient pas ainsi, mais Jag s'en moquait.

Il se rendit compte qu'il avait fermé les yeux et il les rouvrit pour fixer la femme sous lui. Elle était allongée, complètement immobile, le laissant faire ce qu'il voulait d'elle. Jag n'avait jamais aimé quelqu'un ou quelque chose autant que Carly. Elle le comprenait. Elle savait qu'il avait besoin de faire les choses à sa façon.

— Ça va ? dit-il d'une voix rauque.

— Ça va, le rassura-t-elle avec un petit sourire. Plus que bien. Tu es... énorme, Jag. C'est si bon. Tu me remplis...

Ses mots le firent sourire.

— Ah oui ? demanda-t-il en se retirant pour voir avant de vite revenir.

Si ça ne tenait qu'à lui, il ne partirait jamais. Il voulait rester en elle pour toujours. Cette idée était incroyable et hallucinante.

Gloussant mentalement à cause de ses pensées insensées, il reporta son attention vers Carly. Il voulait que ce soit agréable pour elle. Il se pencha, posant les mains près de ses épaules, et commença lentement à aller et venir.

Elle leva les mains et attrapa ses biceps en enfonçant ses ongles courts dans sa peau.

— Oh, oui ! C'est tellement bon, dit-elle doucement.

Jag aimait ça. Il aimait être au-dessus. Il aimait savoir qu'il contrôlait tout. Il en avait besoin. Elle avait fait passer ses jambes autour de lui, ses pieds appuyant contre ses fesses, mais malgré cela, il savait qu'elle était à sa merci.

Pendant un instant, il ressentit de la culpabilité à cette pensée.

Mais elle gémit alors et monta les hanches pour le rejoindre.

— Plus vite, Jag !

Il secoua la tête. Non, s'il allait plus vite, il allait avoir trop de plaisir et jouir. Il voulait que cela dure bien plus longtemps. Il continua donc son va-et-vient lent et régulier.

Mais finalement, même en sachant que ce qu'il faisait était agréable pour Carly, il comprit qu'elle était très loin d'un autre orgasme.

À titre d'expérience, il s'enfonça en elle avec plus de force.

Elle poussa un cri et gémit à cause de la façon dont ses seins remuèrent. Il recommença donc. Et encore. Plus il la baisait fort, plus Carly craquait sous lui. C'était entièrement nouveau pour Jag. C'était nouveau et excitant et il catalogua chacune de ses réactions, notant ce qu'elle aimait et ce qu'elle adorait.

Elle remonta vers lui pendant un de ses va-et-vient, gémissant quand l'os de son bassin toucha son clitoris. Jag comprit un peu tard que si elle devait jouir encore, il fallait stimuler le petit bouton sensible. Il plaça tout son poids sur la main gauche et faufila la droite entre eux. La position était peu commode et ses poussées faiblirent quand il essaya de frotter son clitoris et de la baiser en même temps.

— Je peux le faire, souffla-t-elle, mais Jag secoua la tête. Une vision de Bridget se frottant le clitoris en montant sur lui passa devant ses yeux et il fit de son mieux pour repousser l'image.

— Non, dit-il plus brutalement qu'il ne le voulait.

Carly acquiesça immédiatement et reposa les mains sur sa tête.

Jag se sentit mal de lui avoir presque crié dessus, mais sa position soumise lui fit expulser un autre jet de sperme. Il glissa plus facilement dedans et dehors.

Instinctivement, Jag remonta et s'assit sur ses talons, attrapant les hanches de Carly et tirant ses fesses sur ses cuisses. Il ne pouvait pas bien la pénétrer dans cette position, mais c'était sans doute pour le mieux. Il était bien trop près de l'orgasme.

— Jag ? demanda Carly, mais il ne répondit pas.

Il ne le pouvait pas, car sa mâchoire était trop serrée. La vue de sa queue en elle était terriblement érotique. Il ne s'était encore jamais senti aussi excité qu'à ce moment précis.

Toute sa vie, il avait eu l'impression que son agresseuse avait brisé quelque chose en lui. Qu'elle avait fait en sorte qu'il ne ressente plus jamais de passion ou de désir.

Mais il s'avérait qu'il n'était pas brisé, finalement. Carly était son salut et sa libido s'était éveillée grâce à elle.

Utilisant deux doigts, il commença à masser son clitoris. Avec force.

À la seconde où il la toucha, Carly sursauta et laissa échapper un petit couinement adorable. Il saisit sa hanche avec la main libre et la serra contre lui en travaillant à la faire jouir. Elle se tortilla sur ses genoux, mais il ne céda pas. Il avait besoin de la voir et de la sentir jouir plus qu'il ne voulait jouir lui-même.

Il ne fallut pas longtemps. Elle était déjà prête. Il vit les muscles de son ventre se raidir et ses cuisses se serrer autour de ses hanches. Elle poussa un cri quand son orgasme la submergea.

Jag jeta la tête en arrière et serra les dents pendant que le corps de Carly étranglait sa verge. Il n'avait jamais, au grand jamais, ressenti un tel plaisir.

Il ne put retenir son propre orgasme. Il se força à ouvrir les yeux et fixa l'endroit où Carly et lui étaient unis pendant que sa queue pulsait loin au fond d'elle. Il sentit le sperme remonter de ses testicules au moment où il explosa. Il grogna bruyamment, bombardé par les sensations.

Il jouit plus longtemps et plus violemment que jamais. Quelque chose dans le fait d'être avec Carly, d'être en elle, de sentir son plaisir tout autour de sa verge et de voir ses joues et le haut de sa poitrine rougir pendant son orgasme alimenta son propre plaisir.

Il la serra contre lui, pas encore prêt à quitter son corps. Elle ne devait pas être très confortable, avec le dos cambré, les hanches hissées sur ses genoux, mais Jag ne pouvait pas la laisser partir.

Des gouttes de sueur tombèrent de sa tempe et il les essuya avec l'épaule. Il se sentit aussi épuisé que s'il venait de faire une des courses d'obstacles terribles de Mustang, mais en même temps, il était surexcité et prêt à conquérir le monde... parce qu'il venait de faire l'amour à sa copine.

Carly soupira et étira les bras au-dessus de la tête. Elle lui sourit timidement.

— C'était... incroyable, dit-elle doucement.

La queue de Jag se redressa en elle et elle gloussa.

— Sérieusement ? demanda-t-elle.

— Je crois que tu as créé un monstre, dit Jag d'une voix rauque.

Il descendit au-dessus d'elle, gardant ses hanches collées contre les siennes, et s'allongea en posant une main au creux de son dos et la coinçant contre lui pour se mettre sur le côté. C'était une position inconfortable, car elle avait une jambe sous la sienne et il ne pouvait pas la blottir contre lui aussi facilement qu'il l'aurait voulu.

Sans réfléchir, Jag roula sur le dos en prenant Carly avec lui.

Elle s'immobilisa en baissant les yeux vers lui.

— Est-ce...

— Ça va, dit Jag quand elle s'arrêta de parler. Tu n'es pas elle. Je ne sais pas du tout comment j'ai pu penser que ceci allait ressembler à ce qui m'est arrivé.

Il l'encouragea à se détendre et poussa un soupir de contentement quand elle frôla le côté de son cou avec le nez en se collant contre lui. Il sentit ses tétons durs contre son torse quand elle bougea afin de se mettre à l'aise, et ses testicules devinrent humides.

Voilà ce qui lui avait manqué dans la vie. Carly. C'était elle qui lui avait manqué.

— Si je deviens trop lourde, pousse-moi, dit-elle d'un ton endormi.

Il était bien trop tôt pour qu'il dorme, mais ça ne le gênait pas du tout que Carly l'utilise comme oreiller.

— Tu n'es pas du tout trop lourde. Tu es parfaite, lui dit-il doucement.

Elle ricana, mais ne protesta pas.

— Jag ?

— Oui, mon ange ?

— Ça allait ? Tu n'as pas eu de mauvais moments ?

— Aucun, la rassura-t-il. Tu...

Sa voix se brisa et il s'éclaircit la gorge. Submergé par l'émotion, il prit un moment pour déglutir et reprendre le contrôle de lui-même avant de continuer.

— Je t'aime, lui dit-il.

— Je t'aime aussi. Tellement. Si tu décidais de ne plus vouloir être avec moi, ça me détruirait.

— Ça n'arrivera pas, dit Jag sévèrement.

Au bout d'un moment, il demanda :

— Je ne t'ai pas fait mal ?

Elle gloussa contre lui.

— Absolument pas.

— Ce sera mieux la prochaine fois, la rassura-t-il.

Elle ricana encore.

— Sérieusement. J'ai joui beaucoup trop vite. Je voulais que ça dure plus longtemps.

Carly se redressa un peu sur son torse, ce qui fit encore une fois tressaillir sa queue en elle. Elle bougea les hanches, mais il ne glissa pas hors d'elle.

— C'était vraiment excitant que tu jouisses juste après moi.

— Tu n'as pas idée comme c'est incroyable de te sentir autour de moi, dit Jag, admiratif.

Elle sourit encore timidement. Il regarda ses seins qui frôlaient les poils de son torse.

— La prochaine fois, je vais jouer un peu plus longtemps, lui dit-il.

Carly se rallongea sur son torse.

— D'accord.

— D'accord ? demanda-t-il, ayant besoin d'entendre encore son consentement.

— Oui. En ce qui me concerne, tu peux faire ce que tu veux, quand tu veux.

La verge de Jag tressaillit encore.

Il sentit la bouche de Carly sourire contre sa peau. Tournant la tête, il embrassa sa tempe.

— Pourquoi ne ferais-tu pas une sieste ? Quand tu te réveilleras, je travaillerai sur mon endurance. Est-ce que ça t'ennuie que je reste en toi ?

— Non, pas du tout. Mais... ça risque de couler.

— Merveilleux, dit Jag.

Il n'imaginait rien de mieux que d'avoir son sperme qui s'écoulait d'elle. C'était une pensée d'homme de Neandertal, mais ça lui était égal.

— Je déteste ce qui est arrivé, dit Carly doucement, mais je ne peux m'empêcher d'être contente que tu fasses l'expérience de ce genre de plaisir pour la première fois. Avec moi.

— Moi aussi. Je suis très content que tu sois mon mentor.

Carly gloussa encore, puis elle bougea pour se mettre plus à l'aise.

Plusieurs minutes s'écoulèrent et quand Jag sentit de petits souffles d'air sortir de sa bouche contre sa peau sensible, il poussa un soupir de contentement.

Il n'avait jamais cru pouvoir en arriver là. Mais il était là, allongé sous une femme et parfaitement content.

— Merci, articula-t-il en silence à la femme qui possédait son cœur avant de fermer les yeux. Il avait des plans pour Carly et il voulait faire en sorte d'être reposé.

CHAPITRE VINGT

Carly était allongée sur le canapé, le regard dans le vide avec un petit sourire sur le visage. Cette dernière semaine avait été... une révélation. Jag était tout ce qu'elle avait toujours voulu chez un petit ami, mais qu'elle n'avait jamais cru avoir.

Il était parti en retard pour son travail après l'entraînement physique ce matin, parce qu'elle avait été paresseuse et n'était pas sortie du lit quand il était rentré.

Après l'avoir baisée jusqu'à ce qu'elle se liquéfie, il avait dit ne pas pouvoir résister à la tentation de la voir dans son lit, nue et ensommeillée. Ça convenait tout à fait Carly. Il était parti avec un sourire satisfait en la laissant au lit où elle essayait de se remettre.

Jag n'avait peut-être pas beaucoup d'expérience dans le domaine du sexe, mais il apprenait vite. Carly n'avait jamais été avec un homme qui faisait en sorte qu'elle ait systématiquement un orgasme quand ils faisaient l'amour. Il prêtait attention à tous les petits bruits et mouvements qu'elle faisait, et s'il pensait qu'elle n'aimait pas quelque chose, il changeait immédiatement de technique.

La veille, il avait dit vouloir essayer de la laisser monter sur lui. Carly ne voulait pas précipiter cela. La réaction qu'il avait eue la première fois était toujours assez claire dans son esprit et ils avaient largement le temps d'avancer progressivement. En outre, elle aimait beaucoup que Jag soit aux commandes.

Il avait vu le psychologue quelques fois de plus et il avait avoué à Carly l'autre soir qu'il était toujours fâché contre lui-même de ne pas avoir consulté plus tôt. Ce qui lui était arrivé était une grosse part de qui il était aujourd'hui, mais il apprenait enfin à le gérer.

En s'étirant, Carly sourit lorsqu'elle sentit une légère douleur entre les jambes. Son téléphone vibra à côté d'elle avec un texto et elle tendit la main pour l'attraper.

Kenna : Je voulais juste te dire comme je suis fière de toi. Je sais que ça sort de nulle part. Je me disais simplement que tu t'en sors très bien et ça m'a presque fait pleurer. Bises.

Carly eut les larmes aux yeux après avoir lu le message de son amie. À vrai dire, Carly était fière d'elle également. Elle avait beaucoup progressé depuis la femme terrifiée recroquevillée dans un coin de sa chambre, cachée dans son appartement, trop effrayée pour mettre le nez dehors. Elle n'était pas tout à fait redevenue la femme qu'elle avait été avant Shawn, mais ce n'était pas grave.

Carly n'était pas certaine de *vouloir* redevenir la personne légèrement naïve qu'elle avait été. Grâce aux cours d'autodéfense avec Elizabeth, et aux conseils de Jag et ses amis, Carly se sentait plus forte. Si Shawn l'avait enlevée quelques mois auparavant au lieu de prendre Kenna, elle n'aurait jamais eu la force intérieure de faire comme son amie. Elle aurait été paralysée par la peur et soit Shawn aurait réussi ses plans diaboliques, soit elle aurait explosé avec lui.

Il était facile de commenter ce qu'elle ferait maintenant si Shawn était toujours en vie et qu'il essayait de l'enlever, mais elle voulait croire qu'elle était capable de lui échapper d'une façon ou d'une autre. Elle ne sortait jamais sans le petit flacon de spray anti-agression dans son sac et elle faisait en sorte de toujours porter des shorts ou des pantalons avec des poches afin d'avoir sur elle le couteau de poche que Jag lui avait donné. Elle avait appris beaucoup de façons d'utiliser son corps – les coudes, les genoux, même sa tête si nécessaire – pour forcer quelqu'un à la lâcher afin qu'elle puisse courir comme une folle.

C'était un des éléments qu'Elizabeth répétait à chaque séance. L'objectif était de s'éloigner d'un assaillant. Pas de rester et de lui casser la figure. *De partir.* Les statistiques montraient qu'une fois qu'un sale type avait fait monter quelqu'un dans une voiture, les chances pour que la victime survive baissaient d'au moins cinquante pour cent. Elizabeth disait aussi qu'une des meilleures armes que possédait une femme, ou n'importe qui, était la voix. Les gens avec de mauvaises intentions ne voulaient pas attirer l'attention sur ce qu'ils faisaient. Alors même si l'attaquant vous disait de ne pas faire de bruit, neuf fois sur dix, il valait mieux hurler de toutes ses forces.

Bien sûr, Elodie avait demandé ce qu'il se passait si elles ne se trouvaient *pas* dans un lieu public. Elle pensait sans doute à ce qui lui était arrivé quand sa vie avait été menacée au milieu de l'océan, où personne ne l'aurait entendue si elle avait crié.

La réponse d'Elizabeth avait été de se tapoter la tempe avec le doigt.

— Dans ce cas, tu dois être plus intelligente que ton assaillant.

C'était une réponse simpliste et Carly ne pensait pas vraiment qu'elle pouvait l'aider dans une situation de vie ou de mort, mais elle comprenait l'idée d'Elizabeth. Paniquer ne servait à rien. Et s'il n'y avait personne pour l'aider, c'était à la victime de s'aider elle-même.

Secouant la tête parce qu'elle ne souhaitait pas penser à des choses aussi déprimantes, Carly composa une réponse pour Kenna.

Carly : Merci. Je ne m'en sortirais pas aussi bien sans ton aide. Je t'admire beaucoup. Même avant de vraiment apprendre à te connaître, je t'admirais. Bises.

Kenna envoya une série d'émojis en réponse, et Carly éclata de rire. C'était tellement typique de Kenna. Elle fut sur le point de reposer son téléphone pour se remettre à rêver de Jag quand il sonna, la faisant sursauter.

Gloussant à cause de sa réaction exagérée, elle décrocha.

— Allô ?

— Oh, heureusement que tu es là. C'est Alani. J'ai besoin de ton aide.

— Qu'est-ce qui ne va pas ?

Sa patronne semblait exténuée, ce qui ne lui ressemblait pas du tout. En général, elle était imperturbable, alors quelque chose d'important devait s'être produit pour qu'elle appelle si tôt et qu'elle semble aussi ébranlée.

— Aujourd'hui, nous avons l'inspection du département de la santé. En général, je ne suis pas inquiète. Nous faisons tout ce que nous sommes censés faire et quand ils ont des remarques, c'est du pinaillage et pas un gros problème. Mais le nouveau gérant était au travail hier, ce que tu sais, puisque tu as travaillé avec lui. Il a été bien pour la majeure partie, et il est fabuleux avec les clients pénibles, mais la livraison des produits frais vient d'arriver. Robert a passé la commande tout seul pour la première fois, hier. Je ne sais pas du tout ce qui est arrivé, s'il a été interrompu ou distrait, mais au lieu de deux cagettes de salade, il en a commandé *vingt*. Nous sommes aussi submergés de brocolis. Il est impensable que nous en utilisions cinquante-cinq têtes !

— Merde ! Sérieusement ? demanda Carly.

— Oui ! cria presque Alani. Normalement, ça me serait égal. Ça me ferait sans doute rire. Mais nous avons aussi reçu notre commande mensuelle de produits pour les hula pie. Il n'y a pas de place dans les frigos pour tous les légumes supplémentaires. Si les inspecteurs arrivent et qu'ils voient tout ça dehors, pas correctement au frais, nous allons nous faire taper sur les doigts. Même si j'explique ce qui est arrivé et que je leur dis que nous n'allons pas servir les ingrédients non réfrigérés au client, ils pourraient ne pas me croire.

— Que puis-je faire pour t'aider ? demanda Carly.

Elle se sentait mal pour sa patronne. Alani était une gérante incroyable et ça allait donner une mauvaise impression d'elle si Duke's recevait une mauvaise note du département d'hygiène. Même si ce n'était pas de sa faute.

— Je déteste te demander ça, parce que je sais que tu n'es pas à l'aise à l'extérieur, mais j'ai essayé d'appeler quelques autres et tout le monde a déjà des plans pour aujourd'hui.

— Ce n'est rien, Alani, la rassura Carly.

— J'ai appelé Food For All et ils ont dit être contents de prendre les salades et le brocoli supplémentaire. Le site de Barbers Point est fermé aujourd'hui, mais ils ont dit que le bâtiment en centre-ville était ouvert et qu'il pouvait accepter la nourriture supplémentaire.

Carly hocha la tête. Elle se souvenait que Lexie et Ashlyn lui avaient dit l'autre jour qu'elles allaient fermer une grande partie de la journée parce qu'elles faisaient une distribution mobile en centre-ville. L'objectif était d'attirer l'attention sur le besoin de dons et d'essayer d'humaniser les sans-abri de la zone. Kenna et Elodie allaient les aider également. Carly avait voulu y aller, mais elle savait que c'était trop pour elle. Elle se sentait très mal de rester à la maison pendant que ses amies faisaient de bonnes actions dans la communauté, mais elle s'était promis de se rattraper d'une façon ou d'une autre.

— Normalement, je ne te dérangerais jamais aussi tôt, mais en général, l'inspecteur arrive autour de dix heures, poursuivit Alani dont la voix montait en même temps que son angoisse. Si je peux sortir la nourriture supplémentaire d'ici, je pense que tout ira bien, mais je ne peux pas partir.

Carly se leva pour aller se changer dans la chambre.

— Je peux être là dans une demi-heure environ.

— Je t'en dois vraiment une, dit Alani, dont le soulagement s'entendait facilement. Gare-toi juste devant l'hôtel, je te rejoindrai afin que tu n'aies pas besoin de te garer au parking. Je pense pouvoir tout faire passer dans trois cartons environ. Ça passera dans ta voiture, n'est-ce pas ?

— Nous ferons en sorte que oui, la rassura Carly.

— Encore merci, Carly, tu me sauves la vie ! Sérieusement.

— Ah tout de suite, dit-elle.

— Au revoir.

Carly raccrocha et attrapa un débardeur dans le tiroir. Elle resta là un moment, à fixer la commode de Jag. Il avait déplacé ses affaires et vidé deux tiroirs pour elle. C'était encore un peu difficile de croire que les choses se passaient aussi bien, mais elle était extrêmement heureuse et elle n'avait pas l'intention de remettre quoi que ce soit en question. Elle enfila un soutien-gorge et fit passer un débardeur noir par-dessus sa tête. Elle décida de porter un pantalon, car la météo prévoyait de la pluie plus tard dans l'après-midi et il y avait une brise assez soutenue, dehors.

Après avoir enfilé le pantalon beige, Carly attrapa une paire de tongs et partit à la salle de bain. Elle passa une brosse dans ses cheveux et les attacha avec un chouchou. Elle se fixa un moment dans le miroir. Elle reconnaissait à peine cette femme par rapport à celle qu'elle avait été quelque mois auparavant. Son visage s'était étoffé un peu à force de manger des repas réguliers et elle n'avait plus de cernes sombres sous les yeux.

Elle se sentait comme une personne nouvelle et elle aimait

ce qu'elle était maintenant. Elle ne redeviendrait jamais la femme effrayée et repliée sur elle qu'elle était devenue après le complot insensé de Shawn pour la kidnapper.

En tournant les talons, Carly se dirigea vers la porte d'entrée de l'appartement. Elle attrapa son sac et le couteau de poche qu'elle posait toujours sur la petite table près de la porte de Jag. Une fois assise dans sa petite Ford Escape, elle inspira profondément. L'adrénaline courait dans ses veines, ce qui était ridicule, étant donné la situation. Elle allait simplement rouler jusqu'à Waikiki, récupérer les légumes, les déposer chez Food For All, puis rentrer à la maison. Mais le désespoir d'Alani avait été contagieux, et Carly était agitée et pressée d'atteindre Duke's avant l'inspecteur d'hygiène.

Ça ne voulait pas dire qu'elle allait être stupide. En sortant le téléphone de son sac, Carly envoya un texto rapide à Jag. Elle savait qu'il avait des réunions toute la journée... des réunions très sérieuses, si le peu qu'il lui avait dit sur la situation était révélateur. Carly ne connaissait pas les détails, mais il était de plus en plus probable que son équipe et lui partent bientôt en mission. Malgré tout, elle ne voulait surtout pas quitter l'appartement sans prévenir qui que ce soit.

Carly : Je sors un moment pour rendre service à Alani. Ne t'inquiète pas, j'ai mon spray anti-agression et mon couteau. Je te préviens quand je rentre à la maison. Je t'aime.

Elle replaça le téléphone dans son sac et enclencha la marche arrière, puis elle sortit de sa place de parking.

* * *

Il n'arrivait pas à croire que Carly partait... *seule !*

Il attendait ce moment depuis si longtemps et il arrivait

enfin. Elle n'avait pas son petit ami avec elle et aucune de ses putains d'amies non plus.

Il était temps. Temps d'agir. Il était prêt, l'était depuis des semaines. Il avait toutes les fournitures et le bateau était prêt. Mieux encore, il devait y avoir une tempête plus tard. Tout s'alignait parfaitement pour qu'il termine enfin ce que Shawn avait commencé.

Il lui suffisait de la suivre et d'attendre une occasion d'agir. Il savait que ça marcherait. Il le fallait.

— On y est, mon pote, dit-il à voix haute en suivant la pétasse à une distance discrète. Elle va enfin payer pour tout ce qu'elle t'a fait.

L'anticipation parcourait ses veines. Il pouvait à peine contenir son excitation. L'affaire était dans le sac. Aujourd'hui. Maintenant.

Carly Stewart allait mourir... et il lui tardait de voir son visage quand elle allait comprendre ce qu'il se passait.

Tout s'était bien passé en récupérant les légumes supplémentaires. Carly avait appelé Alani pour lui dire qu'elle était dans le quartier et quand elle s'était garée devant l'hôtel Outrigger, Alani l'attendait. Elle avait un chariot avec trois grands cartons et elles les chargèrent rapidement dans la voiture de Carly. Un carton passa dans le coffre et les deux autres sur le siège arrière. Alani avait serré Carly dans les bras et l'avait une fois de plus abondamment remerciée. Puis Carly était partie en centre-ville vers Food For All.

Elle n'avait pas compté sur le fait qu'il y avait une espèce d'événement dans le quartier. Même s'il était tôt, il y avait des gens *partout*. Des vendeurs étaient alignés sur les trottoirs et certaines rues étaient même bloquées.

Jurant parce qu'elle n'allait pas pouvoir simplement se

garer devant la banque alimentaire et vite déposer les cartons, Carly se dirigea vers le parking le plus proche. Elle allait devoir faire trois trajets pour livrer toute la nourriture. L'idée de faire des allers-retours, parmi des centaines d'autres personnes dans les rues, lui donna des sueurs froides.

Un instant, Carly envisagea de rentrer chez elle et d'envoyer un texto à Lexie pour lui dire qu'elle avait les dons de nourriture et lui demander si elle pouvait éventuellement passer les prendre. Mais dès qu'elle eut cette idée, elle la rejeta. Tout d'abord, Lexie était occupée au stand de Food For All. Carly n'avait pas pensé à demander s'il y avait un événement en lien avec la présence de ses amies en centre-ville aujourd'hui.

Deuxièmement, il n'y avait pas de place dans le frigo de l'appartement de Jag pour toute la nourriture et si elle la laissait dans la voiture tout l'après-midi, au soleil, elle allait se faner et se perdre. L'idée de gaspiller toute cette nourriture ne plaisait pas à Carly. Pas alors qu'il y avait tant de personnes ayant besoin d'un repas sain.

Elle prit sur elle et se gara sur une place dans le garage. Il lui avait fallu monter jusqu'au niveau supérieur pour trouver une place, car il y avait tant de gens en ville pour le festival, sans parler de ceux qui étaient là pour leur journée de travail normale.

Carly resta assise dans sa voiture, serrant le volant pendant cinq bonnes minutes en essayant de rassembler le courage de sortir et de descendre les escaliers jusqu'à la banque alimentaire. Elle était certaine qu'ils devaient être occupés et n'avaient peut-être personne pour venir l'aider, mais... elle allait le découvrir.

Plus vite elle sortait de la voiture, plus vite elle aurait fini et pouvait repartir chez elle.

En détestant se sentir si faible alors que le matin même, elle s'était félicitée pour son courage, Carly inspira profondément et ouvrit la portière. Elle pouvait le faire. Il était fou de penser que quelqu'un allait apparaître et l'enlever d'une seconde à l'autre.

Elle avait fait deux pas quand un homme sortit de nulle part.

Carly poussa un cri de surprise et fit quelques pas trébuchants en arrière.

— Je suis vraiment désolé ! Je ne voulais pas te faire peur, dit l'homme.

Quand elle eut repris son sang-froid, elle comprit qu'elle le connaissait.

— Gideon… que fais-tu ici ?

C'était l'ami de Shawn. Celui qui travaillait au zoo. Elle l'avait vu quelques fois au cours des derniers mois, et n'avait pas perçu de mauvaises ondes chez lui… mais elle restait prudente. Quelles étaient les chances pour qu'il se trouve ici, maintenant, dans ce garage ?

Il portait sa salopette marron familière. Elle se demandait s'il avait d'autres vêtements, car ça faisait longtemps qu'elle ne l'avait pas vu porter autre chose que l'uniforme du zoo.

— Le zoo possède un stand au festival, dit-il en haussant les épaules. Je viens faire ma permanence, mais je ne savais pas qu'il allait y avoir autant de monde. Je viens de me garer là-bas, dit-il en pointant vaguement le pouce par-dessus son épaule.

Carly se détendit légèrement.

— Oh, d'accord. Oui, c'est impressionnant.

— Que fais-tu là ? Tu vas au festival ?

— Non, dit-elle d'une voix un peu trop forte.

En inspirant profondément pour se calmer, Carly expliqua :

— Je dépose un don à Food For All, mais comme toi, je ne savais pas qu'il y aurait autant de monde si tôt. Je n'ai pas pu atteindre le bâtiment, alors il m'a fallu me garer. J'ai trois cartons que je dois descendre là-bas, mais je me suis dit que j'allais demander de l'aide.

Gideon hocha la tête.

— Ah, je comprends.

Il regarda sa voiture et vit manifestement les cartons sur son siège arrière.

— Ce sont de gros cartons. Veux-tu mon aide ? Nous pouvons en descendre deux maintenant, puis revenir pour le dernier. Je pourrais te le descendre, puisque je reste pour travailler à notre stand, de toute façon.

Carly ne put s'empêcher de se sentir légèrement soulagée. Gideon n'était pas exactement une personne qu'elle aurait choisi de fréquenter, mais c'était mieux que de marcher toute seule en se sentant vulnérable. Au moins, elle le connaissait, même s'il avait été l'ami de Shawn, et il n'avait rien dit ou fait pour qu'elle le soupçonne de lui en vouloir. Au contraire, il avait fait de son mieux pour la mettre à l'aise.

Même maintenant, il se tenait à une distance respectable, sans la coller.

Désormais, Carly voulait simplement sortir de ce garage, s'éloigner de tous les gens qui s'affairaient dans les rues. Et elle ne pouvait nier que l'idée de faire un seul trajet jusqu'à Food For All était très alléchante. Si elle acceptait la proposition de Gideon, elle pouvait être de retour dans sa voiture et en route vers la maison en dix minutes. Maximum.

— D'accord, dit-elle avant de pouvoir changer d'avis.

— Super. C'est très gentil ce que tu fais, de donner de la nourriture, je veux dire, dit Gideon.

Carly hocha la tête et se dirigea vers son coffre. Elle avait toujours les clés dans la main, de façon à faire mal à quelqu'un si on l'attaquait, et elle enfonça maintenant la clé dans la serrure pour ouvrir le coffre.

Elle se pencha pour attraper le carton... et quelque chose la frappa à l'arrière de la tête. Violemment.

Carly laissa échapper un grognement étouffé et tomba. Son visage heurta le bord du coffre et rebondit plus ou moins. Mais elle ne tomba pas sur le sol.

— Je te tiens, dit Gideon.

Pour une raison qui lui échappait, ces mots parurent bizarres. Carly le regarda en plissant les paupières pendant qu'il la soulevait dans ses bras. Ce n'était pas un grand homme, environ de la taille de Jag, mais il avait la force de la porter sans trop d'efforts.

Il s'éloignait de sa voiture, mais Carly avait du mal à garder les yeux ouverts. Elle avait mal à la tête et l'impression qu'elle allait vomir. Ce ne fut que lorsqu'elle sentit quelque chose contre son dos qu'elle écarquilla les yeux. Gideon la posait sur quelque chose. En tournant la tête, elle resta désorientée pendant une seconde.

Puis tout se mit enfin en place.

Gideon l'avait frappée. Et maintenant, il la mettait dans un coffre.

Gideon Sparks était l'homme qu'ils recherchaient depuis le début. Ce gardien de zoo très calme l'enlevait !

Carly ouvrit la bouche pour crier, mais avant de pouvoir émettre le moindre bruit, le poing de Gideon vola en avant et la frappa au visage. Elle s'évanouit et ne sut plus rien.

CHAPITRE VINGT ET UN

Jag était épuisé. Le reste de l'équipe et lui avaient travaillé pendant le déjeuner en examinant des cartes et des infos pour essayer de découvrir à quel endroit Boko Haram pouvait avoir caché les petits garçons enlevés. Il n'y avait pas beaucoup de choix dans la zone et cinq cents personnes ne passaient pas vraiment inaperçues.

L'armée nigériane se dépêchait pour sauver les enfants, et il était possible que l'équipe de Jag soit subitement déployée, ils devaient donc être prêts.

Aux environs de trois heures et demie de l'après-midi, ils avaient appris que les jeunes garçons avaient été trouvés et qu'une tentative de sauvetage était en cours. Ils étaient restés assis dans la salle de conférence, tendus et silencieux, pendant que les rapports arrivaient petit à petit.

Vers seize heures quinze, la majorité des enfants avait été sauvée avec très peu de blessés, et ils allaient retourner auprès de leurs familles dès que possible.

La journée avait été éreintante et Jag voulait simplement rentrer à la maison et voir Carly. Elle avait un effet apaisant sur lui, que ce soit quand il s'enfonçait trop loin dans ses propres pensées et qu'il n'arrivait pas à oublier son passé, ou quand il avait simplement eu une mauvaise journée au travail.

Quand l'équipe fut libérée, Jag sortit son téléphone pour vérifier ses messages, c'était sa première occasion de le faire. Il espérait trouver quelque chose venant de Carly. Elle avait tendance à lui envoyer des messages mignons pendant la journée, lui faisant savoir qu'elle pensait à lui ou simplement pour bavarder d'une chose ou d'une autre.

Aujourd'hui il n'avait qu'un seul texto... il avait été envoyé plus de huit heures plus tôt. Elle disait partir aider Alani et qu'elle lui ferait savoir en rentrant à la maison.

Mais elle ne l'avait pas fait. Elle n'avait même pas dit où elle allait pour commencer, simplement qu'elle rendait un service à sa patronne.

— Aleck ! cria Jag en courant pour rattraper son ami.

L'équipe s'était séparée après être sortie du bâtiment, chacun se dirigeant vers son propre véhicule.

Aleck se tourna.

— Que se passe-t-il ? demanda-t-il.

— As-tu eu des nouvelles de Kenna aujourd'hui ?

— Oui, pourquoi ?

— Carly était-elle avec elle ?

Aleck haussa les épaules.

— Pas que je sache. Elle partait en centre-ville avec Lexie et Elodie pour cet événement de Food For All.

Jag se tourna et mit les doigts dans sa bouche pour siffler bruyamment. C'était la façon la plus facile et la plus rapide d'attirer l'attention du reste de l'équipe.

En l'espace de quelques instants, les gars se dirigèrent vers lui. Dès que Mustang fut à portée de voix, Jag demanda :

— Elodie a-t-elle vu Carly aujourd'hui ?

Mustang sembla perplexe, mais il secoua la tête.

— Je ne crois pas. Elodie a dit être rentrée il y a peu. Elle disait qu'elle était fatiguée, mais que la journée avait été bonne.

— Midas ? demanda Jag.

— Non. Que se passe-t-il ?

— Elle est peut-être allée voir Monica ? demanda Jag à Pid, presque désespérément.

— Mo a travaillé au centre Head Start toute la journée. Qu'est-ce qui ne va pas ? Où est Carly ?

— Je ne sais pas s'il y a un problème, dit Jag, même si son intuition lui hurlait le contraire. Elle a dit qu'elle allait sortir et qu'elle m'enverrait un texto en rentrant. Mais elle ne l'a jamais fait. Et elle est partie aux environs de huit heures ce matin.

— Elle a peut-être oublié, suggéra Slate.

Jag secoua vivement la tête.

— Impossible. Vous savez comment elle est. Si elle dit qu'elle va faire quelque chose, elle le fait.

— Que personne ne panique, ordonna Mustang. As-tu essayé de l'appeler, Jag ?

Se sentant bête de ne pas l'avoir fait, Jag ne répondit pas, mais il leva son téléphone portable et cliqua sur le nom de Carly. Il attendit que le téléphone sonne dans son oreille. Une fois, deux fois... il sonna cinq fois puis son répondeur s'enclencha. Jag serra les dents et raccrocha, puis il rappela immédiatement. La même chose se produisit. Cinq sonneries, puis la douce voix de son répondeur résonna dans son oreille.

— Salut, bébé. As-tu eu des nouvelles de Carly aujourd'hui ?

Aleck avait appelé Kenna avant que Jag ait raccroché.

— D'accord, non, tout va bien, je me posais juste la question. Je te vois bientôt, d'accord ?

Il raccrocha et secoua la tête.

— Merde ! C'est pas bon du tout, dit Jag avec un très mauvais pressentiment.

— Je vais te suivre chez toi. Elle est peut-être là-bas et elle est tombée malade et elle a simplement oublié de te faire savoir qu'elle était rentrée. Elle pourrait dormir, suggéra Mustang.

Jag comprenait que son ami essayait de rester positif, mais au fond de lui, il savait que la plus grande peur de Carly et lui était devenue réalité. Le complice mystérieux avait agi.

La vie de Carly était en danger... et elle était potentiellement déjà morte.

Sans un mot de plus, Jag tourna les talons et courut vers sa Jetta. Mustang avait raison, il devait vérifier qu'elle n'était pas à la maison avant d'appeler les renforts. L'inspecteur Lee devait être informé de la disparition de Carly. La police ne pouvait sans doute pas déclarer sa disparition parce qu'elle n'était même pas absente depuis plus de douze heures, mais l'inspecteur pouvait éventuellement accélérer les choses étant donné sa situation.

Que la police participe ou pas, Jag devait joindre Baker. S'il y avait quelqu'un qui pouvait les aider à trouver Carly, c'était bien lui. Il avait interrogé et suivi les complices potentiels de Keyes pendant des semaines. Il devait avoir un indice. Il le *fallait*.

Roulant beaucoup trop vite jusqu'à son immeuble, les espoirs de Jag furent anéantis quand il ne vit pas le véhicule de Carly sur le parking. Elle n'était pas là, il le savait sans avoir besoin de monter à l'étage et de vérifier. Oui, elle aurait pu avoir une panne de voiture et avoir pris un taxi pour rentrer, mais elle lui aurait envoyé un texto et dit ce qu'il se passait si c'était le cas.

Les questions maintenant étaient... pourquoi, exactement, avait-elle quitté la maison ? Où allait-elle ? Qu'était-il arrivé une fois sur place ? Et où était-elle maintenant ?

Il arrêta la voiture, mais ne prit pas la peine de descendre. Carly n'était pas à l'étage. Il ne voulait pas monter pour ressentir le vide de son appartement. Les souvenirs d'elle allaient le submerger et il ne pourrait pas réfléchir correctement. Carly dépendait de lui pour la trouver, et il n'allait pas se reposer tant que ce n'était pas fait.

Du coin de l'œil, il vit l'équipe se rassembler à côté de sa voiture, mais toute l'attention de Jag était concentrée sur son téléphone. Il cliqua sur le nom de Baker et dès que l'autre homme répondit, Jag annonça :

— Carly a disparu. Il l'a attrapée. Nous avons besoin d'aide pour la retrouver.

* * *

Carly gémit. Elle avait très mal à la tête et l'impression que son visage était en feu. Elle ne savait pas du tout pourquoi elle avait si mal... mais en l'espace de quelques secondes, tout lui revint en tête.

Elle ouvrit les yeux, mais ne parvint pas à focaliser son regard. Elle fut prise d'une envie terrible de vomir et elle se tourna sur le côté pour le faire. Son ventre se serra pendant qu'elle se purgeait de tout ce qu'il y avait dans son estomac.

Quand elle eut fini de vomir, elle entendit quelque chose. En tournant prudemment la tête, elle regarda sur sa gauche.

Gideon était assis au fond de ce qu'elle voyait maintenant être un bateau... et il riait.

— Tellement pathétique, putain, grogna-t-il.

Carly comprit enfin qu'une partie de la raison pour laquelle elle vomissait, c'était à cause du bateau, et elle avait toujours le mal de mer quand elle était sur l'eau. Même par une journée extrêmement calme, elle devenait toute verte.

Aujourd'hui n'était absolument pas un jour où l'océan était calme. Carly ne savait pas du tout à quelle vitesse ils allaient, mais le petit bateau rebondissait en volant sur l'eau. Il n'y avait pas de cabine pour les protéger des embruns ou de la pluie.

Et il pleuvait à verse. Les gouttes frappaient son visage, comme les piqûres de minuscules insectes. Gideon ne semblait même pas remarquer la météo. Il avait une main sur la barre, guidant le moteur derrière le bateau, et il souriait comme un fou furieux.

— Il était temps que tu te réveilles, espèce de pétasse paresseuse. Ça fait des heures que j'attends. Je ne t'ai même pas frappé si fort, mais tu es restée sans connaissance pendant une éternité. J'aurais déjà pu te jeter par-dessus bord. Mais je voulais que tu comprennes ce qu'il se passait... et pourquoi.

La panique monta en Carly et sa respiration s'arrêta momentanément à cause de la terreur. Ceci était littéralement son pire cauchemar devenu réalité. Elle était seule avec Gideon, qui voulait manifestement lui faire du mal, qui lui avait déjà fait du mal. Elle ne savait pas quel était son objectif final, mais il ne devait pas être bon.

Elle s'assit... et regarda sa jambe, perplexe, quand celle-ci ne bougea pas facilement.

Gideon rit encore.

— Tu n'iras nulle part tant que je ne le veux pas, lui dit-il avec un sourire malveillant.

Surprise, Carly fixa le poids russe attaché à sa cheville par une corde qui semblait solide. Il n'y avait qu'une seule raison pour laquelle Gideon avait attaché un poids à sa jambe. Elle regarda les vagues agitées par-dessus le bord du bateau et une autre crise de nausée la poussa à se plier en deux pour vomir. Cette fois, elle ne cracha que de la bile.

Le cœur de Carly battait à un million de kilomètres-heure. Elle était entièrement seule... et il s'agissait sans doute de ses dernières heures sur terre. Gideon allait la tuer. Elle le savait aussi bien qu'elle connaissait son propre nom.

Les leçons qu'Elizabeth avait enfoncées dans son crâne surgirent dans ses pensées.

Bats-toi. Si tu ne peux pas attirer l'attention d'un passant, il faudra utiliser ton intelligence pour essayer de sortir de cette situation. Quoi que tu fasses, tu ne peux pas abandonner. Sinon, c'est ton assaillant qui gagne.

Carly ne voulait surtout pas que Gideon gagne. Hors de question.

Son esprit devint clair comme si des rideaux avaient été ouverts. Elle ne savait pas ce qu'elle allait faire, mais abandonner ne faisait pas partie de la liste.

Elle pouvait tacler Gideon et le pousser par-dessus bord. Elle pouvait ensuite conduire le bateau vers la rive. Elle ne savait pas du tout où ils étaient, mais si elle se tournait dans la direction opposée, elle devait sûrement revenir vers la terre ferme un moment donné.

Ou peut-être pouvait-elle soulever le poids attaché autour de sa jambe et le frapper avec, l'assommer et une fois de plus, prendre le contrôle du bateau.

Différents scénarios tournèrent dans sa tête pendant qu'elle essayait de trouver quoi faire.

— Je te vois réfléchir, ricana Gideon. Tu ferais aussi bien d'arrêter, tu ne sais pas cacher ce que tu penses. Tu ne peux pas être plus maline que moi. Tu es bien trop stupide. Je ne sais pas du tout ce que Shawn voyait en toi. Tu es vraiment *pitoyable* et il nous a tous expliqué comme tu étais nulle au lit.

Il renifla avec mépris avant d'ajouter :

— L'idée même que tu cherches à tenter de satisfaire un homme comme Shawn est ridicule.

— Si j'étais si nulle, pourquoi a-t-il été aussi perturbé quand j'ai rompu ? ne put s'empêcher de demander Carly.

— Parce qu'il t'a rendu service ! cria Gideon. Il a accepté de te prendre sous son aile, de t'apprendre.

— De m'apprendre quoi ? demanda Carly.

— Comment être une *vraie* femme. Comment le satisfaire. Comment être un atout pour la société au lieu d'une foutue sangsue. Tu étais une honte. Tout ce qu'il a essayé de faire, c'était te rendre meilleure, et tu lui as jeté tout ça au visage ! Ce n'était pas ta place de décider de la fin de leur relation. Shawn n'en avait pas fini avec toi.

Carly fixa Gideon, incrédule.

Il paraissait absolument terrifiant, maintenant. La pluie l'avait trempé et ses cheveux clairsemés étaient aplatis sur sa tête. Son visage était rouge et ses yeux injectés de sang. Il donnait l'impression d'être sur le point de complètement perdre les pédales.

Gideon inspira profondément et continua à parler.

— Il était mon mentor. Il m'a appris tout ce que j'avais besoin de savoir au sujet des femmes. Il m'a même aidé à en trouver une. Nous l'avions choisie, j'avais commencé à la préparer à être mienne, comme Shawn l'a fait pour toi. Elle était jeune, impressionnable, et elle m'appréciait, dit-il d'une voix grave et sombre. Mais après la mort de Shawn, elle n'a pas compris pourquoi j'étais contrarié. Elle n'a pas pu m'aider. Et sans lui, je ne savais pas comment la faire obéir. Elle m'a quitté. Comme tu l'as fait avec Shawn. Tout est de ta faute, putain ! Tu n'aurais pas dû le quitter ! Si tu ne l'avais pas fait, j'aurais toujours ma propre femme. Elle aurait été entraînée maintenant. Elle ferait tout ce que je demande. Cuisinerait, ferait le ménage... écarterait les jambes quand je l'exige. C'est de *ta faute* ! La tienne !

Bon sang. Shawn lui apprenait comment manipuler une femme. Comment l'attirer et la dénigrer et lui donner l'impression qu'elle n'avait pas d'autre possibilité que de rester avec l'homme qui la maltraitait. Elle savait que Shawn était un enfoiré, mais elle n'avait pas su à quel point.

Et Gideon ?

Gideon était complètement cinglé.

Décidant de faire son possible pour apaiser cet homme, Carly dit :

— Je ne le savais pas. Je suis désolée qu'il soit mort.

— Ta faute ! cria Gideon. C'est de *ta faute, putain* ! Mais tu vas apprendre. Même si c'est la dernière chose que tu fais.

— Apprendre quoi ? ne put-elle s'empêcher de demander.

Les mots étaient sortis sans réfléchir et elle le regretta immédiatement. Elle ne voulait surtout pas que Gideon essaie de lui « apprendre » à faire plaisir à un homme. S'il essayait de la violer, elle allait trouver un moyen de lui arracher la queue et de la donner aux requins. L'idée que quelqu'un puisse ne serait-ce que la *toucher* après qu'elle eut été avec Jag fit remonter la nausée. Mais cette fois, elle parvint à se retenir, concentrant toute son attention sur son ravisseur.

Elle ne pouvait pas penser à Jag maintenant, elle devait découvrir un moyen d'être plus maline que Gideon. Elle n'était *pas* une petite fille stupide, comme le croyait Shawn. Elle était une adulte qui allait montrer à ce crétin *exactement* à quel point elle était intelligente... dès qu'elle parviendrait à trouver un moyen de sortir de cette situation.

— Regarde comme tu es bonne à rien. Pathétique, grogna Gideon. Tu apprendras ta place. Tu n'es rien qu'une connasse inutile... et tu vas mourir. Et ensuite, je pourrai tout recommencer, mettre à profit les enseignements de Shawn et me trouver ma propre femme. Je ferai en sorte que Shawn soit fier de moi.

Carly eut le souffle coupé quand Gideon leva la main et pointa un pistolet vers elle. Il le tenait manifestement depuis le début, mais elle avait été trop focalisée sur d'autres choses pour le remarquer. Il lui semblait... bizarre. Pas comme les pistolets que possédait Jag ni comme les fusils qu'elle avait vus à la télévision. Le canon semblait plus long, un peu plus large.

— Quand j'aurai décidé que nous sommes assez loin de la terre, je vais te tirer dessus avec une fléchette tranquillisante. Ça ne te tuera pas tout de suite, mais ça te fera dormir. En tout cas, ça a cet effet sur les lions quand je l'utilise.

Il rit longtemps et bruyamment, donnant l'impression d'être complètement dément.

— Il est calibré pour leur masse corporelle, alors il y a de grandes chances pour que tu t'endormes très vite. Ensuite, je vais te jeter par-dessus bord. Tu couleras comme une pierre. Tu peux essayer de retenir ta respiration, mais ça ne servira à rien. Tu seras trop fatiguée, trop submergée par le tranquillisant. Et au lieu d'inspirer de l'air, tu n'auras que de l'eau dans tes poumons. Tu couleras jusqu'au fond de l'océan où les requins et les poissons se régaleront de ta chair jusqu'à ce que tu cesses d'exister. Et tu passeras chaque foutue seconde des dernières minutes conscientes à regretter de ne pas avoir été une meilleure femme. De ne pas avoir voulu satisfaire et faire plaisir à Shawn. Ensuite, tu passeras une éternité en *enfer*, avec toutes les autres femmes qui pensaient pouvoir contrôler leurs hommes. Des femmes qui auraient dû être soumises !

Gideon était complètement taré. Carly ne savait pas comment il avait été capable de le cacher à l'inspecteur Lee, à Baker, à Jag et elle et à tous ses collègues. Mais une chose était très claire : si elle ne faisait pas tout de suite quelque chose, elle allait mourir exactement de la façon décrite par Gideon.

Elle changea de position et quelque chose appuya contre sa cuisse...

Son couteau de poche !

Une idée commença à germer dans sa tête.

En regardant prudemment autour d'elle, elle ne vit pas grand-chose. La pluie tombait dru, dissimulant Oahu, qu'elle supposait être derrière eux. Et même si elle ne savait pas exactement quelle heure il était, la nuit commençait à tomber. Si elle pouvait s'éloigner, la nuit allait l'aider à rester cachée.

L'unique pensée positive était que Gideon ne pouvait pas la conduire plus loin que ce que permettait l'essence du moteur. Il devait en garder assez pour revenir. Et même si elle ne s'était pas entraînée pour une course depuis longtemps – des années, à vrai dire – Carly avait davantage confiance dans ses capacités à la nage qu'en l'homme assis au fond du bateau.

L'embarcation dans laquelle ils se trouvaient n'était pas luxueuse. Elle ne semblait pas posséder de GPS. Il n'y avait pas de veste de sauvetage ou de bouée. Pas de bastingage sur le bord du bateau non plus. Cela ressemblait plutôt à une espèce de bateau à rames trop grand. La personne à laquelle Gideon l'avait emprunté devait manifestement l'utiliser seulement pour de courtes excursions. Sans doute pour pêcher ou pour faire de la plongée près de la rive.

Gideon continua à râler et à tempêter, disant qu'elle était horrible et qu'elle allait mourir d'une mort douloureuse, comme Shawn. Qu'il allait trouver une fille de dix-huit ans et la former en une femme parfaite et soumise. Mais Carly l'ignora. Elle formulait les étapes suivantes dans sa tête. Elle ne savait pas du tout si son idée allait fonctionner, mais elle n'avait littéralement pas d'autre choix. Elle n'avait pas l'intention de rester assise là et de laisser le connard d'ami de Shawn lui tirer dessus avec un tranquillisant et la jeter par-dessus bord. Si elle devait aller dans l'eau, c'était au moment qu'elle choisirait.

Et ce moment était... maintenant !

En inspirant profondément, Carly attrapa le poids russe et elle le jeta toutes ses forces – ainsi qu'elle-même – par-dessus le bord du bateau.

Comme elle s'y attendait, Gideon fut pris par surprise, trop occupé à énumérer les défauts de Carly. Elle entendit le bateau continuer sa route en s'éloignant. Il allait lui falloir un moment pour l'arrêter et opérer un demi-tour.

Gideon ne s'était pas trompé en estimant qu'elle allait couler dès son atterrissage dans l'eau, à cause du poids très lourd autour de sa cheville.

En bougeant vite, elle attrapa son couteau de poche. Extrêmement reconnaissante envers Jag qui existait pour qu'elle le porte toujours sur elle, Carly fit de son mieux pour ouvrir la lame tout en tenant le poids. Elle réussit tout juste. Sachant que ce n'était qu'une histoire de temps avant qu'elle n'ait plus de souffle, elle scia fébrilement la corde. Dans sa panique, elle se coupa la paume en attrapant la corde et en lâchant le poids pour que le lien reste tendu, espérant le couper plus facilement.

Pendant un moment de terreur, elle crut que le couteau n'était pas assez bien aiguisé, que la corde était trop épaisse, qu'elle allait couler au fond de l'océan comme Gideon l'avait prévu.

Mais elle continua à scier... et la corde finit par lâcher.

Ayant désespérément besoin d'air, Carly nagea vers la surface aussi vite que possible, en tenant le couteau, ne voulant pas le laisser tomber, car c'était littéralement la seule défense qu'elle avait si Gideon se rapprochait encore. Elle remonta et inspira profondément, se mettant immédiatement à tousser et à s'étrangler à cause d'une vague qui s'écrasa au-dessus de sa tête.

Malheureusement, le bruit aida Gideon à trouver sa position quand elle eut refait surface et il orienta rapidement le bateau dans sa direction.

Merde !

Il leva le fusil et tira en s'approchant. Carly n'entendit pas le bruit du mécanisme à air comprimé, mais elle sentit quelque chose frôler son bras avant qu'elle puisse plonger sous l'eau.

Sachant que sa seule chance était de s'éloigner autant que possible de Gideon et d'utiliser la tempête pour cacher l'endroit où elle se trouvait quand elle remontait pour respirer, Carly laissa tomber le couteau à contrecœur. Elle détestait le voir partir, mais elle avait besoin des deux mains pour nager sous l'eau aussi vite que possible.

Quand elle eut l'impression que ses poumons allaient éclater, elle se tourna sur le dos et refit surface en se disant qu'il serait plus difficile de l'apercevoir s'il n'y avait que son visage au-dessus des vagues, au lieu de toute sa tête. Elle inspira profondément plusieurs fois avant de se laisser couler, de se retourner et de reprendre la brasse sous l'eau.

Elle fit cela encore et encore sans même chercher Gideon.

Toute sa concentration était focalisée sur le fait de rester sous l'eau aussi longtemps que possible et de nager aussi vite que possible. Et quand elle remontait pour respirer, elle faisait attention à sortir seulement son nez et sa bouche au-dessus de l'eau.

Le temps n'avait plus de sens. Elle pouvait avoir nagé pendant dix minutes ou des heures. Mais quand elle refit surface, Carly prit un risque et regarda autour d'elle, cherchant Gideon.

Elle ne vit que de l'eau. Pas de bateau. Pas de Gideon la visant avec son fusil, prêt à tirer.

Ce fut à la fois un moment satisfaisant et terrifiant. Elle était toute seule, quelque part dans l'océan, sans savoir où elle était, et au milieu d'une tempête.

Une vague s'écrasa au-dessus de sa tête et Carly toussa et cracha l'eau salée qui était entrée dans sa bouche.

Rapidement, elle eut une autre idée terrifiante.

Maintenant qu'elle avait arrêté de bouger... ses membres lui semblaient mal coordonnés. Et elle avait le tournis.

Non seulement elle avait une blessure à la tête et sans doute une commotion, mais la fléchette de Gideon *l'avait en fait touchée*.

Elle supposa qu'elle n'avait fait que l'entailler légèrement. Sinon, Carly savait qu'elle serait morte. Si elle s'était entièrement enfoncée dans sa peau, elle l'aurait sentie et elle aurait été assommée bien plus tôt. Une quantité suffisante de la drogue était entrée dans son corps pour qu'elle se sente vaseuse et oui... terriblement fatiguée.

Sa détermination prit le dessus. Elle n'allait pas donner à Gideon la satisfaction d'échouer. Non. Il fallait qu'elle retourne à Oahu afin de dire à l'inspecteur et à Baker et à tous les autres que c'était Gideon qui l'avait enlevée.

Elle n'allait pas mourir. Certainement pas. Elle avait réussi à survivre jusque-là, il lui suffisait de nager jusqu'à la rive. Facile.

Carly fit de son mieux pour rester positive pendant que les minutes s'écoulaient, mais plus elle nageait, plus des pensées de défaite essayaient de se faufiler dans son esprit. La pluie s'arrêta, ce qui était une bonne chose, mais l'obscurité était tombée. Elle ne savait pas du tout si elle nageait dans la bonne direction. Si ça se trouvait, elle se dirigeait vers le large au lieu de la sécurité.

Mais elle n'arrêta pas. Elle continua à bouger les bras et les jambes.

Juste au moment où elle crut ne plus pouvoir avancer d'un seul centimètre, quand le désir de fermer les yeux et de laisser le sommeil la submerger était devenu trop grand pour y résister... les genoux de Carly heurtèrent quelque chose dans l'eau.

Même à travers le pantalon qu'elle portait, ça faisait mal. Elle cria de douleur et toucha son genou. Elle s'érafla alors la main, clairement sur ce qui avait déjà entaillé ses genoux. Du corail ? Non... des rochers.

Des rochers de lave noire.

En regardant autour d'elle, Carly aperçut la silhouette d'une forme sombre à sa gauche. Une île ! Ce n'était pas Oahu, mais à ce moment-là, ç'aurait pu être la Russie pour tout ce que Carly s'en souciait.

Avançant prudemment pour ne pas se couper encore davantage, Carly parvint à se hisser sur les rochers au bord de l'île. Ils étaient pointus et elle était ravie de porter son pantalon, même si elle avait eu l'impression qu'il pesait cinquante kilos dans l'eau. Elle se laissa tomber sur le ventre, n'ayant plus la force d'aller plus loin.

Peu importe. Elle était hors de l'eau et elle s'était échappée de l'emprise de Gideon. Quand le soleil allait se lever, quelqu'un viendrait, peut-être un pêcheur, et elle pourrait attirer son attention et rentrer enfin chez elle. Les eaux autour d'Oahu étaient normalement pleines de plaisanciers à toute heure, mais la tempête les avait tous chassés.

Mais demain... demain serait différent.

Maintenant qu'elle était en sécurité, autant qu'elle pouvait l'être pour l'instant, Carly laissa enfin le tranquillisant prendre effet. Elle perdit connaissance en moins d'une minute.

Elle n'entendit pas les oiseaux qui vivaient sur l'île, piaillant les uns contre les autres pour prévenir qu'il y avait une intruse sur leur territoire. Elle ne sentit pas le crabe occasionnel marcher sur son corps en cherchant de la nourriture dans les crevasses entre les rochers.

Et elle n'entendit pas le moteur d'un bateau solitaire au loin, faisant des allers-retours sur l'eau pendant que son conducteur essayait désespérément de retrouver sa proie échappée.

CHAPITRE VINGT-DEUX

Jag suivit Mustang hors du commissariat jusqu'au pick-up de son ami. Il se souvint qu'Elodie avait donné le nom de Ben à son véhicule pourri, mais ce petit détail ne parvint pas à le faire sourire maintenant. Rien ne le pouvait.

Dès qu'ils avaient compris que personne ne savait où se trouvait Carly, ils s'étaient rendus au commissariat pour rencontrer l'inspecteur Lee. Il avait été inquiet de la disparition de Carly, mais ne sachant pas qui était le complice de Keyes, il n'avait aucune piste à suivre pour la retrouver. Il ne savait rien de plus que Jag et son équipe. Il avait émis un avis de recherche pour la voiture de Carly et assuré Jag et le reste de l'équipe que tous les officiers allaient être vigilants en cherchant Carly ou sa voiture.

En serrant les dents, Jag regarda le ciel à travers la vitre du camion. Il pleuvait à verse. Des éclairs illuminaient de temps en temps le ciel qui s'assombrissait et il ne put s'empêcher de se demander où était Carly. Ce qu'elle pensait. Si elle allait bien...

Il secoua la tête. Non. Elle allait bien. C'était obligé. L'alternative était impensable.

— Nous allons retourner chez vous. Slate n'est pas aussi doué avec l'électronique que toi, mais il a peut-être découvert quelque chose sur les caméras de sécurité, expliqua Mustang. Nous allons prendre des nouvelles de Baker, il a dit qu'il descendait du North Shore. Nous allons aussi continuer à appeler Alani. Je sais que Lee a affirmé qu'il va passer chez Duke's lui-même, mais Carly a dit qu'elle rendait un service à cette femme, alors nous devons vraiment commencer par elle.

Jag hocha la tête, mais il avait du mal à se concentrer. Il était certain à quatre-vingt-dix-neuf pour cent qu'ils n'allaient rien trouver d'utile sur les caméras de surveillance. Ce qui s'était passé pour Carly était arrivé ailleurs que dans leur appartement. Il ne savait pas comment il en était sûr, mais c'était une intuition. Et sa patronne n'était pas au travail, et jusque-là, elle n'avait pas décroché son portable.

Ils devaient trouver la voiture de Carly, cela leur donnerait au moins un point de départ. L'inspecteur allait vérifier les parkings autour de Duke's et Waikiki, mais cela prendrait du temps. Même si Oahu était petite au niveau des kilomètres carrés, il y avait tout de même presque un million de véhicules enregistrés sur l'île. Et trouver celui de Carly parmi tous, c'était comme trouver une aiguille dans une botte de foin.

Ils avaient besoin d'un miracle.

Pendant qu'ils retournaient à son appartement en silence, Jag repensa à une conversation qu'il avait eue avec Carly. Elle lui avait dit que quoi qu'il arrive, elle n'abandonnerait jamais. Qu'elle se battrait jusqu'à la mort si nécessaire, parce qu'elle avait maintenant une raison de se battre : lui.

Il fut soudain très content des leçons d'autodéfense et des discussions qu'ils avaient eues sur le meilleur moyen de se protéger. Son sac avait disparu, ce qui signifiait qu'elle avait le spray anti-agression qu'il lui avait donné. Il espérait qu'elle avait aussi pris le couteau de poche en partant.

Jag inspira profondément. Il avait été si fier d'elle d'avoir enfin été assez à l'aise pour sortir seule... et puis il fallait que tout ça arrive.

— Il la surveillait, lâcha-t-il.

Mustang jeta un coup d'œil vers lui, mais il ne dit rien.

Plus Jag y réfléchissait, plus il en était certain.

— En dehors de quelques trajets rapides au supermarché, elle n'est allée nulle part toute seule depuis des mois. Si je n'étais pas avec elle, c'était une des filles. Le chauffeur la conduisait au travail et elle était entourée de gens là-bas également. Je pense qu'il attendait le bon moment. Il la surveillait et attendait une occasion de l'enlever.

— Tu as sans doute raison, dit Mustang.

Jag eut envie de crier de frustration. Une part de lui souhaitait honteusement que Carly ne soit pas si forte, qu'elle soit restée accrochée à lui un peu plus longtemps. Mais cela aurait seulement repoussé l'inévitable. D'un autre côté, peut-être que si elle avait toujours peur de sortir seule, l'inspecteur Lee ou Baker auraient découvert qui cherchait à s'en prendre à elle.

— Ça ne sert à rien de t'en vouloir, ni pour elle ni pour toi, précisa Mustang. Crois-moi, je sais ce que tu ressens en ce moment. Quand Elodie a disparu, je ne savais pas si j'allais pouvoir me pardonner de ne pas l'avoir surveillée de près. D'avoir sous-estimé la famille Columbus. Il faut simplement que tu aies la foi. Carly est quelque part et nous allons la trouver.

Jag hocha la tête, mais au fond, il doutait. Il connaissait les statistiques. Si une personne disparue n'était pas retrouvée dans les vingt-quatre à quarante-huit heures, elle était sans doute morte. Et ce temps était encore plus court pour les femmes. Leur seule compensation était que son ravisseur voulait sans doute la faire souffrir comme Keyes l'avait prévu.

Et cela rendait Jag physiquement malade de devoir espérer que ce soit le cas.

Mais Carly et lui pouvaient surmonter ce qui allait lui arriver. Il suffisait qu'elle revienne dans ses bras, en vie et en un seul morceau.

* * *

Baker était épuisé. Mentalement et physiquement. Et il ressentait une culpabilité immense. Il aurait dû mettre plus de pression sur les amis de Shawn. Il aurait dû travailler plus dur à découvrir qui il cherchait. Et parce qu'il ne l'avait pas fait, Carly avait disparu.

Cela faisait longtemps qu'il ne s'était pas autant... attaché. Baker n'était peut-être plus un SEAL en service, et son équipe était peut-être partie depuis longtemps, mais Mustang et ses amis étaient devenus sa nouvelle équipe. Leurs femmes étaient adorables. Terre à terre, accueillantes et très drôles. Il les appréciait sincèrement.

Elles avaient aussi terriblement tendance à avoir des problèmes. Si elles étaient à lui, il les enfermerait sans doute pour les empêcher de quitter la maison.

Ses pensées se tournèrent brièvement vers Jodelle. Il avait réprimé beaucoup d'émotions au fil des ans : c'était le seul moyen de supporter toutes les choses qu'il avait vues et faites.

Mais Jodelle était encore plus renfermée que lui.

Extérieurement, elle était ouverte et amicale. Elle nourrissait et veillait sur les surfeurs locaux. Mais elle lui ressemblait et Baker l'avait su la première fois qu'il l'avait rencontrée. Ils confinaient tous les deux leurs émotions. Elle était son âme sœur. Cependant, il ne savait pas comment l'atteindre. Elle avait érigé des murs autour de son cœur qui étaient encore plus hauts que les siens.

En secouant la tête, Baker constata que cela faisait plusieurs minutes qu'il se tenait sur le trottoir devant le studio de Theo. L'ancien sans-abri était devenu un ami assez proche. Il était sincère et ne retenait jamais ce qu'il ressentait ou pensait. Baker avait commencé à loger chez lui quand il était de ce côté de l'île et qu'il était trop tard pour rentrer à la maison.

Il avait besoin de travailler et le petit appartement de Theo était l'endroit parfait pour cela. C'était très calme. Et bien que Baker appréciait Jag et l'équipe, ils devaient tous être extrêmement énervés maintenant et il lui fallait brièvement recharger ses batteries pour comprendre qui avait enlevé Carly et où il pouvait l'avoir emmené.

Lorsqu'il frappa à la porte, Baker ne reçut pas de réponse, mais il ne lui fallut pas longtemps pour entrer dans l'appartement. Theo n'était pas là, ce qui n'était pas inhabituel. Il avait peut-être un endroit sûr pour se reposer maintenant, mais les vieilles habitudes étaient difficiles à rompre, et encore plus pour Theo. L'homme handicapé mental avait besoin d'une routine et il retournait souvent sur son vieux territoire et dormait dans la rue.

Lexie n'aurait pas été contente de savoir ce que faisait Theo, et Baker n'avait pas l'intention de le lui dire. Theo et elle étaient proches, et elle avait fait tout son possible pour le maintenir en sécurité. C'était suffisant.

Baker avait l'intention de se doucher et de s'allonger trente minutes pour s'éclaircir la tête avant de repartir. Il *devait* trouver Carly. Il ne pouvait pas échouer. Pas encore.

Une autre époque, un autre endroit... une autre femme... menaçaient de perturber Baker et pendant qu'il se lavait, il se força à repasser tout ce qu'il avait appris au sujet des amis de Shawn Keyes. Il penchait encore pour la culpabilité de Jeremiah. Mais il ne pouvait pas ignorer Luke. C'était un con, comme l'avait été son père, et il avait beaucoup admiré Shawn.

Baker venait de sortir de la petite douche et de s'habiller quand la porte s'ouvrit. Theo était revenu... il semblait extrêmement agité. Dès qu'il vit Baker, il écarquilla les yeux et cria :

— Baker !

— Qu'est-ce qui ne va pas, mon pote ? demanda-t-il.

— Il se passe des choses terribles !

Baker se figea. Ce n'était pas tellement ce que Theo avait dit, mais l'émotion dans sa voix qui lui avaient fait comprendre que ce n'était pas quelque chose qui se passait uniquement dans la tête de Theo.

— Respire, ordonna Baker. C'est ça. Encore. Bien. Viens ici et assieds-toi. Raconte-moi où tu étais et ce qu'il se passe.

Theo hocha la tête et fit ce que Baker lui ordonnait. Il avança vers le canapé en traînant des pieds. Ses vêtements étaient sales et ses cheveux avaient besoin d'être lavés, mais ce n'était pas le moment de gronder gentiment cet homme pour avoir à nouveau dormi dans la rue. Baker lui disait fréquemment que ce n'était pas sûr, mais Theo faisait ce qu'il voulait. C'était un adulte, même s'il n'avait pas les mêmes capacités mentales que les autres de son âge.

— Tout d'abord, est-ce que tu vas bien ? demanda Baker. Theo hocha la tête. Bien. Maintenant, dis-moi ce qui te perturbe.

— Je suis allé en centre-ville, dit Theo. J'ai entendu Lexie parler du festival. J'aime les festivals. Il y a plein de stands et de la nourriture.

Baker hocha la tête.

— J'ai pris le bus. Je n'ai pas marché, dit-il, un peu sur la défensive.

Baker savait que Lexie avait été sur son dos parce qu'il marchait jusqu'en centre-ville. Il fallait presque toute la journée et elle détestait imaginer qu'il allait si loin à pied. Elle lui avait acheté une carte de bus pour qu'il puisse faire des allers-retours entre le centre-ville et Barbers Point en toute sécurité.

— D'accord, mon vieux. Aucun problème.

— J'ai mangé de la nourriture. J'ai parlé à des amis. Puis j'étais fatigué, dit Theo. J'ai voulu faire une sieste, mais tous les endroits habituels étaient trop bondés.

Il devint à nouveau plus perturbé et Baker tendit la main pour attraper celle de Theo.

— Qu'as-tu fait ? As-tu trouvé un bon endroit pour dormir ?

Theo secoua la tête.

— Non. Tous les parkings étaient trop pleins. Il y avait trop de gens. C'était bruyant et je n'ai pas pu trouver un bon endroit. Il fallait que je revienne ici dans le bus et il était plein. Un homme a commencé à crier contre moi. Je ne l'aimais pas. Alors je suis descendu à la rue suivante et je me suis perdu. Je n'ai pas pu trouver le bon bus pour me ramener. Il a fallu que je marche. Je suis fatigué et ça ne me plaît pas. Et les filles sont bouleversées et Carly a disparu !

Theo pleurait presque quand il eut fini de parler. Baker détestait le voir si bouleversé, mais il n'avait franchement pas beaucoup de temps pour calmer Theo.

— Je suis désolé, mon vieux. On dirait que tu n'as pas passé une bonne journée.

Theo secoua vivement la tête.

— Non. Pas une bonne journée. Trop de gens et de voitures. Partout. Sur les trottoirs, dans le bus, dans les parkings.

Avec cette nouvelle mention des parkings... Baker voulut encore essayer de joindre Alani. Jag avait immédiatement appelé chez Duke's après avoir découvert la disparition de Carly, parce qu'elle avait dit qu'elle rendait service à sa patronne. Mais la gérante avait déjà quitté le restaurant et personne n'arrivait à la joindre. Il devait lui parler. Elle était la seule qui pouvait leur donner un point de départ pour trouver Carly.

Il sortit un billet de vingt dollars et le tendit à Theo.

— Pourquoi n'irais-tu pas en bas de la rue au restaurant où ils font des nouilles histoire de commander une portion extra large ? suggéra-t-il.

Et tout à coup, la mauvaise humeur de Theo sembla s'évaporer.

— Oui ! J'aime les nouilles !

Sans un mot de plus, il se dirigea vers la porte.

Baker sortit son téléphone de la poche. Il composa le numéro du portable personnel d'Alani.

Pour la première depuis la disparition de Carly, elle décrocha.

Elle fut surprise d'entendre Baker... et encore plus d'apprendre que Carly avait disparu.

— Elle a disparu ? Merde alors ! Je suis vraiment désolée ! J'étais à la salle de sport et mon téléphone était éteint afin de ne pas être interrompue au milieu de mon entraînement. Je viens de le rallumer et j'étais sur le point d'appeler Jag après avoir vu ses appels manqués. Carly a été assez gentille pour me rendre un énorme service afin que l'inspecteur d'hygiène ne mette pas une amende à Duke's. Trop de nourriture avait été commandée et elle est passée la chercher chez Duke's afin de la conduire jusqu'à Food For All, lui dit-elle.

— Lequel ? Celui du centre-ville ou ici, à Barbers Point ? demanda-t-il sèchement.

— En centre-ville.

Baker réfléchit à toute vitesse.

— D'accord, merci. Si tu as des nouvelles d'elle, peux-tu le faire savoir à Jag ?

— Bien sûr.

— Merci.

Baker raccrocha et composa immédiatement le numéro de téléphone du local de Food For All en centre-ville. Il raccrocha quelques minutes plus tard... après avoir appris que bien qu'ils attendaient Carly, elle n'était jamais arrivée avec la nourriture.

Baker supposa qu'elle avait dû être enlevée quelque part entre Waikiki et le centre-ville. Il était possible que quelqu'un ait poussé sa voiture de la route, mais il ne le pensait pas. Il y aurait eu des témoins. Et après avoir entendu Theo dire que le centre-ville était bondé à cause du festival, de la quantité de gens et de voitures, il comprit que celui qui l'avait enlevé aurait facilement pu utiliser le chaos pour passer inaperçu.

Installant son ordinateur portable et tapant fébrilement sur le clavier, Baker pirata les caméras de vidéosurveillance en centre-ville. Il estima l'heure à laquelle Carly était venue d'après l'heure à laquelle elle s'était arrêtée chez Duke's d'après Alani. Il savait qu'il aurait dû appeler Jag, mais il voulait avoir quelque chose à lui dire le moment venu, pas lui donner de faux espoirs.

Il fallut un moment – bien trop longtemps pour la tranquillité d'esprit de Baker –, mais il finit par trouver ce qu'il cherchait. Dans un des garages, il vit arriver le véhicule de Carly. Elle dut tourner un moment avant de trouver un emplacement vide.

Mais c'était le véhicule derrière le sien qui attirait son attention.

Elle avait dû aller jusqu'au niveau supérieur. La vidéo avait du grain, mais Baker vit clairement ce qui était arrivé. Un homme sortit de la voiture qui suivait celle de Carly. Ils eurent une courte conversation. Quand Carly se tourna vers le coffre de sa voiture, l'homme la frappa. Baker ne savait pas si elle avait été assommée ou simplement désorientée, mais l'homme la porta jusqu'à sa voiture et la fourra dans son coffre.

Ils n'avaient vraiment pas de chance que personne ne se soit trouvé dans le garage avec eux quand il avait agi alors que le centre-ville était bondé.

Même si la vidéo n'était pas très bonne, Baker reconnut facilement l'homme qui avait enlevé Carly. Il savait tout de chacun des amis de Keyes.

Gideon Sparks roulait dans une Cadillac marron qui correspondait au véhicule ayant suivi Carly et il n'y avait aucun doute – avec son ventre rond et son uniforme familier – que c'était Sparks qui l'avait enlevée.

Baker sentit monter sa détermination. L'homme était

meilleur qu'il ne l'avait cru. Il n'avait même pas été près du sommet de la liste des suspects de Baker. C'était un solitaire, qui n'avait pas beaucoup d'amis, et d'après ce que savait Baker, il n'avait pas de bateau. Mais il y avait de nombreuses façons d'en obtenir et manifestement, l'ex de Carly et lui l'avaient fait pour leur plan funeste qui avait si mal tourné.

Baker ne savait pas quel était le mobile pour Sparks, mais ça n'avait pas d'importance. L'homme détenait Carly... et il devait faire savoir ce qui était arrivé à Jag et aux autres. Plus ils étaient nombreux à chercher Gideon Sparks et sa voiture, mieux c'était.

* * *

Jag était plus agité qu'il ne l'avait été pendant n'importe quelle mission. Il était incapable de rester immobile. Incapable de faire autre chose que s'inquiéter pour Carly. Elle pouvait littéralement être n'importe où. Il y avait des milliers de milliers d'hectares de nature sauvage sur l'île où elle pouvait être jetée, des kilomètres et des kilomètres d'eau. Et maintenant, il faisait nuit.

Il frissonna à l'idée négative qu'elle était allongée quelque part, dans l'obscurité, blessée... ou pire.

— Elle est en vie, il le faut, chuchota-t-il d'un ton désespéré.

Son équipe cherchait à se dépêcher de trouver n'importe quel bout d'information qui pourrait les aider à retracer ses derniers pas. Slate argumentait avec son fournisseur de téléphone portable en essayant de le convaincre de lui donner sa dernière géolocalisation, mais en vain. Alani n'avait toujours pas répondu la dernière fois qu'il l'avait appelée, Pid essayait d'obtenir l'accès aux caméras surveillant la circulation, et les autres étaient également sur leur téléphone, faisant leur possible pour contacter les amis de Shawn afin de vérifier où ils étaient.

Tout donnait l'impression d'être trop peu, trop tard.

Quand le téléphone de Jag sonna, il baissa la tête en priant que ce soit Carly qui lui disait qu'elle allait bien. Qu'elle avait un pneu crevé et qu'elle ne captait pas. Ce fut presque accablant de voir le nom de Baker à l'écran.

— Jag.

— Gideon Sparks, dit Baker sans préambule.

Il fallut un moment pour que le cerveau de Jag rattrape ce que disait son ami.

— Quoi ?

— Gideon l'a enlevée dans un parking en centre-ville. J'ai enfin réussi à joindre Alani – elle avait éteint son téléphone – et elle a expliqué le service que Carly lui a rendu. Il a fallu un moment, mais j'ai retrouvé sa voiture sur les caméras de sécurité et j'ai vu Sparks l'assommer et la mettre dans son coffre.

Jag fit des gestes frénétiques vers ses coéquipiers.

— Putain. Quel était le service ?

— Elle transportait de la nourriture de Duke's jusqu'au Food For All en centre-ville. Malgré tous les gens qu'il y avait pour le festival, Sparks l'a enlevée dans un parking couvert. Il n'y avait personne.

— Merde ! Quelqu'un a parlé à Sparks aujourd'hui ? demanda Jag à ses coéquipiers.

Ils secouèrent tous la tête.

— Que se passe-t-il ? demanda Mustang. C'est lui ?

— Baker l'a vu enlever Carly sur des caméras de vidéosur-veillance. Baker part au centre-ville rejoindre l'endroit où se trouve la voiture de Carly.

— Dis-lui que nous allons nous séparer. Toi, Aleck et moi nous irons chez Sparks. Pid appellera l'inspecteur Lee. Midas et Slate vont rejoindre Baker au parking. Le zoo est fermé en ce moment, mais si nous ne trouvons pas Parks, nous irons parler à ses collègues de bon matin quand ils ouvriront. Et si nous trouvons Sparks... nous le conduirons jusqu'à la maison de Slate pour une petite discussion.

Le ton de Mustang était déterminé et meurtrier.

C'était un risque d'enlever un homme afin de pouvoir l'interroger, mais tout le monde en avait assez de n'obtenir aucun résultat. Ils allaient obliger Sparks à leur dire exactement ce qu'il avait fait de Carly, par tous les moyens nécessaires, puis ils allaient l'emmener.

— Je l'ai entendu, dit Baker à l'oreille de Jag. Nous avons besoin de Sparks en vie si Carly n'est pas avec lui, prévint-il.

Jag hocha la tête alors que la bile montait dans sa gorge.

— Je sais.

Trop de temps s'était écoulé. Carly avait été enlevée des heures auparavant. Quand Carly avait le plus eu besoin de lui, il était resté ignorant et assis dans sa putain de réunion avec le téléphone éteint. Et maintenant, elle était dehors quelque part, avec quelqu'un qui voulait lui faire du mal. Et en plus de tout le reste, il pleuvait encore des cordes, après une petite pause de l'orage.

— Tiens-moi au courant, ordonna Baker.

— Je fais ça. Merci.

Jag lui était vraiment redevable. Encore.

— À plus tard, dit Baker avant de couper la connexion.

Jag expliqua rapidement ce que Baker avait dit à ses coéquipiers et il se sentit mieux en voyant leurs visages déterminés. Il était soulagé que Mustang l'envoie à la maison de Sparks. Si Carly était retrouvée, blessée – ou pire –, il devait être là.

* * *

Jag était plus que frustré.

Il était à l'agonie.

La veille au soir, il avait été tellement certain d'être sur le point de trouver Carly. Ils savaient qui l'avait enlevée, à quoi ressemblait la voiture de Sparks, et tout le monde la cherchait.

Et pourtant il était maintenant presque dix heures le lendemain matin, environ vingt-quatre heures après sa disparition... et ils n'étaient pas plus avancés dans leurs recherches de Carly *ou* de Gideon Sparks que la veille.

Jag n'avait pas dormi. Ses amis non plus. Même les femmes avaient fait une nuit blanche dans l'appartement de Kenna, à s'inquiéter et à appeler toutes les personnes auxquelles elles pensaient pour répandre la nouvelle que leur amie avait disparu.

Le zoo d'Honolulu allait s'ouvrir dans quelques minutes et Aleck, Mustang et lui étaient en route. Jag était pressé de parler à certains des collègues de Sparks pour voir s'ils pouvaient obtenir plus d'informations sur lui. Baker avait passé la nuit à creuser dans les entrailles d'Internet pour trouver la moindre trace d'information sur Sparks.

Ce qu'il avait découvert ne les avait pas rassurés. Quelques années auparavant, il y avait eu une mesure d'éloignement contre Gideon, mais son nom de famille avait été mal écrit, ce qui expliquait que personne ne l'avait trouvé jusqu'à maintenant. Une fille de dix-neuf ans, qui avait grandi en famille d'accueil – et qui ressemblait étrangement à Carly, cheveux blonds de la même longueur, yeux bleus – avait demandé la mesure d'éloignement après être sortie avec Gideon pendant quelques mois et avoir rompu. Le rapport affirmait qu'il la harcelait depuis leur rupture et qu'elle avait peur pour sa vie.

La mesure d'éloignement mentionnait même Shawn par son nom. En effet, la jeune femme avait également été effrayée par l'ami de Gideon, par son influence sur son ex.

Baker avait aussi découvert que Sparks et Keyes avaient passé beaucoup de temps ensemble pendant les semaines précédant la mort de Shawn. Leurs téléphones étaient localisés aux mêmes endroits presque chaque soir, les reçus de carte de crédit prouvant qu'ils mangeaient et buvaient dans les mêmes bars.

Baker s'était excusé plusieurs fois auprès de Jag, mais ce dernier ne lui en voulait pas de ne pas avoir trouvé ces éléments manquants jusque-là. Sparks avait très bien couvert ses traces. Il était soit extrêmement malin, soit très chanceux.

Mais à chaque minute qui passait, l'angoisse de Jag montait. Cela faisait trop longtemps depuis que Sparks avait enlevé Carly. Il était peu probable qu'elle soit encore en vie… et cette pensée lui donnait envie de vomir et de tuer Sparks de ses propres mains. L'idée qu'il touche Carly le répugnait.

Quand Mustang se gara sur le parking du zoo, ils virent immédiatement qu'il se passait quelque chose. Il y avait deux ambulances et presque une dizaine de voitures de police garées ici et là.

Mustang avait à peine arrêté son camion quand Aleck et Jag en bondirent et se mirent à courir vers l'entrée.

Un officier les arrêta et ne voulut pas les laisser passer. Jag fut sur le point de perdre les pédales et sans doute de faire quelque chose qui aurait mis sa carrière en péril, lorsque Mustang tendit son téléphone vers l'agent.

— Prenez-le. C'est l'inspecteur Makanui Lee. Il veut vous parler.

Le policier sembla perplexe, mais heureusement, il prit le téléphone de Mustang.

Jag parvint à peine à garder son sang-froid.

Au bout de quelques secondes, l'officier rendit le téléphone et hocha la tête en faisant un pas en arrière.

— Il vous autorise à entrer, mais il vous demande de rester à l'écart, avertit-il. Ne vous impliquez pas dans l'enquête en cours.

Jag ne savait toujours pas ce qu'il se passait, mais il ne traîna pas pour poser la question. Tout ce qui l'intéressait, c'était d'atteindre Sparks. Il courut à l'intérieur et se dirigea vers l'habitat des lions. Il remarqua cependant que c'était dans la même direction que tout le remue-ménage en cours.

Il s'immobilisa devant le ruban jaune de la police qui était accroché tout autour des grandes clôtures de l'enclos des lions. Aleck arrêta un secouriste qui repartait vers le parking avec un brancard vide.

— Que se passe-t-il ?

— Quelqu'un est devenu fou et est entré dans l'enclos. Apparemment, les lions n'ont pas aimé que l'on envahisse leur espace et... eh bien, vous pouvez imaginer ce qu'ils ont fait.

Jag eut le souffle coupé. Pas Carly. Mon Dieu, pas la femme qu'il aimait.

— Est-elle en vie ? demanda Mustang, manifestement sur la même longueur d'onde.

— C'était un employé du zoo, on l'a vu grâce à ce qui restait de l'uniforme. Il a accédé à l'endroit avec sa propre clé et son code de sécurité, avant l'heure d'ouverture. Et non, il n'est certainement pas en vie, dit le secouriste en frissonnant. Nous pouvions à peine voir que c'était un homme. Ces lions ont été extrêmement énervés pour une raison ou pour une autre. Je ne sais pas s'ils ont été provoqués avant qu'il entre. Les policiers ont déjà réquisitionné les caméras de vidéosurveillance, ce qui pourra fournir plus d'informations. Quoi qu'il en soit, je pense que les choses vont être fermées ici pendant un moment. Les autres gardiens du zoo essaient encore d'éloigner les félins agités de ce qu'il reste de leur repas matinal.

L'homme était très bavard, ce qui arrangeait Jag. Ceci n'était apparemment pas un événement ordinaire pour lui et il cherchait sans doute encore à digérer ce qu'il avait vu.

Le secouriste s'éloigna et Mustang leva une main.

— Nous ne savons pas que c'était Sparks.

— Bien sûr que si, dit Jag dont les épaules tombèrent. Sinon qui ?

— Mais pourquoi ? intervint Aleck. Il doit y avoir une

raison pour qu'il décide de se suicider. Il était quand même malin. Il a trompé Baker, les policiers... nous tous. Pourquoi aurait-il enlevé Carly et lui aurait-il infligé Dieu sait quoi avant de se suicider ? Ce n'était certainement pas parce qu'il se sentait coupable.

Jag eut une lueur d'espoir.

— La seule raison que j'imagine pour que Sparks se suicide... c'est qu'il a merdé et qu'elle s'est enfuie.

Mustang hocha la tête.

— Je suis d'accord.

— Elle est en vie, chuchota Jag, effrayé de dire les mots à voix haute. Il a merdé, elle s'est enfuie, et il savait qu'il allait se faire arrêter.

— Il ne voulait pas passer sa vie derrière les barreaux. Il a décidé d'y mettre fin à sa façon, spécula Aleck en hochant la tête.

— Il essayait sans doute d'être plus théâtral que Keyes, ajouta Mustang d'un air dégoûté.

— Eh bien, je dirais qu'il a réussi, répliqua Aleck.

— Mais où est Carly ? demanda Jag.

C'était la question cruciale. Ils savaient peut-être qui l'avait enlevée maintenant, et où, mais pas ce que Sparks avait fait d'elle.

Carly leva la tête et ne put s'empêcher de gémir. Elle avait mal. Partout. Elle avait un mal de tête lancinant et son corps était douloureux chaque fois qu'elle bougeait. Elle se repoussa du sol et le regretta immédiatement, car sa main lui donna l'impression d'être en feu. En baissant les yeux, elle vit une entaille dans sa paume qui allait nécessiter quelques points de suture.

Elle se souvint vaguement de s'être coupée avec le couteau pendant qu'elle avait scié la corde qui attachait le poids à son corps. Il lui restait encore un morceau de ladite corde accroché à la cheville. Elle ne savait pas quelle heure il était, mais le soleil était presque entièrement au-dessus de l'horizon. Elle avait survécu à la nuit.

Souriant malgré sa douleur, Carly ne put s'empêcher de ressentir un soulagement extrême. Gideon l'avait peut-être enlevée, mais elle avait été plus maligne et s'était enfuie. Elle était très fière d'elle. Bien sûr, elle n'était pas encore hors de danger, mais tant que personne d'autre n'était déterminé à la droguer et à la noyer, elle se dit qu'elle s'en sortait plutôt bien.

En cherchant à se caler sur le rocher de lave inconfortable, Carly analysa sa situation. L'île qu'elle avait trouvée n'était rien de plus qu'une masse escarpée émergeant au milieu de l'eau. Elle faisait peut-être cinquante mètres de long et vingt mètres de large. Et elle était couverte de merdes d'oiseaux. Il n'y avait pas d'arbres, pas de source d'eau fraîche, rien que des oiseaux qui la fixaient d'un air accusateur, comme s'ils étaient énervés qu'elle ait dérangé leur tranquillité.

Le ciel était nuageux et on aurait dit qu'il allait pleuvoir d'une seconde à l'autre... mais ce que Carly vit de mieux dans sa vie, c'était la silhouette d'une montagne au loin. Elle n'était pas très loin de la terre. Elle supposa qu'elle voyait Oahu, mais elle n'en était pas certaine. Si la journée avait été ensoleillée, il y aurait sans doute déjà eu beaucoup de gens sur l'eau pour pêcher, faire de la plongée et profiter simplement d'une belle journée hawaïenne. Mais parce qu'il ne faisait pas beau, Carly ne vit personne.

Elle ne pouvait pas être amère. L'orage lui avait sauvé la vie. Il lui sembla approprié que Gideon la perde dans un orage alors que Shawn avait échoué à tuer Kenna dans le même genre de conditions.

Carly envisagea de retourner dans l'eau et de nager jusqu'à la rive, mais elle savait que les distances pouvaient être trompeuses, particulièrement avec ce type de météo. Il pouvait s'agir d'un kilomètre ou de quinze, et même si elle était peut-être capable de nager un kilomètre, il était impensable qu'elle fasse une distance plus considérable.

Le meilleur pari qu'elle ait à faire, c'était de rester sur place et d'attendre que quelqu'un, n'importe qui, passe à côté.

Puis elle eut la pensée horrible que Gideon était peut-être toujours sur l'eau à la chercher. Voulant s'assurer qu'elle soit morte. Elle ne devait surtout pas alerter l'homme qui voulait sa mort.

Secouant la tête, Carly refusa de croire qu'elle avait survécu jusque-là, juste pour se faire capturer à nouveau. Gideon était sans doute chez lui, ravi d'avoir réussi à terminer ce que Shawn avait commencé. Cet homme était complètement fou. Elle ne lui avait rien fait – à Shawn non plus, à vrai dire. Il n'y avait absolument aucune raison pour que Gideon la déteste autant.

Mais ce qui était évident, c'était que Shawn l'avait amadoué et préparé comme il l'avait fait avec elle. Apparemment, il adorait manipuler les gens et il avait pris Gideon sous son aile et fait la même chose, mais d'une façon différente. Quand elle avait rompu avec Shawn, cela avait apparemment mis Gideon en colère, autant que cela avait fâché son ex. Ils avaient tous les deux pris son rejet comme un affront personnel. Ça n'avait pas beaucoup de sens, mais ce n'était pas nouveau avec Shawn ou Gideon.

Carly se décala plus haut sur le rocher et elle fit de son mieux pour boitiller jusqu'à une partie plus plate de l'île. C'était atroce de marcher pieds nus sur les rochers pointus, mais c'était ça ou la mort, alors elle prit sur elle et fit le nécessaire. La quantité de fientes d'oiseaux était presque impressionnante. L'odeur, cependant, laissait à désirer.

Elle avait extrêmement soif, mal partout, elle était coincée sur l'île des Merdes d'Oiseau... mais elle était en vie. Les choses auraient pu être bien pires.

Carly s'installa à un endroit qui semblait avoir un peu

moins de fientes d'oiseaux que les rochers environnants et elle serra les genoux contre sa poitrine. Peu importe le temps qu'elle allait devoir passer là, elle n'allait pas mourir. Hors de question. Pas après tout ce qu'elle avait traversé.

Kenna et les autres femmes étaient sans doute complètement paniquées. Puis ses pensées retournèrent vers Jag... et elle pleura presque. Il était sans doute fou d'inquiétude. Il allait déplacer des montagnes pour la trouver. Lui et son équipe. Elle était certaine qu'ils allaient comprendre ce qui était arrivé. Elle imagina leur appartement être une espèce de plate-forme centrale pour les recherches. Les garçons devaient tous avoir les visages fermés, concentrés sur leurs téléphones et leurs ordinateurs.

Ils allaient retracer ses mouvements. Alani allait leur dire qu'elle était allée chez Duke's pour récupérer de la nourriture à apporter à Food For All. Ils allaient découvrir qu'elle n'avait jamais déposé les légumes et trouver sa voiture dans le parking... mais ensuite ? Comment allaient-ils savoir que c'était Gideon qui l'avait enlevée ? Et comment allaient-ils savoir qu'il l'avait prise sur un bateau ?

Elle fut presque submergée par la panique, mais Carly secoua la tête. Non, elle devait rester positive. Jag était intelligent. Un des hommes les plus intelligents qu'elle connaisse. Ses coéquipiers et lui allaient la retrouver. Il lui suffisait d'être patiente.

Elle repensa à ce qui était arrivé à Jag quand il était enfant. Il avait dû être si terrifié et perdu chaque fois que sa baby-sitter arrivait. Mais il n'avait pas abandonné. Il avait été si fort, et Carly voulait être comme lui. Elle voulait qu'il soit fier d'elle. Et pour cela, elle devait rester vigilante : si un bateau passait effectivement, elle devait attirer son attention et retourner auprès de Jag.

À mesure que les minutes s'écoulaient, il lui était de plus en plus difficile d'être patiente, de rester positive.

Essayer de nager jusqu'à la rive ressemblait de plus en plus à la meilleure option. Elle ne voulait surtout pas passer une autre nuit sur ce rocher. Non pas qu'elle se souvenait de la première nuit, mais tout de même.

Juste au moment où elle avait décidé qu'elle ne pouvait plus attendre, qu'elle allait devoir se sauver elle-même et nager jusqu'à Oahu, Carly entendit quelque chose.

Au début, elle crut qu'elle hallucinait. Qu'elle prenait simplement ses désirs pour des réalités en entendant un moteur.

Puis elle paniqua presque encore une fois. Et si c'était Gideon qui revenait ? Elle était une cible facile et elle était sûre qu'il n'allait pas s'embêter avec des tranquillisants, cette fois. Il allait sans doute la tuer avant de la ramener en mer et de s'assurer qu'elle coulait au fond.

À travers la matinée brumeuse, tout en essayant de se calmer, Carly vit quelque chose d'orange et de blanc sur les vagues. Ça ne venait pas vers elle... ce qui la fit paniquer pour une raison complètement différente.

Le bateau des garde-côtes se déplaçait lentement sur l'eau en parallèle avec l'île, comme s'il cherchait quelque chose... ou peut-être quelqu'un ? Carly osa à peine espérer qu'ils la cherchaient peut-être. Ils vérifiaient peut-être juste les eaux entourant l'île ? Mais au bout du compte, peu importe ce qu'ils faisaient, tant qu'ils la trouvaient.

Carly se leva, à peine capable de rester debout, et commença à agiter les bras au-dessus de la tête en criant de toutes ses forces. Il était improbable que quelqu'un puisse l'entendre par-dessus les bruits du moteur, les vagues frappant contre la coque entourée de caoutchouc du bateau, mais s'il y avait un pour cent de chances pour qu'ils la remarquent, elle allait crier jusqu'à perdre la voix si nécessaire.

Pendant un instant terrifiant, elle crut que le bateau allait continuer à avancer. Que les personnes à bord ne l'avaient pas vue ni entendue.

Puis, miraculeusement, les nuages s'écartèrent momentanément... et un rayon de soleil illumina le rocher. Comme si une torche pointait tout droit sur l'île où elle avait échoué.

Le bateau des garde-côtes fit soudain une embardée... dans sa direction. Carly n'arrêta pas d'agiter les bras et de crier, jusqu'à ce qu'une corne de brume résonne bruyamment depuis le bateau. Elle chancelait pendant que le bateau s'approchait.

Ils l'avaient vue. Dieu merci !

Carly pleurait sans que des larmes coulent. Elle était trop déshydratée. Mais elle ne pouvait pas non plus s'empêcher de sourire. Elle avait réussi. Elle avait battu Gideon *et* Shawn. Elle n'était pas la pétasse pathétique qu'ils pensaient. Elle était peut-être plus jeune, mais ça ne voulait pas dire qu'elle était idiote. Carly était fière d'elle.

Elle redoutait ce qui allait sûrement arriver en rentrant. Il allait y avoir des entretiens avec l'inspecteur, sans doute des journalistes voulant désespérément connaître son histoire, elle allait devoir affronter Gideon au tribunal, et elle avait l'impression de pouvoir faire une rechute en ce qui concernait son indépendance.

Mais avec Jag à ses côtés, elle était capable de faire n'importe quoi.

Jag. Bon sang, elle ne pouvait pas arrêter de penser à l'inquiétude qu'il devait ressentir.

Avec cette pensée en tête, la première chose qu'elle dit quand un jeune homme avec une veste de sauvetage orange, un pantalon, une chemise et un chapeau bleus et des bottes sortit du bateau et s'avança vers elle fut :

— Appelez Jag !

— Carly ? Carly Stewart ? demanda l'homme en saisissant doucement son bras.

Elle hocha la tête.

— S'il vous plaît ! Il faut que j'appelle Jag !

— Nous contacterons qui vous voulez quand vous serez montée à bord. Pouvez-vous marcher ?

— Oui, dit Carly, mais quand elle essaya de faire un pas, son corps refusa de coopérer. Ses genoux lâchèrent et elle serait tombée violemment si l'on ne l'avait pas rattrapée.

— Je vous tiens, dit-il.

L'homme et deux de ses collègues la firent descendre de l'île des Merdes d'Oiseau et monter à bord du bateau. Elle fut placée sur un banc et on lui donna une couverture chaude. Ensuite, quelqu'un plaça une bouteille d'eau dans une de ses mains et un téléphone dans l'autre.

Carly était extrêmement soulagée que Jag lui ait fait retenir son numéro. Il avait dit qu'il pouvait arriver un moment où elle allait devoir le composer au lieu de simplement cliquer sur son contact. Et il avait eu raison. Évidemment.

Les doigts tremblants, elle appuya sur les boutons de son numéro.

— Jag. Qui est-ce ?

Elle ferma les yeux. Elle n'avait jamais entendu de meilleur bruit de sa vie que la voix de Jag.

— C'est moi, finit-elle par dire d'une voix rauque.

Sa voix était complètement abîmée parce qu'elle avait crié en essayant d'attirer l'attention du bateau des garde-côtes.

— Carly ? Merde ! C'est vraiment toi ?

— Oui.

— Où es-tu ? Est-ce que ça va ? Qu'est-il arrivé ?

Elle voulut répondre à toutes ces questions, mais sa gorge se bloqua et elle fut trop submergée par l'émotion.

— Carly ? *Parle-moi !* cria Jag.

Carly fut incapable de faire autre chose que tendre le téléphone au jeune homme qui était venu sur l'île pour la récupérer. Elle l'entendit parler à Jag, mais elle ne put soudain pas garder les yeux ouverts plus longtemps. Elle était à bout.

Émotionnellement. Physiquement. Mentalement. Tout. Mais elle avait fait en sorte de faire savoir à Jag qu'elle était en vie, afin qu'il ne continue pas à s'inquiéter.

Apparemment, c'était tout ce qu'elle avait besoin de faire avant que son corps finisse par céder et qu'elle perde lentement connaissance.

CHAPITRE VINGT-TROIS

Jag était assis à côté de Carly sur son canapé, mais il ne parvint pas à se forcer à la lâcher. Depuis la seconde où il avait entendu sa voix, il avait désespérément voulu la rejoindre. Voir par lui-même qu'elle allait bien. Il était arrivé à l'hôpital avant même que l'hélicoptère des garde-côtes atterrisse avec Carly.

Mustang avait dit aux infirmières que Jag était le fiancé de Carly, et ils l'avaient laissé entrer dans sa chambre quand les médecins des urgences eurent fini de l'examiner.

Elle avait été épuisée. Elle avait un bandage sur la main, un hématome sur le visage, des égratignures sur les bras et les jambes. Jag n'avait jamais rien vu d'aussi beau que Carly à ce moment-là.

Il avait fallu quelques heures avant qu'ils aient le droit de partir. Les médecins voulaient la garder en observation au moins une nuit, mais Carly avait insisté pour signer la décharge.

Mustang les avait conduits jusqu'à la maison et après une courte visite pleine d'émotion de tous leurs amis, ils étaient enfin seuls. Il aimait leur inquiétude et leur bonheur concernant le retour de Carly, mais il avait besoin de la garder pour lui tout seul pendant un moment.

Jag se leva, puis il se pencha et la souleva avec douceur. Elle ne protesta pas, se collant simplement contre lui pendant qu'il la portait dans leur chambre. Il la déposa sur le lit et s'assit à côté d'elle en inspirant profondément.

— Je vais bien, dit Carly doucement.

Jag déglutit.

— Je dois le voir de mes propres yeux. Puis-je ? demanda-t-il en tendant les mains vers les boutons de la chemise qu'elle portait.

Elle avait retiré les vêtements d'hôpital qu'on lui avait donnés dès qu'elle était rentrée à la maison.

Carly hocha la tête et Jag lui retira rapidement et efficacement la chemise trop grande qui lui appartenait. Il ne ressentait pas de désir physique à ce moment-là : la peur était encore trop vive. Il avait simplement besoin de l'examiner des pieds à la tête.

Elle resta tranquillement allongée pendant qu'il l'examinait. Il y avait des bleus sur son torse et ses bras étaient égratignés, sans doute à cause du rocher de lave sur l'île vers laquelle elle avait nagé. Il ne voyait pas la blessure sur sa paume, parce qu'elle était couverte d'un bandage, mais il l'avait vue à l'hôpital. Elle semblait assez horrible, mais c'était une coupure propre et elle allait très bien guérir. Son regard continua le long de son corps, remarquant les égratignures de ses genoux. Il grimaça en voyant ses pieds gonflés et les coupures causées par la marche sur les roches de lave pointue.

Il remonta le regard le long de son corps et finit par s'arrêter sur son visage. Le médecin avait dû raser un peu de cheveux derrière sa tête, afin de pouvoir nettoyer et lui faire quelques points de suture à l'endroit où Sparks l'avait frappée. Elle possédait également un bleu sur la pommette, à l'endroit où Gideon lui avait donné un coup de poing pour l'assommer.

Elle avait vraiment de la chance d'être en vie après avoir été frappée sur la tête avec la lourde et coûteuse torche qui avait été retrouvée dans la voiture de Sparks, avoir été frôlée par une fléchette tranquillisante et faite pour des lions, avoir presque coulé au fond de l'océan, puis avoir passé la nuit dehors.

Mais elle était en vie.

Jag voyait l'émotion dans ses yeux et cela lui donna envie de pleurer. Il avait été bien trop près de la perdre. Mais sa Carly était une dure. Elle n'avait pas survécu à cause de ce qu'il avait fait. Non, elle avait réussi par elle-même. Elle s'était sauvée toute seule… et il n'aurait pas pu être plus fier.

— Viens là, dit Carly en tendant les bras.

Jag retira son tee-shirt avant de s'allonger à côté d'elle. Il l'attira dans ses bras et remonta la couverture sur eux. Au bout d'un moment, il se rendit compte qu'il tremblait… et Carly caressa son torse pour l'apaiser et murmurer.

— Tout va bien. Je suis là, dit-elle.

Bon sang. Cette femme.

— Tu es incroyable, chuchota-t-il.

Elle secoua la tête.

— Non, je pense que je suis simplement entêtée.

Jag éclata de rire.

— Je suis désolé… commença-t-il, mais Carly secoua la tête et se redressa sur un coude.

— Non, ne fais pas ça.

— Je le dois, dit-il. Tu as été enlevée sous mon nez. Nous ne savions pas où tu étais. C'est l'inspecteur Lee qui a contacté les garde-côtes et leur a demandé d'être vigilants, au cas où. Nous allions forcer Sparks à nous dire où tu étais, mais il s'est suicidé. Nous n'avions aucune piste. Tu aurais pu être *n'importe où*.

— Tu m'aurais trouvée, dit Carly.

Jag n'arrivait pas à croire qu'elle ait toujours autant

confiance en lui qu'avant de s'être fait enlever. Tout ce qu'il put faire, c'était pincer les lèvres et secouer la tête.

— Jag, sérieusement, la seule raison pour laquelle j'ai survécu, c'est grâce à toi. Tout d'abord, je savais que tu n'allais pas te reposer tant que tu ne m'avais pas retrouvée. Deuxièmement, j'ai pensé à ce que tu as traversé quand tu étais enfant, et comme tu étais fort, et j'ai su que si je pouvais avoir une fraction de ta force, tout irait bien pour moi. Troisièmement, tout ce que tu m'as appris sur la sécurité personnelle m'est passé par la tête. Si j'étais restée passive en laissant Gideon exécuter son plan, j'aurais été morte, c'est certain. J'ai donc parcouru mes possibilités et décidé que je préférais prendre le risque de la mer. Quatrièmement, je me suis souvenue de toutes les histoires que tu m'as racontées sur la Hell Week et comment la seule chose qui te permettait de continuer était une attitude positive. Quatrièmement... attends... cinquièmement ? J'ai perdu le compte. Quoi qu'il en soit, j'avais dans la poche le couteau que tu voulais tant que je garde sur moi. Je dois admettre que j'ai cru que c'était exagéré au début, mais je ne douterais plus jamais de toi. Il m'a sauvée. J'aurais fini par ne plus avoir d'air si je n'avais pas réussi à couper le poids que Gideon avait attaché à ma jambe. J'ai aussi merdé de bien des façons. Je n'aurais jamais dû laisser Gideon s'approcher de moi dans ce parking. J'ai baissé ma garde parce qu'il semblait tellement... modeste. Il était gentil et il disait ce qu'il fallait et je lui ai fait confiance alors que je n'aurais pas dû. Je l'ai quitté des yeux pendant une fraction de seconde et c'était tout ce dont il a eu besoin. S'il te plaît... je ne peux pas supporter que tu te sentes coupable parce que tu n'étais pas physiquement présent pour me faire descendre de cette île. Ou parce que tu n'as pas pu forcer Gideon à te dire où j'étais. Tu n'étais peut-être pas là en personne, mais chaque minute du temps que j'ai passé avec Gideon... enfin, quand j'étais consciente... tu étais avec moi. Sans toi, j'aurais été une loque au fond de ce bateau et il aurait réussi à terminer le plan de Shawn. Tu m'as donné la force de me battre. De ne pas abandonner.

Jag ferma les yeux et fit de son mieux pour maîtriser ses émotions. Il n'aurait pas dû être surpris qu'elle prenne si bien ce qui était arrivé. Qu'elle ne lui en veuille pas, ni à l'inspecteur ni à son équipe de SEALs. Ils n'avaient pas été à la hauteur et pourtant, par un miracle quelconque, elle ne leur en voulait pas.

Il ouvrit les yeux et la serra une fois de plus contre lui. Elle se laissa faire et se blottit tout près.

— Épouse-moi, chuchota-t-il.

— Bien sûr, chuchota-t-elle à son tour.

Jag eut envie de rire. Elle ne paraissait pas surprise, n'était pas surexcitée. Elle acceptait calmement sa proposition, comme si c'était déjà décidé d'avance qu'il allait poser la question et qu'elle dirait oui.

— Je n'ai pas d'anneau, mais j'en trouverai un, lui dit-il.

— Ça m'est égal, fut sa réponse.

— Nous pouvons faire le mariage que tu veux.

— Duke's, dit-elle sans lever la tête de son épaule. Je veux me marier sur la plage chez Duke's. Tous les clients présents pour un repas pourront participer. N'importe qui sur la plage également. Je veux que notre gâteau soit du hula pie et je veux que Paulo célèbre notre mariage. Il a déjà la licence, je l'ai entendu en parler une fois. Il sera hilarant... et c'est ce que je veux. Que tout le monde rie et passe un bon moment.

— C'est comme si c'était fait, dit Jag.

— Je veux effacer toutes les mauvaises énergies restant sur cette plage après ce que Shawn a fait. Je veux lui remuer le couteau dans la plaie, où qu'il soit, lui montrer qu'il n'a pas gagné. En fait, il a spectaculairement perdu. Il ne m'a pas brisée. Il n'a pas brisé Kenna. À la place, à cause de ce qu'il a fait, il m'a menée jusqu'à *toi* et maintenant je suis plus heureuse que jamais.

Bon sang, ce que Jag aimait cette femme.

— Puis-je te demander quelque chose ?

— Bien sûr. Tout ce que tu veux, dit Jag.

— Peux-tu me parler de Gideon ? Je sais que tu as dû parler à l'inspecteur Lee. Peux-tu me dire ce que tu as découvert sur tout ce qu'il a fait ? Comment a-t-il réussi à tromper tout le monde ?

Jag n'en avait pas envie. Il voulait rester allongé là et ne plus jamais penser à cet enfoiré, mais Carly méritait d'avoir des réponses à ses questions.

— Les policiers n'ont pas encore trouvé de lettre de suicide ou quoi que ce soit. À mon avis, il n'en a pas laissé. D'après la vidéosurveillance, il a provoqué les lions, les narguant avec leur repas du matin, sans le leur donner. Ils étaient extrêmement énervés quand il est entré dans leur enclos. Le fait qu'il tienne la viande crue qu'ils recevaient tous les matins n'a pas aidé. Il n'est pas mort rapidement.

Jag avait été extrêmement heureux d'entendre cela de la part de la police.

— Je dois admettre me sentir un peu mieux en sachant que je n'aurai pas besoin de l'affronter. Il me sera inutile de montrer qu'il ne m'a pas brisée. Mais il a eu ce qu'il méritait.

Jag n'en était pas certain, mais il ne fit pas de commentaire.

— Apparemment, il a emprunté le bateau de l'un de ses collègues au zoo. L'autre homme pensait que Sparks aimait pêcher, et il n'a jamais hésité à lui laisser prendre le bateau où il voulait. Il n'était pas à quai dans un port ou quoi que ce soit, ce qui explique pourquoi Baker n'a pas pu le voir sur la vidéosurveillance des marinas. Il était simplement attaché dans une crique privée près de la maison de l'autre homme, et Sparks pouvait aller et venir sans que quelqu'un le voie ou le soupçonne de quoi que ce soit. Une femme s'est manifestée après avoir vu la nouvelle de ce qui est arrivé. C'est elle qui a fait la demande d'une mesure d'éloignement contre lui. Elle était très jeune à l'époque, sur le point de perdre son appartement et complètement fauchée. Sparks a joué là-dessus, sans doute avec l'encouragement de Keyes. Il l'aidait, elle a baissé ses gardes. Puis il a changé, il a commencé à la manipuler. La dénigrer.

— Comme ce qu'a fait Shawn, dit Carly doucement.

— Oui. Nous pensons que Shawn éprouvait une espèce d'excitation malsaine en apprenant à un solitaire mal à l'aise en société comme Gideon à manipuler les femmes. Nous ne pouvons que spéculer, mais je suppose que Gideon était tout à fait content de l'aider avec le plan, afin de remercier Keyes pour son *mentorat*. Surtout quand tu as fini par demander une mesure d'éloignement, comme l'avait fait la fille avec laquelle il était sorti. Et quand Shawn est mort... il a sans doute simplement craqué. N'a pas su le gérer. Tous ses rêves d'avoir une femme pour lui ont été jetés par la fenêtre parce qu'il avait besoin de Shawn pour l'aider à manipuler les autres. Tu étais la seule personne qu'il pouvait blâmer.

Jag arrêta de parler et retint sa respiration en attendant la réaction de Carly.

— C'est... tellement triste, dit-elle au bout d'un moment.

C'était effectivement triste. Pathétique, tragique, et foireux, mais triste.

— Et l'île sur laquelle j'ai réussi à atterrir s'appelle *vraiment* l'île de la Merde d'Oiseaux ? demanda-t-elle.

— Apparemment. Son vrai nom est Mōkōlea Rock. Mais les habitants des environs l'appellent l'île de la Merde d'Oiseaux parce que, eh bien... tu sais pourquoi.

Carly ricana.

— Je le sais.

Puis elle demanda en hésitant :

— Alors... c'est vraiment terminé ?

Les bras de Jag se raidirent et il dut se forcer à les relâcher.

— C'est terminé, la rassura-t-il.

Il la sentit pousser un soupir de soulagement contre lui, son souffle chaud caressant son cou.

— D'accord.

— D'accord ? demanda Jag en voulant s'assurer qu'elle ne disait pas ça simplement pour lui faire plaisir.

— Oui. Je veux reléguer au passé Shawn, et Gideon, et tout ce qui avait un rapport avec cette foutue relation. Je veux passer à autre chose. T'épouser, redevenir la personne que j'étais avant tout cela. J'ai fait des erreurs, mais je ne méritais pas ce qui m'est arrivé.

— Non, tu ne méritais pas ça, acquiesça-t-il.

Elle pencha la tête en arrière.

— Toi et les autres, partez-vous en mission bientôt ?

Perplexe, Jag fronça les sourcils.

— Non, pourquoi ?

— Parce que vous avez eu toutes ces réunions. Il se passait quelque chose de majeur et je me suis dit que tu allais partir bientôt. Tu m'as dit que ça fonctionnait ainsi, que parfois vous passiez des heures et des heures à rassembler des informations, puis que vous étiez déployés.

Jag hocha la tête. Il avait du mal à croire que quarante-huit heures auparavant, la seule chose à laquelle il pensait, c'étaient les jeunes garçons enlevés au Nigéria. Il avait l'impression que c'était arrivé des lustres auparavant.

— Je ne peux jamais garantir que nous ne serons pas déployés d'un instant à l'autre, mais ce pour quoi nous effectuions des recherches a été résolu sans que nous ayons besoin d'intervenir.

Carly s'affaissa contre lui. Jusqu'à ce moment-là, Jag n'avait pas compris à quel point elle était inquiète de son départ.

— Bien.

Jag leva la main et caressa doucement sa tête.

— Je t'aime, dit-il. Je te jure que j'ai perdu dix années d'espérance de vie quand je me suis rendu compte que tu n'avais pas envoyé de message pour me faire savoir que tu étais rentrée en sécurité à la maison.

— Je suis désolée, dit-elle.

— Non, répondit Jag en secouant la tête. Ne sois pas désolée. Ce qui est arrivé n'était pas de ta faute. C'était à cause de cet enfoiré.

— Il faut que nous regardions ce film, et vite !

Jag gloussa légèrement et hocha la tête.

— D'accord.

— Baker va bien ? demanda-t-elle au bout d'une minute.

Jag soupira.

— Je ne sais pas.

— Il n'a rien fait de mal. Je sais qu'il a travaillé d'arrache-pied pour me retrouver.

— C'est vrai, acquiesça Jag. Mais il n'aime pas échouer.

— Oh, mon Dieu, il n'a pas échoué, protesta Carly. C'est lui qui a trouvé la vidéo de Gideon où il me frappait et me fourrait dans son coffre !

— Il ne voit pas les choses de cette façon.

— Je vais lui parler, dit-elle fermement.

Puis elle adoucit la voix et ajouta :

— Mais pas tout de suite. Je suis bien, là.

Jag hocha la tête contre elle. Il avait eu peur de ne plus jamais vivre ce genre d'instant. De ne plus pouvoir la tenir dans ses bras. Sparks aurait pu la terroriser bien plus qu'il ne l'avait fait. Il aurait pu l'agresser. Il ne voulait surtout pas qu'elle vive ce qu'il avait vécu dans son enfance. L'impuissance, l'humiliation, la douleur. Ce qui était arrivé à Carly était déjà assez terrible. Si Sparks l'avait touchée, Jag savait qu'ils ne géreraient pas ce qui était arrivé aussi calmement qu'ils le faisaient en ce moment.

— Il me tarde d'aller au barbecue chez Kenna et Aleck ce week-end.

Jag sourit. C'était un sujet de conversation tellement...

normal. Carly venait de sortir de l'hôpital, elle avait sans doute encore assez mal, et pourtant elle reléguait tout ce qu'elle avait vécu au passé. Elle était vraiment incroyable.

— Moi aussi.

— Elodie a dit qu'elle allait se lâcher, dit Carly.

Jag la sentit sourire contre lui.

— Ce qui signifie que nous allons tous manger extrêmement bien.

— Il me tarde de goûter ces burgers dont vous parlez tout le temps.

— Elle a un don. Je pense que j'envie Mustang.

— Hé, protesta Carly en enfonçant le doigt dans son estomac. Je sais cuisiner.

— Bien sûr, dit Jag immédiatement, sachant qu'il valait mieux ne pas contredire sa copine... pas s'il voulait qu'elle cuisine encore.

— Mais pas comme elle, ajouta Carly. Jag ?

— Oui, mon ange ?

— Je t'aime. Tellement. Et ça ne me fait pas peur. Je pensais que j'allais me méfier de l'amour pendant longtemps, après tout ce qui est arrivé, mais je sais que c'est ici que je suis censée être. Il fallait que je vive tout ce qui est arrivé avec Shawn, et même avec Gideon, afin de pouvoir finir ici. Je suis prête à tout refaire si ça veut dire que je peux être avec toi.

Jag fut presque submergé par l'émotion. Mais il comprenait ce qu'elle voulait dire. Il ne changerait rien dans sa propre vie si cela signifiait qu'il pouvait être avec Carly. C'était une pensée surprenante. Pendant une si grande partie de sa vie adulte, il avait été tellement amer à cause de ce qu'il avait traversé. Mais maintenant ? Il comprenait qu'il avait eu ces expériences pour devenir l'homme dont Carly avait besoin.

— Je t'aime, parvint-il à chuchoter.

Carly hocha la tête contre lui et laissa échapper un long soupir.

— Je pense que je pourrais dormir pendant des jours, murmura-t-elle.

— Moi aussi.

Jag sentit l'épuisement le gagner. Il était resté éveillé pendant plus de trente-cinq heures. L'adrénaline dans ses veines l'avait aidé à rester debout, mais maintenant que Carly était en sécurité dans ses bras, que Sparks était mort et qu'il savait que Carly allait l'épouser, il se sentit tomber.

La dernière chose dont Jag se souvint, c'était d'avoir inspiré profondément et de sentir l'odeur sucrée des fleurs de cerisier. Elle était enfin libérée de son passé et un avenir radieux les attendait.

Carly ne savait pas ce qui l'avait réveillée plus tard, mais quand elle regarda le réveil, elle vit qu'il n'était que trois heures du matin. Elle avait dormi profondément, en sécurité dans les bras de son homme, mais sa conscience la rongeait maintenant. Elle savait qu'elle pouvait fermer les yeux et facilement se rendormir, mais il y avait quelque chose qu'elle devait faire.

Surprise de pouvoir se faufiler hors des bras de Jag sans le réveiller, Carly avança vers la porte sur la pointe des pieds et partit dans le salon. Il était évident que Jag avait souffert pendant sa disparition, et elle se promit de faire son possible à l'avenir pour l'aider à surmonter ce qui était arrivé.

Son téléphone était posé sur le comptoir de la cuisine, où Jag l'avait laissé quand ils étaient rentrés à la maison. Ses coéquipiers l'avaient récupéré dans sa voiture après l'avoir retrouvé dans le parking. Elle attrapa le portable et vit qu'elle avait plusieurs textos de ses amies. Elles exprimaient toute leur gratitude et leur bonheur qu'elle soit rentrée. Même Monica avait envoyé un court message pour lui faire savoir qu'elle était très soulagée que tout aille bien, ce qui comptait beaucoup pour Carly, car elle savait que l'autre femme n'aimait pas spécialement les textos.

Kenna avait également commencé un texto de groupe sur ce que tout le monde devait apporter pour le barbecue de ce week-end, organisant et donnant des ordres comme elle le faisait d'habitude.

Carly allait répondre plus tard à toutes ses amies, elle avait d'abord des choses plus importantes à faire. Elle n'hésita même pas à cliquer sur le nom dans sa liste de contacts. Il était tard, ou tôt, mais elle sut instinctivement que ça n'avait pas d'importance.

— Ça va, Carly ? demanda Baker doucement en décrochant après seulement une sonnerie. Où es-tu ?

— Je vais bien, dit-elle tout bas en se laissant retomber sur le canapé. Je suis à la maison.

— Alors, pourquoi appelles-tu ? demanda Baker.

— Où es-tu, toi ? rétorqua-t-elle.

Il soupira.

— Je suis assis sur la plage ici au North Shore.

— Si tu restes assis à ruminer ce que tu penses que tu aurais pu faire différemment pour trouver Gideon ou pour empêcher ce qui est arrivé, je vais me fâcher, lui dit-elle.

Mais il ne rit pas.

— C'était ma faute, Carly.

— C'est vraiment n'importe quoi, insista-t-elle. Est-ce que tu contrôles ce que tout le monde fait ou dit maintenant ? Parce que j'ai dû rater un épisode.

Baker resta silencieux à l'autre bout du fil, alors Carly continua :

— Je sais que tout le monde a un peu peur de toi, et que tu es ce grand méchant SEAL à la retraite sur qui tout le monde s'appuie quand les choses tournent mal, mais tu es humain, Baker. Tu manges, bois et chies comme nous tous... sauf si ce n'est pas le cas et que personne ne me l'a dit... mais ce n'est pas le sujet. Les seules personnes à blâmer pour ce qui est arrivé sont Shawn et Gideon. Personne d'autre. Tu n'es pas Superman. Tu n'aurais pas pu empêcher ce qui est arrivé.

— J'aurais dû comprendre que Gideon était le complice, dit-il doucement, et la souffrance s'entendait facilement dans sa voix.

— Comment ? Par osmose ? Ce type était sournois et malin. Il est probable qu'il ait suivi Jag et moi pendant des mois et nous n'en avions pas la moindre idée. Il était impossible que tu interroges chacun de ses collègues et tous les gens qu'il voyait régulièrement pour découvrir qu'il empruntait parfois un bateau. S'il était le seul suspect, tu aurais sans doute pu voir qu'il se cachait derrière un masque, mais il n'était pas seul. Il y avait beaucoup d'autres personnes sur lesquelles tu te renseignais. Je ne suis pas douée pour les maths, mais s'il y avait une centaine d'amis et de connaissances sur laquelle tu devais enquêter pour chacune des personnes proches de Shawn, cela t'aurait pris une éternité.

Baker grogna. Carly interpréta cela comme un signe positif.

— Veux-tu savoir pourquoi je suis debout en ce moment ?

— Oui, dit Baker immédiatement. Tu devrais dormir. As-tu mal à la tête ?

— Pas à la tête. Au cœur, lui dit Carly. Je *savais* que mon ami s'en voulait et c'est inutile. Comme je l'ai dit à Jag hier soir, je suis prête à tout revivre si ça signifie que je finis exactement où je suis maintenant. Laisse tomber, Baker. S'il te plaît. Personne n'a moins de respect pour toi parce que tu n'as pas découvert que Gideon était le complice de Shawn avant qu'il m'enlève. Pas moi. Pas Jag. Personne. Sois indulgent avec toi-même. Sinon, je vais continuer à perdre le sommeil et je finirai par avoir un complexe et être paranoïaque et je ne pourrais plus fonctionner. Je perdrais mon travail et je deviendrais un fardeau pour la société.

Carly en faisait des tonnes et elle fut soulagée d'entendre enfin Baker glousser.

— D'accord, on veut éviter ça.

— Je suis sérieuse. On redescend sur terre. C'est un ordre.

— Oui, m'dame. Et si tu retournais au lit pour te reposer ? À mon avis, tu as mal à la tête et ça te ferait du bien de prendre un autre cachet contre la douleur.

Carly rit.

— Je vais le faire, si toi, tu vas te coucher dans ton propre lit et que tu te reposes. C'est dangereux d'être sur la plage à cette heure de la nuit... ou du matin.

Baker gloussa encore.

— D'accord. Mais je suis un surfeur. La plage est ma deuxième maison.

— Peu importe. Retourne dans ta première maison et dors, lui dit Carly.

— C'est ce que je vais faire. Carly...

— Oui ?

— Merci.

— Avec plaisir.

— À plus tard.

Baker raccrocha sans un mot de plus.

Carly se leva pour faire ce qu'il avait suggéré, pour aller se blottir dans le lit contre Jag, mais elle sursauta de surprise quand elle le vit appuyé contre le mur juste à l'intérieur du couloir qui menait à la chambre.

— Tu m'as fait peur, dit-elle.

— Baker ? demanda Jag en hochant la tête vers le téléphone qu'elle venait de poser sur la table basse.

Carly hocha la tête.

— Il va bien ?

Elle haussa les épaules.

— Je ne sais pas. Je l'espère.

— Il va bien, répondit Jag fermement avant de tendre la main.

Elle marcha vers lui et prit sa main, puis poussa un soupir de contentement quand Jag la serra contre lui.

— Comment ai-je pu avoir autant de chance ? murmura-t-il dans ses cheveux.

Mais il ne lui laissa pas le temps de répondre à sa question. Il la fit tourner et la serra contre son flanc en la guidant vers la chambre. Il l'installa une fois de plus sous les couvertures, puis il partit à la salle de bain. Il en ressortit avec un comprimé dans la main et un verre d'eau.

Carly ne fut pas surprise qu'il soit sur la même longueur d'onde que Baker en ce qui concerne les médicaments. Elle le prit sans se plaindre et quand Jag revint au lit, elle se blottit une fois de plus contre lui.

— Je t'aime, lui dit-elle.

— J'aurais pu être contrarié que tu te faufiles hors de notre lit pour appeler un autre homme, mais c'est une des choses que j'aime tant chez toi. Tu t'inquiètes et tu penses constamment aux autres. Je t'aime, mon ange.

Carly sourit. Elle croyait avoir quitté la chambre sans le réveiller, mais elle aurait dû s'en douter. Elle soupira de contentement et ferma les yeux... et elle se rendormit en moins d'une minute.

ÉPILOGUE

Jag observait Carly pendant qu'elle marchait sur la plage et riait avec Kenna et Lexie. Le barbecue était exactement ce dont ils avaient tous besoin. Carly se sentait beaucoup mieux, et ses coupures et ses bleus étaient déjà en voie de guérison. Étonnamment, elle avait relégué au passé son horrible expérience beaucoup plus vite que le reste de l'équipe.

Ils avaient tous du mal avec le fait de ne pas avoir pu empêcher ce qui était arrivé ni l'avoir trouvée une fois qu'elle avait été enlevée. Mais Carly étant Carly, elle les remercia abondamment et jusque-là ne montrait aucun signe de stress post-traumatique. C'était encore tôt, mais il était optimiste.

Jag porta son intention sur son téléphone et relut l'article pour la dixième fois... celui vers lequel Baker avait envoyé un lien plus tôt ce matin.

Il n'était pas long, un seul paragraphe environ, datant de l'édition de la veille d'un petit journal local, mais il contenait assez d'informations pour satisfaire Jag.

. . .

Bridget Smith, une habitante de la région, a été arrêtée aujourd'hui quand la police a reçu un renseignement anonyme affirmant qu'elle était la propriétaire d'un site Internet populaire de pédopornographie. Quand la police a effectué un mandat de perquisition de sa demeure, ils ont découvert un jeune garçon de treize ans de Brookfield, Adam Beaufort, qui avait disparu dans la région plus d'un an auparavant. Il était retenu contre sa volonté dans le sous-sol de mademoiselle Smith. Il a été réuni avec sa famille et des accusations pour enlèvement, viol et quelques autres allégations sont en attente. L'enquête sur la disparition de deux autres jeunes garçons est également en cours, et des sources affirment qu'il est possible que Smith ait été impliquée dans les deux. Dès demain, vous pourrez retrouver le récit complet du retour d'Adam au sein de sa famille.

Carly allait être ravie de savoir que Baker avait mené à terme sa demande de faire payer Bridget pour ce qu'elle lui avait fait toutes ces années auparavant. Il supposait que le renseignement anonyme venait de la part du SEAL à la retraite.

D'un côté, il était soulagé que Bridget soit derrière les barreaux, mais de l'autre, il se sentait coupable de ne pas avoir parlé plus tôt. S'il l'avait fait, beaucoup d'autres jeunes garçons n'auraient peut-être pas été des victimes.

— Hé, dit Mustang en s'approchant de Jag.

Faisant de son mieux pour ne plus penser à son passé, Jag se tourna vers son chef d'équipe.

— Hé, répéta-t-il.

— Carly est-elle aussi déçue que les autres femmes que Baker ne soit pas venu aujourd'hui ?

— Un peu, dit Jag avec un sourire.

— Ce n'est pas son genre d'événement, dit Mustang.

— Non. Mais Carly le comprend.

— Oui, Elodie aussi. Mais elles l'ont plus ou moins adopté.

Ils gloussèrent tous les deux. L'idée que quelqu'un « adopte » Baker était amusante.

— Quelqu'un arrive, dit Mustang à voix basse.

Jag leva la tête et vit Carly s'approcher de lui. Sa beauté lui coupa le souffle. Ses cheveux blonds étaient détachés et volaient dans la brise venant de l'océan, et le grand sourire sur son visage était quelque chose qu'il jurait de ne jamais tenir pour acquis.

— Les burgers seront prêts dans environ cinq minutes, dit Mustang avant de hocher la tête vers Carly et de se retourner vers les grils où sa femme préparait ses hamburgers populaires... et tentait d'empêcher les autres hommes de les « gâcher ».

— Tu as l'air heureuse, fit remarquer Jag.

— Je le suis. C'est une journée magnifique. Le soleil brille. Je suis avec mes amis et l'homme que j'aime me regarde. Que pourrais-je demander de plus ?

Jag n'avait pas prévu de faire ça tout de suite, mais il ne put s'en empêcher.

— Que dirais-tu d'une bague pour accompagner la demande que j'ai faite l'autre soir ? dit-il en sortant une boîte de sa poche.

Elle écarquilla les yeux en fixant l'écrin. Jag l'ouvrit pour révéler l'aigue-marine en taille émeraude entourée de petits diamants, et tendit la main vers elle.

Carly resta complètement immobile pendant qu'il glissait l'anneau de fiançailles à son doigt.

— Respire, mon ange, dit Jag en gloussant doucement.

Cela sembla la tirer de la transe dans laquelle elle se trouvait. Carly poussa un petit cri et jeta les bras autour de son cou. Il rit et la fit tourner en rond avant de la reposer sur ses pieds.

— Je ne vais pas vouloir attendre, la prévint-il. Alors tu devrais sans doute parler avec Alani et trouver une date qui convient.

— Je m'en occupe, dit Carly avec bonheur. Oh, Jag, je l'adore !

Elle tendit la main devant elle en fixant sa bague avec admiration.

— Je t'aime.

Carly le serra encore dans ses bras.

— Moi aussi, je t'aime. Tellement !

Puis elle demanda :

— Puis-je aller la montrer aux autres ?

Il rit.

— Bien sûr. Vas-y. Je sais que tu en meurs d'envie.

Carly monta sur la pointe des pieds, l'embrassa vite et avec force, puis tourna les talons et courut vers tout le monde qui salivait près des barbecues en regardant les burgers d'Elodie.

Jag resta en retrait pendant une seconde, profitant du moment. Voir Carly heureuse et joyeuse aidait à bannir toutes les pensées négatives qui le rongeaient quelques mois auparavant seulement. Elle était entourée par les autres femmes qui la serraient dans leurs bras et la félicitaient. Même ses amis souriaient.

Quand Carly se tourna et lui fit signe, Jag n'hésita pas. Elle était ce qui lui était arrivé de mieux dans la vie et il allait passer le reste de sa vie exactement où il le voulait : à ses côtés.

* * *

Ashlyn se tenait près des portes d'entrée de l'immeuble d'Aleck et Kenna en attendant le taxi que Robert avait appelé pour elle. Slate sortit du bâtiment et sembla surpris de la voir.

— Hé, que se passe-t-il ? demanda-t-il.

Ashlyn fit un geste vers la longue allée.

— J'attends mon taxi.

— Pourquoi n'as-tu rien dit ? Je peux te ramener chez toi.

— Ce n'est pas un souci. Je ne voulais déranger personne.

Ashlyn avait pris le taxi pour se rendre au barbecue cet après-midi-là, parce qu'elle n'était pas certaine de boire ou pas, et elle ne voulait pas conduire si elle avait un coup dans le nez.

— Je te ramène chez toi, dit Slate fermement.

Il tourna les talons et repartit à l'intérieur, sans doute pour dire à Robert d'annuler le taxi.

Ashlyn soupira à cause de son attitude autoritaire. Mais plus elle traînait avec Slate et les autres gars de l'équipe, plus elle comprenait que ce côté surprotecteur était dans leur nature. Slate ne pouvait pas s'en empêcher. Il était donc inutile de protester.

Il ressortit nonchalamment et Ashlyn admira – une énième fois – sa beauté. Cela faisait un moment qu'elle n'avait d'yeux que pour lui, depuis qu'elle l'avait rencontré, en fait... malgré ses affirmations du contraire auprès de ses amies. Elle voulait croire qu'il était également intéressé. Mais jusqu'ici, aucun des deux n'avait agi.

Sans un mot, Slate lui prit le coude et la guida vers le parking et sa Chevy Trailblazer. Elle eut la chair de poule quand il la toucha et Ashlyn ne put s'empêcher de sourire pendant qu'il lui ouvrait la portière du côté passager.

— C'est pour quoi, ce sourire ? demanda Slate.

— Rien, dit-elle immédiatement.

Il la fixa un instant pendant qu'elle s'attachait, puis il ferma la portière.

Le trajet jusqu'à son appartement fut confortable et pour une fois, il n'y eut pas de prise de bec. Quand Slate se gara dans son parking, il coupa le moteur et se tourna vers elle.

— Je réfléchissais et...

— C'est dangereux, le taquina Ashlyn.

Slate leva les yeux au ciel.

— Aimerais-tu sortir un de ces jours ?

Elle le fixa longuement, surprise, attendant qu'il se mette à rire. Quand ce ne fut pas le cas, elle demanda :

— Sérieusement ?

— Oui. Nous traînons déjà tout le temps ensemble. Tu me plais, même si je pense que tu ne fais pas assez attention à ta sécurité. Eh oui, je sais que tu prends des précautions en livrant les repas, et je sais que tu es parfaitement capable de prendre soin de toi, mais je m'inquiète quand même parce qu'il y a beaucoup d'enfoirés dans le monde. Je me suis dit que tu pourrais... tu sais... vouloir traîner ensemble un de ces jours. Sans les autres.

Ashlyn sourit.

— Oui.

Ce fut au tour de Slate de paraître surpris.

— Vraiment ?

— Oui. Mais je ne veux rien de sérieux, ajouta-t-elle vite. Ne pense pas que tu pourras trouver une excuse pour me faire emménager chez toi ni que je vais tomber follement amoureuse. Ça ne me gêne pas de traîner ensemble et... tu sais. Mais je ne cherche pas de relation.

— « *Tu sais ?* » répéta Slate.

Le sourire d'Ashlyn s'élargit encore.

— Le sexe. Petits bénéfices entre amis... ce genre de choses.

Slate lui retourna son sourire.

— Ça me convient parfaitement.

— Bien.

— Il est encore tôt, songea Slate. Tu veux peut-être venir chez moi et regarder un film ?

— Nous pourrions monter dans mon appartement, suggéra Ashlyn. J'ai Netflix.

— Netflix et plus si affinités ? dit-il d'une voix traînante, un sourcil levé.

Les tétons d'Ashlyn se mirent à pointer. Elle était plus que prête à coucher avec Slate. Elle craquait sur lui depuis une éternité. Et elle aimait le sexe. Beaucoup. Ça lui manquait. Ça ne la gênait pas de rompre son célibat avec le SEAL de la Navy canon.

— Oh, oui, dit-elle, d'une voix un peu plus haletante qu'elle ne l'aurait voulu.

Le regard de Slate descendit le long de son corps et elle apprécia beaucoup la façon dont il l'observait. Il descendit de la voiture et fit le tour jusqu'à son côté. Quand Ashlyn sauta pour descendre, il ferma sa portière et la colla immédiatement contre. Le métal était encore chaud à cause du soleil.

Il se pencha tout près et prit ses lèvres sans un mot.

Ashlyn jeta les bras autour de son cou et s'accrocha à lui pendant qu'il l'embrassait avec toute la tension sexuelle qu'ils réprimaient depuis des mois.

Quand il leva enfin la tête, Ashlyn sentit l'humidité entre ses jambes.

— Rien de sérieux, murmura-t-il en l'étudiant.

— Rien de sérieux, répéta-t-elle.

Ensuite, Slate fit passer un bras autour de sa taille et ils marchèrent vers l'entrée de son immeuble.

Ses amies allaient halluciner en entendant que Slate et elle agissaient enfin en fonction de leur attirance. Elles allaient sans doute exagérer et supposer qu'ils allaient se marier en l'espace d'une semaine, puisqu'elles étaient déjà toutes follement amoureuses de leur propre SEAL. Mais Ashlyn se satisfaisait largement de baiser. Elle avait l'esprit pratique, et ils étaient trop différents pour finir ensemble sur le long terme... mais pour une courte durée ? Ashlyn était tout à fait favorable à une relation sans lendemain avec du sexe.

Elle ne parvint pas à s'empêcher de sourire pendant que Slate la conduisait en haut des escaliers.

* * *

Un paradis pour Carly

Ne ratez pas le prochain tome de la série Hawaï : Soldats d'élite: *Un paradis pour Ashlyn*

*

En Audio: Un paradis pour Élodie

DU MÊME AUTEUR

Un soutien pour Lara

Un soutien pour Maisy

Un soutien pour Ryleigh

Delta Force Deux

Un refuge pour Gillian

Un refuge pour Kinley

Un refuge pour Aspen

Un refuge pour Jayme

Un refuge pour Riley

Un refuge pour Devyn (15 Dec)

Un refuge pour Ember

Un refuge pour Sierra

Forces Très Spéciales : L'Héritage

Un Sanctuaire pour Caite

Un Sanctuaire pour Brenae

Un Sanctuaire pour Sidney

Un Sanctuaire pour Piper

Un Sanctuaire pour Zoey

Un Sanctuaire pour Avery

Un Sanctuaire pour Kalee

Un Sanctuaire pour Jane

Mercenaires Rebelles

Un Défenseur pour Allye

Un Défenseur pour Chloé

Un Défenseur pour Morgan

Un Défenseur pour Harlow

Un Défenseur pour Everly

Un Défenseur pour Zara

Un Défenseur pour Raven

Ace Sécurité

Au Secours de Grace

Au Secours d'Alexis

Au Secours de Bailey

Au Secours de Felicity

Au Secours de Sarah

Forces Très Spéciales Series

Un Protecteur Pour Caroline

Un Protecteur Pour Alabama

Un Protecteur Pour Fiona

Un Mari Pour Caroline

Un Protecteur Pour Summer

Un Protecteur Pour Cheyenne

Un Protecteur Pour Jessyka

Un Protecteur Pour Julie

Un Protecteur Pour Melody

Un Protecteur pour l'avenir

Un Protecteur Pour Les Enfants de Alabama

Un Protecteur Pour Kiera

Un Protecteur Pour Dakota

Delta Force Heroes Series

Un héros pour Rayne

Un héros pour Emily

Un héros pour Harley

Un mari pour Emily

Un héros pour Kassie

Un héros pour Bryn

Un héros pour Casey

Un héros pour Wendy

Un héros pour Mary

Un héros pour Macie

Un héros pour Sadie

Un héros pour Annie

Autre

Un moment suspendu : Recueil de nouvelles

AUDIO

Un paradis pour Élodie

À PROPOS DE L'AUTEUR

Susan Stoker est une auteure de best-sellers aux classements du New York Times, de USA Today et du Wall Street Journal. Elle a notamment écrit les séries Badge of Honor: Texas Heroes, SEAL of Protection et Delta Force Heroes. Mariée à un sous-officier de l'armée américaine à la retraite, Susan a vécu dans tous les États-Unis, du Missouri jusqu'en Californie en passant par le Colorado, et elle habite actuellement sous le vaste ciel du Tennessee. Fervente adepte des fins heureuses, Susan aime écrire des romans où les sentiments laissent place au grand amour.

http://www.StokerAces.com

 facebook.com/authorsusanstoker

 twitter.com/Susan_Stoker

 instagram.com/authorsusanstoker

goodreads.com/SusanStoker